M. Söltl

Der Untersberg

Erster Teil

M. Söltl

Der Untersberg
Erster Teil

ISBN/EAN: 9783742811462

Hergestellt in Europa, USA, Kanada, Australien, Japan

Cover: Foto ©Andreas Hilbeck / pixelio.de

Manufactured and distributed by brebook publishing software
(www.brebook.com)

M. Söltl

Der Untersberg

Der Untersberg.

Deutsche Bilder

im

Spiegel der Sage und Geschichte

von

M. Söltl.

Erster Theil.

Aliquando ludere fas est.

Augsburg.

J. A. Schlosser's Buch- und Kunsthandlung.

1862.

Inhalt des erſten Theils.

Der Unbekannte.

An einem heißen Sommersonntage des an Blü=
ten und Hoffnungen reichen Jahres 1848 hatte sich in
einem großen Wirthsgarten zu Salzburg in einer der
Vorstädte, die sich an die hohe Feste lehnt, eine große
Menschenmenge im Schatten der Bäume und in den
Felsengrotten umher gelagert und von allen Tischen und
aus allen Lauben her schallte fröhliches Rufen, Plaudern
und Gläserklingen. War es doch, als wäre das Band
der Zungen nach Jahre langem Schweigen gelöst! Der
größte Theil der Anwesenden bestand aus Einheimischen,
zumeist aus Bürgerfamilien, viele gehörten der Klasse
der gemeinen Arbeiter an. Um einige Tische seitwärts
hatten sich reiche, vornehme Fremde niedergelassen, wie
sie der Sommer häufig von allen Weltgegenden her
das Alpengebirge und insbesondere Salzburg mit wun=
derbarem Zauber anzieht und Wochenlang festhält. Diese
überblickten jetzt mit stiller Freude das bunte Gewimmel
und lauschten den freien Reden der sonst so schweigsa=
men Bürger.

Mitten unter der frohbewegten Menge erstand mit einem Male eine kleine Schaubühne, man hatte die Vorbereitungen ganz und gar nicht beachtet, jetzt stand sie fertig, einige schrille Trompetenstöße, und der heisere Schrei eines Ausrufers luden die im Garten Versammelten ein, ihre Theilnahme dem Spiele zu schenken. Der Vorhang rollte empor, eine Gebirgsgegend erschien, und siehe, es war ein kleines Bild dessen, was die Anwesenden im Großen vor sich sahen: Im Hintergrunde stieg der Untersberg wie ein Riesensarg, der eine Welt von Kaisern und Sagen in sich verschließt, in die blauen Lüfte empor, links herein schauten die schneebedeckten Felsenhäupter, rechtshin verlor sich das Gebirge in allmählichen Senkungen in die unermeßliche Ebene gegen Bayern hin, durchzogen von schimmernden Flußbändern und besäet mit blitzenden Edelsteinen der Seen.

Aller Augen wendeten sich der Bühne zu und das fröhliche Gespräch verlor sich in ein leises Gemurmel, bis auch dieses erstarb und tiefe Stille herrschte. Da zeigte sich auf der Bühne eine Jünglingsgestalt mit langen, über den Rücken flatternden Haaren, gekleidet in ein schwarzes Röcklein mit weit offenem Kragen, über den sich die blendend weiße Hemdkrause legte, auf dem Haupte trug er eine schwarze, aufgestülpte Mütze mit weißem Sterne, in der Hand einen Eisenstab. Den schlug er an den Marmorfelsen des Untersberg, daß es wie vom hohlen Metallgebilde widerklang, und er rief wie einen Zauberspruch, vor dem sich der Felsen eröffnen sollte:

„Untersberg! Oeffne dich! Gib uns heraus einen deut=
schen Kaiser!"

Diese Worte mit heller volltönender Stimme ge=
sprochen, brachten unter den Zuschauern eine wunderbare
Wirkung hervor. Die Jüngeren drängten sich zuerst
heran, und bildeten einen Halbkreis vor der Bühne, schon
erhoben sich auch einige ältere Männer, um näher zu
treten, und es waren die Blicke bald nach dem Theater
gerichtet, bald wieder über dasselbe hinaus, hinüber nach
dem Untersberg, der in ruhiger Majestät dem Anblicke
sich darbot. Die Erwartung, die Theilnahme stieg, als
der Jüngling die erlösenden Worte zum zweiten Male
sprach, eine Zeit lang wartete, und darauf den Spruch
mit erhobener bebender Stimme wiederholte. Es war,
als müsse der Berg sich öffnen und die Einsicht in seine
geheimnißvolle Tiefe gewähren, und zweifelnd schaute der
Blick bald nach dem Theater und bald hinüber nach dem
Felsriesen.

Da öffnete sich mit einem blendenden Blitzstrahl der
Berg auf der Bühne; aber statt einer Kaisergestalt trat
heraus ein fantastisch gebildeter und gekleideter Zwerg,
der sich um den rufenden harrenden Jüngling gar nicht
bekümmerte, sondern gerade vorwärts zu dem äußersten
Rande der Bühne ging, sich vor der lauschenden Menge
verbeugte und dann mit feiner Glocken=Stimme also
anhub:

Die Kaiser schlafen. Ich habe euern Ruf vernom=
men, und ging alsobald zu dem Einen und dem An=

1*

beren und rief ihnen den Ruf ins Ohr; allein sie schüt=
telten fortträumend die weißlockigen Häupter und Keiner
wollte erwachen. Als ich aber zu Friedrich dem Roth=
bart kam und ihm den Ruf meldete, erhob er sein Haupt,
öffnete das blaue Auge und sagte: Geh, und verkünde
den Harrenden, die Zeit ist noch nicht gekommen; aber
vertrauet, sie erscheint so gewiß, als der Herbst auf den
Sommer folgt. Seid indessen einig, dann seid ihr Eins,
ein mächtiges herrliches Volk mit väterlichen Fürsten,
und eueres Reiches und Namens Ruhm und Glanz
wird über die Welt hin leuchten und alle Völker werden
kommen vom Aufgang und vom Niedergang, und sie
werden euch preisen und nehmen von eueren Sitten und
Gesetzen, und Deutschland wird sein das Reich der Mitte,
in dessen Herzkammer alle Adern der Wissenschaft und
Kunst und der einzig wahren christlichen Religion, des
starken Gottvertrauens und milden Friedens zusammen=
laufen, und von da Leben und Freude spendend wieder
auslaufen. Ueberragt ihr nicht jetzt schon alle anderen
Völker an Muth, Tapferkeit und Treue, an tiefer In=
nigkeit des religiösen Lebens, an Schöpfungskraft in jeg=
licher geistiger Wirksamkeit? Sie alle nehmen und zeh=
ren von euerem Leben; ihr aber habert mit einander,
und indessen pflücken Andere die Früchte von eueren
Bäumen, die ihr mit Liebe und Mühe gepflanzt und ge=
pflegt habt. Aber endlich werdet ihr unter euch Frieden
schließen und wie Brüder Eines Hauses euch vertragen
und von den Fremden fordern, was euch gebürt. Ja

einst, wenn vierzehn Könige über die deutschen Völker in
brüderlicher Eintracht walten, dann werden sie selbst Ei=
nen als Kaiser an ihre Spitze stellen, der wird der Fünf=
zehnte und Erste sein und den herrlichen Ring beginnen
und beschliessen und die vielen Glieder der goldstrahlen=
den Kette mit ihren vierzehn leuchtenden Diamanten zu
Einem festen unauflöslichen Ganzen vereinigen, und es
wird sein Deutschland wie eine einzige große Stadt ge=
legen am Meere, mit dem Rücken an die Alpen ge=
lehnt, und alle ihre Bewohner werden sein Brüder des=
selben Stammes, desselben Ahnherrn. Seid einig, und
ihr seid Eines! — So sprach der Kaiser, und indem
er sprach, glühte in seinem Auge ein mildes Feuer, das
leuchtende Funken umher warf. Dann neigte er sein
Haupt auf die Brust, die Augen schlossen sich und es
umfing ihn wieder der Schlummer. Ich aber habe euch
sein Wort gemeldet.

Nachdem der Zwerg dieses gesprochen, verbeugte er
sich und wendete sich zum Berge zurück, der sich wieder
mit einem Blitzstrahle öffnete und das Zwerglein auf=
nahm. Darauf rollte der Vorhang der Bühne nieder.
Das Stück war geendet. Vergebens harrte man auf
eine neue Vorstellung oder vielmehr auf die Fortsetzung.
Was sollte dies bedeuten? Wer dachte diesen Scherz
oder Spott aus und erlaubte sich ein solches Spiel?
Solche Worte wurden laut, die Zuschauer entfernten sich,
die Einen suchten ihre verlassenen Plätze wieder auf und
erhoben im Unmuth die Becher, Andere standen noch in

Gruppen umher und jetzt begann zuerst in einzelnen
Schlagwörtern und bitteren abgerissenen Sätzen, dann
immer lebendiger und allgemeiner das Gespräch, indeß
sich der Garten immer mehr und mehr mit Gästen
füllte.

Wie? hub ein Bürger an, der sich durch seine statt=
liche Haltung und offene Miene in einer dichten Gruppe
vor den Uebrigen auszeichnete, wie? Auch jetzt sollen
wir vergebens auf einen Kaiser hoffen, der alle deut=
schen Stämme unter sich vereinigt? Was wollen wir
denn sonst, als eben nur die Einheit? Fürsten und
Könige mögen und sollen in ihrer Würde und Hoheit
wie bisher fortwalten, aber ein Band, ein inniges Band
muß sie und die Völker zusammenhalten. Wir Oester=
reicher wollen endlich auch — Deutsche sein und nicht
immer über die Gränze ins Reich hinüberschauen, wie in
einen verzauberten Garten, zu dem uns der Eintritt ver=
wehrt ist. Ein Dämon hält seit dreißig Jahren den
Schlüssel in seiner Hand und öffnet das Schloß nicht,
hält vielmehr Brüder von Brüdern getrennt!

Ja, es ist so, fiel ein Anderer ein. Seit mehr als
dreißig Jahren führt Oesterreich oder vielmehr sein Ge=
sandter den Vorsitz auf dem deutschen Bundestage, Oester=
reich steht an der Spitze von Deutschland und schließt sich
von Deutschland ab. Es hat sich losgesagt, so viel es
nur konnte, von aller deutschen geistigen Entwickelung,
statt sie vielmehr auch unter den übrigen Stämmen, die
nicht deutschen Ursprungs sind, zu fördern, und ihnen

allmählich deutsche Sitte und Bildung zu geben, die sie
doch nicht mehr abwehren können, und auf diese Weise
das deutsche Lebenselement, deutsche Kraft und Innig=
keit gegen Osten hin an der deutschen Donau auszugies=
sen und dort die Menschheit neu zu gestalten. So nur
könnte Macht und Ansehen des deutschen Namens, der
im Westen jenseits des Rheines unter den romanischen
Völkern verkümmerte und bald ganz verschwinden wird,
wieder hergestellt, erweitert und ein nothwendiges Gleich=
gewicht geschaffen werden. Welch ein erhabener Gedanke:
die Deutschen, welche vor beinahe zwei tausend Jahren
als ein einfältiges tapferes Hirtenvolk von Asien her
nach Europa einwanderten, das morsche faule Rö=
merreich stürzten, sich auf dessen unermeßlichen Trüm=
mern niederließen und ein neues herrliches Leben weck=
ten; diese Deutschen jetzt in ihren Urenkeln der alten
Heimat näher rückend und die Hesperiden=Aepfel der
höchsten menschlichen Bildung, so weit man sie bisher
den Drachen der Barbarei nach tausendjährigem Kampfe
abringen konnte, von der langen Wanderung nach Asien
zurückbringend! Welch ein Gedanke: der Halbmond
fällt zerschmettert durch deutsche Kraft von der Sophien=
kirche zu Konstantinopel, das Kreuz strahlt im unver=
gänglichen Glanze über die Meere und nach Asien hin=
über und an den reichen Gestaden siedeln sich Deut=
sche an!

Ja, begann der Erste wieder, ja das ist ein schöner
Gedanke; aber denselben ins Leben zu führen, bedurfte

es auch einer großen, einer deutschen Seele. Und der, dem die Lösung dieser schönen Aufgabe zukam, den die Vorsehung recht eigens dazu als ihr Werkzeug auserkoren zu haben schien, der — nun, wir wissen es ja, und ganz Deutschland weiß es — dessen einziger Gedanke war es, eine Mauer rings um unser schönes Land zu ziehen, daß ja kein Lüftlein von da draußen hereinwehe, und Presse, Schlagbäume und Zollstöcke sollten alle deutschen Gefühle als verbotene Waare abhalten. Aber siehe da, der Wind weht, wo er will und Niemand weiß, von wannen er kommt und wohin er fährt. Wer hätte denn vor zehn Monaten nur zu träumen gewagt, was wir jetzt offen aussprechen dürfen? Doch gerade unter dem stärksten Drucke verdichtet sich die Kraft und der Gedanke, wir wollen deutsch sein, wird mit der Muttermilch dem Kinde eingeflößt, und so lang noch eine Mutter deutsch spricht und ihre blauen Augen das Kind anlächeln, so lange wird dieser Gedanke nicht sterben. Nein, ich kann der schönen Hoffnung nicht entsagen, daß jetzt, jetzt endlich ein deutsches Oberhaupt gewählt werde, daß Deutschland endlich Ein Reich werde!

Hofft nicht zu viel! rief eine klangvolle Stimme durch die um den Redner versammelte horchende Menge.

Aller Augen wendeten sich dem neuen Sprecher zu. Es war ein Greis, dessen Antlitz wie aus weißem Marmor gemeißelt schien; die Züge waren so tief und kräftig ausgeprägt, als hätten Jahrhunderte den Meissel geführt. Das Antlitz war nur belebt durch das Auge,

welches unter den buschigen Brahmen sich halb barg und
zuweilen wie eine milde Flamme blitzlich aufleuchtend ei=
nen hellen Schein verbreitete; seine Lippen umspielte ein
unnennbares Lächeln, vom Kinne nieder wallte ein lan=
ger weisser Bart über die Brust, den er sorgfältig zu
pflegen schien. Das Haupt war kahl, nur von einem
spärlichen Kranze blendendweisser Haare umgeben. Dies
war das Bild des Mannes, auf den die Gruppe jetzt
ihre Augen richtete, und mit Einer Stimme riefen Alle:
Ach! der Felsenbauer!

Ja, begann dieser, ich habe mein Felsennest auch
wieder einmal verlassen, und will mich in der Ebene da
umschauen. Denn wenn ich so niederblickte, däuchte es
mich ein wundersames Treiben, was hier unten wie in
einem Ameisenhaufen sich regte. Nun, jetzt hab ich es
selbst gesehen und erfahren und kann wieder getrost zu
Berge steigen.

Wie? Du willst nicht warten, bis die frohe Nach=
richt kommt: ein Kaiser ist gewählt, Deutschland mit
seinen Fürsten und Völkern ist ein einziges großes Reich?

Da müßte ich wohl lange warten, versetzte lächelnd
der Greis.

O ihr seid der ewige Zweifler, versetzte Jener.
Redliche und gelehrte Männer sind versammelt, Deutsch=
lands Wohl zu berathen. Sie kennen die Wünsche und
die Erwartungen des Volkes.

Aber das Volk scheint die geheimen Wünsche und
Pläne der gelehrten Herren nicht zu kennen. Wann,

wo kam denn je durch Berathung Vieler ein segensrei= ches Werk zu Stande?

Nur diesmal laßt euern Zweifel ruhen. Seht ihr nicht, wie eifrig sie bemüht sind, die große schöne Auf= gabe zu lösen?

Mich dünkt, sie werden dieselbe erst recht verwirren. Mit vielem Schwatzen wird nichts geschaffen.

Eines wird doch gewiß werden! Ein Kaiser wird gewählt und Deutschlands Völkerstämme werden durch ihn vereinigt.

Ja, könnte Jeder von den Versammelten sich selbst ernennen, dann hätte Deutschland bald einen Kaiser, viele hundert Kaiser. Glaubt ihr, die meisten Versam= melten gönnen die Krone einem Fürsten anders als unter der Bedingung, daß jeder Wählende sie mit ihm theile, so etwa wie einen Regenschirm, den man leiht? Die deutsche Krone, denkt Jeder, ist so ein Regenbach, welches die Wähler natürlich nur leihen, und über des Andern Haupt heben, während sie selbst den Griff fest= halten. Das wäre der neue Kaiser! Ein Kaiser wird nicht gewählt, der steht mit einem Male da, ein Schirm und Hort, ein rettender Engel zur Zeit der höchsten Noth. Die sah ich noch nicht, jetzt nicht; ich habe wohl andere Stürme gesehen. Zuerst kann euch den Kaiser ersetzen euere Einigkeit, so möchte ich laut rufen durch alle deut= schen Gauen. Ja, seid einig! Dieses könnt ihr, wenn ihr nur wollt. Kein Mensch, keine Gewalt kann euch dieses wehren.

Aber ein Kaiser ist das sichtbare Band, welches Alle zusammenhält.

Die sichtbaren Bande drücken und schnüren oft statt zu verbinden. Was unsichtbar zusammenhält, das ist der beste Kitt, das ist der Liebe Glut und der Wahrheit Kraft.

Ein Kaiser aber, sag' ich euch, ist Aller Wunsch durch alle deutsche Gauen.

Es scheint mir, der Name hatte nicht einmal Reizes genug für den, der ihn trug. Hat nicht der zweite Franz diesen Namen freiwillig abgelegt? Wer hat ihn dazu gezwungen? Wer konnte es? Man legt doch öfter ein Geräth zurück und zerbricht es nicht, selbst wenn es für den Augenblick unbrauchbar, unnütz erscheint, denn wer weiß wie bald man es wieder hervorholen muß? Schrieb sich nicht ein Fürst noch König von Jerusalem, nachdem dies Reich schon Jahrhunderte lang zu Grabe getragen war? Doch — deutscher Kaiser! Das war eitel, ganz unnütz! Man mußte eilen, dieses Namens los zu werden! Warum wollte Franz diesen Namen, der ihm durch Gesetz und Recht gebürte, nicht weiter dulden? Nach sieben Jahren, denkt, nach kurzen sieben Jahren wäre dieser Name wie ein flammendes Siegesschwert durch Deutschland, durch Europa geflogen, er wäre geworden ein weites Zelt, das alle deutschen Stämme unter sich wie in einer Mutter lieben Armen vereinigte! Wer darf und kann die deutsche Krone, die gleich einem elenden verbrauchten Spielzeug

dahin geworfen wurde, wieder aus dem Staube erhe=
ben? Schafft etwas Neues, dem Ersten Aehnliches; nur
nennt es anders!

So sprach der Felsenbauer. Die innere Bewegung,
welche diese Worte in den Gemüthern der Zuhörer er=
regte, konnte man auf jedem Antlitze lesen. Es ward
eine tiefe Stille, welche der Ausruf unterbrach: Ha!
wer hat auch dieses damals gerathen? Ja, die deutsche
Krone, einst die herrlichste der Welt, ward vom letzten
Kaiser selbst verschmäht und in die Rumpelkammer alter
Geräthschaften als eine Merkwürdigkeit, als ein ver=
brauchtes Familienstück geworfen. Wer schmiedet eine
neue Krone?

Gott und die Zeit, sagte der Greis, wenn sie zur
Rettung und zum Heile dient.

Und wieder verbreitete sich eine tiefe Stille. Die
Stimmung der anwesenden Bürger, die vor Kurzem
noch so fröhlich gewesen, hatte sich verdüstert; hier und
da fiel ein hartes Wort über die Vergangenheit, über
die Gegenwart, dazwischen eine ermuthigende Rede wegen
der Zukunft. Aber die Jugend sorgte nicht um das
Vergangene und war unbekümmert um Alles, was da
kommen würde; sie pflückte unter Scherz und Kosen die
Blüten der Gegenwart zum schönen Kranze, mit dem
sie sich bekränzte und schlürfte aus dem Becher der Freude,
wie ihn der Augenblick darbot. Glückliches Alter! dessen
Freude und Schmerz sich beständig erneuert, in dessen

Auge sich die Thränen der Wehmuth und der Wonne
so leicht verschmelzen!

Da fiel ein flammender Blitzstrahl aus heiterem
Himmel und ein Donnergekrach erscholl, als stürze der
Untersberg zerschmettert in tausend Trümmer. Erschrocken fuhren die Mütter und Jungfrauen empor, ein
ängstliches Schreien und Rufen durchlief den Garten,
ein wildes Durcheinanderrennen, indessen die Männer
beschwichtigten und emporblickend auf eine kleine flie-
gende Wolke deuteten, welche blitzesprühend über den
Garten dahinfuhr. Aber von den nahen Bergen links-
her zog ein unermeßliches Nebelmeer langsam heran und
verhüllte bald alle Gegenstände in seine dichten Schleier;
einen überraschenden Anblick gewährte der Untersberg.
Ueber seine ganze Länge hin war ein Purpurstrom ausgegossen, der sich, wie die Sonne immer mehr sank und
ihre Strahlen schiefer einfielen, sich in Safrangold auf-
lösete und mit Tausend und abermal Tausend zitternden
Lichtfunken dahinwogte; dann brach das Nebelmeer herein und verschlang den Glutstrom und der ganze Berg
lag verhüllt in schwarzer Nacht. Doch jetzt zischten mehrere Blitze durch die Luft, es war als flöge der Deckel
vom Riesensarge hinweg und herausstieg im wundersamen Glanze eine Gestalt, deren Haupt über die Wolken
hinausragte und wie ein Gebirg von der untergehenden
Sonne beleuchtet wurde. Ihr nach erhob sich Gestalt an
Gestalt, eine Reihe von Titanen, und der Führer schwebte
auf dem Wolkenrosse dahin, sein Schwert sendete Blitz

auf Blitz hinaus; ihm nach schwebten die Gefährten. Genau unterschied das Auge anfangs die einzelnen Gestalten, bis das Nebelmeer sie alle verhüllte und sich bis zu dem gegenüberliegenden Berge ausdehnte, den neue Blitze zu eröffnen und zu verschliessen schienen.

Mit stummem Bangen sahen die Versammelten im Garten die sich bildenden, dahinschwebenden und versinkenden Gestalten; allmählich wich die Furcht der Frauen und Jungfrauen dem Erstaunen. Keiner konnte das Wort finden, seine Gefühle auszusprechen. Indessen fielen einzelne schwere Tropfen, bald rascher und dichter, die Wolken schwebten langsam und immer schwerer heran, und nun eilte Alles, den Garten zu verlassen und sich im nahen geräumigen Saale vor dem hereinbrechenden Gewitter zu bergen. Bald hatte Jeder sich zurecht gefunden, nachbarlich gesellig reihten sich in bunter Mischung die verschiedenen Gruppen, und eigene Wahl und glücklicher Zufall hatten das Ihre gethan, die zu nähern, die sich suchten. Die Regenschauer schlugen heftig gegen die Fenster, die Geborgenen nahmen willfährig die von allen Seiten daher Eilenden auf, welche zu spät das aufsteigende Gewitter gesehen hatten und von seinem Sturme waren überrascht worden.

Jetzt, nachdem allmählich Ordnung und Stille auf die geräuschvolle Bewegung gefolgt war, fand endlich das Erstaunen Worte, und eine und die andere Stimme begann halb laut und ängstlich: Hast du den Zug gesehen? Was bedeutet er? Welch ein schweres Ereigniß, welch ein Unglück steht uns und Deutschland bevor? Und ein Dritter fragte: Ist das wilde Heer nun selbst bei Tage ausgezogen?

Diese und ähnliche Fragen und Ausrufungen begannen erst leise, wurden dann immer lauter und wiederholten sich in der Nähe des Felsenbauern, der unverwandten Auges nach dem Untersberge hinschaute, als wollte er mit seinem Blick das Nebelmeer durchbringen. Als endlich die Frage geradezu an ihn gerichtet wurde, entgegnete er: „Friedrich ist aus dem Untersberg nach dem Hohenstaufen hinübergezogen begleitet von den Kaisern und ihrem Gefolge."

Friedrich? Welch ein Friedrich?

„Friedrich der Rothbart, der große Kaiser aus Schwaben."

Der ist's? Er lebt noch?

„Er ist es. Hab ich ihn doch oft genug gesehen, daß ich ihn kennen kann. Ob er lebt, wer möchte denn noch zweifeln?"

So gut eine Nebelerscheinung Leben hat, so gut lebt auch der Kaiser.

Nicht wahr, so meint ihr es? fiel ein junger Mann ein, und war Willens, eine Spottrede hinzuwerfen; aber indem sein Auge dem Auge des Felsenbauern begegnete, lenkte er ein und sagte: Ja wer möchte zweifeln, daß der große Kaiser lebt, da ihr es sagt. Ihr habt ihn nicht bloß gesehen, sondern ihr habt ihn sogar nach dem Morgenlande begleitet, ja ihr seid jetzt noch der Lehensmann desselben auf dem Untersberg, seinem Reiche, das er noch beherrscht.

„Dem ist in der That so," entgegnete der Angeredete mit feierlichem Ernste, „und ich freue mich meines Herrn, meiner Treue und meines Dienstes doppelt und dreifach jetzt in dieser Zeit, da Niemand mehr dienen, sondern Jeder nur herrschen will. Man möchte gern aller Pflicht und Treue los und ledig sein. Alle Welt spricht von Menschen=Rechten, und es gibt doch kein Recht, das nicht zugleich Pflicht wäre. Ich jedoch will meinem Herrn und Kaiser dienen, so lang noch ein Odem in meiner Brust webt."

Indem der Felsenbauer so sprach, richtete sich Haupt und Blick aller Anwesenden gegen ihn; Einige lächelten, Andere starrten ihn ungläubig an; diese blickten mit scheuer Neugierde auf ihn, wieder Andere strengten das Ohr an, um recht deutlich zu hören, was da verhandelt würde, indeß einige Knaben, die ihn schon öfter mußten gesehen haben, sich zutraulich an ihn drängten und baten, er möge doch ein seines Märlein erzählen. Jener Bürger aber, der sich gleich anfangs durch seine Gestalt und Haltung unter der Menge bemerkbar gemacht hatte, wendete sich nun auch an den Greis und sagte: Habt Mitleiden mit den Zweiflern und Neugierigen und berichtet aus euerem Leben ein Abenteuer, deren ihr ja so viele auf euerem Wege getroffen habt, als wären es eben nur reife Nüsse gewesen, die vom Baume fielen und die ihr im Gehen aufgelesen habt.

Auf diese Worte sammelte sich alsbald ein Kreis um den Felsenbauer, und er begann:

Friedrich der Rothbart in Asien.

Es war auf dem Kreuzzuge unter dem Kaiser Konrad III. im Jahre 1147 in der furchtbaren Schlacht auf dem Wege nach Iconium, in welcher die Türken wie Heuschreckenschwärme auf uns einstürzten und ihre Pfeile und krummen Säbel so unter uns wütheten, die wir von Kampf, Hitze und Durst bereits ganz ermattet waren, daß wir desselben Tages Alle zu erliegen meinten. Wir waren zusammengepreßt in einen dichten verworrenen Knäuel, unsere Rüstung, auf welche die Sonnenstrahlen glühend niederfielen, und die Geschosse der Feinde brachten unser Blut zum Sieden, raubten Vielen die Besinnung; die Haufen stürzten über einander und wer nicht von Feindes Hand erlag, erstickte im Gedränge und unter der Last des Panzers und Helmes.

Da erscholl mit einem Male aus der dichtesten Masse die Stimme des Wittelsbachers Otto so gewaltig, daß die Türken im Angriffe erbebten und inne hielten; schnell sammelte sich ein Häuflein Getreuer um den kühnen Führer und wandte die Spiesse und flammenden Schwerter gegen die Feinde, und bald hatten wir uns — ich kämpfte an der Seite des Wittelsbachers — eine freie Gasse geöffnet. Mitten in seinem Siegeslaufe schaute aber der edle Held nach den Gefährten um, und er-

blickte seinen Freund den Hohenstaufen Friedrich im dich=
testen Gedränge. Und noch einmal ließ er seine Stimme
erschallen; die Feinde erbebten, aber sie wichen nicht.
Da riß er seinen Bundschuh vom Fuße, steckte ihn auf
seine Lanze und rief, indem er ihn wie eine Fahne
mitten unter die Türken trug und mit dem blitzenden
Schwert in der Rechten Tausend Tode auf sie schleu=
derte: Christus siegt! Wohlauf ihr Streiter des Herrn!
Hieher, hieher!

Und wir lenken zurück, Andere erheben mit erster=
benber Kraft sich aufraffend noch einmal Schild und
Schwert, und so stürzen wir einer Wolke gleich, welche
ihre letzten Blitze niederschmettert, auf die dichtgeschaar=
ten Feinde. Sie wenden sich zur Flucht, der Hohen=
staufe ist gerettet, er stellt sich an seines Freundes Seite,
wir verfolgen die Geschlagenen in ungehemmter Wuth
und sie stäuben nach allen Seiten auseinander. Ach,
wir kämpften zu Fuße! Auf unseren Rossen wären wir
ihnen gleich Würgengeln nachgeeilt und Keiner wäre
entronnen; aber unsere starken deutschen Rosse waren
erlegen!

Siegesmüde lenken wir wieder dem Schlachtfelde zu;
aber wir hatten uns zu weit entfernt, kaum wußten wir,
nach welcher Richtung zu steuern. Indessen sank die
Sonne, und wir waren froh, als wir nicht allzuferne
einen Hain erblickten, in dessen Schatten wir Sicherheit
und Erquickung zu finden hofften. Dahin zogen wir
denn langsamen Schrittes; endlich erreichten wir dies

erwünschte Ziel; da überblickten wir unser Häuflein, es waren nur Wenige! Welches Loos dem Kaiser und den Uebrigen geworden, wir wußten es nicht. Schweigend mit schmerzlichen Gefühlen drangen wir in die Umlaubung, und so müde waren wir, daß kaum Einer und der Andere die Hand ausstreckte, um eine der köstlichen Früchte zu brechen, welche bis zu unserem Munde niederhingen, um die dürre Zunge zu laben. Mit jedem Schritte schien der Fuß fester am Boden zu wurzeln.

Da sagte Friedrich leise zu Otto: Meine Kraft erlischt. Laß uns hier lagern! Mit diesen Worten sank er hin. Jetzt erst bemerkte Otto, daß der Harnisch seines Freundes mit Blut überronnen war; schnell riß er ihm das Panzerhemd auf, fand am Halse eine tiefe Wunde, rief nach Wasser, nach Salbe und Leinwand. Die Todmüden vernahmen kaum mehr den Hilferuf, denn mit ihm waren Alle niedergesunken und es konnte sich Keiner zum Beistande erheben. Ich war in der Nähe, allein Fuß und Hand, selbst meine Stimme war gelähmt; ich sah nur, wie der Wittelsbacher in Hast einige Gräser pflückte und zerrieb, die klaffende Wunde zusammendrückte, die Kräuter darauf streute und sie mit seiner Schärpe festband. Da lag nun der Hohenstaufe wie ein vom Sturm geknickter Blütenbaum, nur ein leiser Odem zeugte noch von seinem Leben. Der Wittelsbacher aber saß ihm zu Haupten, das Schwert in der Hand, um des theuren Schatzes zu hüten, bis auch er übermannt von der Anstrengung in tiefen Schlummer

2 *

einnickte, der über uns Alle seine schweren Fittiche senkte.

Blitzlich wurde ich von einem blendenden Strahle erweckt, und es war mir, als hörte ich aus allen Wipfeln und Zweigen des Haines wundersame Töne erklingen, welche in den süßesten Melodien sich verschmolzen und alle Schmerzen besänftigten. Ja, ich sah es wirklich, die Bäume bewegten sich, neigten ihre Kronen, öffneten sich und herausschwebten weibliche Gestalten zart wie duftige Rosenblüten, wie sie niemals eines Malers Fantasie schaute, vielweniger bildete. Durch die Lüfte aber kam auf den Schwingen zweier Adler getragen ein Thron aus schimmerndem Elfenbein, und darauf saß eine Jungfrau vom milden Sternenlichte umzittert, das von ihr, dem holdesten Sterne ausstrahlte. Das Gespann senkte sich, die Jungfrau berührte die Erde mit schwebendem Fuße, und alle die jungfräulichen Gestalten umher neigten sich vor ihr und brachten mit Gesang und Reigentanz der Herrin ihre Huldigung dar. Jetzt eröffneten auch meine Gefährten die schweren Lieder und starrten Trunkenen gleich die Wundererscheinung an. Ich aber bemerkte, wie die Fee — denn für eine solche hielt ich sie — sinnend und ganz verloren im Anschauen Friedrichs stand, der allein das geschlossene Auge nicht aufschlug und noch immer da lag einem Todten gleich. Was weiter geschah, weder ich noch meine Gefährten konnten sich dessen jemals erinnern, nur däuchte es uns, als bewegten sich alle Wipfel und Zweige im melodi=

schen Gesäusel, wir fühlten uns emporgehoben und schau=
kelnd durch die Luft getragen.

Als der Morgen kam und die Sonne bereits in
voller Herrlichkeit am Himmel wandelte, erwachte ich und
fand mich mit meinen Gefährten in einem großen Mar=
morsaale auf prächtigen Polstern gelagert. In Mitten
rieselte eine Quelle umgeben von Rosen und Myrthen.
Mit welchen Gefühlen wir uns aufrafften, uns an=
staunten, erkannten, begrüßten, wer vermöchte dies zu
schildern! Alle unsere Wunden waren geheilt, alle
Schmerzen von einem kühlenden Luftbade weggespült,
wir fühlten uns neugeboren!

Aber noch hatten wir uns der Freude des Wieder=
sehens und des Erstaunens nicht gesättigt, als ein schwar=
zer Diener hereintrat und uns durch Zeichen zu verste=
hen gab, ihm zu folgen. Durch einen langen Gang,
der seine offene Seite mit zierlichen Säulen einem gro=
ßen Garten ähnlichen Hofe zuwendete, gelangten wir in
eine große runde Halle von unaussprechlicher Pracht.
Die Wand umher war arabeskenartig mit Edelgestein
und den seltensten Muscheln verziert, durch die hohe offene
Kuppel fiel das Licht des Tages im milden Schimmer
nieder, der Boden war mit den kostbarsten Teppichen be=
legt, der Fuß ging wie auf schwellendem Gras. Dem
Eingange gegenüber ruhte auf erhöhtem Lager ein Mann
in Mitte des Lebensalters, zu beiden Seiten standen
seine Diener. Sein langer Bart floß ihm über die
Brust hernieder. Lange hielt er die blitzenden Augen

auf uns gerichtet, als wollte er das Innere eines Jeden durchschauen, dann winkte er uns näher zu treten. Kein Laut unterbrach die tiefe Stille. Endlich wendete er sich an den Diener, der ihm an der linken Seite zunächst stand, und was er diesem im feierlichen Tone sagte, wiederholte der Diener uns verständlich:

Ihr seid gekommen, die geheiligten Throne in unserem Sonnenlande zu stürzen; aber Gott ist groß! Er hat euch in meine Gewalt gegeben. Nun wählet! Erkennet den einen wahren Gott und seinen Propheten Mohamed, und ihr seid frei, werdet Fürsten unseres Landes und kämpfet fortan als Führer in unseren Reihen; oder ihr bleibt eurem armen Meister getreu und dienet als verachtete Sklaven und mögt erwarten, ob er euch befreien wird. Drei Tage möget ihr die Sache überlegen, und es wird euch, wie ihr gewählt habt.

Mit einem Winke entließ er uns und wir kehrten in den Saal zurück, wo wir uns zuerst wieder gefunden hatten und überdachten schweigend unser Loos. Nach langem Schweigen begann Friedrich: „Wir sind ausgezogen, das heilige Grab zu erobern, das Kreuz auf Jerusalems Zinnen zu pflanzen; wir haben gelobt, für unsern heiligen Christusglauben zu kämpfen, zu siegen oder zu sterben. Was wir gelobt, haben wir bisher gehalten; jetzt steht uns ein härterer Kampf bevor, als jener in der Wüste. Aber der Heiland wird uns auch zu diesem Kraft verleihen und uns in sein himmlisches

Reich aufnehmen, wenn es ihm gefällt. Wer so denkt und fühlt und will, der gelobe es aufs Neue."

Und mit einer Stimme schwuren wir Alle treu zu bleiben unserm heiligen Glauben in allen Nöthen; wir reichten einander die Hände, sanken auf die Kniee, beteten still, und als wir uns erhoben, rief Friedrich sein Auge himmelwärts gerichtet: Dein allein ist die Macht und die Herrlichkeit, o du unser Herr und Heiland, du Sohn des lebendigen Gottes! Dein Reich komme zu uns! Führe uns nicht in Versuchung. Erlöse uns von allem Uebel.

Amen! widerhallte es, und nun erwarteten wir mit Muth und Hingebung, was da kommen würde. Die drei Tage verschwanden schnell; wir waren indessen wie Gäste gehalten, wandelten ungehindert durch die verschlungenen Gänge · des unermeßlichen Gartens, der in seinen verschiedenen Abtheilungen hier alle Farbenpracht der mannichfaltigsten Blumen zeigte, dort im üppigen Wiesengrün mit Violen an Quellen und Bächlein sich hinzog, weiter zurück in einen Hain sich verlor, der in seine duftige Umlaubung von der Mittagshitze zur Ruhe einlud und zuletzt in einen Wald auslief mit dunklen hochanstrebenden Eichen, Palmen und Akazien, dazwischen sich dichtes Gestrüpp schlang, aus dessen Oeffnungen die glänzenden Augen mancherlei Wildes neugierig scheu die Fremdlinge anstaunten. In Mitten des Gartens lagerte der blaue Spiegel eines Sees umrahmt von den köstlichsten Gewächsen.

Der Palast mit dem Garten war offenbar der Wohnsitz eines mächtigen türkischen Emirs, der Umfang betrug mehrere Stunden. Das Ganze war mit einer hohen Mauer umfangen; zahlreiche Schaaren von Arbeitern thaten tagtäglich die ihnen angewiesenen Geschäfte, und Reiter mit Pfeil und Bogen durchstreiften die Gänge und jagten wachsam längs der Mauer hin.

Am Abende des dritten Tages rief uns, da wir eben Alle wieder versammelt waren, derselbe Diener, ihm zu folgen, brachte uns wieder in jene Halle und hier tönte uns beim Eintritte die Frage entgegen: Habt ihr gewählt?

Und Friedrich antwortete für uns Alle: Wir haben gewählt und wollen die Treue bewahren unserm Herrn und Heiland Jesu. Aber wir bieten für unsere Freiheit eine Lösesumme, wie du sie bestimmen magst und wir werden trachten, sie aufzubringen.

Thoren ihr! schallte es zurück. Nicht Silber verlange ich. Wohlan denn, nehmt was ihr gewählt habt.

Wir verließen die Halle und brachten den Abend unter bangen Gesprächen zu, bis wir in Schlummer sanken. Am folgenden Morgen waren wir, und wir wußten nicht wie es geschehen konnte, von einander getrennt, Jeder im Sklavengewand an verschiedenen Punkten der weiten Besitzung zerstreut und Arbeitern und Aufsehern zugetheilt, die uns mit roher Schadenfreude zu den niedrigsten alle Kraft verzehrenden Frohndiensten trieben.

Der Tag sank, da fanden wir uns wieder in einem dumpfen halbverfallenen Gewölbe, an dessen feuchten Wänden hin unsere Lagerstätten gereiht waren, auf den Tischen Brot und Wasser. Stumm reichten wir uns die Hände und sanken todtmüde ohne etwas zu geniessen auf das harte Lager. Der früheste Morgen weckte uns zur Arbeit, der Hunger trieb uns wider unsern Willen das harte Brot in Wasser getaucht zu verschlingen. Dann wurden wir nach verschiedenen Seiten abgeführt. Mein gutes Geschick wollte, daß ich in der Nähe Friedrichs und Ottos blieb, die nun statt des Schwertes den Karst führten, und die Erde verwundeten und mit ihrem Schweiße beträufelten. Schweigend erhoben sie bisweilen das Haupt und ihre Blicke begegneten einander und sie sprachen sich schweigend einander Muth zu und begannen die Arbeit von Neuem.

So lange die Morgenlüfte kühl wehten und die Schatten der Bäume uns Schutz gegen die Pfeile der Sonne gaben, erhielt sich unser Geist aufrecht; aber gegen Mittag brannte es wie eine glühende Fackel über unserem Haupte, und erst spät ertönte den Verschmachtenden der Ruf zur Ruhe, und dann lagerten wir uns in einzelnen Gruppen in die Schatten. Das gemeinsame Unglück hatte uns Alle einander gleich gemacht vor unseren Peinigern; doch in meiner Seele erhob sich jetzt erst im vollen Bewußtsein die Achtung und Ehrfurcht vor den edlen Fürsten, welche nun zu Sklaven niedergedrückt ihr Loos schweigend ertrugen und mit christlicher

Hingebung das ihnen befohlene Werk förderten. Es war ein harter heißer Kampf, den sie kämpften und sich selbst und ihre Feinde besiegend mit Heldenmuth bestanden. So verging Tag um Tag, und jeder schien sich nur in seinen Leiden zu wiederholen. Allmählich erlosch selbst die Hoffnung, die Freiheit und unser deutsches Vaterland wieder zu schauen.

Eines Tages, da wir um die heiße Mittagszeit wieder im Schatten der Bäume, ich seitwärts, gelagert ruhten und Friedrich und Otto im süßen Schlummer ihrer Leiden vergaßen, schwebte aus dem Dunkel des Haines eine weibliche Gestalt, stand bei dem Haupte Friedrichs sinnend still, neigte sich endlich zu ihm nieder und fächelte mit ihrem Schleier Kühlung über sein gebräuntes Antlitz. Der balsamische Strom berührte auch mich und ich athmete auf vom neuen Leben durchdrungen, und die Brust des Hohenstaufen hob sich, ich sah es, wie die Brust des Schwanes, wann er ruhig stolz auf dem spiegelblauen See dahinrudert. Jetzt athmete er froh tief auf und der Schlummer sank von seinem Aug. Da entschwebte die Gestalt, und er schaute dem entfliehenden Lichtbilde verwundert und beseligt nach. Dann sprang er empor, stürzte in die dichteste Umlaubung des Haines; aber sie war wie ein Traum, wie ein Schatten verschwunden. Es war aber, wie ich ganz deutlich erkannte, dieselbe Lichtgestalt, welche nach der verhängnißvollen Schlacht, da wir im Haine ruhten, aus der Luft

niederschwebte, und durch deren Willen wir offenbar hie=
her gebracht waren.

Von jenem Tage an sahen wir sie öfter, bald sin=
nend am See unter Lotos und Palmen, bald an der
Quelle, die unter einem Felsen hervorsprudelte, deren
hüpfende Wellen mit leisem Murmeln die Veilchen und
Rosengebüsche umher begrüßten und im Dahinfliehen
küßten und in deren duftender Schattennacht Nachtigal=
len ihre Liebe und ihren Schmerz flöteten; bald sahen
wir sie gleich einem hellfunkelnden Stern niedersinken.
Wir fühlten ihre Nähe wie die eines seligen segnenden
Wesens, das sich seiner gedrückten Erdenbrüder erbarmt
und ihnen Worte des Trostes und des Muthes zuflü=
stert; Geist und Leib fühlten sich durch ihre Nähe ge=
stärkt und über alle Leiden erhoben. Auch die Aufseher
ließen wie aus heiliger Scheue vor ihrer Gebieterin von
der Peinigung ab, die sie sonst gegen uns übten; wir
durften uns nun häufig während des Tages bald in
größeren bald in kleineren Gruppen zusammenfinden
und uns des gegenseitigen Anblickes, der trauten deutschen
Muttersprache freuen, und kehrten freudiger zur Arbeit
zurück, und jedes Werk schien fortan unter unseren Hän=
den zu gedeihen. Unsere dumpfe Lagerstätte verwandelte
sich in einen angenehmen Laubgang, statt des Wassers
schlürften wir oft köstlichen Wein und erquickten Leib
und Seele; aber wir schwiegen, als würde durch das
leiseste Wort das süße Geheimniß verrathen und der
Zauber zerstört.

Friedrich fühlte oft die Nähe der Huldin und sein Herz bebte vor Sehnsucht und Verlangen, sie von Angesicht zu Angesicht zu sehen. Eines Tages ruhte er in der Mittagsstunde an der Quelle; da war es, als vernehme sein Ohr ein leises Athmen, als werde seine Wange vom zarten Hauche umfächelt. Aber vergebens sendete er seiner Augen Strahlen umher, das geheimnißvolle Wesen zu entdecken; vergebens breitete er seine Arme aus, ihm zu begegnen. Da rief er mit leiser bebender Stimme: O, wenn du bist ein guter Geist, wie sie als Diener Gottes durch die Lüfte schweben und auf Erden wandeln und die Freude auf ihren Schwingen tragen, die Menschen zu beglücken, so zeige dich mir, daß dich mein Auge erblicke! Im Namen Jesu, meines und der Welt Heilandes, beschwöre ich dich: Offenbare dich mir und zeige, wer du bist!

Auf diese Worte fühlte er, wie wenn eine zarte Hand ihm den Schleier von seinen Augen hebe, der sie bisher verhüllte, und er sah die Lichtgestalt in jungfräulicher Würde und Hoheit, und er senkte überrascht sein Knie und neigte sein Haupt. So blendete ihn das Licht das von ihr ausstrahlte und verwirrte seine Sinne. Aber sie begann mit milder Stimme: Du hast mich beschworen bei einem Namen, dem alle Geschöpfe der Erde mit freudiger Ehrfurcht huldigen, vor dem die Tiefen der Hölle erzittern und den die Heerschaaren der Engel mit Lobgesängen feiern. Ich weiß, daß du und die Deinen ihm dienest, und daß er euch die wunderbare Kraft ver-

leiht, den Dornenkranz des Lebens wie Rosen um euer
Haupt zu flechten.

Bei diesen Worten richtete sich Friedrich empor, richtete den Blick dankbar zuerst gegen Himmel, dann auf
sie und schwieg und sein Ohr durstete noch mehr von
dem Wohllaut ihrer Stimme zu trinken. Aber sie schwieg
und senkte ihr Auge. Da fühlte er sich durchdrungen
von einem unnennbaren Gefühle, und er ergriff ihre
Hand und sagte: Ja, ich habe dich beschworen bei dem
Namen dessen, durch den das Heil in die Welt kam,
durch den alle Menschen Brüder und Kinder des einen
himmlischen Vaters werden. Hast du nicht von ihm
gehört und vernommen, daß er auf Erden wandelnd,
lehrend, leidend und scheidend nur ein Gebot gab, nur
dies Eine Gebot: Liebet einander! Hast du das nie
gehört? O, so vernimm es nun von mir.

In diesem Augenblicke flog ein Papagei daher und
stieß ein freudiges Geschrei aus, da er seine Herrin sah,
flatterte um ihr Haupt und setzte sich dann auf ihre
Lilienschulter und rief, indem er die Flügel reckte: Robita! Dann flüsterte er ihr kosend einige Worte ins
Ohr, als habe er einen Auftrag an sie zu bestellen.
Sie aber zog langsam ihre Hand aus der des Hohenstaufen und sagte: Ich trage Verlangen, von deinem
Meister zu hören und werde dich wieder sehen, wenn
günstige Sterne walten. Lebe wohl! Sie wendete sich
und verlor sich ohne umzublicken in dem schattigen Myr-
thengebüsche. Friedrich aber stand und schaute ihr nach

und vergaß Alles um sich her. Hätte ihn damals Je=
mand gefragt: Wer? Woher? Er hätte sich kaum
seines eigenen Namens erinnert.

Wie bald und wie oft er sie nach jenem Tage wie=
der sah, und wo sie einander begegneten, das mögen
sich die Rosen einander zugeflüstert und eine Nachtigall
der anderen im Sang vertraut haben. Den Papagei
aber sahen wir öfter wie einen kundigen Boten hin= und
herflattern, und bald war er so mit dem Hohenstaufen
vertraut, daß er schmeichelnd zuflog und sein Geschwätz
verrieth genug. Denn nun rief er nicht bloß „Robita",
sondern auch „Friedrich! Friedrich!" Wer mochte ihn
dies Wort gelehrt haben, das er mit schelmischem Kopf=
nicken bald leise mehrmal nach einander hervorgurgelte,
bald mit schmetternder Stimme durch die Haine rief,
als suche er den Vermißten!

Wir freuten uns über das Glück des geliebten Für=
sten; aber so eigensüchtig ist der Mensch, daß wir bei
seinem Glücke nur an uns dachten, wie wir durch sie
und durch ihn wieder zur Freiheit und in die Heimat
gelangen könnten. Als er aber ganz seiner Liebe allein
zu leben und unser und des heiligen Zieles zu verges=
sen schien, wendeten wir uns an den Wittelsbacher, daß
er das Herz seines Freundes mit sanften Worten rühre
und ihn an die Zukunft erinnere, die durch ihn glanz=
voll über Deutschland aufgehen würde. Der Kranz der
Eiche und des Lorbers reift langsam aber auch für lange

Zeit, während Myrthen und Rosen schnell emporsprossen und verblühen.

Und in stiller Nacht, da wir Andere alle uns zum Schlummer gelagert hatten, erhob sich Otto und rief leise den Freund, und sie wandelten im verschwiegenen Haine und es war schon Mitternacht vorüber, als auch sie sich an unserer Seite wieder zum Schlummer legten. Was Otto gesprochen hat, Niemand weiß es. Und es ist billig und gut, daß der Freund dem Freunde zumal dem mächtigen ein ernstes Wort nur im Vertrauen sage. Das trifft wie ein gefiederter und wohlgeschnellter Pfeil und haftet im Herzen, doch die Wunde heilt bald durch den freien Entschluß der Besserung. Aber der offene Tadel beschämt und reizt und gar oft fliegt der Pfeil auf den Schützen zurück und verwundet ihn zum Tode.

Wir aber vernahmen nun aus Ottos Munde dieses: Der Herr des Schlosses ist einer der mächtigsten Fürsten unter den Türken, gefürchtet weit umher wegen seiner Macht und Strenge und wegen seines innigen Verkehrs mit den Geistern, welche in der Tiefe der Erde walten und seinem Befehle gehorchen; denn er besitzt einen der vier Ringe Salomons, durch deren Kraft dieser einst die Geister der Elemente zu seinem Dienste zwang. Von diesen vier Ringen wurde der eine das Erbtheil seines Geschlechtes und ging stets vom Vater auf den ältesten Sohn über, bis er endlich dem gegenwärtigen

Herrn des Schloſſes übergeben wurde. Um ſeine Macht zu verſtärken, vermählte er ſich mit der Fee Tanilba, welche im Beſitz eines anderen der vier Ringe war, und ihr gehorchten die Geiſter der Luft. Allein zu ihrer Macht fehlte ihnen die innere Beſeligung; vergebens richteten ſie lange Zeit ihre Bitten an den Himmel, von dem alle wahre Freude kommt, daß er ihnen einen Erben ihrer Macht, einen Zeugen ihrer Liebe gewähre. Endlich genas Tanilba eines Töchterleins. Das iſt Robita, die zur Luſt ihrer Aeltern in unwelklicher Jugend und Schönheit emporblühte. Indeſſen nahte das Ende der irdiſchen Laufbahn für Tanilba; denn auch die Feen, welchen überirdiſche Schönheit und höhere geiſtige Macht als den Menſchen gegeben iſt, die aber mit denſelben Neigungen zur Wonne und zum Schmerz begabt ſind, verlaſſen endlich nach langer Pilgerfahrt den Schauplatz ihres Waltens und ſchweben empor in andere Himmelsräume zu einem neuen Wirken. Tanilba ſchien in hingebender Liebe für ihre Tochter ſich ganz aufzulöſen und entſchwebte dem Umkreis der Erde. Robita war die Erbin ihrer Schönheit und Macht, und waltet nun an der Mutter Stelle wie ein beglückender Engel in jungfräulicher Milde und Würde. Der Vater aber, ſonſt ſtreng und ernſt, dem die Geiſter ſeines Ringes nur mit Widerwillen gehorchen, iſt nur gegen ſeine Tochter ganz Liebe und bewacht ſie wie ſein Auge und mehr als ſeinen Ring, daß ſie ihm nicht von einem der mächtigen Fürſten, die im Beſitze der anderen Ringe

Salomons sind, entführt werde. Gegen Niemanden aber
ist er wachsamer und eifersüchtiger, als gegen die Christen des Abendlandes, die, so schön und tapfer, den Töchtern Asiens wohlgefallen, und er glaubt, die beiden anderen Ringe seien im Besitze ihrer Fürsten und durch
einen derselben werde ihm die Tochter entrissen. Tanilda
habe das Schicksal ihres Kindes in räthselhaften Worten angedeutet und dasselbe zugleich gepriesen und be-
mitleidet, da sie zugleich Braut, Gattin und Wittwe sein,
als eine beseligte Mutter unter den Frauen der Erde
strahlen und Lust und Wehe zugleich aus vollem Becher
schlürfen würde. So fürchtet denn der Vater das Schicksal und den Verlust der geliebten Tochter und zugleich
den Verlust seiner eigenen Macht, und als ein eifriger
Verehrer Muhameds verfolgt er alle Christen und will
diese seinem Glauben zuführen, indeß Robita Christum
schon von ihrer Mutter verherrlichen hörte und jetzt der
Erzählung von dessen Leben, Thaten und Lehre immer
freudiger lauscht. Ihr allein danken wir es, daß unsere Gefangenschaft gemildert wurde; aber sie selbst sieht
das Ende unserer Leiden noch nicht und vertröstet auf
die Zukunft, deren heilbringende Sterne noch hinter
Wolken verborgen strahlen. Ohne den Willen ihres Vaters sei die Befreiung unmöglich, und jeder Versuch der
Gewalt würde das Netz nur enger und drückender um
uns ziehen. Sie könne uns gegen den Willen des Vaters nicht retten, nachdem wir dessen Gebiet einmal betreten. In jenem Haine, der uns nach der Schlacht eine

sichere Zuflnchtstätte darbot, waren wir seiner Macht be=
reits verfallen.

Dieses meldete uns Otto und fügte hinzu: Frie=
drich hat weder seines Glaubens noch des deutschen Va=
terlandes vergessen, er hofft vielmehr, Beide im lichten
Strahlenschimmer über die ganze Erde hin verherrlicht
zu schauen. Darüber sinne er Tag und Nacht, dafür
biete er sich selbst dem Tode dar.

So milde diese Worte gleich einem sanften Regen
auf die lechzende Au in unsere Herzen fielen, so wenig
erhellten sie doch die Aussicht in die Zukunft. Indessen
trugen wir, was nicht zu ändern war, mit Muth, und
nur die Ungeduldigsten hielten die schmerzlichen Wunden
durch trotziges ungebärdiges Widerstreben stets offen und
zehrten am Marke ihres Lebens. Die uns beigegebenen
Wächter aber ließen allmählich nach von ihrer strengen
Aufsicht und zeigten sich mild, Manche richteten selbst
Worte der Theilnahme an uns, und wir durchwanderten
nach vollbrachtem Tagewerke ungehindert die verschiede=
nen Abtheilungen des Gartens und selbst den Palast;
nur ein Theil desselben mit einem hochemporragenden
Thurme blieb Jedem unzugänglich. Und so fanden wir
unser Loos von Tag zu Tage erträglicher, als mit einem
Male die alte Strenge mit eiserner Härte wieder geübt
wurde. Man trennte uns während des Tages, selbst
zur Nachtzeit waren wir nur drei und drei in elende
Räume vertheilt und eingeschlossen, die Arbeit wuchs, die
Kost minderte sich und unsere Kraft versiegte. Die

traulichen Unterredungen zwischen Robita und Friedrich
waren verstummt, er durfte selbst ihres Anblickes nicht
mehr froh werden, und nur zuweilen war es ihm, als
schwebe sie unsichtbar in seiner Nähe. Der Papagei
aber flatterte noch lustig um das Haupt des Hohenstaufen, als wollte er ihm eine Freudenbotschaft bringen,
und schrie mit gellender Stimme die Namen Friedrich
und Robita durch die Haine.

Kaum war das harte Joch mehr zu tragen und in
Aller Brust keimte endlich das schaurig süße Gefühl der
Rache. Ohnmächtiger Wunsch! Thörichtes Verlangen!
Wie und an Wem wollten wir uns rächen? Die
Waffen waren uns genommen, und der Herr des Schlos-
ses war mit Dämonengewalt ausgerüstet und ge-
schirmt! Die Schwingen unseres Muthes, unserer Hoff-
nung erlahmten und sanken täglich tiefer.

Da traf es sich eines Mittags, daß Friedrich und
der Wittelsbacher im Schatten des äußersten Theiles des
Schlosses ruhten und sich mit beredten Blicken schweigend
einander die Hände reichten. Auf einmal vernahmen sie
Geräusch in der Nähe, und wie sie um sich schauten,
sahen sie aus einer Oeffnung des Erdgeschosses ein fra-
tzenhaftes Gesicht glotzen und aus dem verzerrten Munde
kamen die Worte: Hier liegen euere Waffen. Kommt
und nehmt sie.

Und die Beiden starrten einen Augenblick die Erscheinung an, darauf sprangen sie empor, und rissen
mit ihren Händen die Felsstücke aus dem Gebäude und

3 *

das Blut rieselte aus ihren Händen; aber sie ruheten nicht, bis die Oeffnung weit genug war. Dann nahmen sie ihre Waffen und küßten ihre Schwerter mit Inbrunst. Aber das Fratzengesicht erschien wieder und sprach: Die Waffen allein helfen euch nicht, nur die List rettet euch. Hört! Nie werdet ihr die Freiheit erlangen, so lange der Herr des Schlosses lebt. Ihn zu besiegen, zu tödten gibt es nur ein Mittel. Tagtäglich ruht er Mittags, wenn die Sonne am Höchsten steht, vom Schlummer gefesselt in dem gegenüberliegenden Thurme. Das ist die Stunde, in der seine Macht gelähmt ist. Kommt morgen dahin, ich werde euch die Pforte öffnen und euer Führer sein Ein Schlag auf sein Haupt, und ihr seid frei!

Wie, sprach der Wittelsbacher, wir sollten feige dem Schlummernden nahen und feigen Banditen gleich ihn meucheln?

Es gibt nur diesen einen Weg zur Rettung.

Nein, nimmermehr! riefen die Beiden. Wir wollen ihn rufen zum Zweikampfe und das Uebrige legen wir in Gottes Hand.

Darauf sprach die Gestalt grinsend: Ihr wählt ein sonderbares Mittel. Glaubt mir, nur der angedeutete Weg führt zur Freiheit, sonst keiner. Doch was ihr verschmäht, werden euere Gefährten mit Freuden ergreifen.

Da schrie Friedrich und seine Stimme zitterte vor Schmerz: Ha, Ungeheuer! du schmähst den deutschen Namen vergebens. Kein Deutscher wird sich und seinen

Namen so schänden! Darauf rief er die Genossen, und
sie kamen daher von allen Seiten und sahen mit freu=
digem Erstaunen die Beiden bewehrt, und sie alle er=
griffen die Waffen und der Klang der Schwerter wider=
hallte von dem Schlosse.

Darüber erwachte der Herr, trat von dem Thurme
heraus auf die Altane und sah seine Gefangenen kam=
pfesmuthig. Und der Wittelsbacher rief ihm zu: Steige
nieder und gewähre uns ritterlichen Kampf um unsere
Freiheit. Stelle du dich selbst oder stelle Einen der Dei=
nigen und ich will streiten mit dir, und wenn Gott den
Sieg in meine Hand gibt, dann lässest du uns ziehen
frei und ungehindert.

Indem er so sprach und Aller Augen nach dem
Thurme gerichtet waren, erscholl vom Rücken her ein
banger Ruf, dann ein lautes Wehgeschrei von den Die=
nern des Schlosses und Getümmel wie eines beginnen=
den Kampfes. Der Papagei umflog kreischend den Ho=
henstaufen und rief: Robita! Robita! Da wendeten
wir uns Alle um, und welch ein Schauspiel sahen un=
sere erstaunten Augen! Ein mächtiger Adler hatte die
holde Jungfrau ergriffen und schon schwebte sie in der
Luft, als ein anderer Adler auf jenen niederschoß und
ihn zwang, um sein Leben zu kämpfen. Allein der Räu=
ber verwandelte sich blitzlich in einen Drachen und um=
schlang mit rollendem Schweife seinen Gegner; dieser
aber ließ sein Gefieder in der Gewalt des Feindes und
schwang sich als neuer Adler empor und hackte mit sei=

nem Schnabel auf die Augen des Ungethümes. Jetzt
verschwand dieses und ein Riese erhob sich aus der Erde,
auf den der Adler mit seinen Krallen und Flügeln ein-
stürmte; vergebens! Denn der Riese ergriff mit der
einen Hand Robita, indeß die andere den Adler abhielt;
jetzt erhoben sich Andere zu seinem Beistande! Robitens
Fingerspitzen sprüheten Blitze gegen die Furchtbaren;
aber sie schüttelten die Flammengeschosse wie Federspiel
von sich, und schon war die Jungfrau von Zauberban-
den umwoben und die Riesen müheten sich, sie emporzuheben. Da kam vom Thurme her eine Wolke und es
folgte Blitz auf Blitz, und Riesen stürzten aus der Wolke
auf die anderen Riesen, ihnen die Beute zu entreißen.
Vergebens!

Wir standen indessen starr vor Schrecken und Staunen. Jetzt im Augenblicke der höchsten Gefahr für Robita
kehrte unsere Besinnung zurück und wir brauseten mit
geschwungenen Schwertern gegen die Räuber und trafen
sie Schlag auf Schlag, und Stück um Stück kollerte
von den Riesenleibern; doch vergebens Alles. Sie er-
standen nach jedem Schlage wieder ganz, unsere Arme
sanken bereits ermattet unter den Keulen der Gegner.
Da that Friedrich mit seinem Schwerte einen Kreuz-
schlag auf sie indem er rief: Im Namen Jesu, weichet, weichet ihr Gebilde der Hölle, weichet! Und in
demselben Augenblicke war es, als verschlänge die Erde
die Truggebilde; Robita lag ohnmächtig zu den Füßen
des Hohenstaufen, der sie mit seinen Armen umfing

und auf eine nahe Rasenbank brachte. Während er
noch beschäftigt war, sie ins Leben zurückzurufen, stand
der Vater neben ihm. Ihr wiedererwachender Blick weckte
in der Brust der Beiden, in uns Allen die Freude!

An demselben Tage genossen wir zum ersten Male
wieder seit Monden der Lust der Freiheit, und wir
dankten dem Himmel für diesen Hoffnungsstrahl. Am
Abende trafen wir uns in demselben Saale, der uns
während der ersten Tage beherbergt hatte. Am folgenden Morgen trat der Herr des Schlosses in unsere
Mitte und kündete uns an, von nun an wären wir
frei, ganz frei, Herren unseres Weges und Lebens. Zugleich dankte er uns für die ihm gewährte Hilfe gegen
die feindlichen Mächte, dann ließ er einem Jeden köstliche Geschenke reichen, bat uns, wir möchten ihm treu-
gesinnte Freunde bleiben für immer auch in der Ferne
und unserer Freiheit nun nach Belieben genießen.

Wir standen erstaunt. Der Wechsel von gestern
war so rasch und stark, daß wir den neuen Zustand
kaum zu fassen vermochten. Dann wollten die Einen
sogleich aufbrechen, fortziehen, diese nach Jerusalem sich
wenden, Andere nach Europa zurückkehren. Aber die
Weiseren, die Führer riethen, man solle zuerst nach dem
Schicksal der übrigen Kreuzfahrer und insbesondere nach
dem des Kaisers Konrad forschen, ehe man einen Entschluß fasse. Dies wurde gebilligt und unser Gastwirth
selbst sandte Boten aus. Indessen lebten wir ein Leben
wie die ersten Menschen im Paradiese: überall, wohin

wir blickten, sahen wir Freudenkränze hangen an jedem
Baume, aus Wolken und aus Wellen die Luft uns zu=
winken und wir pflückten sie mit vollen Händen. Der
Hohenstaufe aber bekränzte sich gewiß mit den schönsten
Blüten und Freude schmetternd tönte der Ruf des Pa=
pageies durch den Hain: Friedrich! Robita!

Nach wenigen Tagen meldete Einer der ausgesende=
ten Boten: die vom Kreuzheere Geretteten lagern mit
dem Kaiser etwa zwei Tagreisen entfernt, ihr Zug wende
sich dieser Gegend zu, bald werden sie in der Nähe sein.
Ein lauter Jubel begrüßte diese Nachricht, nur Einer
stimmte nicht ein in die allgemeine Freude, und wir
rüsteten uns, den Nahenden entgegen zu ziehen, sie zu
bewillkommen; und als wir sie sahen, als sie uns er=
blickten! welch ein schmerzlich süßes Begrüßen geschah
damals unter Thränen der Freude und der Wehmuth!

Drei Tage lang wurden die neuen Gäste von dem
Herrn des Schlosses reichlich bewirthet; wir bedienten
unsere Brüder mit trunkener Freude und aller Schmerz
war vergessen, alle Trauer vom Lächeln der Zukunft
hinweggeathmet. Früh am Morgen des vierten Tages
drängte sich überall das geschäftige Treiben des Auf=
bruches. Schon wieherten die Hengste, welche von un=
serem dankbaren Wirthe den Fürsten bestimmt waren,
der Kaiser harrte nur noch seines Neffen. Friedrich
aber wandelte mit hastigem Schritte durch den Hain,
und spähete umher, als suche er ein verlornes Kleinod,
das er nicht mehr finden konnte; der Wittelsbacher kam

ihm entgegen und wenige Worte deuteten an, auch er
habe das Gesuchte nicht gefunden. Und die Trompeten
schmetterten und lauter wieherten die Rosse.

Da trat aus dem Myrthengebüsch eine Lichtgestalt,
es war Robita. Ihr Auge erschien vom duftigen Schleier
der Wehmuth überhaucht, und Friedrich stand nun vor
ihr, und seine Zunge vermochte das Wort des Abschieds
nicht zu stammeln. Er schwieg. Sie aber lächelte un=
ter Thränen ihm Muth zu und lispelte mit bebender
Stimme: Lebe wohl! Auch getrennt bist du mein, bin
ich dein! Unser Loos ist über den Sternen verzeichnet.
Geh! Dich ruft das Geschick, des Himmels Wink auf
den ersten Thron der Welt. Wahre als Kaiser den
Glanz der deutschen Krone und deinen und deines Ge=
schlechtes Ruhm!

Auf diese Worte erhob Friedrich sein Haupt und
sprach wehmüthig ernst: Was schmeichelst du? Warum
willst du mit süßem Wort Hoffnungen wecken und eitle
Gedanken in meiner Brust, die nur dein Bild faßt?
Und sie entgegnete: So wird es geschehen, wie ich
sagte. Die europäische Welt wird dich als Kaiser be=
wundern, anstaunen und lieben, Asien vor dir erbeben.
Und dein Geschlecht wird strahlen im Glanze des Ruh=
mes und der Ehren nach dir, bis sein Werk auf Erden
vollbracht ist. Aber in den hellstrahlenden Kranz sind
die Stacheln des Hasses und Neides und der Arglist
eingeflochten, und er wird deine Stirne blutig drücken
und dein Herz wird schauern im Leib. Aber kämpfe

muthig den Kampf, den die Feinde dir bieten; der Him=
mel reicht dir Strauchelnden seine Hand, vertraue auf
ihn. Du wirst deinen Feinden nicht erliegen, nicht dein
Geschlecht, und wenn es auch verhöhnt und verspottet,
mit Skorpionen gepeitscht und mit glühenden Schwertern
geschlagen würde. Es wird verschwinden, aber nicht ver=
gehen; es wird verschallen und sich neu erheben zum
Siege, bis endlich Alles erfüllt ist nach des Himmels
Rathschluß. Lebe wohl! Wir sehen uns wieder.

Und sie reichte ihm die Hand und wendete ihr Ge=
sicht ab. Dann sprach sie zu dem Wittelsbacher: Er
wird deine Treue belohnen. Du wirst ihm der Nächste
sein an seinem Herzen und am strahlenden Throne, du
wirst sein Leben und seine Ehre bewachen und schützen
die deutsche Krone, daß sie glänze unter allen Kronen
des Abendlandes. Und dein Geschlecht nach dir wird
blühen in Hoheit und Ehren, gesegnet, beglückend be=
glückt und sein Ruhm und seine Macht werden wachsen
und sich immer erneuen. Waltet friedlich in Mitten der
Entzweiten; du und dein Geschlecht nach dir seid beru=
fen, sie zu versöhnen und euer Schwert wird sein das
Zünglein der Wage zwischen Mittag und Mitternacht
und euere Freundschaft werden suchen die Schwachen
und die Mächtigen. Im Krieg und im Frieden strahlt
euer Stern, und es wird der Stamm seine Wurzeln
schlagen wie die Eiche in unverwüstliche Felsen.

Nach diesen Worten drängte sie die Beiden fort.
Sie gehorchten und gingen zögernden Schrittes. Noch

einmal wendete Friedrich den Blick auf sie, und er sah, wie sie ihn zurückwinkte, dann wieder abwehrte, und wie Thränen in ihrem Auge zitterten. Da vernahm er nahe den Ruf der Freunde, sie kamen, zogen ihn fort, brachten ihn zum Kaiser; der dankte dem Wirthe, und fort ging der Zug nach Jerusalem. Robita sah den Abziehenden nach lange, lange!

Ach, es bewahrte ihr Herz und ihr Mund ein süßes Geheimniß;
  Aber der neidische Tag schwatzt von den Freuden der Nacht,
Und was gesponnen die Lieb und verhehlt mit zärtlichem Bangen:
  Sieh, der Verräther, der Tag bringt es aus glänzende Licht.

Die Begegnung.

So erzählte der Felsenbauer, und die Versammelten umher, Jung und Alt lauschten seinen Worten und vernahmen kaum, wie draussen der Donner grollte und die Regengüsse niederschlugen.

Während der Erzählung war ein Jüngling in den Saal getreten; es achtete Niemand seiner, so sehr waren Aller Augen und Ohren auf den Erzähler gerichtet, und still hatte sich derselbe an ein Tischlein in einer Ecke des Saales gesetzt und übersah mit gleichgültigem Blicke die bunte versammelte Menge und stützte sein Haupt in die rechte Hand. Das braune sonst lockige Haar hing

von dem Regen straff hernieder, er schien vom Ungewitter überrascht worden zu sein und hatte dabei seine
Kopfbedeckung verloren. Die Linke hatte er mit einem
weißen feinen Tuche umwunden, an der Stirne zeigten
sich einige scharfgeritzte frische Streifen. Seine Haltung
war edel ernst, beinahe mehr als seinem blühenden Alter
ziemte, der Ausdruck seines von der Sonne gebräunten
Antlitzes mild und geistreich und edel. Er saß lange
Zeit in sich gekehrt und schien mit seinen Gedanken weit
entfernt, erst allmählich horchte auch er auf die Erzählung, die Aller Aufmerksamkeit fesselte, und richtete sein
Auge nach der dichten Gruppe, aus welcher die Worte
des Landmannes klar, verständlich bis zu ihm herüber-
tönten, und je länger er horchte, um so lebhafter wurde
seine Theilnahme.

Am frühen Morgen war er zu Roß von dem son-
nig gelegenen Traunstein aufgebrochen, gegen die Inzell
hin, denn er hatte von der herrlichen Straße, die durch
Felsen über Schluchten und Abgründe zugleich mit der
Salzsoolen-Leitung von kunstsicherer Hand war geführt
worden, so Vieles gehört, was seine Neugierde aufs
Höchste reizte, daß er den Weg nach Salzburg zurück
auf dieser Straße zurücklegen wollte. Je näher er dem
Gebirge kam, um desto mehr fand er auch seine kühnste
Erwartung übertroffen, in so wunderbar seltsamen und
mannichfachen Gestaltungen stiegen die Felsenwände vor
ihm empor, öffneten da und dort ihre dunklen Pforten,
lagerten die Fichten- und Tannenwälder mit Eichen und

Buchen vermischt an ihrem Fuße sich hin, sprudelten die Quellen, hüpften die Bäche daher, daß er oft anhielt und mit einigen flüchtigen Strichen das Bild zur Erinnerung in sein Tagebuch eintrug.

Als er endlich in das Gebirg selbst einlenkte, welches mit einem Male seine Pforten = Arme hinter ihm schloß, und er jetzt auf sicherem breitem Pfade dahintrabte und neben sich die schauervollen Abgründe, die reißenden tosenden Sturzbäche über und unter der Straße und die Verwüstungen der im Frühlinge daherbrausenden Lawinen seitwärts erblickte; da fühlte er in Mitten der ihn umbrängenden Bergriesen und all der gewaltigen im Verborgenen und am hellen Tageslichte wirkenden Naturkräfte seinen Geist erhoben, sein Herz erweitert, seine Gedanken schwangen sich Adlern gleich über die Berge hinaus.

„Das ist die schöne Frucht, die der denkende Wanderer in den Alpen pflückt und sie Jahre lang in seiner Erinnerung zur Kräftigung seiner Seele festhält: Sein Auge strebt an den Höhen empor, er fühlt sich zuerst niedergedrückt von der Größe der ihn einschließenden Massen, dann aber erhebt sich sein Geist über die Gebirge, er schwebt auf wachsenden Schwingen empor höher und höher, und stößt die Erde mit seinem Fusse zurück und fliegt Sonnenwärts! Sinkt er dann auch wieder zurück, da der Körper mit der Schwerkraft seiner irdischen Bedürfnisse auch den Geist niederzieht, so fühlt er doch die lebendige Kraft, sich wie auf einer Himmelslei=

ter über das gemeine Treiben des Tages emporzuheben. Der Anblick der Alpennatur mit all ihren überirdischen und unterirdischen Wundern und des tiefblauen Himmels stärkt und kräftigt den Gesunden, heilt und labt den Kranken und Schwachen und sie genesen an Leib und Seele. — In diesen Bergen thront jetzt die Ruhe und die stille Betrachtung, ihre Tochter, mit der Zufriedenheit, während draussen das Meer der Meinungen, Wünsche und Bestrebungen über alles deutsche Land wildflutend dahinbraust!"

In diesen Gedanken und Gefühlen selig aufathmend und den kühlen Strom der balsamischen Bergluft in durstigen Zügen einschlürfend ritt der Jüngling dahin, und stieß zuweilen in heftiger Ungeduld dem Rosse die Sporen in die Weichen, als wollte er eine drückende Erinnerung fortstoßen, die ihn selbst hieher verfolgte. Aber allmählich wurde sein Inneres ruhig, wie es die Natur um ihn her war, und wer ihn jetzt gesehen hätte in seiner edlen Haltung, der mußte gestehen, es ist der Mensch das schönste Werk des Schöpfers.

Aber wer ists, der so einsam dahintrabt? Weiß er es doch selber kaum. Er heißt Walafried und hat seinen Vater schon früh verloren, so daß er sich desselben kaum erinnern kann; das Bild seiner Mutter steht noch immer lebendig vor seiner Seele, wie sie mit liebender Sorgfalt um ihn bemüht war, obgleich auch sie wenige Jahre nach dem Vater gestorben war, und so fand sich der heranwachsende Jüngling einsam in der

Welt, entfernt von seinen Verwandten, welche jedoch wohlgesinnt für ihn sorgten, und allmählich hatte er, besonders wenn es seine höhere Ausbildung galt, die Gaben des Reichthums kennen und schätzen gelernt, welche ihm oft unerwartet und meist auf eine geheimnißvolle Weise zuflossen, zuweilen aber versiegten und dann sich wieder in reichen Goldadern eröffneten. Dadurch lernte er sein eigener Haushalter sein, sparen und weise geniessen, auf Gott und seine eigene Thätigkeit vertrauen.

Nachdem er mehrere hohe Schulen im Norden und Süden Deutschlands mit weniger Gewinn besucht hatte, als er und seine Verwandten hofften, bereisete er die Niederlande, Frankreich und England, sah mit Staunen die Leistungen der Maschinen, den Reichthum der Fabrikherren und das Elend der in diesen Zwangswerkstätten beschäftigten Menschen, und kehrte mit Freuden nach Deutschland zurück, wo ihm durch eine Erbschaft, er wußte selbst nicht wie, einige Güter am Rheine zugefallen waren, welche er selbst bewirthschaftete, seine Arbeiter mit dem steigenden Gewinne auch reichlicher bezahlte, so daß bald ein inniges Band zwischen ihnen geknüpft wurde, indem Beider Vortheil Hand in Hand ging und Beide mit einander gewannen.

Als darauf im Frühlinge eine allgemeine Bewegung durch ganz Deutschland ging und dessen Neugestaltung und die endliche Vereinigung aller deutschen Völker zu einer einzigen Nation von allen Dächern ver-

kündet, von der Jugend mit Jubel begrüßt und ange=
strebt und selbst von den Alten als eine spätreifende
Frucht ersehnt und erwartet wurde; da begab er sich
voll freudiger Hoffnung nach Frankfurt, um den Bera=
thungen der Vertrauensmänner und Abgeordneten der
deutschen Nation zu lauschen und die Wundergeburt
reifen zu sehen. Denn er glaubte in seiner Einfalt und
Vaterlandsliebe, die Meister würden einig und schnell
mit aufopfernder Hingebung ihrer eigenen Wünsche und
fern von aller Eitelkeit den Dom deutscher Einheit er=
richten, darin sich alle Stämme je nach Recht und
Pflicht wie unter dem segnenden schützenden Himmels=
gewölbe in freudiger Thatkraft bewegen könnten! Aber
wie bald riß Tag für Tag ein Blatt nach dem andern
vom schönen Baume seiner Hoffnung! Und doch wollte
er sich noch lange Zeit nicht gestehen, auch er habe sich
gleich so vielen Hohen und Niederen getäuscht. Hatte
sich ja der Wahn, von einer großen Versammlung sei
etwas Großes und Herrliches zu erwarten, wie ein
schimmernder Regenbogen=Schleier mit süßbetäubendem
Dufte über ganz Deutschland gelagert. Erst als die
selbstsüchtigen Plane mancher gepriesener Redner, ihre
Leidenschaften und ihr Ehrgeiz immer klarer vor seinen
Augen sich enthüllten und er sich nicht länger verhehlen
konnte: „Weh! wir sind schmählich getäuscht!" — da
verließ er im Unmuth die stolze Stadt am Main, welche
die einziehenden Gäste wie Retter und Erneuerer Deutsch=
lands mit tausendstimmigem Jubel begrüßt hatte, Willens

in die Einsamkeit der Alpen zu flüchten, seinen Seelen=
schmerz an dem Anblicke der großen Natur zu heilen,
die ihn denn auch mit mütterlichen Armen umfing.

Er war über das heitere München, wo er einige
Tage im Genusse der neuen Kunstschöpfungen schwelgte,
nach Salzburg gewandert. Dahin war er ohnedies nach
einigen Monaten beschieden, dort sollte ihm die Lösung
so manchen Räthsels in seinem bisherigen Leben werden.
So war ihm von seinem Oheim angedeutet worden, der
väterlich für ihn bisher gesorgt hatte, und dem er dann
mit Herz und Mund von Angesicht zu Angesicht seinen
Dank darbringen wollte.

In Reichenhall lag er während der heißen Mit=
tagsstunden stille; erst gegen Abend schwang er sich auf
sein Roß, um langsamen Schrittes nach Salzburg zu=
rückzukehren. Auf dem Wege dahin lagerte eine aus=
wandernde Familie, die Großmutter in Mitten. Sie
hatten ihre wenige Habe auf einen karrenähnlichen Wa=
gen gepackt, der mit zwei mageren Pferden bespannt
war, die im üppigen Grase am Wege weideten, während
die zahlreiche Familie unter einem breitästigen Baume
lagerte und das erbettelte Brot gierig verschlang. Die
Kinder erhoben sich langsam, als sie den Reiter gewahr=
ten und streckten ihm die schmutzigen Hände entgegen.
Sein Herz wurde von Mitleiden und Schmerz erfüllt
über die unselige Verblendung der Leute, noch mehr
aber über die schlechten Rathgeber und Verführer solcher
Menschen.

Hat denn Deutschland nicht Raumes genug, um seine Kinder zu beherbergen, hat es nicht Weide und Wald und Schätze über und unter der Erde, um den Fleiſſigen mit reichlicher Frucht zu lohnen? Weshalb werfen die Unseligen den letzten Pfennig habgierigen Wucherern oder dem unerſättlichen Meere in den Rachen, um drüben als Fremdlinge auf fremdem Boden, gepeinigt und betrogen, im Schweiße ihres Angesichtes Sklavenarbeit zu thun, während sie bei kluger Benützung ihres, wenn auch noch so geringen Vermögens und ihrer Kräfte auf dem sicheren Boden der Heimat sich ein vergnügtes Dasein schaffen könnten? Aber die Begierde nach lockenden ungewissen Schätzen, die gleich Irrlichtern vor ihnen hertanzen, der Wahn einer unbeschränkten Freiheit reißt sie dahin ins Verderben. Die Genügsamkeit der Alten ist aus vielen Häusern ausgewandert und mit ihr schied die Zufriedenheit. Sie wollen sich ein freies, unabhängiges Dasein gründen, die Armen! und vertauschen die leichte Last, welche bisher auf ihren Schultern ruhte und deren sie gewohnt waren, mit einer anderen ungewohnten, die anfangs im blendenden Schimmer nebelleicht erscheint, aber bald bleischwer auf ihnen lastet und sie erdrückt. Sie verlassen Freunde und Verwandte, die traute Heimat mit ihren Auen, Gebirgen und Wässern, die theuer gewordene Umgebung und ein gesittetes wohl eingerichtetes Land, um sich anzusiedeln in den nördlichen kaltfeuchten Waldgegenden von Amerika, wo sie mit wilden Thieren und Menschen einen jahrelangen Krieg führen,

sich in einem Blockhause fern von aller und jeder mensch=
lichen Hilfe für Geist und Leib verrammeln und Fußbreit
langsam das Land urbar machen und dem Einflusse der
ungewohnten und wechselnden Witterung anheimfallen
müssen: das heißt ein freies unabhängiges Leben füh=
ren! Darum verläßt man Europa und Deutschland,
die noch viele Millionen Menschen in den wenig be=
bauten Gefilden gegen Aufgang hin beherbergen und
reichlich nähren können? Wer ist denn frei auf Erden,
so ganz und gar unabhängig, daß er sagen und denken
dürfte: Ich bin mein eigener Herr und mein Wille ist
Gesetz für mich und Andere? Welcher König und Kai=
ser darf sich dessen rühmen? Kann er die Natur zwin=
gen und den Winden und Wellen gebieten? Auch der
Größte und Mächtigste muß der Zeit und den Verhält=
nissen dienen und er kann sie nicht nach seinem Wunsche
und Willen gestalten.

Diese Gedanken durchbebten im Wellenschlage die
Brust Walafrieds, während er der sonderbaren Gruppe
näher kam. Er hielt an, redete mit ihnen, schilderte
ihnen die Gefahren der Reise zu Land und Meer, die
Mühseligkeiten einer Ansiedelung im wildfremden Lande
und sprach so bewegten Herzens, daß die Großmutter
weinend ausrief: Ach, ich habe es ihnen wohl gesagt,
aber sie glauben nicht. Ein Vetter hat geschrieben und
uns Amerika als das gelobte Land gepriesen, welches
von Milch und Honig träuft. Und sie gab ihm den
Brief.

4*

Walafried überflog ihn mit seinen Blicken und sagte dann ruhig: Ihr habt nur übersehen, daß der Vetter von dem bereits seit Jahrzehnten angebauten Lande schreibt. Habt ihr so viel Geld, um den wohlhabenden Besitzern ihre Güter dort mit Silber oder gar mit Gold aufzuwägen? Wenn nicht, so müßt ihr mehrere hundert Meilen ins Innere des unbekannten Landes wandern und euch dort ansiedeln, wenn ihr noch so viel Geld habt, die Reise dahin zu unternehmen und wenn ihr nicht vorher den Beschwerden erlegen seid.

Indessen hatte sich auch der Mann mit seinem Weibe erhoben und Beide horchten den Worten des Sprechenden zuerst unwillig, dann immer aufmerksamer. Endlich sagte der Mann: Was ist aber zu thun? Umkehren können wir nicht mehr, es ist zu spät, das wäre uns ewig Schande.

Wie, entgegnete Walafried, das wäre eine Schande, wenn ein Wanderer, der sich vom rechten Weg verirrt hat, denselben wieder suchen und darauf fortwandeln wollte?

Auf dieses Wort sagte die Großmutter: Laßt uns umwenden! Ich will meinen Leib nicht im Meere begraben lassen. Ist doch unser Gütlein nicht rettungslos verloren. Lieber Sohn, zahle den Reukauf, nimm es zurück! Und sie drängte den zögernden Sohn, die Kinder umsprangen den Vater, sein Weib stand mit thränenden Augen. Da wendete sich Walafried an den Mann, ließ einige Goldstücke in dessen Hände gleiten und sagte: Zahlt den Neukauf und hütet das Erbe euerer Väter fromm und fleissig, und euere Kinder werden einen verborgenen Schatz finden.

Nach diesen Worten gab er dem Rosse die Sporen, die Großmutter erhob ihre zitternde Hand, segnete den Dahineilenden und rief ihm nach: Lenkt seitwärts links vom Untersberg ab, die Kaiser drinnen schütteln ihre Häupter, es droht ein Gewitter. Gottes Engel schütze euch. —

Da richtete Walafried seinen Blick gegen den Untersberg, der ihm zur rechten Hand mit seiner ungeheuern hie und da zerklüfteten Masse emporragte, und der jetzt um so größer erschien, je näher ihm das Auge des Betrachtenden stand. Es erhoben sich Dünste aus den Felsenspalten und krochen wie luftige Gnomen an den Rissen und Wänden empor, ballten sich zusammen und hüllten zuerst die Mitte des Gebirges ein, dann selbst die Gipfel und senkten sich allmählich immer dichter wie ein Nebelmeer zu dem Fuße des Berges hernieder und fingen an, von da sich über die Landschaft auszubreiten. Die Sonne warf ihre Strahlen bereits schräg über die Alpen gegen das wogende bald sich verdichtende bald verdünnende Wolkenheer und durchglühete sie mit goldenem Feuer, daß Walafried bei diesem Anblicke sein Roß öfter zurückhielt und die Bewegung und eigenthümliche Beleuchtung der Wolkenmassen und der Bergriesen betrachtete. Mit einem Mal schrack sein Roß zusammen, ein Blitzstrahl zuckte empor und zerriß für einen Augen-

blick die schwarzen Wolken und zeigte im grellen Wider=
scheine die Gebirgsformen, der Donner rollte, schwere
Tropfen fielen.

Unwillkürlich trieb Walafried jetzt sein Roß zur
Eile und schaute zurück, ob er dem losbrechenden Ge=
witter etwa noch entrinnen könne, ehe es all seine
Stürme auf ihn losschleudere. Da gewahrte er, wie
das Wolkenmeer sich bereits dicht hinter ihm heranwälzte
und es däuchte ihm, als höre er kriegerisches Tosen und
ungeheuere Riesengestalten schwebten hoch über seinem
Haupte dahin blitzlich auftauchend Gestalt an Gestalt und
eben so schnell wieder in dichter Finsterniß versinkend.
Sein Roß schnaubte und flog dahin als trügen es un=
sichtbare Gewalten, während hinter ihm die Windsbraut
einher rasete. Jetzt war er dem letzten steilsten Abhange
des Untersberg gegenüber, vor ihm lag die moorige
Ebene von Gräben durchschnitten mit einzelnen Hütten
und Maierhöfen, weiterhin die Stadt Salzburg.

Da kam auf der Straße ihm entgegen ein leichtes
Wägelchen, auf dem zwei Frauen saßen, die sich ängst=
lich vor dem Sturme einhüllten und eng an einander
schmiegten; der Knecht wollte in hastiger Eile mit dem
Gespann eben von der Straße in einen Seitenweg ein=
lenken, der zu einem großen nahe gelegenen Hofe führte,
als ein blendender Strahl hart vor dem Gespann in
eine alte Eiche fuhr und sie in tausend Trümmern aus=
einander schmetterte und Alles umher in einen betäuben=
den Schwefeldampf hüllte. Walafrieds Roß bäumte sich

hoch auf und indem er es zu besänftigen suchte, tobten die Rosse mit dem Wägelchen daher, der Knecht war vom Sitze geschleudert, die Eine der Frauen lag in Ohnmacht auf dem Wagen, die Andere war in die Kniee gesunken und breitete die Arme aus und ihre Augen starrten gen Himmel.

Jetzt rollte das Gespann gegen Walafried, er sah die Gefahr der Frauen, riß sein Roß herum, griff mit mächtiger Faust in die Zügel der tobenden Thiere und ward sammt seinem Rosse von ihnen eine kleine Strecke fortgezerrt, drängte aber schnell besonnen in eine sumpfige Wiese, wo sie ermüdeten und mit dem Wagen Fuß tief einsanken. Alsobald schwang er sich von seinem Rosse auf den Wagen und trug die Frauen auf die Heerstraße, wo er sich bemühte, die Ohnmächtigen ins Leben zurück= zurufen. Es gelang ihm; die Jüngere athmete zuerst auf, ihre erblaßte Wange färbte sich leise vom zurückkeh= renden Lebensstrom, jetzt öffnet sie das Auge und der Jüngling blickt in den tiefblauen Himmel ihrer Seele. Jetzt gilt Beider Bemühung der Mutter, die Tochter kniet neben der Ohnmächtigen und küßt ihr Antlitz und Hände und benetzt sie mit Thränen und ruft in schmerz= licher Bewegung: O Mutter! Mutter! erwache!

Endlich kehrte auch ihr die Besinnung zurück und mit freudigem Entzücken schlingt die Tochter ihre Arme um die Theure und Beide fühlen sich selig im gegensei= tigen Anschauen. Walafried stand einen Augenblick wie in Träumen verloren das Auge auf sie gerichtet, dann

warf er sein Haupt empor und eilte dahin, wo der zer=
schmetterte Baum lag, wo auch der vom Sitze geschleu=
derte Knecht liegen mußte. Er fand ihn, aber der Un=
glückliche athmete nicht mehr und alle Versuche, ihn zu
beleben, waren vergebens.

Während dessen kamen Leute aus dem nahen Maier=
hofe, die hoben den Leichnam mit lautem Wehklagen auf
und trugen ihn dem Gebäude zu; Walafried rief ihnen
zu, sie sollten das Gespann aus dem Sumpfe bringen,
er selbst kehrte zu den Frauen zurück. Und als er jetzt
näher trat, standen Beide aufgerichtet, die Mutter an die
größere Tochter geschmiegt und zu ihr emporblickend,
diese mit ihrem Arm sie unterstützend, daß sie nicht
wanke, und mit zärtlicher Liebe um sie besorgt. Eben
versuchte sie den ersten Schritt, als Walafried vor ihnen
stand. Die Mutter reichte ihm die Hand und sprach:
Habt Dank! Gott wird euch segnen und vergelten, was
ihr an uns gethan.

Auch die Tochter wollte ihm danken, aber das Wort
erstarb, indem sie ihn anblickte, bebend auf ihrer Lippe
und sie senkte erröthend ihr Antlitz.

Indessen drängten sich die Leute des Hofes er=
freut um die Geretteten; Wagen und Rosse wurden
glücklich auf die Straße gebracht, und Walafried war
im Begriffe, sein Roß zu besteigen. Da fühlte er einen
brennenden Schmerz in seiner linken Hand, sie blutete
und war stark angeschwollen. Er war, da er die Rosse
zu bändigen suchte, an einen Baum gedrängt worden.

Indem er jetzt einen Augenblick zögernd stand, und die Frauen den Abschiedsgruß ihm sagen wollten, bemerkte die Tochter die verwundete Hand ihres Retters, nahm schnell ihr weißes mit Goldfranzen besetztes Tuch, welches sie um die dunklen Flechten ihres Haares gewunden hatte und verband ihm die Hand. Und weil das Tuch vom Regen ganz durchnäßt war, verschaffte es ihm alsobald große Linderung. Er dankte und fragte: Wo kann ich euch euer Eigenthum wieder zurückstellen? Darauf entgegnete sie mit schüchterner Stimme: O laßt und behaltet es. Möge euch sein Anblick immer an diese euere schöne That erinnern und der Segen des Himmels euch begleiten auf allen eueren Wegen. Dazu nickte die Mutter freundlich und wendete sich dann mit ihrer Tochter dem Hofe zu, begleitet von dem Gesinde, ein Knecht führte die Rosse mit dem Wagen nach.

Walafried stand noch, den Fuß im Bügel, die Hand auf dem Sattel und schien seiner und der ganzen Welt zu vergessen. Als er aufblickte, war er allein. Jetzt schwang er sich auf sein Roß und ritt hastig gegen Salzburg hin. Das Gewitter hatte sich in Strichregen aufgelöst, die bald sparsam, bald reichlicher niederfielen. In der Eile verfehlte er den nächsten Weg nach dem neuen durch Felsen gehauenen Thore, und zwischen dem Kapuzinerberge und Leopoldskron vorbeifliegend lenkte er in die Straße am Schloßberge ein. In der Nähe des Wirthgartens rief ihn eine bekannte Stimme an, er blickte auf, erkannte seinen Diener, übergab ihm das Roß und trat dann in den Garten und in den Saal.

Hier saß er dann in einer Ecke, das Haupt in die rechte Hand gestützt, während er die verbundene Linke an sich preßte und wie es schien die zuckenden Schmerzen zuweilen gewaltsam unterbrückte. Anfangs saß er regungslos wie eine Statue von Marmor, aus der alles Leben entwichen; denn die Gedanken seiner Seele, seine ganze Seele war abwesend. Allmählich belebte sich sein Antlitz, die Seele kehrte von ihrer Wanderung zurück, der Blick wurde feurig und eine freudige Bewegung durchbrang seine Glieder. Dann horchte er mit wachsender Theilnahme der Erzählung des Felsenbauern. Erst als dieser inne hielt, wurde der neue Gast von den Dienern bemerkt; man brachte ihm auf sein Verlangen ein Glas kühlenden besten Weines, das er in wenigen Zügen austrank und wieder füllen ließ.

Jener aber fuhr in seiner Erzählung fort:

Wiedersehen.

Mit frommen freudigen Gefühlen und Gesängen zogen wir vorwärts, Friedrich schweigsam an der Seite seines Oheims des Kaisers. Gegen Abend, da wir das Lager absteckten, flatterte ein großer schöner Papagei über uns, der bald mit gellender, bald mit lispelnder Stimme rief: Friedrich! Friedrich! dann auch einen anderen

Namen, welchen die in des Kaisers Umgebung und unsere zuletzt angekommenen Brüder nicht verstanden; aber wir, die wir immer bei Friedrich gewesen, kannten den Namen wohl.

Als der Papagei endlich den fand, den er suchte, setzte er sich auf dessen Schulter und flüsterte in sein Ohr und trieb ein tolles freudiges Spiel, daß sich Alle darüber verwunderten, und der Papagei begleitete uns fort und fort auf dem Wege bis nach Jerusalem, wo wir in reuiger Zerknirschung die heilige Erde küßten und Buße thaten. Dort vermißten wir den Vogel, der uns ein lieber Gefährte geworden war; als wir aber ans Meer kamen und die Schiffe bestiegen, um heimzusegeln nach dem lieben Vaterlande, sieh! da flatterte der Papagei über dem Haupte Friedrichs und er begleitete seinen Liebling über das Meer und hielt treu bei ihm aus und verließ ihn selbst nachmals in der Schlacht nicht, deren er manche sah. Doch geschah es zuweilen, daß er Monden lang abwesend war.

Mit Friedrich aber geschah Alles so, wie es ihm voraus verkündet war. Nach dem Tode des Kaisers Konrad wählten die deutschen Fürsten nicht, wie es bis dahin doch üblich gewesen war, den Sohn des Verstorbenen, sondern seinen Neffen Friedrich zum Könige über Deutschland, denn er war tapfer und weise, milde und freundlich und hatte sich bewährt als einen Mann deutscher Gesinnung sein Leben lang. Und sein Haupt schmückten bald auch die lombardische eiserne und die

römische Kaiser = Krone; aber die goldene Last drückte
schwer, und der blendende Reif, der seine Schläfe umgab,
verwundete mit spitzen nach innen gekehrten und dem
Blicke unsichtbaren Stacheln. Doch der Glanz und die
Macht des deutschen Reiches wuchs und strahlte über
alle Reiche von Europa, und der Name des Hohenstau=
fen wurde gepriesen weit über die Meere hin.

Unter Mühen und Sorgen nahte dem Kaiser das
Greisenalter. Da ward auch noch die letzte Weissagung
erfüllt wegen seines Freundes. Der Mächtigste des
Welfischen Geschlechtes und aller deutschen Fürsten,
Heinrich der Löwe, dessen Ländergebiet von der Nord=
und Ostsee reichte bis an das Meer von Adria,
grollte dem Kaiser seinem Vetter und saß in Unmuth
daheim in Braunschweig oder auf seiner neuen Veste zu
München, indessen Friedrich im heißen Kampfe gegen
das stolze übermüthige Mailand und dessen Verbündete
seine Kraft verzehrte und oft nicht wußte, wo er sein
müdes Haupt sicher zum Schlummer legen möchte. Seine
Schaaren sanken dahin vom giftigen Hauche getroffen,
sein Arm erlahmte, sein Geist war fieberkrank.

Da sammelte er eines Tages seine Getreuen um
sich und sprach: Harret aus, nur wenige Tage noch.
Ich habe den Löwen gerufen zum Beistande. den bringe
ich mit neuen Schaaren, daß die Feinde erbeben und
der deutsche Name wieder herrlich strahle!

So sprach er und zog mit seiner Gemahlin über
die Alpen und fand am Fuße des Gebirges Heinrich den

Löwen, seinen Vetter und Jugendfreund, dem er das Herzogthum Bayern gegeben und dessen wachsende Macht im Norden von Deutschland er ohne Neid sah. Aber der Löwe war allein, von keinem Heere begleitet. Und der Kaiser mahnte ihn auf und bat, er möge seine Tapferen sammeln und kämpfen mit ihm den Kampf in Italiens Gefilden um die Ehre und Hoheit und den Ruhm Deutschlands.

Aber Heinrich antwortete kalt und verweigerte seinen Beistand. Und Friedrich ergriff seine Hand und beschwor ihn, nur diesmal ihn nicht zu verlassen, es gelte den letzten Kampf, durch den einen, den letzten Sieg werde Deutschlands Macht und Recht und Sitte für immer in Italien gesichert, sonst aber würden die deutschen Fürsten, würde ganz Deutschland ein Spott Italiens und ein Spielball der List für Jahrhunderte. Und als der Löwe noch immer stumm und kalt bastand, erglühte das Herz des Kaisers im Anblicke der künftigen Schmach, die auf Deutschland lasten würde, wenn er im Kampfe unterliege, und er verströmte sein Herzblut in seinen Worten, den Löwen zu rühren, und er beugte sein Knie im Uebermaße seines Schmerzes vor dem Vasallen. Und alle Edlen, die den Kaiser begleiteten, erschracken. Aber die Kaiserin rief, indem heiße Thränen ihren Augen entstürzten: „Erhebt euch, mein Herr und Gemahl! Gott wird diesen Uebermuth strafen."

Der Kaiser erhob sich und kehrte nach Italien zurück, der Löwe ging nach Braunschweig und waltete von dort ein gefürchteter Fürst im Stolz über Geistliche und Weltliche, und sie fühlten die Schwere seines Scepters und seines Schwertes. Friedrichs Siegesschwert aber zerbrach im Kampfe gegen Mailand, er mußte den stolzen Städten Frieden gewähren und der Kaiser hielt dem treuen Verbündeten der Städte, dem Papste den Steigbügel, und küßte dessen Fuß. Deutschland sah es und verhüllte das Antlitz vor Wehmuth. Und Friedrich kehrte über die Alpen zurück nach Schwaben mit tiefer Wunde im Herzen. Da begegneten ihm die Fürsten und sie alle klagten über Heinrichs Stolz und Härte und ungerechtes Walten, und auch dieser kam und klagte über alle Fürsten vor dem Kaiser. Und Friedrich setzte einen Tag zur Verhandlung und lud dazu die Fürsten des Reiches, und sie kamen und wiederholten ihre Klagen; aber der Löwe hatte die Ladung verachtet und war nicht erschienen. Der Kaiser rief ihn zum zweiten und dann zum dritten Male, daß er zu Rede stehe und sein Recht wahre. Doch der Löwe saß daheim auf seiner Burg stolz und trotzig und verachtete die Klagen der Fürsten und des Kaisers Mahnung. Da lud ihn dieser zum Viertenmale als Freund und Verwandter, und als der Löwe auch jetzt noch in seinem Trotze beharrte, erkannten ihn die Fürsten für schuldig und Friedrich sprach des Reiches Acht über ihn aus und nahm ihm seine Herzogthümer Sachsen und Bayern.

Jetzt erinnerte sich der Kaiser jener längst geschehe-

nen Weissagung und seine Augen suchten Otto den
Wittelsbacher, seinen treuen Schlachtgefährten, welcher
von seiner ersten Jugend an ritterlich für Deutschlands
und der Hohenstaufen Ehre und Ruhm gekämpft hatte,
und Friedrich übergab seinem nun auch greisen Jugend=
freunde das Herzogthum Bayern, über welches einst die
Schyren, die Ahnherren der Wittelsbacher, schon in
Macht und Hoheit als Fürsten und Schirmherren ge=
waltet hatten. In Anbacht und mit frohwehmüthiger
Erinnerung gedachten Beide an jenem Tage des an sie
gethanen Wortes und der Geschicke in Asien.

Wenige Jahre darnach starb des Kaisers Gemah=
lin, starb der Herzog Otto, der in guten und bösen
Tagen treu zu ihm gehalten hatte. Friedrich sah seine
Feinde gedemüthigt, versöhnt oder Todes verblichen; er
sah seine eigenen Söhne walten in Macht und Herrlich=
keit in Italien und Sicilien und in Deutschlands Gauen;
aber sie waren ihm fern, beinahe fremd geworden, und
er fand sich am Ende seiner Laufbahn einsam und
allein. Da rief er dann oft die Erinnerung, und sie
kam seinem Rufe gehorsam und breitete unter süßen
Melodien die Bilder vergangener Tage vor ihm aus, eine
Reihe glänzender lebendiger Gemälde, und es war ihm, als
stürze er sich wieder mit Jünglingsmuth in den heißen
Kampf auf Asiens Gefilden, als wandle er wieder
in jenem Zaubergarten und pflücke der Lust köstliche
Blume.

Sein Antlitz trug die Zeichen der Zeit, seine Haare

fielen jetzt in weißen Locken, wie ehmals im blonden
Schmucke über die Schultern; aber in seinem Herzen
glühete noch die alte Kraft, und oft faßte er, wenn er
im tiefen Sinnen verloren saß, das Schwert, als gälte
es, noch einen Feind zu zermalmen. Der Papagei, die
einzige lebendige Erinnerung an die fabelhafte Zeit, lieb=
kosete ihm und umflatterte ihn schmeichelnd, wenn er
auszog, und war traurig, wenn ihm nicht gewährt
wurde, mitzuziehen. Meistens aber begleitete der ge=
schwätzige Vogel den Kaiser; allein seit mehreren Jahren
war er stumm geworden, nnd weder Schmeicheln noch
Zürnen vermochte ihm einen Ton zu entlocken; er saß
still auf seinem Käfig oder auf des Kaisers Schulter,
reckte die Flügel und wiegte sinnend seinen Kopf.

Eines Abends, da Friedrich eben in Salzburg weilte,
rief er mich. Er wollte noch einen Ritt thun. Wir
wendeten uns dem Untersberg zu, der Papagei umflat=
terte diesmal, wie seit langer Zeit schon nicht mehr, den
Kaiser freudigen Fluges, setzte sich auf seine Schulter
und neigte den Schnabel an sein Ohr, als wollte er
ihm ein Geheimniß vertrauen. So kamen wir in die
Gegend, wo jetzt die Kugelmühlen stehen und der Gieß=
bach sich mit Tosen herabstürzt. Ueber den Marmor=
boden legte sich dunkelgrüner schwellender Rasen mit
kleinen Blumen übersäet. Hier stieg der Kaiser ab, er
fühlte sich müde; ich band die Rosse an einen Baum,
breitete den Mantel aus und er lagerte sich darauf.
Bald entschlummerte er, der Papagei wiegte sich auf dem

Aſt eines Baumes, in deſſen Schatten der Kaiſer lag,
und ich ſtand und betrachtete den Greis und an meinem
Geiſte ging die vergangene Zeit vorüber.

Da vernahm ich die laute Stimme des Papageies,
zum erſten Male wieder ſeit vielen Jahren; ich wendete
mich um, halberſtaunt, es waren wirklich die fröhlichjauch=
zenden Laute des treuen Vogels, der jetzt eine Menge
Worte — deutſch und arabiſch — im ſchnellen Wechſel
herausgurgelte, doch blitzlich mit einem gellenden Schrei
vom Zweig herabſtürzte. In demſelben Augenblicke ſah
ich eine Lichtgeſtalt wie aus Roſenduft gewoben ſich bei
dem Haupte des Kaiſers erheben und wie eine Traum=
Erſcheinung im Felſen verſchwinden. Als ich näher trat,
lag der Papagei todt zu den Füßen des Kaiſers; der
war erwacht und ſchaute mit forſchendem Auge um=
her, dann richtete er ſich auf und ſagte ſtill vor ſich hin:
Sie war es! Sie hat mich gerufen! — Wir kehrten
nach Salzburg zurück und an jenem Abend kam kein
Wort mehr über die Lippen des Kaiſers.

Nach wenigen Monden, als Friedrich auf ſeiner
Pfalz zu Nürnberg ſaß, kamen Boten von Rom. Der
Papſt meldete ihm den Fall Jeruſalems: Das Kreuz
iſt von den Zinnen des Salomoniſchen Tempels geriſ=
ſen, das heilige Grab iſt geſchändet vom Fußtritt der
Ungläubigen, die Chriſten ſind aus ihrer Heimat ver=
trieben und ſtrecken die Hände mit Ketten beladen über
das Meer herüber und rufen: Kommt und rettet das
Grab des Heilandes und ſeine Lehre, daß ſie nicht zu

Schanden werden vom Spotte des falschen Propheten. Jerusalem weint im zerrissenen Trauergewande, die Mutter ruft ihren Kindern aus weiter Ferne. Kommt, o kommt und errettet sie aus den Fesseln der Barbaren, eilet herbei zu helfen und bauet den Tempel mit euerem Schwerte und kittet die Steine für alle Zukunft mit euerem Blute fest. — Auf dich aber, du Leuchte der Welt, den der Herr des Himmels schmückte mit den höchsten irdischen Thronen, auf dich will ich legen meine Sorgen! Komm, gürte dein Schwert um, und schmücke im letzten Kampfe dein Haupt mit der herrlichsten Krone, mit dem unverwelklichen Kranze heiligen Ruhmes, mit der Krone der Hingebung und Demuth im heiligen Dienste.

So spricht Jerusalem durch mich, den Knecht Gottes. Erhebe dich, hülle deine Brust in Eisen, setze den ehernen Helm auf die greisen Schläfe. Es gilt, die christliche Kirche zu rächen und aus dem Staube zu erheben. Der Segen und die Gnade des Herrn sei mit dir! —

Und der Kaiser hörte die Boten und las die Briefe mit stummer Betrachtung, mit wachsendem Entzücken. Dann sprach er zu den Boten: Es geschehe der Wille des Herrn! Meldet dem Papste, ich bin bereit, ich werde das Schwert ziehen und meine Lebenstage enden im heiligen Kampfe.

Die Boten gingen und meldeten in Rom des Kai=

fers Wort, Andere aber flogen durch Deutschland und
riefen: Auf, ihr Streiter Christi!

Sein Grab ist entweiht, Jerusalem ist die Gefangene der Türken! Aber der Kaisergreis gürtet das Schwert
um seine Lenden und er hat gelobt, sie zu befreien und
das Kreuz im Triumphe aufzurichten. Wer fühlt sich
alt und schwach, wenn er in Jugendglut sich verjüngt?
Wer will sich entziehen dem heiligen Kampfe?

So flog der Ruf von Gau zu Gau und weckte den
Muth und die schlummernde Thatkraft in Hütten und
Burgen, in den Städten und Dörfern und selbst in den
einsamen Weilern erhob sich eine freudige Bewegung,
und der Kaiser rüstete mit stillen Sinnen, bedachte die
Ruhe des Reiches, die Gefahren des Weges und sorgte
mit wachsamer Vorsicht für Dieses und Jenes.

Und wieder nach wenigen Monden, als der Früh-
ling ringsum neues Leben ausgoß, sammelte sich ein
Heldenheer in- und außerhalb Regensburgs Mauern.
Da blitzte Helm an Helm, Schild an Schild, und die
Erde erdröhnte unter dem Hufschlag der Rosse, und die
Berge umher schallten zurück das freudige Rufen der
Tausende, welche das Kreuz auf ihre Schulter geheftet
hatten und ihre Glut im heißen Kampfe in Asien zu
kühlen gedachten. Die Donau und der Regen mit der
Nab stürzten sich freubebrausend in die Arme und ver-
kündeten im schnellen Laufe dem schwarzen Meere zuei-
lend allen Städten, Hügeln und Küsten umher die
Botschaft:

5*

Die Deutschen sind erwacht, und kommen dahergezogen mit Prangen zahllos wie die Knospen der Blüten im Frühlinge, und ihre Waffen und Lieder erschallen von Land zu Meer. Zittert Tyrannen und Sklaven im fernen Aufgang! Euer Ohr wird erbeben vom Klang ihrer Schwerter, euere Herzen werden erstarren, und durch die Wüsten und von Hügel zu Hügel wird der Ruf euerer Weiber und Kinder ertönen: Weh! daß wir reizten die Männer des Abendlandes zum Kampfe! Jetzt wird uns vergolten, was wir geübt haben! Der Halbmond sinkt und im flammenden Demantscheine strahlt das Kreuz!

Der Kaiser stand in Mitten der Streiter Christi, und viele Fürsten, Grafen und Ritter, viele Aebte und Bischöfe umstanden ihn kampfesfreudig und bereit, ihr Leben dem Herrn zu opfern. Unter ihnen aber war auch des Kaisers jüngster Sohn Friedrich, der wollte den Vater begleiten, und des Kaisers Auge ruhte mit Wohlgefallen auf seinem Liebling und er sah mit Lust alle die Streiter um sich. Da umspielte Wehmuth für einen Augenblick seinen Mund, sie flog vorüber. Als Alle versammelt waren, die sich dem heiligen Kampfe geweiht hatten, wurde der Tag des Aufbruches bestimmt und Herolde verkündeten die Abschiedsfeier auf den zweiten Tag und mahnten im Namen des Kaisers, zu beten und zu fasten und des Himmels Segen zu erflehen.

Und braußen auf der weiten Ebene an der Donau erhob sich der Altar, und Glockengeläute hallte am zwei-

ten Tage von allen Thürmen der Stadt, und auf allen
Wegen heran flatterten die Fahnen, ergossen sich die
Schaaren der Krieger, der Bürger und des Landvolkes
und sie lagerten im weiten Umkreise, die Augen gegen
den Altar gerichtet und empor zum Himmel, der mit
seinem Vaterblicke auf Alle niederschaute. Jetzt zog Friedrich hinaus unter dem Baldachin, die Bischöfe und Priester voran, die Edlen folgten. Und wie die Feier am
Altare begann, beugten die Tausende ihre Kniee und
Friedrich der Kaiser sank an den Stufen des Altares
nieder und betete vor allem Volke, und es war eine
Stille umher, als lauschten alle Winde der geheimnißvollen Nähe des Ewigen Einen! Und wie sie sich wieder erhoben, leuchtete die Freude in jedem Antlitz und
es begann der tausendstimmige Chor: Komm heiliger
Geist! und wogte immer voller wie Sturmes Brausen
dahin.

Darauf trat der Prediger in ihre Mitte, überschaute
die wogende Menge und er that den Mund auf und
redete vom Reiche Gottes auf Erden. Bereitet den Weg
des Herrn, reisset aus die Wurzel der Saat, die der
Teufel in unbewachter Stunde in euere Herzen gesät
hat. Zerstöret den Keim der Hoffahrt, den Giftzahn des
Neides, den Molch des Hasses, damit das wuchernde
Unkraut nicht euere Seele mit den Netzen des Verderbens umspinne und tödte die Liebe zu Gott. Das ist
der Kampf, den ihr kämpfen müsset ohne Unterlaß, daß
ihr bereitet den Weg des Herrn. Schaffet um euer

Inneres zu einem Garten, in dem alle Tugenden blü=
hen, die euer Leben mit Wonne und Wohlgeruch und
die Welt mit Freude und Segen erfüllen. Betet und
wachet, daß ihr nicht erlieget in der Stunde der Ver=
suchung, denn ihr wisset nicht, wann und woher sie
kommt; betet, daß der Herr euch beistehe im Kampfe,
und daß sein Reich gepflanzt und befestigt werde — das
Reich des Friedens, der Eintracht und der Liebe. Be=
tet, daß das Reich Gottes erstehe im fernen Asien und
hier in unseren deutschen Gauen; betet, daß wir errin=
gen den Sieg, daß wir mit Jubel die Heimat wieder
begrüßen, oder daß wir unter Lobgesängen auf dem
Schlachtfelde erliegen. Aber Christus siegt, alle Welten
beugen sich ihm, die Hölle zittert vor seinem Namen, er
nimmt die Seinigen auf in sein Reich! Sein Reich
komme zu uns!

Am folgenden Tage war es, als bewegten sich Wäl=
der und Hügel ringsumher, so wogten die Helmbüsche,
blitzten Schild und Speer und flatterten die Fahnen.
Die Donau zitterte freudetrunken unter der Last der tau=
send Schiffe, die Roß und Mann trugen und Kriegs=
geräthe aller Art, dazu Speise und Wein, und die Ufer
wiederhallten vom Rufe der Gottesstreiter. Und der Zug
wälzte sich hinab durch Bayern und Oesterreich gegen
Ungarn. Wie staunten Wien und Preßburg, wie streck=
ten die Karpathen ihr Haupt empor, die Gefeierten zu
schauen! War es doch, als nahten die Fürsten und
Könige des gesammten Erdkreises, und Friedrich der

greise Held Allen voran, der wahre einzige Kaiser auf
Erden!

Aber wer naht jetzt auf schnellen Rossen den ritterlichen Pilgern? Staubwolken verhüllen noch die kommenden Schaaren, jetzt sind sie nahe und das donnernde
Hurrah! erschallt zum Willkomm. Bela, Ungarns König, ist's. Er schwingt sich vom schäumenden Rosse, ihm
nach Tausende, und sie grüßen den Kaiser, der den
Grüßenden auch zu Fuße naht und sie weilen im trauten Gespräche. Weiter eilt der Zug, die Rosse wiehern
vor Lust, in der fruchtbaren weiten Ebene dort ragt eine
Stadt von Zelten, in Mitten auf dem Hügel aber eine
Burg von fünfzig Gemächern, die leichten Wände von
rothem Sammt und Seide, von Goldstoff mit goldenen
Quasten das Prunkgemach. Hoch oben flattert die Fahne
des deutschen Reiches. Und vor dem Zelte sieh: da reiht
sich ein Kranz von Frauen und Jungfrauen, die herrlichsten Rosen des Lenzes und Landes neigen sich vor
dem Kaiser, die Königin und ihre Tochter nahen im
Kreise ihrer Frauen und Jene spricht: Erhabener du,
dessen Ruhm fliegt von Land zu Land, tritt ein zur
Ruhe in dieses dein Haus, das dir die Gastfreundschaft
gezimmert hat, und dessen leichte Last dich begleiten mag,
wohin du eilst. Mögest du stets darin nach heißem
Tage dein Haupt zur süßen Ruhe legen und zu neuen
Siegen und neuer Freude erwachen!

Und der Kaiser empfing das Geschenk mit Dank,
und durchwanderte an der Hand seiner Wirthin mit

wachsendem Vergnügen die Gemächer. In der Ebene umher waren tausend Tische bereitet und Ströme köstlichen Weines flossen, die Pilger zu erquicken; der Kaiser aber saß in dem Wunderzelte, dessen Wände sich mit einem Male nach allen Seiten eröffneten, und an seiner Seite die Königin und der König von Ungarn, und die Augen aller Kreuzfahrer waren auf ihn gerichtet und ein freudiges Rufen erscholl. Dem jungen Herzoge Friedrich gegenüber saß die Königstochter im Schmuck ihrer Unschuld und Schönheit und die Rede zwischen den Beiden begann erst leise und in kurzen Sätzen, entfaltete aber bald immer lebendiger und inniger ihre Schwingen und der Jüngling schaute dabei so oft und lange in das Auge der königlichen Maid, daß sie erröthend kaum mehr aufzublicken wagte und das Gespräch erlahmte und Beide versanken in Träume und gewahrten nicht, wie sich der Kaiser mit dem königlichen Paare bereits erhob. Und Friedrich der Vater sagte lächelnd zu diesem: Mich dünkt, mein Sohn ist festgebannt wie in einem Zaubergarten, und er hat keine Eile, den Zauber zu brechen. Möchtet Ihr und Euere holde Tochter ihm aber ein Zeichen Euerer Gunst gewähren, ich glaube, er würde es ritterlich in jedem Streite wahren und siegreich damit aus jedem Kampfe zurückkehren. Und das Königspaar neigte sich vor dem Kaiser und der König sprach: Hab ich Euere Worte recht verstanden, so widerfährt meinem Hause große Ehre. Nehmt und erkennet sie als Euere Tochter.

Indessen hatten sich auch die Beiden erröthend er=
hoben, der Kaiser aber sagte zu seinem Sohne: Wäh=
rend du träumst, ist deine schöne Nachbarin eine Braut
geworden. Sie ist versprochen. Da erblaßte der junge
Herzog und die Königstochter, die Aeltern sahen es mit
Lächeln, und der Kaiser fuhr fort: Den Auserwählten
wird aber das Glück im Traume gewährt. Ich habe
indessen für dich geworben, sie ist deine Braut.

Da erhob der Jüngling sein Auge zum Vater, und
als er die Wahrheit daraus leuchten sah, ergriff er die
väterliche Hand und küßte sie, und die des königlichen
Paares und darauf die der hocherröthenden Jungfrau.
Und Bela gab dem Sohne des Kaisers seine Tochter im
Angesichte des ganzen Heeres der Kreuzfahrer und der
Ungarn als Gattin heimzuführen, wenn er aus Asien
zurückkehrte, und er gelobte: Ungarns Krone solle tra=
gen seine Tochter mit ihrem Gemahl und Ungarn solle
sein fortan ein Lehen und Land des deutschen Reiches
und deutsche Sitte, deutsche Sprache und deutsches Recht
sollen fortan lebendig walten für alle Zukunft an der
Donau abwärts, an der Drau und Save und Theiß
zum Segen für die Bewohner umher, und beide Völker
sollen sein ein brüderlich Volk vereint in jeder Gefahr!

Und die Deutschen und die Ungarn vernahmen es
und brachen aus in tausendstimmigen Jubel.

Nach wenigen Tagen bewegten sich die Schaaren
weiter hinab, rechts ab von der Donau gegen das grie=
chische Reich in freudig banger Sehnsucht, bald Asiens

Boden zu betreten. Sie zogen bereits im Gebiete des griechischen Kaisers, aber noch war kein Bote mit freundlichem Gruße von ihm erschienen, und er hatte doch Gesandte nach Deutschland geschickt und die Verträge beschworen. Alles umher lag öde und wüst, die Dörfer verlassen, die Saaten und Wiesen abgemäht, verbrannt. Doch der Kaiser hatte für sein Heer gesorgt und die tausend Wagen gaben ihre Schätze den Hungernden, und langsam rückten sie vorwärts.

Am Abend des dritten Tages, da sie am Saume eines Waldes hinzogen, ergoß sich ein Hagel von Pfeilen auf die Pilger, und die Schluchten umher spien bewaffnete Horden aus, welche von allen Seiten auf die Kreuzfahrer mit wildem Geschrei einbrangen. Da rief Friedrich: Ha! ein solcher Gruß wird mir vom Kaiser der Stadt Byzanz! Wohlan! So gilt's denn hier den ersten Kampf. Aber alle Schmach auf euch, ihr Feigen, die ihr uns zwingt, jetzt schon das Schwert zu ziehen. Ha! seid ihr zu Heiden geworden?

Und die deutschen Pilger erhuben den Schlachtgesang und stürmten auf die Feinde, der junge Herzog Friedrich den Seinen voran mitten hinein in das Gewühl. Da ward ein heißes Gedränge um ihn und sie warfen sich insgesammt auf den Jüngling, sein Roß strauchelte im Blut, und sie hofften ihn zu fangen. Aber er raffte sich auf und stand wie ein Löwe, und die Geschoße flogen auf ihn und die Schwerter umsausten sein Haupt, jetzt traf ein Hieb seine Wange. Da schrie er auf im Zorn und drang heftiger auf die Feinde und sie entflohen seinem Grimm und verbargen sich feige in die Schluchten und Wälder.

Der Kaiser begrüßte den zurückkehrenden Sohn mit Freuden und sprach: Wie wird sich deine Braut freuen über dies Zeichen deines Muthes, und ist die Wunde bis dahin nicht geheilt, sie legt gewiß ihre kühlende Hand als Balsam darauf. Und er küßte den Sohn, und mit Siegesschritte und Liedern zogen die Schaaren vorwärts. Da erschrack der Kaiser in Konstantinopel und alles Volk mit ihm; sie erblickten zitternd die Sieger schon vor den Thoren der Hauptstadt, und Isaak sendete schnelle Boten zu dem deutschen Kaiser, neuen Bund zu beschwören und die neuen Bedingungen zu vernehmen. Er war bereit Alles zu gewähren.

Aber Friedrich entgegnete: Mein Ziel ist Jerusalem, nicht Konstantinopel. Es ist nicht deutsche Sitte, den Bedrängten zu bemüthigen, sondern nur den stolzen Uebermuth zu beugen. Ich will nichts weiter, als was ihr freiwillig mir in Deutschland gelobtet. Ihr habt den Kampf begonnen; ich will keine Rache. — Und friedlich eilte nun das ganze Heer dahin durch die Gefilde und nach wenigen Tagen breitete sich vor den erstaunten Blicken der glänzende Spiegel des Meeres aus. Welche Gefühle durchbebten die Brust des Kaisers, als er vom überhangenden Felsenufer niederschaute in die Tiefe und hinüber nach dem Lande, das staunend seine ersten Ruhmesthaten geschaut! Mehr als vierzig Jahre lagen hinter ihm, mit ihnen eine Welt von Ereignissen und Entwürfen, und eine andere neue Welt ruhte noch in seiner Seele. Harte Leiden hatten sein Haupt mit Schnee bestreut, aber die Thatkraft glühte noch Jünglingsfrisch in seinem Busen und darinnen lagerte ein Meer seliger und trauriger Erinnerungen, deren Wogen auf= und niederfluteten.

So stand er jetzt sinnend und sah Tausende hin=überziehen und sein Herz freute sich; ganz zuletzt betrat er das Schiff, und die Wellen umrauschten ihn huldi=gend, und er sprang ans Land, und warf sich zur Erde und all die Tausende mit ihm, und er flehte: Laß uns streiten o Herr, für dein Reich; mit deiner Kraft stehe uns bei, schütze unseren Leib und nimm zu dir einst die Seele!

Tagelang bewegte sich der Zug durch bekannte Ge=genden, und der Kaiser zeigte seinem Sohne hier die Hügel, dort den Hain, den Fluß, die Quelle, welche auf seinem ersten Zuge sein Auge gefesselt, die Noth der Christen und ihren ungestümmen Muth und ihre Nie=derlage gesehen hatten. Langsam wie eine bewegliche Burg rückte das Heer vorwärts, die Kranken, die Last=thiere und Lebensmittel in der Mitte, voran und zu bei=den Seiten die wachsamen Späher, mit Trompetenge=schmetter jede Gefahr verkündend. Und der Kaiser ritt bald der Schlachtreihe voraus, bald weilte er in der Mitte des Heeres, bald in dessen Rücken, ermunterte und lobte, tadelte und stachelte. Wie in Freundes Lande durch

einen üppigen Garten wogten die Schaaren der Kreuzfahrer unabsehbar dahin Tage um Tage; wir ruhten
und schöpften die Luft aus vollen Bechern. Die Sul-
tane umher wagten es nicht, uns im offenen Kampfe
zu begegnen, sie erschracken bei dem Namen Friedrich;
aber sie begannen einen anderen Kampf mit Sinnen-
rausch und jeder Art der Verführung, und der Kaiser
sah es mit tiefer Trauer.

Allmorgens sammelten sich immer Wenigere um die
Fahnen, Diese blieben in den Dörfern, Andere in den
Schlössern zurück, krank mehr an der Seele als am
Leibe. Sie schwelgten die Nächte hindurch, blieben
von den Armen der Wollust umschlungen in schmäh-
licher Knechtschaft zurück, ja Viele schwuren dem Hei-
lande ab und verehrten den falschen Propheten. Da ließ
Friedrich eines Morgens die Trompeten in weiter Runde
umher erschallen, und der Ruf rief die Zaudernden,
durchschütterte das Mark der Treulosen und weckte das
schlummernde Gewissen, und sie erschienen schamerfüllt,
reuigen Herzens.

Und der Kaiser hielt in der Mitte der Schaaren
und seine Donnerrede scholl und er rief: Wehe! Wehe
über die Treulosen, die ihren Leib den Feinden, ihre
Seele aber dem Höllenfürsten überantworten. Und im
tiefen Schweigen folgten ihm dann die Schaaren.

Die Ebene mündete in das Gebirge ein und ein
brausender Strom stürzte durch dessen Schluchten. Es
war der Saleph. Und der Kaiser ordnete den Vortrab

und den Nachzug, durchritt die Reihen und mahnte zur Vorsicht, zum freudigen Kampf. Nicht lange, und die lauernden Feinde brachen hervor von der Seite, im Rücken und von vorn, und erhoben ein grauenvolles Geschrei, daß alle Höhen erbebten und die wilden Thiere zu heulen begannen. Unser Zug hielt eingekeilt in entsetzlicher Enge, und ein furchtbares Morden geschah. Endlich brach sich der Kaiser Bahn mitten durch die Reihen und das Schwert blitzte in seiner Hand und fiel zerschmetternd auf die Türken nieder. Wie ein Rache-Engel eilte er umher, der Helm war seinem Haupte entfallen, die greisen Locken umflogen seine Schultern, aber mit einem Hagel von glühenden Pfeilen wiesen die Feinde jeden Angriff zurück, der Muth der Kreuzfahrer begann allgemach mit der Kraft zu erlöschen, und der brausende Strom wälzte schon tausend Leichen dahin.

Und Friedrich erhob das Auge flehend gen Himmel und rief: Herr! nimm mein Leben, nur führe mein Heer aus dieser Gefahr! Und er spornte sein Roß und stürmte vorwärts und rief: „Auf ihr Brüder! Christus siegt! Ha, er sendet uns seinen Engel! Der heilige Ritter Georg kommt uns zu Hilfe!" Und wie er dies sprach, schauten Christen und Türken empor und sahen eine blendend weiße Gestalt niederschweben, und Christus siegt! erscholl es wie aus Einem Munde, und wir durchbrachen die Feinde und schlugen sie und verfolgten sie in die Schluchten des Gebirges. Dann lagerten wir uns am Ausgang des Gebirges und es ward eine tiefe Stille nach dem Getose der Schlacht, und Roß und Mann erquickten sich.

Der Kaiser aber legte sein Stahlgewand ab, und sog den kühlen Lufthauch, der vom Strome herwehte, begierig in seine Brust, und wie er die im Abendroth schimmernden Wellen zu seinen Füßen dahintummeln sah, ergriff ihn die Lust, seine müden Glieder im frischen Bade zu stärken, wie er so oft im Rhein und in der Donau gethan. Und er warf wie ein Jüngling das Gewand von sich und tauchte in die Flut und zertheilte mit kräftigem Arme die Wogen. Wir Alle sahen es freuten uns des greisen Kaisers. Doch jetzt sank er, laut auf schrie das ganze Heer, es stand erstarrt. Ich aber stürzte mich ihm nach, ergriff ihn glücklich und mühte mich, ihn emporzuziehen. Vergebens, schwer und schwerer sank er in die Tiefe, ich mit ihm, und die Sinne vergingen mir.

Als ich wieder Leben fühlte und die Augen auf= schlug, fand ich mich in derselben Halle, in der ich auf dem früheren Kreuzzuge mit meinen Gefährten staunend erwacht war. Auch jetzt waren Deutsche und Araber in trauter Gesellschaft vereinigt, in einer Nische aber, die mit Gold und schimmernden Edelgestein ausgeschmückt und von einem Baldachin überschattet war, ruhte der Kaiser auf seidenem Polster, zu seinen Füßen saß Ro- bita in seliger Betrachtung zu ihm aufblickend.

So schmiegt sich die Enkelin an die Knie des ge= liebten Großvaters, und hängt an seinem Auge und an seinen Lippen, wenn die Perlen der Märchen seinem Munde entquellen, und er schaut mit Wohlgefallen zu ihr nieder und denkt vergangener Tage.

Erkennen.

Tage um Tage waren bereits vergangen, der greise Held hatte sich den neuen Zuständen wie einer unvermeidlichen Nothwendigkeit allmählich gefügt und schaute mit ruhiger Besonnenheit auf sein vielbewegtes Leben zurück.

So überblickt der müde Wanderer am Abende von einem steilen Felsenabhang den zurückgelegten Weg, der ihn anfangs durch eine heitere sonnige Landschaft führte, aber bald in Sümpfe und Moore leitete und in borniges Gestrüpp, aus dem er sich mit unsäglicher Mühe endlich mit zerschundenen Händen im Schweiße seines Angesichtes emporwand, und er freut sich nun, daß alle Beschwernisse glücklich überwunden sind und das Wehen des Friedens umspielt sein Haupt.

Mit stiller Verwunderung und inniger Lust hing des Kaisers Auge an den Zügen der Jugendgeliebten; die brausende Flut der Leidenschaften war verrauscht, über seinem Leben und in seinem Herzen thronte jetzt der ewig heitere Himmel der Liebe und Freundschaft, und

die Vergangenheit schaute ihn aus einem glänzenden blu=
menumwundenen Spiegel an. War es nicht gestern erst,
daß sie den blondgelockten ritterlichen Helden in Liebe
umfieng und der verschwiegene Hain die Wandelnden be=
grüßte? Dieselbe Jugendblüte, derselbe Glanz und Duft
umwallte Robita in Wellen der Anmuth noch jetzt wie
vor mehr denn vierzig Jahren. Hatte sie alltäglich im
Borne der Verjüngung gebadet, hatte sie getrunken aus
der Quelle ewiger Jugend?

Und wer hat des Kaisers Gestalt so verwandelt?
Ist das noch der schöne Jüngling, dessen Herz in Kampf
und Freude, in Liebe und stillem Wohlthun erglühte?
Noch glüht das Herz, aber schaut die Gestalt wie die
einer verwitterten Eiche! Und er fühlt die Veränderung
seiner Gestalt und lächelt, wenn ihn Robita schmeichelnd
kosend umschmiegt und ihm die Hände küßt. Freundlich
erwidert er ihre Liebkosungen und Vorwürfe.

Böser, lieber Mann! sprach sie. Wie lange habe
ich deiner mit Sehnsucht geharrt? Hattest du denn mei=
ner ganz vergessen? Ach, warum wolltest du nicht blei=
ben in dem stillen verborgenen Thale, das ich dir zur
Wohnung bereiten wollte? Warum wandertest du zu=
rück nach deines Deutschlands dunklen kalten Wäldern?
Aber es liebt ja der Aar sein nacktes Felsennest, wo sein
Auge zuerst der Sonne Strahl begrüßte, und es liebt
jeder Mensch, selbst der Bettler seine Heimat! Welche
Leiden hast du ertragen! Warum hast du mich nicht
gerufen in deinen Nöthen und Gefahren? Ich hatte

dir doch versprochen, dir nahe zu sein auf deinen Ruf;
ohne diesen durfte ich dir nach dem Willen des Schicksals nicht beistehen, und dein Stolz hat es verschmäht,
meiner Hilfe zu begehren! Freilich ohne Kampf und
Sieg hätte dich kein Lorber geschmückt, und jedem Hel-
ben wird in den Ruhmeskranz eine Dornenkrone gefloch-
ten! Armer! Welch ein voller Kranz von Leidensblu-
men wurde dir um's Haupt gewunden! Ich habe dir
Alles vorausgesagt, aber du wolltest deinem stolzen Herzen nicht Ruhe gebieten. Warum hast du dich stets in
neue Kämpfe gestürzt? Was sind die Kränze von Lorber und Eichenzweigen, die du mit tausend Mühen errungen hast, gegen die Blütenkränze der Freude, mit
welchen ich deine Schläfe umwinden wollte! Was ist
dein Ruhm gegen die geopferte Jugend? Komm, o
komm in meine Arme, ich will dich mit meinem Odem
durchglühen, mit meinen Küssen die alten Tage erwecken; beine Locken sollen wieder im Glanze der Jugend
um deine Schultern wallen, wie gestern, da wir uns
trafen im Haine am See!

Und Friedrich entgegnete: Gestern, ja es war ein
köstliches Gestern! Wie schäumte der Lebensbecher in
Liebe und Freude! Du reichtest mir den Becher und
ich habe mir Begeisterung geschlürft für's ganze Leben;
meine schlummernden Gedanken wurden vom Thau bei-
ner Liebe erweckt und die süße Erinnerung an jene Tage
zog sie groß zu Thaten, und diese Erinnerung wird
fortschlagen mit den Wogen meines Lebens. Ja, schilt

mich nur, ich habe dich nicht gerufen; ich wollte den
Kampf allein kämpfen und erliegen oder siegen. Das
Ziel und Ende aber hat Gott in die Mitte gelegt. Ich
unterlag meinen Gegnern nicht, aber ich habe nicht errungen, was ich anstrebte. Und nun sollte ich auch mit
dir hadern, denn du bist die Quelle aller dieser Leiden
— auch der Freuden, meiner Thaten und meines Ruhmes. Ich wollte deiner würdig sein, wollte dich gewinnen, dich meinem Herrn und Heiland zuführen und
mit dir die Fürsten und Herrscher Asiens. Das trieb
mich in den Kampf nach Italien, dort zuerst die herrlichen Siege zu erringen, deutsche Sitte mit deutschem
Recht und deutscher Hoheit gleich den deutschen Eichen
auf Italiens Gefilden zu pflanzen, und dann weiter
über das Meer vordringen! Der liebt nicht, dem die
Liebe nicht wird ein Sporn, das Höchste auf Erden an-
zustreben. Ob er es erreicht, das ruht in Gottes Hand,
der allein den Völkern ihren Gang anweist und sie führt
nach seinem Willen. Ruhm und Liebe sind die Alles
bewegenden Sterne hienieden auf Erden! Und so laß
mich zurückschauen mit stiller Freude auf meine Laufbahn; ich darf ja wohl sagen: Ich habe einen guten
Kampf gestritten und bin des Kranzes nicht unwürdig,
mit dem ein Dichter der Nachwelt vielleicht mein Bild
umkränzt. Ach, den schönsten letzten Kampf zu kämpfen
gegen den Feind meines Glaubens ward ich leider nicht
für würdig erfunden! Wie brannte mein Herz in ju-
gendlicher Flamme, mit ihm zusammen zu treffen!

6 *

Du meinst den Sultan Saladin? Auch sein Herz beseelt dieser Wunsch, ich weiß es. Und fürwahr! ihr seid einander würdige Kämpen, ritterlich in Gesinnung und That, Könige und Kaiser, wie die Welt mit einander sie nie gesehen hat und nicht wieder zum zweiten Male sehen wird. Welch ein Augenblick, wenn Einer dem Andern gegenüberstände Aug in Aug, Jeder bereit dem Andern das Schwert in die Brust zu stoßen — um seines Glaubens willen den letzten Tropfen Herzblutes zu vergießen! Aber über den Sternen steht es Anders geschrieben. Das Schwert sollst du — du um des Glaubens willen nicht entblößen. Hast du nicht gesagt, der Befehl deines göttlichen Meisters an seine Schüler sei gewesen: Gehet hin und lehret die Völker das Evangelium? Er hat nicht gesagt: Gehet hin und streitet mit dem Schwerte und breitet aus mein Reich und euer Reich vom Aufgang zum Niedergang. Aus den Früchten soll man ja die Lehre Jesu erkennen, und die Früchte seiner Lehre, wenn der Saame wahrhaft in seinem Geiste gesäet und gepflanzt wurde, sind Liebe, Demuth und Frieden. Und je mehr und früher die Welt von diesen Früchten kostet, um so eher und lieber werden alle Völker sich zur Lehre deines Meisters bekennen um ihrer selbst willen. Ja einst wird dann auch Saladin glauben an das Evangelium Christi und beseligt ausrufen: Jetzt habe ich erkannt das Heil! Nun freue dich meine Seele und lobpreise den Herrn von Ewigkeit zu Ewigkeit!

Wie, wann wird dieses geschehen?

Wann der Kreis der Zeiten erfüllt ist. Dann reicht der Morgen dem Abend die Bruderhand in Liebe und es wird sein ein einziges christliches Volk und der Friede wird sein Füllhorn ausgiessen über alle Gefilde der Erde. Du selbst wirst es schauen. Du bist mit berufen, dieses Reich des Friedens zu gründen.

Soll ich Jahrhunderte leben, ja ein Jahrtausend?

Was sind Jahrtausende gegen die Ewigkeit? Ein Paar Sandkörner im unermeßlichen Sandmeere Arabiens! Ja du wirst todt sein und leben, du wirst ruhen und träumen und wirken. Neige jetzt dein müdes Haupt zum Schlummer. Die Zeit wird dich mit ihrem Flügelschlage zuweilen erwecken, bis sie dich endlich ruft zur Entscheidung auf Deutschlands Gefilden. Dann wirst du die entzweiten und getrennten Bruderstämme vereinigen zu Einem Volke, die Feinde der deutschen Nation werden bebend zurückweichen und selber um Schutz flehen; du wirst aufrichten Ein Reich unter vielen Königen, dem Einen die Kaiserkrone auf's Haupt setzen und ihn segnen. Dann ist deine Zeit erfüllt und du wirst eingehen zur ewigen Freude.

Mit dir? fragte Friedrich. Wie lange dauert deine Pilgerung auf Erde?

Sie endet mit der deinen. So sprach sie und küßte Stirne und Augen des geliebten Greises, und er neigte sein Haupt und entschlief. Aber sein Geist war wach, und er hörte und sah. Und es kamen Deutsche und

Araber, und es priesen Jene die Thaten Friedrichs, des
großen mächtigen Kaisers, Diese aber die Tugenden Sa-
ladins, des gefeierten Helden im Morgenlande. Wie hat
ihn die Hand des Herrn erhoben aus dem Staube und
ihn gesetzt auf strahlenden Thron zur Leuchte den Völkern, zum Hort und Schirm der Wittwen und Waisen,
zum Racheengel den Räubern und Uebelthätern! Sein
Vater, war er nicht ein unbekannter Kriegsmann, und
er wandelt jetzt mit Kronen geschmückt im Glanze seiner
Thaten und im Strahlenkranz der Gnade des Allmächtigen!

Und es begann der Eine im Kreis der Versammelten:

Vor nicht langer Zeit ruhte der Sultan eines Tages im Kreise seiner Söhne, freute sich ihres Anblickes,
ihrer Tapferkeit und Liebe und hörte mit Lust die Erzählung von den Kämpfen und Ereignissen des Tages.
Da öffnete sich der Vorhang des Zeltes und ein Diener
meldete, man habe einen Franken, einen Greis als Gefangenen eingebracht.

Saladin befahl ihn herbeizuführen. Der Gefangene
trat ein, eine ehrwürdige noch kräftige Gestalt, das
Haupt im Schmucke langer weißer Locken schien von einem wundersamen Glanze umflossen. Der Sultan betrachtete mit steigender Bewunderung den Mann, der
ungebeugt von der Last der Jahre und der Mühen und
ohne Furcht und Trotz vor ihm stand. Dann sagte er
zu seinen Söhnen sich wendend: Was dünkt euch? Ist

das nicht ein Fürst? Welch ein Haß muß nicht in der Brust dieser Franken gegen uns glühen, wenn selbst Greise noch das Schwert gegen uns bis hieher tragen! Aber, setzte er mit leiser Stimme hinzu, die Glut, die ihren alten Kaiser beseelt, muß ja wohl Alle durchbringen!

Darauf sprach er durch einen Dollmetscher zu dem Greise: Wer bist du? Woher kommst du?

Und der Gefragte entgegnete: Ich komme aus Deutschland, aus Franken und bin Bürgermeister der freien Reichsstadt Frankfurt am Main.

Was führt dich zum Kampfe gegen mich? Ist selbst in deiner alten Brust die Glut des Hasses gegen mich noch nicht erstorben? Was hab ich dir Uebles gethan?

Ich bin nicht ausgezogen zum Kampfe wider dich, und ich hasse dich nicht; ich bewundere vielmehr deine Macht und Würde, welche der Allmächtige dir verliehen hat.

Aber warum bist du hieher gekommen? Warum hast du deine Heimat, Weib und Kinder und deine Bürger verlassen?

Sultan! sagte der Greis, von Jugend auf trieb mich ein unbezwingbarer Drang hieher zu wandern; er keimte in der Brust des Knaben, durchfuhr die süßen Träume des Jünglings und es wuchs die Sehnsucht immer größer empor; aber tausend Hindernisse thürmten sich mir entgegen, so lang Jugend und Manneskraft in meinem Busen schlug. Amt und Pflicht hielten mich daheim zurück; erst als das Greisenalter mir nahte, verschwanden die Hemmberge, der Drang aber glühte lebendig fort und endlich konnte und wollte ich nicht länger widerstreben. Freudig nahm ich Abschied von den Meinigen und zog fort, um mit eigenen Augen die Stadt zu schauen, aus welcher das Heil und das Licht aufging für uns Deutsche im fernen Abendlande und für die Völker der ganzen Welt. Ich wollte meine Sehnsucht stillen, die heiligen Fußstapfen küssen, hier an geheilig= ter Stätte zum Herrn der Himmel flehen, anbeten, im Staube anbeten die unendliche Liebe und Barmherzig= keit Gottes und mir aus dem Wunderborne Beruhigung schöpfen, dann mein Haupt hinlegen und sterben.

Was bist du denn aber ausgezogen, um zu schauen, was nicht zu sehen ist? Sagt ihr nicht selbst, der Geist macht lebendig? Euer Meister, euer Gott ist heimge= gangen, und die Erde hier ist wie anderes Land und treibt Pflanzen und Bäume, wie vorher, und wie über= all. Was ist da zu suchen und zu sehen? Ein böser Geist bläst dieses Feuer in euerer Brust wach und stört eueren Frieden und den unseren. Ihr seid frevle Thoren!

Darauf sagte der Greis: Sultan! bist du noch niemals in deinem Leben in Mekka gewesen? Ja? Nun so hast du nach der Vorschrift gethan. Unser göttlicher Meister hat uns keinen solchen Befehl gegeben, wie er

euch ward, Chriſtus hat vielmehr geſagt: Gott iſt ein
Geiſt, und die ihn anbeten, ſollen ihn im Geiſt und in
der Wahrheit anbeten. Und abermal: Wenn du be-
teſt, ſo ſchließ dich ein in deine Kammer und bete zu
Gott deinem Herrn, und er, der in's Verborgene ſieht,
wird dich erhören. — Iſt nicht die ganze Welt ſein?
Wo wäre er nicht gegenwärtig, er, der mit den Armen
ſeiner Liebe die ganze Welt umfaßt? Warum ſollten
wir gerade hier oder dort zu ihm beten? Aber es iſt
die Sehnſucht der Kinder, Sultan, die ſie treibt, das
Land zu ſchauen, wo der Göttliche in Knechtesgeſtalt
wandelte, wo er litt und ſtarb, daß er die Welt von der
Sünde, von der ewigen Knechtſchaft befreie. Wandern
nicht die Kinder von fernher zu dem Grabe ihrer Aeltern, der Geliebte zum Grabe der dahingeſchiedenen
Braut? Wir ſuchen nicht ſein Grab, denn wir wiſſen,
daß er auferſtanden iſt und lebt von Ewigkeit zu Ewigkeit; aber wir ſuchen die geheiligte Stätte, wo der Fuß
des Menſchgewordenen wandelte, wo er ſeine Feinde ſeg-
nend aus dieſem Leben ſchied, wo die ganze Natur umher ſich in Trauer hüllte und ſelbſt die Herzen der Felſen erbebten und zerborſten im Schmerz: dieſe Stätte
ſuchen wir, um auch unſere Herzen zu entzünden an
dem lebendigen Anblicke, ihm nachzufolgen und in Demuth zu wandeln nach ſeinem Beiſpiele. Dieſe Sehnſucht wollen wir ſtillen. Ich habe ſie geſtillt, ich habe
mein Ziel erreicht, ich habe die heilige Stadt und ihre
Stätte geſehen und nun gebe ich mit Freuden mein Le-

ben dahin. Ich bin in deiner Hand, Sultan; Gott über dir und mir!

Saladin suchte seine innere Bewegung zu verbergen, schwieg eine Zeit lang und sagte dann zu seinen Söhnen: Läßt sich denn dieser Kampf nicht friedlich schlichten, diese Sehnsucht fortan nicht ohne Blut stillen? Ist es nicht thöricht, um einen Fleck Landes tausend und tausend Menschenleben opfern, wie auf einem furchtbaren dem Moloch geweihten Altare? Ich will den Christen Frieden gewähren, wenn sie ihn wollen, und mir dasselbe geloben. Ich will die Stadt ihren Pilgern eröffnen, sie mögen sicher kommen und gehen. Aber sie sollen geben mir dem Kaiser, was des Kaisers ist. Ich bin König von Jerusalem, der Herr hat die Stadt in meine Macht gegeben, und fortan sollen ihre Einwohner unter meinem Schutze stehen. Ich will sie schützen, aber den Zoll dafür nehmen, und neben einander mögen und sollen die Einen flehen zum alleinigen Gott durch Jesum, die Anderen durch Muhamed, und wieder Andere durch Moses und Abraham. Zwei Kaiser auf Erden, Einer im Morgenlande, der Andere im Abendlande: Friedrich und Saladin! Ha, das ist ein Gedanke, der Leben erhalten muß!

Darauf wendete er sich zu dem Greise und sprach: Zieh hin im Frieden! Dein Glaube hat dich hieher geführt, er soll dich sicher in deine Heimat zurückbringen, so viel an mir ist. Ich gebe dir sicheres Geleit. Bete an den heiligen Stätten, bete auch für mich, und wenn du glücklich zu den Deinigen gelangst, dann bringe deinem Kaiser Friedrich meinen Gruß.

So sprach Saladin und entließ den Greis.

Nicht lange darauf vernahm der Sultan vor seinem Zelte die lautklagende von Weinen unterbrochene Stimme eines Weibes, das endlich in die Worte ausbrach: „Ich will, ich muß zu ihm! Laß mich! Er wird mir mein Kind wieder geben." Und herein stürzte eine Frau, die Haare gelöst, das Antlitz von Thränen und Kummer entstellt, und sie warf sich zu den Füßen des Sultans und rief: Man hat mir mein Kind geraubt, mein einziges Kind. Ich bin eine Christin, eine Wittwe; aber jetzt bist du unser König und du hast uns Schutz gelobt. Um Jesu willen erbarme dich meiner! Von dir verlange ich mein Kind, du allein kannst, du wirst es mir zurückstellen.

Da erhob sich Saladin und rief: Um deines Jesu willen, den auch ich verehre, schwöre ich dir: Sei getrost! Du sollst dein Kind wieder umarmen. Auf und sucht! Die Sonne darf nicht untergehen über ihrem Schmerz.

Und die Diener eilten hinweg, die Wittwe folgte, und Saladin verließ mit seinen Söhnen das Zelt und wandelte unruhig in tiefer Bewegung auf und ab, und fragte jeden Nahenden, ob das Kind gefunden sei, und und er sendete Andere um Andere aus, daß sie forschten. Und die Sonne neigte sich und ein Diener nach dem andern kehrte zurück ohne das Kind, und das Weib

wankte daher im tiefen Schmerze ihrer selbst kaum be=
wußt. Endlich meldete ein Diener dem Sultan: Das
Kind ist gefunden, aber bereits verkauft; von Wem, ist
nicht zu ermitteln und der Käufer verlangt eine große
Summe. Da rief Salabin: Eile, ich kaufe es wieder
um jeden Preis. Und der Diener flog dahin und brachte
das Kind der Wittwe, die bei dem Anblicke desselben
sprachlos die Arme ausstreckte, es empfing, an sich drückte
und von Freude und Mutterliebe überwältigt bewußtlos
niedersank. Und der Sultan wendete sich ab mit Thrä=
nen im Auge, und befahl für sie zu sorgen, und sagte
zu seinen Söhnen mit milder Stimme: Das ist ein
schöner Sonnenuntergang auf einen schönen Tag. Möge
sich so mein und euer Lebenstag einst neigen und ein
süßer Friede sich über uns und der Welt lagern!

So sprachen sie vom Sultan Salabin und der
Kaiser Friedrich vernahm es halb wachend und lächelte
im Traume. Darauf begann ein anderer Araber:

Eines Morgens früh, als sich die Thore von Akkon
öffneten, hinkte ein Greis mühsam auf seinen Krücken in
die Stadt und bat, man möge ihm den Weg zu dem
Hospitale der Ritter zeigen. Er war nur mit wenigen
Lumpen bedeckt, der ganze Leib von der Sonne gebräunt
und mit Narben bedeckt. Mit Mühe erreichte er das
gesuchte Haus, pochte an der Pforte und sank, ehe sie
sich öffnete, an der Schwelle nieder. Die dienenden
Brüder erschienen, trugen den Armen hinein, legten ihn
auf ein reinliches Lager, und als er die Augen aufschlug,

brachten sie Wein und Früchte, daß er sich labe. Aber
er wies Alles zurück und sank bald in einen tiefen
Schlummer. Als er erwachte, bot man ihm von Neuem
zu essen und zu trinken; aber er sagte, er könne nichts
genießen und bedürfe nur der Ruhe. Am dritten Tage
drangen jedoch die Brüder liebevoll in denselben, und
baten ihn, daß er sich nun durch Nahrung stärke, sonst
würde er hier sterben und sie hätten davon nur Kummer und Schande. Und als sie nicht abließen mit Bitten, seufzte er und sprach: Weh, ich bin mit einer sonderbaren Krankheit geschlagen und werde wohl nimmermehr genesen, denn mein Verlangen kann und wird nie
gestillt werden. Als nun die Brüder mit Bitten fort-
fuhren, er möge nur entdecken, wonach sein Herz sich
sehne, sie wollten Alles aufbieten, seine Wünsche zu erfüllen, auf daß er von seiner Krankheit gesunde; da
sagte der Kranke: Mein Geist ist verwirrt, ich selbst
erkenne und fühle das Wahnsinnige meines Begehrens,
und gewiß, ich werde erliegen, denn unmöglich wird mir
gewährt, was ich wünsche. Ich habe eine unbezwing-
bare Lust, den rechten Fuß des Rosses eueres Ordens-
meisters zu verschlingen, und ich muß es mit eigenen
Augen sehen, daß es der Fuß dieses Rosses ist. Ohne
dies glaube ich nie genesen zu können; darum laßt mich
hier verscheiden.

Die Brüder gingen darauf zu ihrem Meister und
erzählten ihm von der Krankheit und dem sonderbaren
Begehren des Mannes, und der Meister erhob bei ihrer

Rede erstaunt und unwillig sein Haupt; denn das Roß,
das sollte geschlachtet werden, war von edler Art und
wegen seiner Schönheit und Schnelligkeit allgemein gepriesen, ja wie ein Wunderthier durch viele Sagen weit
umher berühmt, da es seinen Meister oft aus den größten Gefahren gerettet hatte. Nach einigem Sinnen aber
sprach er: Ein einziger Mensch ist mehr werth als
tausend Rosse; bringt es dem Kranken und thut, wie
er verlangt, auf daß er genese. Und die Diener führten das edle Thier vor das Bett des Armen, der Eine
trug einen schweren Block, ein Anderer hatte ein schar-
fes Beil, ein Dritter einen gewichtigen Hammer, und
als sie sich näherten, erhob der Kranke sein Haupt und
seine Augen leuchteten vor Freude. Der Block wurde
zurecht gestellt. Welchen Fuß verlangst du? Den rechten Vorderfuß. Und der Fuß des Thieres wurde auf
den Block ausgestreckt, das scharfe Beil darauf gelegt,
und schon erhob der Dritte den schweren Hammer zum
Schlage; da rief der Kranke: Halt! Ich fühle mich
wunderbar von meiner Krankheit genesen. Aber nun
reicht mir, ich bitte euch, Wein und Brot, um mich zu
stärken.

Die Diener führten das Roß zu dem Meister zurück, man brachte dem Kranken, was er begehrte, und
er aß und trank mit großer Begier; nach zwei Tagen
dankte er den Brüdern für die ihm bewiesene Liebe und
verließ das Hospital, genesen wie es schien von seinem
Wahne und von seiner Schwäche. Kurze Zeit darauf

brachte ein Bote ein Schreiben des Sultans Salabin an den Großmeister des Orden. Dasselbe lautete so:

Im Namen Gottes, des Allbarmherzigen, Salabin an die Ritter des Hospitals.

Wisset, ich bin bei euch gewesen, um euch zu ver= suchen, und ich habe euch erprobt als wahre Verehrer und Diener dessen, der da Alles geschaffen hat und Alles erhält; ihr übt Barmherzigkeit und Liebe nach dem Bei= spiele und der Lehre eueres göttlichen Meisters. Darum bestimme ich, daß fortan, so lange ich weile unter den Lebenden, an euer Spital alljährlich tausend Goldstücke aus meinem Schatze bezahlt werden, damit ihr die Ar= men und Kranken beherberget, kleidet und tränket und ihnen mit Gottes Hilfe die Gesundheit wieder verschaffet. Diese Summe soll stets am Feste Johannes des Täu= fers, eueres Schutzherrn, euch zukommen, und der Krieg soll daran nichts ändern. Gott sei gelobt!

Friedrich horchte mit wachsender Theilnahme den Er= zählungen von Salabins Thaten halb im Wachen, halb im Traume; als er endlich erwachte und sich des Ge= hörten nur unklar erinnerte, forschte er nach den einzel= nen Begebenheiten und unterbrach den Erzähler zuwei= len mit einem Ausrufe der Bewunderung und des Ent= zückens: „Ha! Das ist königlich! Das ist deutsch! Wie? Er verehrt Christum? Er achtet die Franken? Ha, er wird und muß die Deutschen noch bewundern und lieben!" Und er ließ sich von Neuem selbst das schon öfter Gehörte wiederholen. Dann forschte er nach

dem Lebensalter des Sultans, versank, als er darüber
berichtet worden, in tiefes Nachdenken und sagte mit leiser,
kaum vernehmbarer Stimme: „Er könnte mein Sohn
sein. Wäre er's statt meines Heinrich! Wird der in
Italien, in Deutschland walten in Milde und Kraft,
oder in wilder Hast sich die Flügel selber lähmen und
vergehen vor der Zeit?"

So sprach er bewegten Herzens.

Da erscholl draußen der Hufschlag vieler daherbrau-
senber Rosse, die zum Schlosse hereinstürmten. Lautes
Getümmel, Rufen der Männer erhob sich. Friedrich
richtete sein Haupt empor, sein Auge forschte. Das Geräusch verhallte allmählich. Während wir noch lauschten, trat durch die hohe Pforte ein Araber herein, ein
Häuptling, geführt von Robita, in der vollen Kraft der
Jahre, erhoben das Haupt, bedeckt mit dem bunten
Turban, daran ein großer, lichtstrahlender Diamant.
Schwarze Locken brängten sich, wie der Turban sich vom
scharfen Ritte verschoben hatte, über die Stirne seitwärts,
das Antlitz war vom dichten dunklen Bart beschattet,
die tiefblauen Augen leuchteten im milden Glanze. An
seiner Seite hing der krumme Säbel in goldener mit
Edelsteinen übersäeten Scheibe an einem seidenen Bande;
aus dem Gürtel blitzte ein Dolch. Hinter dem Häuptlinge drängte nach sein Gefolge, ein ganzes Geschlecht
von edler hoher Gestalt, wie die Söhne des voranzie-
henden Vaters.

Und der Fürst hemmte den Schritt und schaute

erstaunt nach dem greisen Kaiser, der seine belebten
Blicke auf die Eintretenden richtete. Robita aber führte
den Häuptling vorwärts, und die Uebrigen folgten, und
jetzt, da sie vor Friedrich stand, sagte sie zu ihm: sieh
hier, was dein und mein ist, und was ich dir mit Liebe
gepflegt habe, deinen und meinen Sohn Saladin und
sein Geschlecht.

Zu dem Sultan aber und seinem Gefolge gewen=
det, sprach sie: Sehet und verehret hier eueren Vater,
den Kaiser Friedrich!

Stummes Staunen hielt Wort und jede Regung
der Ankommenden wie des Kaisers gelähmt; allmählich
aber wich die Betäubung und fiel wie ein Schleier von
Aller Augen. Saladin sank zu des Kaisers Füssen und
küßte den Saum des Kleides, Friedrich aber öffnete seine
Arme und man vernahm nur die Worte: Mein Sohn!
Mein Vater! Und es ward eine große Stille.

Der Felsenbauer.

Aber seht! die Nacht beginnt ihren schwarzen Man=
tel auszubreiten. Es ist hohe Zeit, daß ich mein Fel=
sennest suche. Regen und Gewitter sind vorüber, und
der bald aufgehende Mond wird meine Schritte leiten.
Gehabt euch wohl! Hofft von der Zeit nicht zu viel,

und nehmt mit Dank, was sie gewährt. Pfleget die Blüten, dann reifen euch die Früchte!

So sprach der Erzähler und erhob sich. Da riefen die um ihn Versammelten wie aus Einem Munde: Jetzt wollt ihr scheiden, euere Erzählung mitten entzwei brechen und uns nicht sagen, wie Friedrich denn wieder nach Deutschland und hieher in unsere Nähe, in den Untersberg gekommen ist?

Darauf entgegnete der Greis lächelnd: Wie er in den Untersberg kam? Gerade auf dieselbe Weise, wie er in das Feenschloß in Asien kam, möchte ich glauben; vielleicht auch auf eine andere Weise. Ich weiß es nicht genau. Genug, eines schönen Morgens, da ich erwachte und an die Pforte des Palastes trat, stand ich hoch oben auf dem Untersberg, und zu meinen Füßen lag die schöne Landschaft ausgebreitet. Ich sah und staunte und fiel auf meine Kniee, küßte den Fels und weinte Freudenthränen. Als ich nach langem Anschauen endlich mich umwendete, da lagen Alle, die mit ausgezogen waren in das heilige Land, in stummem Entzücken auf ihren Knieen, in Mitten seines Gefolges aber Friedrich, und die aufgehende Sonne umkränzte seine weißen Locken mit ihren Strahlen.

Und er thront nun seitdem mit den Tausenden im Untersberg? Dort hält er seinen Hof?

Dort und in dem nahen Staufen.

Aber wo ist denn Platz für die Tausende?

O, es ist noch Raumes genug für andere Tau=

sende! Ihr habt ja oft gehört, daß zwischen den höch=
sten Bergspitzen sich große Thäler ausbreiten, welche
vielleicht alle Jahrhunderte von einem Sonntagskinde ge=
sehen, und kaum alle Jahrtausende von einem Auser=
wählten betreten werden. Ihr kennet doch in euerer
Nähe da in den Vorbergen aus eigener Anschauung und
Erfahrung die vielfach verschlungenen Schluchten, Tobel
und Gänge; aber weiter hinein erst eröffnet ein großer
Irrgarten mit den wundersamsten Bäumen seine Poly=
penarme und Steige und hält jeden Neugierigen fest, der
mit frevlem Muthe sich in das Gebiet der Kaiser wagt.

Der Kaiser? schallte es zurück. Friedrich der Roth=
bart haust nicht allein in dem Berge? Auch andere
Kaiser haben da drinnen ihren Wohnsitz aufgeschlagen?

Ja. Sie alle überragt Karl der Große, der erste
deutsche Kaiser. Ihm neigen sich alle in Ehrfurcht und
harren miteinander des Tages der Erlösung, da sie end=
lich von dieser Erde sich aufschwingen dürfen zu höheren
Reichen. Doch eitles Schwätzen frommt nicht. Lebt
wohl!

Nach diesen Worten kam eine allgemeine Bewegung
in die Versammlung, einige Bürger reichten ihm die
Hand, die Jugend drängte sich neugierig um den Schei=
denden, der mit heiterem Blicke grüßte und gegen die
Ausgangsthüre zuschritt.

Walafried, der anfangs kaum mit halbem Ohre der
Erzählung horchte, lauschte bald mit inniger Theilnahme,
die sich immer mehr steigerte; sein Gemüth war tief be=

7*

wegt. Es waren bekannte Klänge, die an sein Ohr schlugen; bekannte Gegenstände, die auf dem Spiegel seiner Seele sich erhoben. Aber vergebens forschte er in dem geheimsten Schreine seines Gedächtnisses, wo und wann er all dieses vernommen hatte. Während er noch sann, und das Ende der Erzählung nicht vernahm, ward er durch das Geräusch der Aufbrechenden aus seinen Träumen aufgescheucht; als er das Auge aufschlug, sah er den Erzähler in seiner Nähe der Thüre zu schreiten. Unwillkürlich erhob er sich vor der ehrwürdigen Gestalt und sagte: Glück auf den Weg, Vater! Für einen Anderen, als für euch ist er wohl schwer zu finden? Der Greis hemmte auf diese Worte seinen Schritt, betrachtete den Fragenden mit einem schnellen Blicke und entgegnete: Wer sucht, der findet; wer fragt, den weist man zurecht.

Habt ihr noch mehr solche Sagen-Perlen und Abenteuer im tiefen Grund eurer Seele verborgen? Zeigt mir doch den Zauberstab, mit dem ich den Berg erschließen kann, in dem die blitzenden Edelsteine und die schimmernden Metalle verschlossen liegen. Ich möchte gerne die Schätze heben und die gebannten Geister erlösen, damit sie frei durch die Welt flatteren und mit ihrem süßen Gesange die Herzen erfreuen.

Wer zu horchen versteht, dem reden Berg und Fels, Baum und Quelle. Aber man muß ein Ohr haben zu hören. Doch die Meisten sind selbst für den Donner taub. Der Geist spricht nur zum Geiste.

Nun, fuhr der Jüngling fort, würdet ihr wohl ei=
nem Pilger, der sich zu eurer Hütte oder in euere Nähe
verirrte, ein gastliches Obdach gewähren?

Auf diese Worte erhob der Greis sein Haupt, fuhr
mit der Hand langsam über sein Angesicht und betrach=
tete durch die Finger den Fragenden, als wollte er in
dessen Augen und Antlitz lesen. Darauf sagte er: Habt
ihr wirklich Lust, euch die Welt von Oben herab zu be=
trachten, so kommt! Der Genügsame findet, was er be=
darf. Indem er dieses sprach, fiel sein Blick auf die
verbundene Hand des Jünglings, und nachdem er sie
lange aufmerksam betrachtet hatte, begann er: Scheint
es doch, ihr seid schon in der Nähe des Berges gewesen
und mit einem Kobold in Streit gerathen. Aber eine
gütige Fee hat euch noch beschützt, so viel ich schliessen
kann. —

So ist's, versetzte der Jüngling. — Nun denn, so
kommt, wann es euch beliebt, sagte der Greis. Forscht
in der Kugelmühle nur nach dem Felsenbauer und sagt,
ihr wollet erfragen Kräuter und Sagen. Dann wird
man euch weiter weisen.

Mit diesen Worten verließ er rüstigen Schrittes die
Halle, die Versammlung aber lösete sich in einzelne
Gruppen, die schweigend ihre Wanderung nach dem hei=
mischen Herde antraten. Walafried gesellte sich zu einem
Bürger, der seiner Familie mit abgemessenen Schritten
folgte und mit dem er schon einige Male zusammenge=
troffen war. Nach den üblichen Begrüssungs = Worten

fragte der Jüngling: Ihr kennt den Felsenbauer? Wer
ist er denn eigentlich? Wo haust er? Unmöglich kann
er ein Bauer sein. Sagt mir doch, was ihr von ihm wißt.

Ich kenne ihn, antwortete der Bürger, das heißt,
so wie man einen Mann kennen kann, dem man auf
seinem Wege zuweilen begegnet, mit dem man wohl in
Gesellschaft einige Gläser Wein getrunken hat und gerne
plaudert. In dieser Weise kennen ihn aber gar Viele
hier in Salzburg und im ganzen Ländlein auf und nie=
der von der Ebene bis hinein in's tiefste Gebirge. So
kenne ich ihn bereits seit vierzig Jahren; schon als Knabe
betrachtete ich ihn mit scheuer Neugierde, bis es endlich
der Zufall fügte, daß ich mit ihm zu reden kam, und
seitdem erfreue ich mich immer an seinen seltsamen son=
derbaren Reden. Es hört ihn aber Jedermann gern er=
zählen. Er ist nicht älter geworden, seitdem ich ihn
kenne, sondern er bleibt immer derselbe. Ja mein Groß=
vater wußte schon von ihm zu sagen. Aber sein Leben
und Treiben, selbst sein Aufenthalt ist mit einem ge=
heimnißvollen Dunkel umgeben, und noch Niemanden ist
es gelungen, den Schleier zu lüften, der über des Man=
nes Walten liegt. Zuweilen freilich glaubt man, er
habe sich verrathen und man schließt weiter, bis eine
neue auffallende Erscheinung an ihm die Schlüsse um=
stürzt und der Mann räthselhafter erscheint als vorher.
Er nennt sich Felsenbauer, die Landleute umher nennen
ihn häufig im Scherz und mit heimlichem Grauen den
Herrn des Gebirges, den Alpen = Rübezahl, der seine

Diener auf verschiedenen Wegen durch die Welt sendet
mit allerlei heilsamen Kräutern, mit buntem Gestein,
seltenen Vögeln, auch wohl mit Webe= und Flechtarbeiten.
Seine Sendlinge wandern ungehindert durch aller Herren Länder in Deutschland, bis nach Spanien und Ruß-
land, als wäre ihnen ein Freipaß vom Himmel selbst
geschrieben, den man überall achtet.

Ihr kennt gewiß die Kräutersammler und Teppich=
händler, die überall bekannt sind; die meisten von ihnen
stehen im Dienste des Felsenbauern. Sie kommen vom
Gebirge herab, man weiß nicht woher; sie gehen und
wenige kehren nach langen Jahren zurück, um in der
heimathlichen Hütte ihre müden Glieder zur Ruhe zu
legen, wie sie sagen; die Andern alle bleiben in der
Ferne und siedeln sich da oder dort an, meist genüg=
same einfache und dabei wohlhabende Leute, die einen
beständigen Verkehr mit einander unterhalten und einander unterstützen.

Der Felsenbauer scheint das Oberhaupt — der
Stammvater dieser großen Kolonie zu sein, aber Niemand kennt den eigentlichen Sitz derselben. Die meisten Höfe im Gebirge sind sein Eigenthum unter diesem
oder jenem Namen, manche liegen auf den höchsten unzugänglichsten Felsen zerstreut. Es ist gleichsam eine
einzige Familie, und die Dirnen, wenn sie mit ihren
Müttern zuweilen zum Kirchenbesuche niedersteigen, sind
ausgezeichnet vor allen Töchtern des ebenen Landes, daß
unsere Jünglinge wie Wildschützen auf dem Anstande

stehen und lauern, ihres Anblickes zu genießen. Aber
dies wird nur Wenigen zu Theil. Keine derselben ver=
heirathet sich in der Nähe, sie hausen lieber hoch auf
dem Gebirge und ziehen in die Ferne. Wie ein Frei=
herr des Mittelalters waltet er auf seinem Felsengebiete;
alljährlich an Michaelis steigt er mit einem Knechte nie=
der und entrichtet bei dem Amte sein Schutzgeld, wie er
es nennt, und er schätzt und besteuert sich selbst und
Niemand stellt ihn darüber zu Rede, wenn er einmal
viel, das anderemal weniger gibt, je nachdem seine
Ernte, wie er zu sagen pflegt, eine gesegnete oder eine
mißrathene war. Seinen eigentlichen Haushalt kennt
Niemand. Traf es sich auch, daß irgend ein Pflanzen=
sammler, ein Steinprüfer zu einer solchen Hütte sich ver=
irrte und da übernachtete; so erfuhr er nur vom Knechte,
sie sei das Eigenthum des Felsenbauern, und der Ver=
irrte kam vom Knechte geführt durch so viele Krümmun=
gen und Steige, auf denen kaum eine Geiß zu klettern
vermöchte, wohlbehalten wieder auf bekannte Wege, daß
er nie mit Gewißheit angeben konnte, wo er eigentlich
gewesen. Neugierige kehrten zum Tode geängstigt zu=
rück und mußten Wunderdinge zu erzählen von den Ge=
fahren, welche sie überstanden und welche Erscheinungen
sie gesehen hätten, so daß es Niemand mehr wagt, den
Herrn in seinem Gebiete zu beunruhigen.

Einmal, es war, so viel ich mich dessen erinnere, in
den achtziger Jahren unter der Regierung des letzten
Fürst=Erzbischofes Hieronymus von Colloredo, wollte ein

eifriger Geldbeamter eine genaue Untersuchung des Ver=
mögens des Felsenbauern anordnen, seine Almen den und
seinen Viehstand abschätzen, die wahre Zahl seiner Knechte
und Aussendinge erfahren. Zwei beeidete Schätzmän=
ner machten sich begleitet von zwölf Stadtsoldaten auf
den Weg. Am Fuße des Unterberges fragten sie die Be=
gegnenden nach der Richtung zu dem Felsenbauern=Gute,
und sie erhielten stets dieselbe Antwort: ihr werdet nicht
fehlen können, es wird zu oberst aufliegen, wir waren
noch nicht dort. Die Abgesandten stiegen empor, höher
und höher, bis sich alle betretenen Steige verloren;
nirgends zeigte sich mehr eine Fußspur auf dem ma=
geren Rasen, auf dem festen Gestein; sie irrten rath=
los umher, die Mittagssonne brannte heiß, sie fürchte=
ten zu verschmachten. Nirgends erschien eine gastliche
Hütte, nirgends erscholl ein menschlicher Laut in der
Nähe, nur aus weiter Ferne heran drangen verworrene
Stimmen. Sie suchten vor der brennenden Hitze Schutz
unter einem überhängenden Felsen, und als es Abend
wurde, wollten sie wieder zurückkehren. Aber jetzt be=
gann erst die Noth und Gefahr, die mit jedem Schritte
abwärts drohender wurde: sie überstürzten sich, rollten
eine Zeit lang fort, erhoben sich, um wieder zu stürzen;
jetzt ging die Sonne unter, schon verbreitete sich rings=
umher die Dämmerung, da erscholl Hundegebell näher
und näher, die Bestien stürzten wie wüthend heran, um=
schnupperten die Geängstigten hier und dort, überspran=
gen sie in wilden Sätzen und Einer kollerte über den

Anderen, bis sie zerschunden und zerschellt wieder am Fuße des Berges lagen.

Nach wenigen Tagen erschien der Felsenbauer in der erzbischöflichen Kanzlei und klagte über Landfriedens= bruch auf seinem Gebiete. Man erstaunte, lächelte, re= dete dann hart mit ihm und war nicht ungeneigt, ihn ins Gefängniß zu werfen und selbst durch die Folter das Geständniß der wahren Lage der Dinge zu erzwin= gen. Da sagte er ruhig: Kehre ich bis morgen nicht in meine Felsenburg zurück, so möchten es leicht viele Unschuldige entgelten. Indessen mag dieses genügen. Und er zog aus seinem Busen eine Pergamentrolle und reichte sie dar, und sie lasen mit großen Augen die Schrift, gaben sie ihm mit einer linkischen Verbeugung zurück; er grüßte wie gewöhnlich bescheiden und ernst, und ging. Die Schrift war ausgefertigt, wie man spä= ter erfuhr, auf Befehl des Kaisers Joseph II., von ihm selbst unterzeichnet und gesiegelt, und enthielt einen Schenkungs= und Schutzbrief für den Felsenbauern, seine Besitzungen und Angehörigen auf dem Untersberg un= ter einer strengen Bannformel gegen Jeden, der ihn be= unruhigen würde. Seit dieser Zeit hat man nichts wei= ter von einem Versuche gehört, das gefriedete Besitzthum zu verletzen.

Das ganze Ländlein umher weiß von seinen Wohl= thaten zu erzählen und Niemand getraut sich ihm zu danken, denn stets lehnt er den Dank ab, selbst wenn es offenbar ist, daß kein Anderer als eben nur er die That konnte gethan haben. Hier kommt er als Pilger und spricht in einem Hause zu, bittet um einen Trunk Wassers oder Milch, ruht und beschaut sich die Leute. Ist Jemand im Hause krank, Mensch oder Vieh, so theilt er seinen Rath mit oder gibt Kräuter, und wenn noch Rettung möglich ist, so erfolgt sie gewiß. Meistens spricht er gegen Abend ein, wo er irgend eine Noth ausgekundschaftet hat und ungesehen während der Nacht kommt der Segen, weicht die Noth; er aber ist verschwunden und wird an jenem Orte sobald nicht wieder gesehen.

Viel Redens veranlaßte aber der Felsenbauer, als der König Max von Bayern zum erstenmale als Herr des Salzburger Länbleins von Berchtesgaden aus dem Gebirge daherfuhr. Er saß im Wagen mit seiner Gemahlin und den zwei jüngsten Prinzessinnen und im Anschauen der mannichfaltigen Gebirgsformen und der Windungen der Thäler und Schluchten Auge und Geist ergötzend; jetzt lenkte der Wagen um die letzte Krümmung bei dem überhangenden Felsen, wo ehemals die Gränze zwischen Salzburg und Berchtesgaden war, als sich ein unerwartetes Schauspiel zeigte und die Eile hemmte. Gerade da, wo die Felsen sich zusammendrängen und eine zauberische Fernsicht in die weite Ebene mit Salzburg im Mittelbilde sich eröffnet, war der Weg mit einem blau weißseidenen Bande versperrt, dessen Enden zwei Mädchen hielten, und an welche sich zu beiden Seiten eine Reihe von Gebirgsleuten Jung und Alt in der

kleidsamen Tracht anschlossen. Der Wagen hielt, der
König nickte freundlich, da trat der Felsenbauer heran be=
gleitet von zwei rüstigen Söhnen des Gebirges, neigte
sich und sprach: Endlich ist mein Wunsch erfüllt; ich
darf meinen Wohlthäter und Retter als meinen Lehens=
herrn und König begrüßen und ihm huldigen. Heil
dem Könige Max, dem Vater der Armen und Waisen,
dem Beschützer der Unschuld!

Auf seinen Wink überreichten die Mädchen der Kö=
nigin einen Strauß von Alpenröslein, sie verbargen aber
nicht den darunterschimmernden Strauß köstlicher Edel=
steine, und als der König halb verwundert dankte, sagte
der Felsenbauer: Der König von Bayern kann sich
nicht erinnern an alle die guten Thaten, die er wie Sa=
menkörner weit umherstreute; wie könnte eine That in
seinem Gedächtnisse haften, die er als Prinz von Pfalz=
bayern in Straßburg, da die ganze Stadt seine Mann=
heit und Güte pries, an zwei armen Untersbergern ge=
than und die Juden gleich geächteten vom Tode errett=
tete. Der Eine von ihnen bin ich, der Andere — Still,
still! sagte der König freundlich lächelnd, jetzt schwebt
mir Alles wieder hell vor Augen; ich freue mich,
meinen lieben Lehensmann hier auf seinem Erbe
im Kreise der Seinigen so rüstig zu schauen. Habt
Dank, und wenn ihr nach München kommt, sprecht in
der Burg zu.

So sprach der König, während seine Gemahlin und
die Prinzessinnen ihre freundlich schönen Augen abwech=

selnd bald auf die feierliche Gruppe, bald auf den Al=
penröslein und Edelsteinen ruhen ließen. Die Sache
aber verhielt sich so, wie der Felsenbauer sie überall
gleichlautend mit freudigem Dank erzählte. Es war im
Jahre 1790, und es flogen bereits die ersten Gewitter=
schauer der nahenden allgemeinen Stürme durch Frank=
reich. Alle Bande der Treue und des Gehorsams lö=
ten sich, und der Pöbel tobte bereits gegen die Tyran=
nen und ihre Freunde, wie er die Fürsten und ihre
Diener schmähte, und das Wort Freiheit wiederhallte
tausendstimmig von Stadt zu Stadt und weckte die Ver=
folgung gegen Jeden, der einer anderen Meinung war
oder doch nicht in den lauten tollen Jubel miteins=
stimmte.

Da kam eines Abends der Felsenbauer mit einem
jüngeren Manne des Weges gen Straßburg daher. Er
kam aber aus dem inneren Frankreich, wo er seine Ge=
schäfte so viel als möglich beschleunigt hatte, denn er sah
das Gewitter bereits nahen und wollte gern auf deut=
schem Boden in Sicherheit sein. Es war eben Markttag
in Straßburg und die Landbewohner kehrten aus der
Stadt zurück wohlbezecht und schwindelig vom Wein und
von den tollen Reden der Freiheitjünger. Einige dieser
begleiteten aber die Landleute in ihre Heimat, um das
angefachte Feuer wach zu erhalten und neue Flammen
zu erregen, und die Trunkenen jagten ihre Rosse um die
Wette; da brach ein Rad, der Wagen stürzte, Angst=
geschrei erscholl, indessen raseten Andere daher, die Wa=

gen geriethen an einander, einer stürzte über den anderen und ein wildes Fluchen und Heulen durchschnitt die
Luft. In diesem Augenblicke erschien der Felsenbauer
mit seinem Begleiter, und sie wollten, als sie den Unfall
sahen, hilfreiche Hand bieten. Aber sieh, alle die Trunkenen wendeten sich sogleich gegen die Beiden und von
allen Seiten schmähte und schalt man auf sie, als wären
sie die Ursache des Unfalls. Ihre Haltung und Kleidung bezeichnete sie als Gutsbesitzer, als Tyrannen, Un-
terdrücker und Feinde des Volkes; bald kam es von
Worten zu Schlägen und man drängte und hieb endlich
auf die Wehrlosen ein, daß sie blutend zu Boden stürzten, worauf man sie in den Straßgraben stieß. Da
kam der Pfalzgraf Prinz Max mit seinem Diener da-
hergeritten, übersah mit einem Blicke die Frevelthat und
donnerte den Ungeheuern sein gebieterisches „Halt!" zu,
daß sie erschreckt ihre Rosse hemmten, die sie eben
zum neuen Jagen antrieben. Sie mußten die Verwundeten auf einen Wagen legen und mit ihnen nach der
Stadt umwenden. Der Prinz selber breitete den Armen,
die ihrer unbewußt lagen, seinen Mantel unter und ritt
neben dem langsam fahrenden Wagen her, ein ritterli-
cher Hort, indessen sein Diener vorauseilte, den Arzt in
seine Wohnung zu bescheiden. Hieher ließ er die Verwundeten bringen und überwachte sie mit der Sorgfalt eines Vaters und Bruders. Nach wenigen Wochen gena-
sen sie, worauf sie Max durch treue Wächter über den
Rhein bringen ließ; er hatte sie zuvor mit reichen Gaben

auf die Reise versehen. Bald darauf ging auch er nach
Deutschland herüber, und das Andenken an jene Bege=
benheit war von der Flut der hereinbrechenden Ereig=
nisse, und weil er überall und immer, wo er nur konnte,
Wohlthaten zu spenden, gewohnt war, seinem Gedächt=
nisse entschwunden, als es jetzt wieder auf einen Augen=
blick erneuert wurde und in dem Herzen des Königs eine
freudige Regung erzeugte.

Das ist es, mein junger Freund, was ich über den
Felsenbauer zu sagen weiß. Andere werden euch Ande=
res, Aehnliches berichten können, ohne daß sich einer
rühmen darf, ihn und seine Verhältnisse ganz zu ken=
nen. Vielleicht seid ihr der Glückliche, dem es vorbehal=
ten ward, das Räthsel dieses geheimnißvollen Mannes
zu lösen und die Wunder der Felsenburg zu schauen,
nach welchen ich schon als Knabe lüstern war. Dann
theilt mir Einiges darüber mit, wenn anders euer Mund
nicht mit dem dreifachen Siegel versiegelt wird. Denn
die geheimen Mächte lassen nirgends gern in die Werk=
stätte ihrer Thaten schauen und der Glückliche erblindet
oder verstummt für immer, wenn er des Schweigens
Siegel bricht, mit dem sie ihn wieder aus ihrem Reiche
entlassen. Indessen Gott befohlen! Gute Nacht! —

Unter diesen Gesprächen waren sie an der Salzach=
brücke angekommen, wo sich die Wege scheiden. Der
Bürger folgte seiner Familie, die ihn jenseits der Brücke
erwartete; Walafried aber lehnte sich über das Geländer
der Brücke und schaute gedankenvoll in den Strom,

dessen hüpfende Wellen vom Lichte des Vollmondes be=
leuchtet dahin tanzten. Dann wanderte er langsam nach
seiner Wohnung. Ueber der ganzen Stadt lag das
Schweigen der Nacht. Sein einsamer Fußtritt verklang
hallend durch die Straßen. Angekleidet warf er sich auf
sein Lager, seine Hand zuckte im Fieberschmerz, seine
ganze Seele war durchglüht und die sonderbarsten Bil=
der schwebten an ihm vorüber. Er wußte nicht, träumte
oder wachte er. Er stand am Fuße des Untersberges,
kletterte einen steilgewundenen Steig durch dichtes Ge=
strüpp empor und befand sich nach mühsamen Steigen
auf einer blumigen Ebene, weiter zurück ragte eine un=
geheure Felswand empor, die sich in sonderbar gestalte=
ten Spitzen, Hörnern und Nadeln in den Himmel hin=
ein erstreckte. Walafried starrte empor, da war es, als
bewegten sie sich. Mit Staunen sah er, wie sie aus
der Felsenwand sich erhoben, Gestalt um Gestalt, um
ihren Leib wallte der Purpurmantel, auf eines Jeden
Haupt ruhte die goldene von Edelgestein blitzende Krone,
jetzt sah er ihr Antlitz: Welche Hoheit und Milde in
den greisen Zügen! Ihr Auge leuchtete im milden
Strahle und sie schienen ihn zu grüßen und er hörte
die Worte: Komm und schau, unser Reich ist dir er=
schlossen. Da faßte sein Herz eine unendliche Wehmuth,
und er schaute umher, wo sich der Eingang in das ver=
borgene Reich eröffnen möchte; aber stumm und kahl
starrte die Felswand weithin sich streckend empor, und er
blickte flehend auf die Kaisergestalten.

Mit einem Male blitzte ein Lichtstrahl durch die
Luft, der Felsen erbebte und spaltete sich und ein riesi=
ges Thor öffnete seine Arme. Aber undurchbringliche
Nacht gähnte grausig aus dem Thore und hemmte den
Eintritt. Da erschien unter dem Eingang eine Gestalt
wie die eines Engels, von mildem Schimmer umflossen;
sie winkte den Staunenden, Zögernden näher, und wie
sein Auge auf ihr ruhte, erkannte er die Jungfrau, und
sie fragte: Hast du das Zeichen? Da deutete er auf
das weiße goldumsäumte Tuch, das er noch um die Hand
gewunden hatte, und als sie es gesehen, sprach sie: Komm,
die Stunde ist günstig.

Und sie ging voran und das Licht, welches von ihr
ausfloß, erhellte den dunklen langen Gang, und Wala=
fried folgte und staunte. Da wanden sich goldene und
silberne Schlangen durch das Gestein aufwärts, abwärts
und ihre tausend Augen blitzten im bunten Farbenschim=
mer. Hier wuchsen wundersame Bäume auf und ver=
schlangen in einander ihre zackigen Aeste voll der herrlich=
sten Früchte, und der Glanz blendete und bethörte. Doch
jetzt trat der dunkle Gang zurück, der blaue Himmel
schaute herein und mit einem leisen Ausrufe des Ent=
zückens und Staunens hemmte Walafried seinen Fuß
und Aug und Geist schwelgte an dem Anblicke der Land=
schaft, die unter ihm mit Flüssen und Bächen, Städten
und Dörfern, Weilern, Landhäusern und Palästen sich
ausbreitete.

Indem er wie gefesselt im freudigen Anschauen nie=

derblickte, erscholl hinter ihm eine Stimme: Wer wagt
es, in das Reich der Kaiser zu bringen? Unglücklicher!
Aber ehe er sich noch besann, antwortete die Jungfrau:
Vater! Ihm ist es gewährt, er hat das Zeichen. Und
sie lösete das Tuch von dem Arme Walafriebs und
reichte es dem Vater. Es war der Felsenbauer. Dieser aber entgegnete: Nun wohl, so möge er kommen
und schauen. Und er reichte das Tuch dem Jünglinge
zurück, aber indem es dieser nahm, löseten sich die Gold-
fäden und verschlangen sich zu einem Ringe, und er
glänzte an Walafriebs Finger. Da erwachte er.

Aus den Alpen.

Mathilde an Gisela.

I.

Ich lebe noch! O wie ist das Leben so schön! wie
lacht die Sonne, wie lacht die Flur, wie kosen und spielen die Wellen der Luft und des Sees um Leib und
Seele! Ja liebe Freundin! Jetzt erst fühle ich die
ganze Lust des Daseins, da der Tod seine Hand so gierig nach mir ausstreckte.

Ich sah in sein starres entsetzliches Antlitz und schau-
berte, alle Pulse zitterten erstarrend, noch einen Augen-

blick ... Doch ich bin ja gerettet und danke dem Him=
mel alltag und allstund, daß er mir seinen Engel sandte,
vor dem der Tod selber erblaßte und entwich!

Wir fuhren am Sonntage früh Morgens nach Salz=
burg. Wie freundlich ist die Stadt, wie aus Marmor
gehauen. In der Domkirche wohnten wir dem Hochamte
bei. O, daß du mit uns gewesen wärest!

Der Strom der Töne wogte melodisch durch den
herrlichen Tempel, umschmiegte die Seele mit ätherischen
Klängen und trug sie auf Lichtschwingen empor; die
Erde schwand und die Seele erbebte in nie empfundener
Wonne, alle Leidenschaften sanken wie Schlacken nieder=
wärts, und höher und höher schwebte Gedanke und Ge=
fühl. Es war Mozart, an dessen Hand wie an der ei=
nes Engels der Geist emporschwebte und Alles, Alles
vergaß und nichts dachte und fühlte als: heilig! heilig!
Anbetung dir und Preis, o Ewiger, Großer, Allerbar=
mer, Vater im Himmel! Du Liebe, der du uns sand=
test deinen Sohn, Jesum und den Geist, den göttlichen!
O du, der du des Menschen nicht vergissest. Und was
ist der Mensch, o Herr! daß du seiner gedenkest!

Nachmittags besuchten wir Hellbrunn und als wir
die neckenden sprudelnden Künste der Wasserwerke gese=
hen hatten, fuhren wir, ich und die Mutter mit einem
Knechte, auf einem offenen Wägelchen, ohne den Oheim,
den noch einige Geschäfte in der Stadt zurückhielten, nach
Hause zurück. Aber ehe wir unseren Hof erreichten,
brach ein Ungewitter los, wie ich noch nie ein ähnliches

8*

erlebt hatte. Wohl hatte ich schon oft gehört, wie furcht=
bar schauerlich groß ein Gewitter im Gebirge sei, aber
wer es nicht selber erlebte, wessen Auge nicht selber
vom Lichtglanze geblendet, wessen Ohr nicht selbst von
dem schmetternden Rollen erschüttert wurde, dem vermag
kein Dichter das Bild zu malen, weder in Farben noch
in Worten.

Noch entsetzt sich mein Inneres, wenn ich dessen
gedenke. Es waren nicht die blendenden Blitze und die
erschütternden Donnerschläge allein, welche schreckten und
betäubten; die furchtbarsten und seltsamsten Wolkenge=
bilde waren es vielmehr, welche das Auge und die Seele
mit Grauen erfüllten: dunkle Riesengestalten schwebten
heran, näher und näher, langten weit aus mit ihren un=
geheueren Armen, indem sie mit den flammenden Augen
auf uns niederstarrten, Blitze umkränzten sie und sie
fuhren daher mit dampfenden Rossen auf rollenden Wa=
gen; Himmel und Erde erbebten und ich schauderte.
Da schmetterte ein Blitzstrahl vor uns nieder, der Knecht
stürzte, unsere Rosse raseten dahin, wir waren verloren:
als ein Reiter, ein Jüngling mitten durch den Sturm
daherschwebte, die Rosse hemmte und uns rettete. Aber
der Knecht blieb todt, den konnte er nicht mehr zum Le=
ben erwecken.

Wie das Alles geschah, ich weiß es nicht. Es kam
Alles so plötzlich, daß meine Sinne es nicht zu trennen
vermochten und es noch nicht vermögen, wie oft ich auch
die Erinnerung zurückrufe. Und das geschieht oft —

unwillkürlich taucht das Bild vor meinen Augen empor, und ich sehe das Schreckliche, sehe den Retter, den der Himmel sandte. Meine Sinne und Gedanken waren noch zu verwirrt, um ihm danken zu können, als unsere Leute kamen; da flog er wieder dahin. Ich weiß nicht, wohin. Nur dessen erinnere ich mich noch, daß seine Hand blu= tete und ich ihm mein Pathengeschenk gab, das weiße mit goldenem Saume gezierte Tuch, das ich um den Kopf geschlungen hatte; mit dem verband er die Wunde. Der Himmel wird ihn beschützen und ihm seine That lohnen.

Fast getraue ich mir nicht mehr, von der Sache und von ihm zu reden; denn mein lieber guter Oheim hörte zwar mit großer Theilnahme, ja wie mir schien, mit großer Bewegung die Erzählung von unserer Gefahr und der glücklichen Rettung; aber später fiel er einmal, als ich wieder begann, mit dem Worte ein: „Nun, das war ein Dienst, welchen ein Mensch dem anderen er= weist, selbst ein Wilder dem Wilden, ja ein Mensch so= gar auch einem Thiere. Was weiter? Das geschieht ja tagtäglich noch in der Welt, denn so schlecht und un= barmherzig sind die Menschen noch nicht, daß die ge= meinsame Gefahr sie nicht theilnehmend und hilfreich machte. Und sind wir nicht in Deutschland? Bringt da nicht jedes Herz Hilfe alljedem Bedrängten? Ich will ihm danken, deinem Paladin, treff' ich ihn einmal des Weges. Es ist wohl ein Abenteurer, welchen dein Stern zu deiner Rettung eben herbeiführte und der dessen so wenig achtet und gedenkt, als des Weges, den er geht."

Seitdem scheue ich mich, von dem Ereigniß zu reden; weiß ich ja doch nicht einmal seinen Namen, aber ich glaube, sein Bild wird immer lebendig gegenwärtig vor meinen Augen schweben. Ich kann es nicht verdrängen, und ich mag es nicht. Es ist ja nichts Böses. Nicht wahr?

II.

Ob ich mich zurücksehne nach den Freuden der Stadt? So kannst du nur fragen, weil du die unaussprechliche Wonne nicht kennst, welche der Aufenthalt auf dem Lande bietet; weil du noch nicht aus dem Freudenbecher genippt hast, den die Natur Allen darreicht, die ihr nahen mit durstendem Verlangen und Erquickung suchen! O komm zu mir, laß all deine lieben Sorgen um Kleider und Moden, um Bälle und Theater in der Stadt zurück.

Die liebliche Morgenröthe zieht mit Rosenfingern den sternenbesäeten Vorhang der Nacht hinweg, da erwacht es rings in Busch und Wald, auf den Bergen umher flammen die Freudenfeuer, die Königin des Tages zu begrüßen. Und sie wandelt einher im ewigen Glanze ihrer Majestät, die Heroldin der Macht und der Liebe des Höchsten, des ewigen Vaters, und Jubelpsalmen und Dankeslieder schmettern, brausen, zwitschern und zirpen durch die freudig bewegten Lüfte. Da ist Alles

Leben, Alles Freude, und der Mensch steht in Mitten und stammelt seinen Dank und neigt sich vor dem Hohen Heiligen und betet an.

O komm in die Arme der Natur, ich weiß gewiß, du wirst ihre Sprache verstehen und sie wird deine Freundin sein, wie sie die meine ist. Ja, sie ist noch dieselbe, wie ich sie seit meiner ersten Jugend kannte: treu und liebevoll umarmte sie mich und plauderte mir von alten Zeiten und zeigte mir meine Ruheplätzchen, zeigte mir die Bäume und Stauden, die Felsen und Blumen, die lieben vertrauten Gespielen. Sie erkannten und begrüßten mich freudig, und es kamen die lieblichen Sänger des Haines und nickten mir Willkommen! zu. Jedes freundliche Wort, jeder freundliche Blick, welche du an die Natur richtest, wuchert dir mit reichlichen Zinsen. O, sie ist dankbar, und die Menschen, sagt man, sind oft undankbar. Ich weiß es nicht. Aber die Natur ist dankbar, das weiß ich, und sie vergilt jegliche Pflege, die du einem ihrer Kinder zuwendest wie eine liebe Mutter. Ob du deine Pflege und Sorge dem Wald und der Wiese, dem Acker und der Weide, oder dem Vieh widmest: jedes vergilt dir freudig, was du ihm gewährtest. Und scheint das Eine oder Andere undankbar, so ist es gewiß nicht seine Schuld: denn da Oben waltet ein Höherer und in seiner Hand ruht das Gedeihen; aber er läßt die ihm vertrauen nicht zu Grunde gehen, und prüft er dich in Einem und entzieht dir, so spendet seine Vatergüte dir Anderes in Fülle.

Komm und schau und freue dich! Was ist das
Leben in der Stadt gegen das Leben hier auf dem Lande!
Hier ist Poesie, wohin du blickst, was du vernimmst:
da ist Alles belebt, da spricht und handelt Alles, und
vom Landmanne könnten unsere Reime reichen und Ge=
danken armen Dichter lernen, die Natur anschauen und
deren Sprache verstehen und reden.

Was wir mit schwerer Mühe, du weißt es, in vie=
len Stunden dem Gedächtnisse einprägten, darin wir die
vielen barbarisch klingenden Namen aufeinander häuften
und doch ihre Bedeutung nie recht begriffen: das tritt
dir lebendig auf dem Lande entgegen, das spricht Jeder=
mann. Denn die den Städtern so leblos scheinende Na=
tur lebt für den Landmann, sie ist seine Freundin und
seine Gönnerin, und wie sie zu ihm redet, so richtet er
hinwider Worte der Bitte und des Dankes an sie. Wo=
hin er blickt, sieht er lebendige Gestalten. Der Berg er=
hebt sein Haupt und lugt umher, jetzt setzt er seine
Schneehaube auf oder seine Nebelkappe, dann legt er
seinen Mantel um und er hüllt sich ein, wenn Wolken
auf ihm oder an seiner Seite sich lagern. Er trägt
einen prächtigen Gurt von Hainen und Wäldern um
seine Mitte, oder vom schimmernden Gestein mit weni=
gen Smaragden von Bäumen verziert. — Da schleu=
dert der Gießbach seine verderblichen Geschosse herab,
dort ruht und sonnt sich ein Haus am Abhange eines
Hügels und ein Weinstock oder Pfirsichbaum schlingt
seine Arme um dasselbe; da tobt und zürnt der See

in Gebirge und bäumt sich wie ein tolles Roß und wirft sich herum, dann glättet er sich und wird sanft und der Himmel beschaut sein Antlitz in dem ruhigen Spiegel. — Dort lagert ein Gletscher zwischen Bergen, gräbt Felsen aus und wühlt wie ein ungeheurer Maulwurf in der Erde. Da bringt der Regen ein und seine Gewässer suchen einen Ausgang, sie stemmen sich gegen die Felsen, schleudern sie hinab in die Tiefe und stürzen nach mit zermalmendem Grimm.

Komm, und fühle das Kosen der Luft um deine Wangen; komm und horche dem Murmeln des Baches. Komm und schau die Heimat und Wiege der Sage.

Aus der Hauptstadt.

Gisela an Bathilde.

Du rufst mich? O dein Ruf tönt so süßklingend in mein Ohr, wie fernes Glockengeläute dem müden Wanderer das ersehnte Ziel verkündet und es weckt eine unnennbare Sehnsucht in meiner Brust.

Ja, ich will auf's Land, ich will zu dir eilen. Aber was werde ich dort beginnen, wie mich zurecht finden in dem mir fremden Kreise der Geschäfte? Denn bloß die Natur anstaunen, den Sternenhimmel bewundern, den Bächlein lauschen und den Sängern im Haine und so

dahinblühen wie die Lilien auf dem Felde, die der himm=
lische Vater mit Pracht ausstattete, während tausend Hände
umher beschäftigt sind, die Natur zu veredeln und ihr
der guten Mutter zu dienen, und dafür reichlichen Lohn
und Freuden zu ärnten: Das scheint mir doch gewis=
senlos und thöricht. Möchte ich doch die fleissigen Land=
bewohner nicht gern in ihrer üblen Meinung bestärken,
die ohnehin glauben, in der Stadt deckt sich der Tisch
tagtäglich dreimal von selbst und die Städter zehren nur
vom Fleiße des Landmanns.

Doch ich vertraue dir und will mich ganz dir über=
lassen. Was du thust, will ich thun, deine Freuden sol=
len meine Freuden, und deine Geschäfte die meinen sein.
Dann wenn dem Tage gewährt worden, was er fordert,
und wenn er selbst müde zur Ruhe hinsinkt, dann sol=
len auch unsere Hände ruhen und der Geist soll seine
Schwingen der irdischen Bande entledigen, die ihm der
Tag anlegte, und er soll aufathmen in Lust und Wonne,
wenn wir im trauten Zwiegespräche unseres wahren in=
nersten Lebens bewußt werden und jetzt den Berg und
seine Quellen und dann den Wald und seine Bewohner
fragen und ihren Antworten lauschen.

Glaube nicht, das Leben in der Stadt sei ohne alle
Poesie. Haben wir nicht selbst miteinander uns eines
wahrhaft poesiereichen Lebens erfreut? Freilich, die Zeit
war kurz und sie floh wie ein Traum vorüber. Doch
Poesie ist ja nur Begeisterung, und diese höchste Steige=
rung des Selbstbewußtseins des Geistes im Leibe, dieser

Zustand kann nur kurz währen, sonst würde der Geist
des Leibes Fessel zersprengen. Der Tod ist die Freiwer=
dung des Geistes, das Emporschwingen des Geistes zu
seiner ursprünglichen Heimat.

Bei dir auf dem Lande soll der Geist seine Schwin=
gen wieder prüfen, wir wollen uns versenken in die Zeit
unseres Zusammenlebens hier wie in das süße Fabel=
land und die alten Freuden werden im Geleite mit
neuen herbeiziehen und unsere Tage bekränzen.

Sieh zu, ob in den beiden Erzählungen, die ich dir
mittheile, die erste habe ich selbst, die zweite mein Bru=
der aufgezeichnet, auch ein Hauch von Poesie walte. Wie
freue ich mich, den Sagen zu lauschen, die in deiner
Nähe gleich Blumen aufsprossen.

Die Mutter und das kranke Kind.

In einer der größten Städte von Deutschland lebte
ein Ehepaar still und vergnügt seine Tage. Schon am
frühen Morgen ging der Mann an sein Geschäft außer
dem Hause, und die Gattin leitete indessen mit treuer
Sorge das Hauswesen, und am Mittag saßen sie im
traulichen Gespräche über eine Stunde bei einander und
freuten sich schon auf den Abend, wenn sie nach voll=
brachtem Tagwerke sich im Freien ergehen oder daheim
erholen könnten. Und der Himmel schenkte ihnen drei

Knaben, die wuchsen empor frisch und kräftig wie la=
chende Aepfel am Baume, und die Eltern freueten sich
der lieben Sprößlinge; und Jedermann stand und be=
trachtete mit Wohlgefallen die Familie, wenn sie die bei=
den ältern Knaben voran mit dem Jüngsten in ihrer
Mitte dahin wandelten. Das Angesicht dieses jüngsten
Kindes aber war von einem so milden, lieblichen Glanze
umflossen und seine zarten Züge hatten einen solchen
Ausdruck himmlischer Güte und süßer Wehmuth, daß es
in der That einem überirdischen Wesen glich und nur
der Engel hieß.

So wuchsen die Knaben heran, und es war ein
schönes häusliches Zusammenleben, und immer edler ent=
wickelten sich durch den steten Umgang mit der liebenden
zärtlichen Mutter und unter dem freundlichen Ernste des
Vaters Geist und Herz der Knaben, und schon faltete
auch der Jüngste, als er etwas über drei Jahre alt war,
seine Händlein zum Gebete, blickte empor zum unsicht=
baren, großen Vater über dem blauen Himmelszelte,
sang fromme und heitere Lieblein und rief der Groß=
mutter, deren Liebling er war: Große Mutter, liebe,
komm in den Garten, wir suchen schöne Steine und
Blumen.

Aber mit einem Male begann die zarte Jugend=
blüte zu welken, der Knabe senkte traurig das schwere
Köpfchen, griff oft schnell an das Hinterhaupt und sprach
schmerzlich leise: Ich bin krank! Ein Schwert durch=
drang den Busen der Mutter. Der Arzt wurde geru=

fen, er verschrieb Arzeneien, abwechselnd bald diese, bald
jene, ganze Töpfe voll; das Kind aber wurde von Tag
zu Tag blasser und matter. Die Mutter wachte Tag
und Nacht an seinem Bettlein, oder wiegte es an die
Schulter gelehnt im Arme, und da ruhte es so sanft,
bis der Vater von seinem Geschäfte heimkehrte und bei
seinem raschen Eintritte in das Zimmer das Kind mit
einem unaussprechlich, wehmüthig, freudigen, gedehnten
Tone ausrief: der Vater! und dann aus den Mutter Armen in die väterlichen hinüber glitt und das heiße Köpfchen an des Vaters Brust schmiegte!

So verging Monat um Monat. Endlich schien die
Krankheit zu weichen, der Frühling kam und ein leiser
Schimmer der Genesung zeigte sich auf dem Antlitze des
Knaben und strahlte mit Sternenschimmer aus den lichtblauen Augen. Welche Wonne keimte da in der Brust
der Mutter! Mit welcher Seligkeit schaute sie in des
Lieblings Auge und dann empor zum Vater im Himmel! Mit welcher Freude begrüßte der Vater den Genesenden, umsprangen ihn die älteren Brüder und scherz-
ten, daß auch auf seinen Lippen das Lächeln erblühte!
Aber der fast unmerkbare Zug der Wehmuth, jenes leise
Zeichen einer tiefen überirdischen Sehnsucht verschwand
nicht, und bald kehrte die Krankheit mit erneuter Gewalt wie ein quälender Geist zurück und durchzuckte mit
Fieberschauern den zarten Körper.

Mit bebender den Schmerz verhehlender Stimme und
einem Muthe, der den Schmerz gewaltsam niederdrückte,

sprach er dann nur die Worte: ich bin krank! und sank
in den Arm des Vaters oder der Mutter und lag dann
tagelang ohne ein Zeichen des Lebens und ohne Bewußt=
sein, daß er bei seinem Erwachen aus einer anderen
Welt wiederzukehren schien, wenn er matt und schwach
nun wieder die freundlichen Augen und Lippen zum ent=
zückenden leisen Gruße öffnete: Mutter! Vater! Wie
einen Neugebornen bedeckte ihn dann die Mutter mit
Küssen und Thränen und rief in freudiger Bewegung:
Er lebt wieder! Mein Kind lebt!

Zwei Jahre gingen auf diese Weise in schmerzlicher
Abwechselung dahin. Das kranke Kind war der Mittel=
punkt des ganzen Familienlebens geworden. Kein Ver=
gnügen lockte die Eltern aus dem Hause: das Kind zu
pflegen, zu erheitern, zu lehren war ihnen Erholung und
Trost, Pflicht und Bedürfniß, sein Dankesflüstern Musik
aus andern Welten, sein Lächeln Seligkeit. Wenn an=
dere Mütter mit der Welt liebkoseten, in großen und
kleinen Gesellschaften ihre schönen Zähne oder Kleider,
ihre Perlen oder Witze zur Schau trugen, gähnend am
späten Abend heimkehrten und ihre unartigen den Mäg=
den und Dienern überlassenen Kinder schalten und am
nächsten Tage den vorigen Tag wiederholten, oder ihre
Kinder mit süßen Eßwaaren fütterten und sie und sich
im größten Putze an öffentlichen Plätzen ausstellten: da
saß unsere Mutter daheim mit liebender Sorgfalt der
Ihrigen denkend und schaffend unermüdet den ganzen
Tag über, und nur um sich allein unbekümmert in

steter Sorge um den Gatten und die Kinder. Und
wenn die Nacht mit sanfter Hand schon längst Aller
Augen geschlossen hatte, wachte sie noch am Lager des
kranken Kindes, sank ermüdet, aufgelöst neben ihm nie=
der, raffte sich wieder empor bei dem leisesten Schmer=
zenslaut und ihre Liebe wachte die ganze Nacht durch.

Die zwei älteren Söhne gingen in die Schule und
erzählten, zurückgekehrt, was sie gelernt und gesehen hat=
ten. dem Brüderlein und es lernte mit ihnen singen,
und faßte mit bewundernswürdiger Leichtigkeit Gebete,
Sprüche und Lieder, es begriff die verschiedenen Thiere
und Pflanzen, die Gestalt der Erde und hörte besonders
gern die Geschichten aus alter und neuer Zeit und harrte
deshalb bald mit Sehnsucht auf die Wiederkehr der Brü=
der, die ihm wieder und wieder erzählen mußten. Er=
zählen und singen mußte ihm aber auch tagtäglich die
Großmutter. Große Mutter! rief er oft, erzähle mir
vom Christkind, vom heiligen Petrus, vom Johannis=
kind! Singe: drei Fräulein. Nach einer Weile begann
er aber selbst mit zitternder Stimme zu singen: Müde
bin ich, geh zur Ruh, schließ die matten Aeuglein zu.
— Zuweilen rief er der Mutter, die das Hauswesen in
Küche und Zimmer besorgte und dazwischen ängstlich
nach dem Lieblinge blickte: Komm, ich erzähle dir eine
G'schicht. Es ist einmal ein Mann gewesen . . . . . . ,
daß die Mutter in ihrem tiefen Schmerze lächelnd eine
Weile aller Sorge und alles Kummers vergessend zu=
horchte.

Wenn aber die Fieberschauer heranschlichen und die zarten Glieder durchzuckten und dann die heißen Thränen über die Wangen der Mutter perleten, da erhob der Kranke oft seine Aeuglein und flüsterte liebkosend: „Mutter! Liebe Mutter! Nicht weinen! Wer wird weinen! Ich singe dir den Jungfernkranz, aber nicht weinen!" Und mit bebender Stimme begann er: Schöner, grüner Jungfernkranz!" bis die Küsse der Mutter den zitternden Wehgesang auf den Lippen erstickten. — Dann lag das Kind still mit geschlossenen Augen und gefalteten mageren Händlein. Einst war es gerade vom langen Fieberkampfe erwacht, als der Arzt an das Schmerzenslager trat. Da sagte es zu ihm: „Du, Doktor! mach mich gesund, daß die Mutter nicht mehr weint. Ich will Alles thun, was du sagst. Aber du kannst nichts. Gott macht mich gesund!"

Darauf kamen Monde, die still am innersten Lebensmark des Kindes zehrten; es klagte selten mehr, lag ruhig in seinem Bettlein, rief der Mutter Liebes-Schmeichelworte zu, bat die Großmutter zu erzählen, begrüßte den heimkehrenden Vater immer mit dem freudigzitternden Worte: der Vater! in welchen Gruß alles Wonnebeben der liebenden kindlichen Seele gelegt war, und schmiegte sich in die es umschlingenden Arme. Es dankte mit leuchtenden Augen, wenn die Brüder ihm ein geschnitztes Thier brachten und betastete es begierig mit den zarten Händen. Noch ahneten die Eltern nicht, daß die Krankheit schmerzensvoller für den frühreifen

Geist geworden! Der Liebling zuckte bisweilen, wenn Jemand still an sein Bettlein getreten und lange in seine lichtblauen Augen geblickt hatte und ihn dann anredete, erschreckt empor; aber Niemand wußte, vermuthete die Ursache.

Eines Tages, da die Mutter wieder neben ihm saß und den armen Liebling herzte und die heißen Thränen niederträufelten, da sagte das Kind mit zitternder Stimme: „O Mutter, schöne Mutter! ich hab dich schon lang nicht mehr gesehen!" Und dabei bewegte es die schönen Augen, als wollte es dieselben erweitern und seine ganze Seele in Einen Blick legen. Jetzt war sein Erschrecken und Leben bei plötzlicher Berührung oder Anrede klar! Der Knabe war auch erblindet! Die Sehnerven waren gelähmt, das äußere Auge klar und hell wie sonst!

O Mutter! wer vermöchte deinen Schmerz zu schildern! Dein Kind sieht dich nicht mehr! Dieses weiß und denkt es selbst, denkt es mit Trauer! Es fühlt nur deine milde Hand, deinen in Liebe und Schmerz wogenden Busen; es sieht dich nicht mehr, nicht mehr den Vater, es harrt nur seines Kommens, es vernimmt seinen Tritt, und ehe er noch seinen Gruß gesprochen, ertönt die freudig bewegte zitternde Stimme: der Vater!

Die Großmutter war indessen gestorben. Sie hatte dem kranken Enkel neben seinem Bette sitzend oft vorgesungen und erzählt, wobei sie oft in Altersschwäche einschlummerte; noch immer rief der Knabe: Großmutter komm! Da kam denn jetzt die Mutter, ließ alle anderen Geschäfte, setzte sich zu dem Lieblinge, oder nahm ihn auf ihren Schooß und trug ihn, wenn ihn die Schmerzen durchglüheten, umher. Ihre Liebe wuchs mit jedem Tage, je hilfebedürftiger und schwächer der Arme wurde, um desto hingebender pflegte sie seiner und oft saß sie halbe Tage und Nächte lang auf einer und derselben Stelle und hatte ihn auf ihrem Schooße, damit er um so sanfter ruhte. Epheu und Baum umschlingen sich nicht inniger, als Mutter und Kind in Liebe und Hingebung, in Wehmuth und Dank alle Gefühle in einander verschmolzen!

So waren drei Jahre vergangen. Die Aerzte kamen, sahen und gingen; sie wußten sich nicht zu rathen, nicht zu helfen. Im Hause herrschte eine Feierstille, wie bei dem Nahen eines Gewitters; die Freude war verstummt, selbst die heranwachsenden lebhaften Knaben traten nur leise auf, um die Schmerzen des Bruders nicht zu wecken. Immer schwächer flackerte das Lebensflämmchen, und nun fand sich das Kind selig bei der Erzählung des Vaters von den Engeln, die vom Himmel niederschweben und die kranken Menschen heilen. Und es freute sich, zu dem himmlischen Vater zu gehen, und ein Engel zu werden und mit goldig lichten Schwingen auf sein Geheiß wieder auf die Erde niederzuschweben. Unter solchen Erzählungen entschlief es im Arme der Mutter; schon war es, als wäre der Geist des Kindes entschwebt und die todtmüde Mutter legte es in sein

Bettlein, zog es an sich heran und sank selbst auf das Lager.

In der Nacht, am Morgen, so oft und sobald sie erwachte, neigte sie sich nieder zu dem Lieblinge; der fühlte den warmen Odem der Liebe, erwachte aus dem Todesschlummer und suchte die Händelein zu erheben und lispelte: „In's Mutter=Aermle!" — Komm, komm mein Kind, mein Engel! komm in der Mutter Arme! Und sie nahm und küßte ihn und drückte ihn an ihr Herz und er schmiegte seine erkaltenden Wangen an ihre Brust, wie um neues Leben einzuathmen, seinen Dank, seine Liebe ihr zuzuhauchen. Den Tag über lag er dann ohne Bewegung, nur zuweilen zitterte die Lippe leise, wenn der Vater an sein Bettlein trat und die zarten Hände zwischen seinen Händen erwärmen wollte. Gegen Abend schien er zu erwachen, die Augen öffneten sich freudig und mit leiser Stimme sagte er: „Mutter, Mutter! Hörst du die Engelein singen?" Darauf durchzitterte alle Glieder eine leise Bewegung, dann athmete er tief auf. Es war das letzte Mal. Die Engel hatten seine Engelseele heimgeholt in's himmlische Vaterland.

Aber sein Bild lebte im Herzen der Mutter fort, und in des Vaters Ohren erklang oft mitten in seinen Geschäften, auf Spaziergängen und in Gesellschaft der liebvertraute zitternde Gruß seines Kindes. In stillen Nächten schwebte es nieder und schmiegte sich wieder in den Arm der Mutter und athmete Freude in ihre Brust

und die Leidengeprüfte genas allmählich von ihrem Schmerze
und von der zehrenden Krankheit; die Familie wandelte
wieder in stiller Freude dahin und in den seligsten Au=
genblicken war es, als schwebe ein himmlischer Geist in
ihrer Mitte und die Saiten ihrer Seele erbebten vom
zarten Hauche. Sie fühlten die Nähe des Engels, und
es war eine innige Verbindung geknüpft zwischen Him=
mel und Erde und der Segen träufte nieder wie erqui=
ckender Thau.

Kaiser Maximilian I.

„Nun gesegne dich Gott, mein liebes Augsburg!
und alle fromme Bürger darinnen. Wohl haben Wir
gar manchen frohen Tag in dir gehabt. Nun werden
Wir aber dich wohl nimmer mehr wiedersehen!“

So sprach der Kaiser Maximilian vor sich hin so
laut, daß es die zunächst bei ihm waren, wohl verneh=
men konnten. Das ehrenvolle Geleite der Stadt hatte
ihn so eben an der Rennsäule auf dem Lechfelde ver=
lassen, die Edelsten und Weisen der Bürgerschaft, unter
ihnen zwei Fugger, Langenmantel und Peutinger, und
er blickte ihnen nach mit tiefer Rührung, wie denn sein
kaiserliches Herz oft selbst mitten im kriegerischen Ge=
tümmel von einer seltsamen Wehmuth ergriffen wurde.
Und diesmal war es ihm, als schiede er für immer von

lieben Freunden. Lange hielt er sein ungeduldiges Roß und schaute in der Richtung hin, wo Augsburg lag; endlich zeichnete er gegen die Stadt hin ein Kreuz in die Luft mit seiner Hand zum Segen und wendete sein Roß. Dann ritt er langsamen Schrittes dahin und überließ sich ganz seinen Gedanken, und sein Gefolge wagte es nicht, ihn denselben zu entreißen.

Mit einem Mal sprengte ein Reiter aus dem Vorderzuge zu dem langsam nachrückenden Gefolge heran. Dem ersten Anblicke nach schien es ein edler Mann auf stolzem Rosse; aber seine Tracht war phantastisch bunt, er schien halb Ritter halb Bürger; der weite Mantel goldgestickt flatterte lose um seine Schultern bis auf die rothen Beinkleider herab, die schwarzsammtne Mütze war mit einer kostbaren Feder geschmückt, die sich aus einem Kranze von Edelsteinen erhob, an den vier Spitzen der Mütze aber hingen kleine klappernde Schellenglöcklein. Es war Kunz von der Rosen, des Kaisers lustiger Rath.

Ohne auf die abwehrenden Zeichen zu achten, die ihm von Diesem und Jenem gegeben wurden, drängte der Mann sein Roß mit einer raschen Wendung hart an den Kaiser und rief laut lachend: Mein Seel, ich glaub, mein G'vatter träumt wieder einmal den großen Plan, Papst zu werden! Drückt euch die eine Krone nicht schwer genug, daß ihr noch die dreifache darüber pflanzen wollt? Das gäbe einen schönen babylonischen Thurm!

„Still, Narr!" sagte der Kaiser.

Still, Narr! Gut gesprochen. Wer aber der Narr
ist, das ist zuerst die Frage, über deren Lösung die gelehrten Herren auf den deutschen Universitäten viel la-
teinische Brocken zerwürgen können. O Herr! merkt auf
die Stimme eueres treuen Rathes! Schlagt euch die
Papst=Gedanken aus dem Kopfe. Sie hausen darin
wie Fledermäuse in einem schönen Kirchthurme und bringen nur Unrath. Folgt mir, Herr! Gebt das Geld
verloren, welches ihr als Abschlagzahlung den Karbinä-
len bereits auf die Hand gegeben habt. Und möchte
dieses Geld das letzte sein, um welches Deutschland von
Rom betrogen wird. Glaubt mir, die Römer hätten
euch für die blendende Krone ausgesaugt und das heilige Reich noch ganz auf die Gant gebracht!

„So darfst nur du sprechen," entgegnete der Kaiser.
„Das ist dein Vorrecht."

Ja, ihr habt Recht, mein Herr und Kaiser! Die
Wahrheit ist nicht Jedermanns Kauf, aber laut werden
muß sie doch und sei es auch durch den Mund eines
Narren. Sie findet dann ihren Weg schon weiter. Ist
nur das Kindlein erst geboren und hat die vier Wände
beschrieen, dann ist die ganze Welt sein Erbe.

„Es war doch ein schöner Gedanke," sprach darauf
der Kaiser vor sich hin, „das weltliche und geistliche Ele-
ment endlich in Eintracht mit einander zu schauen und
aus beiden Kronen wie aus einem Doppelfüllhorn Segen über die Völker auszugießen! Es war ein schöner,
ein deutscher Gedanke!"

Ja wahrhaftig, sagte Kunz mit Lachen, der Gedanke war so sonderbar, wie nur je der Kopf eines
Deutschen einen ausbrüten kann. Das liebe Küchlein
pickte schon lebendig an die Eischale; mit einem Male
ward es still, es ist gestorben, ist todt! Dankt dem
Himmel! Das wäre eine Geburt geworden, bei deren
Anblick die Sonne vor Schrecken wäre schwarz geworden! Nein, Herr! Habt ihr nicht oft gesagt: es ist
nicht gut, daß der Papst will den Kaiser spielen! Und
ich setze hinzu: es wäre eben so schlimm, wenn der Kaiser wollte den Papst spielen.

„Nein", sag' ich dir. „Ein deutscher Sinn, ein
deutsches Herz hätte den Einklang hergestellt und erhalten!"

Glaubt ihr, Gevatter? Ich wünschte, daß ihr das
seltsame Schauspiel einmal selbst sehen könntet. nicht
aber an euch selbst und an den lieben frommen Deutschen erproben. Geschehen wird es aber doch; denn es
ist ja nichts so thöricht und albern, was die Menschheit
nicht einmal erproben wollte! Ja, die Welt wird auch
dies noch schauen, daß in einem Lande der Kaiser auch
wird der Papst sein. Aber wehe dann dem Volke! Da
wird die Krone der Tiare und die Tiare der Krone gebieten, Eines wird das Andere überbieten, und das Volk
— nun das wird von den vielen Blitzstrahlen, die um-
herfliegen, und vor lauter Glückseligkeit ganz geblendet
und stumm sein. Wenn es hätte Gott unser Herr und
Meister für gut gehalten, glaubt ihr denn nicht, daß er

Macht genug gehabt hätte, den Kaiser in Rom von seinem Throne zu stürzen und sich darauf zu setzen?

Der Kaiser antwortete nicht, sondern gab in Gedanken versenkt unwillkürlich seinem Rosse den Sporn und ritt schneller dahin. Der lustige Rath schwieg und das Gefolge machte bei diesen Reden und danach ein albernes Gesicht, aus dem kein Gedanke leuchtete, und ritt gleich den Beiden schweigsam dahin.

Da kamen des Weges daher Wallfahrer bunt gemischt Alte und Junge, Männer und Weiber, und als diese den Zug des Kaisers von ferne erblickten, erhoben die Vorsänger ihre Stimmen und sangen das Wallfahrtslied und der ganze Zug stimmte mit ein. Das Gefolge des Kaisers hielt still am Wege, entblößte mit Maximilian ehrerbietig das Haupt und ließ die Pilger vorüberziehen. Unter den Letzten, die in kleinen Häuflein nachzogen, bemerkte der Kaiser eine reiche Gräfin, umgeben von mehreren ihrer Dienstleute. Und er wunderte sich über ihren frommen Eifer und wollte sie anreden.

Aber Kunz von der Rosen sprengte auf die Gräfin zu, verbeugte sich tief und sprach: Gesegnet dies Land, das eine solche Perle von solchem unschätzbaren Werthe hägt. Dein Name wird schweben auf den Zungen Vieler, du Herrliche!

Darauf entgegnete die Gräfin: Redet nicht so. Der Welt Ruhm ist eitel; ich strebe nicht danach und möchte nur Gottes Lohn erwerben.

O, den könnt ihr viel wohlfeiler erlangen. Da bleibt künftig nur still daheim, statt mit Strolchen umherzuziehen und euere Frömmigkeit zur Schau zu stellen, näht und strickt für die Armen und Gottes Lohn wird euch folgen wie der Schatten euerem Körper.

So sprach er und eilte dahin. Die Gräfin und ihre Diener schauten ihm mit offenem Munde nach. —

* * *

Es war Herbst, der Abend nahte, der Wind wehte scharf am Lech daher und Alle sehnten sich nach einer guten Herberge. Aber wo sollten sie bleiben? Der Kaiser war mit seinem Hoflager nirgends ein willkommener Gast, denn es brachte Nichts und ließ selten etwas Gutes zurück, wie das Sprichwort bitter sagte. Auf dem Durchzug durch die Dörfer hatte sich zwar Mancher vom Gefolge des Kaisers schon einen lebendigen gefiederten Braten mit leichter Mühe gefangen und unter dem Mantel verborgen; aber er wollte ihn auch im Frieden unbeachtet vom Kaiser verzehren.

Max selbst dachte an die Herberge nicht, bis ihn sein lustiger Rath daran erinnerte und sagte: Herr, ich glaube, ihr habt euren Magen in Augsburg bei den Pfründnern gelassen, die seiner wohl pflegen werden; wir aber haben ihn leider mitgeschleppt und er schnappt, wie ein bissiger Hund nach einem Fang. Wollt ihr nicht des Armen euch erbarmen?

Da blickte der Kaiser aus seinen Träumen auf und

sagte: Versorge ihn denn. Aber wo sind wir? Wir sind, so viel ich merke noch weit von Kaufbeuren entfernt; dort möchten uns die Bürger gut bewirthen. Aber hier?

Darauf erwiderte Rosen: Dort von ferne winkt ein Dorf, dessen Bewohner dem Kaiser gewiß Thür und Thor, Küche und Keller öffnen werden. Ich kenne es. In der Nähe liegt ein altes Schloß, dessen Räume uns alle beherbergen können.

Und den Rossen wurden die Sporen eingesetzt und mit Anbruch der Nacht lag das Dorf vor ihnen; seitwärts ragte ein altes Schloß halb zerfallen und ganz verlassen düster in die Landschaft herein. Dahin lenkte der Zug, indessen Einige in das Dorf eilten, um Lebensmittel und Feuerung zu holen. Und als die Leute vernahmen, welcher Gast bei ihnen eingezogen sei, brachten sie herbei, was sie besaßen. Im Schloßhofe flackerte bald ein lustiges Feuer empor, auf den Gängen und in den weiten luftigen Sälen wurden Kienfackeln eingesteckt, in den Kaminen knisterten die Flammen, und der Kaiser nahm seine Wohnung im großen Waffensaale, der aber jetzt alles Schmuckes beraubt war. Einige Tische und Bänke, die aus dem Dorfe herbeigebracht wurden, boten die einzige Bequemlichkeit.

Um so angenehmer war den Hungernden das Mahl, welches aus dem Stegreife aus allerlei Geflügel, Mehl und Eiern bereitet wurde Der Kaiser ließ dazu den Reisekeller öffnen und theilte den Edelsten seiner Umgebung mit, bis die Reihe der aufgeschichteten Flaschen, wie auf einem Schlachtfelde die Krieger, niedergestreckt lagen, indeß das Gesinde in den unteren Räumen die vollen Wein= und Bierkrüge leerte, und fröhliche Lieder durch die Nacht hin erschallen ließ.

Gegen Mitternacht wurde es allgemach stiller, Einer nach dem Andern suchte sich ein Plätzlein, wo er sich dem Schlummer überlassen konnte; nur Wenige blieben um die Tische gelagert. Der Kaiser aber hüllte sich in seinen Mantel, ließ den großen Tisch an den Kamin rücken, die Bänke in die Nähe des Feuers stellen und überließ sich seinen Gedanken. Das Gefolge that desgleichen, und nur zuweilen erhob sich Einer, um das Feuer zu unterhalten. Rosen kauerte auf einem Holzblocke zu den Füßen Maximilians und sah oft zu ihm empor und der Glanz des Feuers beleuchtete mit magischem Schimmer die edle Gestalt des Kaisers.

Nach einer Weile erwachte Max aus seinem Sinnen, überblickte seine Umgebung, die er noch wach fand und sagte zu Rosen: „Erzähle doch eine von deinen Geschichten, erlebt oder erdichtet, und halte uns noch für eine Zeit den Schlaf fern.“

Darauf begann Rosen: Es war einmal eines großen Kaisers einziger Sohn. Der hatte geträumt von einer wunderschönen und edlen Jungfrau, und ihr Bild, das er im Traume gesehen, prägte sich so tief in sein Herz, daß er wachend dasselbe noch stets vor seinen Augen erblickte. In derselben Nacht hatte aber auch die

Jungfrau einen ähnlichen Traum. Sie sah den Sohn des Kaisers im ritterlichen Schmucke und es schien ihr, als dringe ein Strahl seiner Augen in ihr tiefstes Herz. Sie senkte den Blick, da fühlte sie sich rückwärts von einer feindlichen Macht angefallen, sie schrack empor und mit einem hülfeflehenden Blicke streckte sie ihre Hand aus nach einem Retter, der Kaisersohn faßte sie und hob sie empor. Da erwachte sie, und die Gestalt des Trau= mes schwebte ihr immer vor; aber sie schwieg in jung= fräulicher Sittsamkeit und bewahrte das Bild als ein süßes Geheimniß in ihrer Seele.

Der Vater der Jungfrau, ein reicher stolzer Fürst und Herr vieler Länder, sah seine Tochter heranblühen und dachte sie zu vermählen mit dem Edelsten und Mäch= tigsten, den er nur finden könnte auf Erden; denn nur dieser sei würdig, sein Eidam zu heissen und mit der Hand der einzigen Tochter auch das reiche Erbe zu er= halten. Und da er hörte von dem ritterlichen Kaiser= Jünglinge, dessen Anmuth und Tugenden der Ruf durch die Welt trug, rief er einen Maler, den größten Mei= ster in seiner Kunst, der auch sonst mit Witz von Na= tur wohl ausgerüstet war, und trug ihm auf, an den Hof der Kaisers zu gehen, dort seine Kunst zu erproben in jeder Beziehung und das Bildniß des kaiserlichen Sohnes zu bringen und sonst dessen Wesen und Wir= ken wohl zu erkunden und treuen Bericht darüber zu geben.

Und der Künstler machte sich alsobald auf den Weg

und langte nach mehreren Wochen in der Stadt an, wo der Kaiser seinen Hof hielt.

Am anderen Tage aber nach der Abreise des Malers zogen edle Gäste in die Hauptstadt des reichen Herzogs ein, an ihrer Spitze ein Fürstensohn von wundersamer Schönheit, und der Adel ihrer Sitten und Gesinnung zeigte sich in jeder Bewegung, in all ihrem Thun und Lassen. Ihre Gewandung war einfach gewählt aus den schönsten Stoffen ohne übermässige Pracht an Gold und edlem Gestein; aber Schnitt und Wurf zeigten die schöne Haltung und das Ebenmaß der Glieder. Der junge Fürst und sein Gefolge erschienen als Reisende, welche die Welt beschauen wollten. Jetzt nahten sie nach mancher weiten Fahrt dem Hofe des reichen mächtigen Herzogs, ihm ihre Huldigung darzubringen. Der Ruf war ihnen vorausgeeilt und der Herzog empfing die Gäste im Kreise seines hohen Adels, umgeben vom Glanze eines Kaiserhofes. Ihr Erscheinen erregte Bewunderung und Beifall, selbst Neid. Man wußte nicht, was man mehr bewundern sollte, ihre Sitte oder ihre Schönheit, gehoben noch durch die einfache Kleidung; kostbare Schwerter hingen an ihren Seiten; der Führer war bloß durch eine Mütze ausgezeichnet, die eine seltene Perle schmückte; die goldgelben Haare flatterten in langen Locken um seinen Nacken. Würde und Anmuth sprachen aus seinen Zügen, waren die Seele seines Benehmens.

Am folgenden Tage wurde den Gästen zu Ehren

ein Ritterspiel gehalten; ihr Führer zog die Augen aller
Versammelten auf sich, wie er eine Lanze nach der an=
deren am Harnische seiner Gegner brach, als wäre es
ein Kinderspiel. Mit Bewunderung blickte der Kranz
der Jungfrauen auf ihn, welcher von der Altane dem
Spiele zusah. Aber dies war nur eine Vorübung zum
eigentlichen Kampfspiele, das mit dem Erscheinen der
Herzogstochter beginnen sollte. Aller Augen waren da=
hin gerichtet, woher sie mit ihren Jungfrauen erscheinen
sollte.

Jetzt kam sie. Und wie ein heller Stern aufgeht
dem Wanderer in finsterer Nacht lange ersehnt, so er=
hellte sie das Dunkel der Zweifel und der Erwartung
in der Seele des Fürstensohnes, und er stand im An=
schauen selig, und wußte kaum wenige Worte des Gru=
ßes und der Huldigung zu finden. Aber seine Seele
jauchzte: Sie ist des Traumes Bild!

Die edle Jungfrau aber, als sie den Fürstensohn
erblickte, erbebte und ihr Antlitz ward wie das einer
Lilie und alles Leben drängte sich in ihr innerstes Herz
zurück, dann strömte es im erneueten Pulsschlag empor,
freudig und rasch und auf ihren Wangen erblüheten
Rosen und verkündeten die Seligkeit der Jungfrau und
eine Stimme rief ihr insgeheim zu: Du hast ihn schon
gesehen.

Und die Freude umflatterte die Häupter der Ver=
sammelten und erweckte mit ihrem Zauberstabe in jedem
Busen Blüten voll unaussprechlicher Wonne und selbst

das Herz des reichen stolzen Herzogs wurde warm bei
dem Anblicke des unbekannten Gastes und er sprach bei
sich: Wäre er eines Königs Sohn, ich möchte ihm
meine Tochter nicht versagen.

Das Freudenfest dauerte bis gegen Mitternacht. Da
bat der Jüngling mit seinem Gefolge um Urlaub, denn
morgen wolle er seine Reise fortsetzen. Und Einer aus
seinem Gefolge trat vor den Herzog, die Harfe in der
Hand und bat, daß er im Namen Aller seinen Dank
im Liede aussprechen dürfe. Und er legte die Kränze
des Dankes in den schönsten Weisen vor dem Herzoge
und seiner Tochter nieder, daß der mächtige Mann davon freudig bewegt wurde und die Versammelten mit
Entzücken den Tönen der Huldigung lauschten.

Jetzt hatte er geendet, schon wollte ihn lauter Bei=
fall lohnen: da ergriff der edle Fürstensohn die Harfe,
neigte sich, begann im raschen Spiel einige fröhlich ne=
ckende Weisen und lenkte zu einem sanften, tiefempfun=
denen Uebergang ein, und begann das Lied:

Es ragt im Morgenlande
Ein Zederbaum empor,
Dem neigen alle Bäume
Sich rings im großen Chor.

Sein Haupt ragt durch die Wolken,
Schaut weit hin über die See,
Sein tiefstes Mark durchzittert
Ein Meer von Lust und Weh.

Ihm bringt die süße Kunde
Sein treuer Diener der Wind:
Fern dort im Land gen Abend
Wandelt eines Königs Kind.

Sie ist die Schönste, die Reinste.
Eine Blüte aus Himmels Höh'n;
O, daß du diese Blume,
Mein König, könntest seh'n.

Und der Baum streckt empor den Wipfel,
Und schaut. und zittert, und schaut,
Und er senkt das Haupt und flüstert:
Wäre sie mir angetraut!

Und den Wind den treuen Diener
Heißt er bringen der Liebe Kuß,
Der schüttelt von seinen Schwingen
Vor die Blume des Königs Gruß.

Sie erbleicht und erröthet und sendet
Den Boten wieder zurück;
Der wandert nun hin und wieder
Und flüstert vom stillen Glück!

Nachdem der Gast das Lied gesungen, fiel er im
raschen Uebergange wieder in eine fröhliche Weise ein
und endete. Dann nahm er Urlaub und schied mit einem innig dankenden Blicke auf die Jungfrau. Und alle,
die versammelt waren, schauten ihnen schweigend nach.

Am anderen Tag früh Morgens hatten die unbe=

kannten Gäste die Stadt verlassen und Niemand wußte, woher sie gekommen, noch welchen Weges sie fortgezogen waren. Und Tage und Wochen vergingen, der Herzog hatte des Fremdlings bereits vergessen, nur im Busen der Tochter tauchte dessen Bild zuweilen auf, wie sich der Vollmond spiegelt im ruhigen See.

Da kam endlich auch der Maler wieder zurück, an dessen Sendung der Herzog sich kaum noch erinnerte, und entschuldigte sein langes Verweilen. „Als ich, erzählte er, im fernen Lande ankam und mich insgeheim nach des Kaisers Haushalt erkundigte und fragte, wo der gepriesene Sohn desselben sich aufhalte, entgegnete man mir: Da müßt ihr schon die Wolken und Winde fragen, denn die sind ihm gewiß auf einer neuen abenteuerlichen Fahrt begegnet, wo er vielleicht den Gemsen nachzieht im Gebirg und darüber Krone und Reich vergißt. So mußte ich denn viele Wochen lang harren, bis er endlich von einem fernen Zuge zurückkehrte. Aber sein Anblick allein versöhnt wieder alle Welt mit ihm, wie ich mit Staunen bemerkte, sein Umgang und seine Rede bezaubern wie ein Gesang alle Herzen. Es gelang mir, nur ein flüchtiges Bild von ihm zu entwerfen. Hier ist es."

Mit diesen Worten enthüllte er das Bild. Es stellte einen Jüngling dar in Waidmanns Tracht mit dem kühnen und doch mild leuchtenden Blitz der Augen und der Anmut und Kraft in seinem Antlitz und ganzen Wesen.

Als sich vor dem Herzoge das Bild enthüllte, rief er mit Erstaunen: Das ist des Kaisers Sohn? — Unser Gast!

Maria aber seine Tochter starrte einen Augenblick auf das Bild, erblaßte und erröthete und nur ein Seufzer zitterte auf ihren Lippen. Auch der Herzog sprach nichts weiter, obgleich tausend Gedanken in seiner Brust wogten.

Nach diesem mochten ohngefähr zehn Tage vergangen sein, da erschienen Boten des Kaisers vor dem Herzoge und meldeten: Der Kaiser unser Herr sendet euch seinen Gruß und läßt euch wissen, daß er für die freundliche Aufnahme und Bewirthung, die ihr seinem Sohne dem Unbekannten erwiesen habt, gern ein Zeichen seiner Freundschaft und seines Dankes geben möchte. Ist es euch angenehm, so wird er mit eigener Hand euer Haupt mit der Königskrone schmücken und sein Sohn möchte gern das Diadem um die Schläfe euerer Tochter winden. Ihr mögt selbst den Tag und den Ort bestimmen.

Da rief der Herzog freudig bewegt: Dank gegen Dank. Meldet dem Kaiser: ich beuge mich sein Geschenk zu empfangen, und meine Tochter wird seinem Sohne danken, wie sie kann.

Und der Tag wurde bestimmt und die Stadt Trier ausersehen, die hohen Gäste zu beherbergen und Zeuge zu sein eines Festes und Bündnisses, darüber die deutschen Lande jauchzen würden. Und der Herzog mit seinem großen Gefolge kam zuerst in die Stadt, an seiner

Seite auf stolzem Roſſe die Tochter, die Schönſte ihres
Geſchlechtes, eine kühne Reiterin gekleidet in grünen
Sammet und das Kleid mit Gold und Edelſteinen und
Perlen geſchmückt, auf dem Haupte ein kleines Hütlein
umwunden mit einem Kranze blitzenden Geſteins und
unter dem Hütlein hervor drängte ſich die Flut dunkler
Locken. Des Herzogs Gewand aber erſchien wie in einen Goldſee getaucht und die größten Diamanten hingen wie ſchwere Tropfen daran.

Nicht lange darauf verkündeten Trompeten von fernher die Annäherung des Kaiſers und ſeines Sohnes.
Von vielen Fürſten des Reiches begleitet nahte er und
der Glanz der Würdenträger des deutſchen Reiches um-
ſtrahlte den Kaiſer, der nur einen einfachen Panzer trug
und darüber einen einfachen weißen Mantel. Und er
grüßte mit deutſchem Handſchlag und biederem Wort den
Herzog und die Tochter und ſein Auge ruhte mit Wohlgefallen auf der edlen Geſtalt. Jetzt nahte der kaiſer-
liche Sohn gekleidet in ſchwarzen Sammet wie er damals am Hofe des Herzogs erſchienen war als unbekannter Gaſt. Und er neigte ſich vor dem Herzoge und
dieſer bot ihm die Hand und ſprach: Seid mir willkommen. Ich bin noch euer Schuldner; doch meine
Tochter, hoff ich, wird mich löſen. Und des Kaiſers
Sohn neigte ſich vor der Jungfrau und küßte ihre Hand,
und das Volk umher flüſterte: Welch ein Paar!

Durch die ganze Stadt bis in die entfernteſte nie-
drige Hütte wogte der Jubel wie ein bewegtes Freuden-

Meer; die Freude pochte in jeder Brust, schaute aus je=
dem Auge, aus jedem Fenster. Der Kaiser und der Her=
zog wetteiferten in Geschenken für die Armen, und zwei
Herzen vor allen anderen erglühten in unaussprechlicher
Wonne und in ihren Augen begegneten sich zwei See=
len. Und das Band der Zunge ward gelöst und sie
tauschten Worte um Worte, Liebe um Liebe. Der Bund
wurde geschlossen, die Ringe im Beisein der Väter ge=
wechselt und die Beiden harrten mit seligem Bangen der
Stunde der heiligen Vereinigung.

Aber der Nachbarkönig grollte in seinem Herzen und
sann, wie er den Herzog und den Kaiser entzweien, ver=
derben und die schöne Fürstin sammt dem Lande in
seine Gewalt bringen könnte; denn er beneidete des Kai=
sers Glück und Macht und war bereit, um eitlen Ge=
winnes willen zwei liebende Herzen zu brechen. Und
mitten in den freudigen Strom der Bewegung schleu=
derte er seine Giftpfeile. Zwei Männer erschienen als
seine Boten, den Kaiser und den Herzog in seinem Na=
men zu begrüßen und ihnen zu melden, wie innigen
Antheil er an ihrem Glücke nehme. Aber insgeheim
träuften die Boten in Honigworten Gift in die Ohren
des Kaisers und Herzogs, verwirrten ihre Sinne und
brachten ihr Gemüth in Unruhe.

„Traut dem Kaiser nicht, flüsterte der Eine, er
meint es schlecht mit euch, und statt euch mit der Krone
zu schmücken, wird er Schmach und Hohn auf euer ruhm=

volles Haupt schütten und euch von Land und Leuten treiben!"

Traut dem Herzoge nicht, flüsterte der Andere, er hägt Böses gegen euch in seinem Sinne. Gebt ihm nur erst die Königskrone, dann wird er sich die Kaiserkrone selbst nehmen. Seht ihr nicht, wie Aller Blicke nach seinen Schätzen sich wenden? Seine Tochter ist der Stern, den er schon Vielen zeigte; durch sie kann er wohl noch Viele bethören und sich gewinnen, daß er zu dem vorgesetzten Ziele gelange.

Und die Worte drangen wie vergiftete Dolche in die Herzen der Beiden, sie wurden mit Argwohn erfüllt, und von da an hütete das Mißtrauen Wort und Blick und die Herzen erkalteten mit jedem Tage mehr; nur zwei schlugen in gleicher glühender Liebe für einander fort und fort.

Da geschah es eines Abends, daß Mehrere von den beiden Gefolgschaften des Kaisers und des Herzogs draußen vor der Stadt in einem öffentlichen Garten zusammentrafen, zuerst sich freundlich begrüßten, dann auf gegenseitige Freundschaft einander die Becher zutranken, und bald stieg lauter Jubel empor. Die Lieder strömten aus freudiger Brust, die Zungen waren die beredten Dolmetscher der Gefühle und es war, als sollte ein Bruderband sie für immer umschlingen.

Aber mitten in die allgemeine Freude fiel ein Witzwort, ein anderes folgte, dann andere um andere im schnellen Wechsel; als dann die schweren Zungen den

leichten Dienst versagten, erfolgten Ausrufungen, Schimpf=
worte, Flüche; ein Paar unbekannte Männer mischten
sich unter die Aufgeregten, schürten hüben und drüben
die Glut der Eifersucht. Als die Nacht hereinbrach, ver=
düsterten sich auch die Gemüther; jetzt ertönte ein schwe=
rer Schlag, die Schwerter flogen aus den Scheiden und
im wüsten Getümmel mit tollem Geschrei schlagend und
geschlagen zogen die Schaaren in die Stadt ein. Die
Bürger liefen zu den Waffen, den wachsenden Sturm
zu dämmen und Unheil abzuwehren. Vergeblich! Die
Flut der Bewegung wuchs und verschlang in seine Wo=
gen auch die friedlich Gesinnten. Jetzt heulten alle
Glocken der Stadt schauerlich zusammen und die ganze
Stadt war von einem tobenden Strudel ergriffen und in
ihren innersten Tiefen erschüttert.

Da stürzte in das Gemach des alternden Kaisers
der Eine der Abgesandten des Nachbarkönigs und rief:
Rettet euch! Der Verrath hat sein Netz um euch ge=
strickt! Ihr glaubtet mir nicht. Glaubt eueren eige=
nen Augen. Karls Schaaren bedrängen euch, euere
Schaaren sind bereits geschlagen, Viele todt oder gefan=
gen; nur Wenige bleiben euch noch zum Schutze; die
Bürger haben sich mit Karl verbündet, Schmach und
Gefangenschaft ist euer Loos. Ein Weg zur Flucht ist
noch übrig. Kommt, ich rette euch!

Und der Kaiser erhob sich und dachte nicht mehr,
was er that, er wollte nur der Schmach entrinnen und
dem Verrath! Vergebens mahnte, bat und drängte der

Sohn zu bleiben: Der helle Tag werde die Wahrheit enthüllen und den Verrath zu nichte machen. Aber der Kaiser ergriff die Hand seines Sohnes und sprach mit bewegter Stimme: Bist auch du mit ihnen verbündet? Will mich Alles verlassen, verrathen? O Sohn, mein Sohn!

Da erbarmte sich dieser des Vaters und er unterstützte ihn und verließ zögernd mit ihm die Stadt und sammelte auf dem Wege die Getreuen und sie eilten aufwärts am Rheine auf schnellen Pferden, um dem Verrath zu entgehen, und waren vom Verrathe umstrickt, betrogen um Glanz und Ehre. Der Sohn wendete seine glühenden Augen oft zurück und zum Himmel, und ihm ahnete in seinem Herzen, was der gemeinsame Feind ihnen bereitet hatte.

Zu dem Herzoge aber war der andere Gesandte gekommen und sprach: Ihr seid betrogen und mit Schmach bedeckt! Der Kaiser wollte euch fangen; doch die Eueren und die Bürger haben euch beschützt; der Falsche ist bereits mit seinem Sohne geschlagen und entflohen. Euere Sache ist es nun, in seinem Sturze die Unbill zu rächen und statt der Königskrone die kaiserliche auf euer Haupt zu setzen.

Und wie der Bote sprach, da ward es Nacht in der Seele des Herzogs und das Gefühl der Rache erhob sich wie eine düstere Sonne. Und „Rache! Rache!" rief er mit bebender Stimme, und sein Wort flog auf Sturmes Schwingen durch das Land und rüttelte Alles empor.

Und der Nachbarkönig hörte die Losung und freuete sich
seines Werkes, und er trieb den Verblendeten in den
Schlachtkampf, versprach dem Geschlagenen Hülfe, sen=
dete ihm Verräther, stachelte den Ermatteten, Erliegen=
den mit teuflischem Spotte empor, trieb ihn von Schlacht
zu Schlacht, bis der Unglückliche, Getäuschte sein Herz=
blut verblutete und todt auf dem Wahlplatze lag.

Jetzt brach der Nachbarkönig schnell in das Land
der verwaiseten Fürstin, nahm Stadt um Stadt, säete
Zwietracht unter den Bürgern, schickte Boten an die
edle Jungfrau, und ließ drohen und werben, daß sie
sich und ihr Land ihm ergebe: er werde sie dann mit
seinem sechsjährigen Sohne vermählen. Und sie war
bedrängt von Weh und Verrath.

Da fiel ihr Blick auf den Verlobungsring an ihrem
Finger, und von ihm strahlte ein Blitz in ihre Seele,
und sie sandte einen treuen Boten an Den, der ihr ver=
lobt war, und ließ ihm verkünden die Gefahr, in der sie
und ihr Land versenkt waren.

Und das war eine Stimme, wie aus dem Himmel,
die den umwölkten Himmel im Herzen des Jünglings
wieder erhellte, und er sprang auf, und sammelte seine
Getreuen und kam auf Flügeln der Liebe und des Rache=
sturmes daher, kam in das Land seiner Verheißung und
die Feinde stäubten auseinander und er nahte der Ed=
len, seiner Braut und sie ward ihm angetraut durch des
Priesters und des Himmels Segen.

So erzählte Kunz von der Rosen, und der Kaiser

versank in tiefes Sinnen. Dann erhob er sein Haupt
und sagte mit einem dankenden Blicke gen Himmel:
Ja, fürwahr! Neidelhart, Fürwittig und Unstern ha=
ben einen innigen Bund mit einander geschlossen, den
Mann in allerlei Fährlichkeiten zu verstricken. Aber es
waltete ein milder Stern über ihm, dessen Licht ihm
Rettung· brachte auch in der dunkelsten Nacht. Mit
Freuden denkt der Gerettete derer, die ihm ihre Hand
reichten. Warum aber hast du, fuhr er zu Rosen ge=
wendet fort, den Namen des Treuen verschwiegen, der
dem Kaisersohne sein Leben weihte? Weißt du noch,
welche Gefahr der Biedere bald darauf von seinem Herrn
abwendete?

Es war dem Kaisersohne zwar gelungen, das Heer
des Feindes in offener Schlacht zu zerstreuen; aber wel=
cher Deutsche ist gegen die List eines Romanen gewapp=
net und gesichert? Und die List und der Verrath schli=
chen im Dunkel der Nacht umher, flüsterten Trugwerke
in die offenen Häuser der Bürger und verblendeten die
Augen durch gleissende Geschenke. Manche ließen sich
bethören, und eines Abends, da der glückliche Fürst und
Gatte mit seiner Gattin heimkehrte von der Jagd, fand
er die Stadt in großer Gährung. Vergebens goß er
das Oel der Beruhigung auf die bewegte See. Die
Worte der Mahnung waren Oel in's Feuer der Empö=
rung gegossen, bald schlugen die Flammen hoch auf und
rings um den Palast zischte der Brand und schleuderte
seine feuerigen Pfeile gegen die Eingeschlossenen. Zwar

schlug die Tapferkeit alle Angriffe der Wüthenden zu=
rück und die Fürstin stand an der Seite ihres Gemahls,
wie ein Cherub mit flammendem Schwert. Aber der
Kampf dauerte fort, schon mangelte es an Speise und
Wasser, und der Schmerz über den Verrath zehrte noch
grimmiger an der Seele als Hunger und Durst am
Eingeweide. Noch eine Nacht, der andere Morgen sollte
die gänzliche Niederlage der Ermatteten und Verrathenen
schauen, die Fürstin und rechtmässige Erbin des väter=
lichen Reiches mit ihrem Gemahle in der Gewalt treu=
vergessener Bürger — ihrer Unterthanen — und des
heimtückischen Feindes, welcher mit Rath und That den
Frevel entzündet hatte und nährte. Oder sollten sie im
Kampfe gegen die Verräther bei einem Ausfalle dem
letzten verzweifelten Versuche zur Rettung fallen, fallen
ungerecht? Sie waren entschlossen, um Mitternacht sich
mitten durch die Feinde den Weg zur Rettung zu bah=
nen oder mit dem Schwerte in der Hand auf der Feinde
Leichen zu sterben.

Schon stand das muthige, obgleich todesmatte Häuf=
lein zum Ausfalle bereit und es harrte nur noch der
Losung des Führers, der mit seiner Gemahlin den blu=
tigen Reigen eröffnen wollte. Jetzt ertönte leise das
Wort: Maria! und das Thor öffnete sich.

Horch! Da erscholl wie Sturmesbrausen von Außen
her dasselbe Wort. Maria! donnerte es durch die Lüfte.
Rings um die Mauern wüthete der Sturm, das mu=
thige Häuflein drang vorwärts aus der Burg und er=

hob das Siegesschrei. Die Verräther zwischen die An= greifenden von innen und außen her eingekeilt, warfen sich, wo sie einen Ausweg sahen, in wilde Flucht, die Sieger vereinigten sich und an der Seite der so uner= wartet erscheinenden Rettungs = Engel — der Deutschen stand der treue Diener — o, ich vergesse des Augen= blickes jener freudigen Ueberraschung nie — nie — stand mein Rosen!

So sprach der Kaiser und reichte Diesem die Hand und Rosen ergriff sie und küßte sie in Ehrfurcht und konnte nur die Worte aus seiner Brust pressen: Mein Herr und Kaiser!

Und Beide schwiegen, es schwieg das Gefolge um= her, und die Bilder der Vergangenheit zogen in bunter Reihenfolge an dem Spiegel der Seele vorüber.

Darauf begann Rosen: Etwas Fröhliches, Herr! Habt ihr doch so manchen glücklichen Strauß bestanden, so manchen Siegeskranz errungen! Wer möchte die Abenteuer alle erzählen, die euch zu Wasser und Lande begegneten, und denen ihr muthig in die gefahrdrohenden Augen geschaut, daß sie scheu besiegt zurückwichen! Wie oft habt ihr für Deutschlands Ruhm und Ehre das Schwert gezogen, und euer Haupt mit Lorbern ge= schmückt!

Erinnert ihr euch noch des Abenteuers, des Kam= pfes mit dem prahlenden französischen Eisenfresser? Ist mir doch, als sei es gestern erst geschehen, so lebhaft steht die Erinnerung vor mir.

Der alte Kaiſer war geſtorben, und ſein Sohn be=
gann nun zu walten in Macht und Milde, in Herrlich=
keit und Tapferkeit, und er beſuchte die Länder ſeines
großen Reiches und kam an den Rhein, und hielt da
einen großen Tag, zu dem alle Edlen und Fürſten des
Reiches erſchienen. Da wurde berathen des Reiches Wohl=
fahrt, und die Verſammelten freuten ſich über ihres
Königs und Kaiſers Weſen und Thun, und mancherlei
Spiele verherrlichten jene Tage.

Der König des Nachbarlandes aber dachte den jun=
gen Kaiſer zu verderben und ihn mit den Seinen vor
aller Welt zu ſchänden, und er ſandte einen Mann, der
weit und breit als der Stärkſte und Liſtigſte bekannt
war, von deſſen glänzenden Siegen in allen Kampfſpie=
len Jung und Alt erzählte, und wie Keiner ihm begegnen
könne, ohne zu unterliegen.

Und der Auserſehene kam vom Könige dazu eigens
geſendet in großer Begleitung wie ein Fürſt und ritt
tagtäglich mit großer Pracht und ſtolzem Selbſtgefühle
durch die Straßen der Stadt, in welcher die Fürſten des
deutſchen Reiches mit dem Kaiſer verſammelt waren.
Nun ſollte an einem beſtimmen Tage ein großes Ste=
chen gefeiert werden, der Kampfplatz war in Mitten der
Stadt eingehägt; Schaugerüſte mit koſtbaren bunten Tep=
pichen behangen erhoben ſich, darauf glänzten die ſchön=
ſten Frauen gleich Blumen, und es war ringsumher ein
freudiges Wogen.

Jetzt erſchienen die Ritter, das Kampfſpiel begann,

und manche Lanze ward gebrochen, mancher Schild ver=
bogen uud mancher Helm seiner Zier verlustig. Wäh=
rend des Spieles kam der fremde Ritter mit seinem Ge=
folge daher, betrachtete eine zeitlang die Kämpfenden,
ritt dann zu den aufgehangenen Schilden und berührte
jeden mit der Spitze seiner Lanze zum Zeichen der Her=
ausforderung. Da wurden die Augen der Frauen und
Jungfrauen trübe, der helle Tag schien zu trauern und
das Herz manchen Ritters schlug im Zorne hörbar und
die Hand zuckte krampfhaft. „Wer hat den Unhold zur
Schmach und zum Verderben der Deutschen gesandt?“
So tönte es aus den Reihen.

Aber schon rüsteten sich zwei, drei, vier zum Kampfe,
Andere wollten folgen. „Und mag auch die Lanze des
Fremblings gefeit und von einem bösen Geiste gelenkt
werden, wir begegnen ihm mit deutscher Kraft und Got=
tes Macht.“ So riefen sie unter einander, indessen der
Fremde mit aufgeschlagenem Visir in Mitten seines Ge=
folges hielt und seine glutsprühenden Blicke nach allen
Seiten schiessen ließ, und seine Züge waren verzerrt im
Ausbrucke des Hohnes und Spottes.

Da sprengte auf schwarzem Rosse ein Ritter her=
bei, berührte mit seiner Lanze etwas unsanft den Frem=
ben, der wuthblickend ihn anstarrte; der Ritter deutete
auf den Kampfplatz, die Schranken öffneten sich den
Beiden. Und Aller Augen waren erwartungsvoll auf
den Ritter geheftet, der es wagte, zuerst dem Unhold zu
begegnen. Die Beiden selbst hielten eine Zeit lang schwei=

gend auf den entgegengesetzten Enden des Kampfrau=
mes; der Franzose ließ jetzt sein Visir nieder, der
Deutsche hatte es nicht aufgeschlagen, und saß ruhig auf
seinem Rosse. Seine ganze Rüstung war schwarz, wie
die Farbe seines Rosses, selbst der Helm und Schild
ohne alle Auszeichnung. Niemand kannte ihn, Niemand
wußte, woher er gekommen. Dem Kreiswärtel allein
hatte er ein Zeichen gegeben, als er kam, und der ließ
ihn einreiten.

Jetzt ertönte Trompetenschall, die Beiden stürzten
im vollen Rosseslauf gegen einander an, der Staub
wirbelte empor, die Lanzen krachten zersplittert in tau=
send Trümmer, pfeilschnell schoß das Roß des schwarzen
Ritters an dem seines Gegners vorüber, dieser selbst lag
im Sande gebettet, an allen Gliedern zerschellt, betäubt.
Brausender Jubel erhob sich von allen Seiten und freu=
diger Zuruf begrüßte den Sieger.

Dieser dankte mit der Hand, auf seinen Wink öffne=
ten sich die Schranken wieder, und er ritt dahin durch
die Menge, die ihm ehrerbietig wich. Erst spät erfuhr
man den Namen des Gefeierten: es war der junge Kai=
ser. Sein Gegner rief von jener Zeit an Niemanden
mehr zum Kampfe.

So erzählte Rosen und wieder versank der Kaiser
in tiefes Nachdenken, aus dem ihn Rosen nicht wecken
wollte. Nach geraumer Zeit merkte er, daß der Schlum=
mer das Haupt Maximilians umschwebe und bald nickte
dieser in süßen Träumen ein. Im schweren tiefen Schlafe

lag bereits die Umgebung des Kaisers in sonderbaren Gruppen gereiht, nur zwei Wachen schritten vor der Eingangsthüre auf und ab und zeigten gleichsam das Leben der ewig beweglichen Zeit. Da verließ Rosen still das Gemach und eilte im hastigen Sprunge die Treppe hinab und den langen, halberleuchteten Gang dahin zur großen Halle, woher Becherklang und halblaute Lieder und Scherzworte tönten.

Das Gesinde hatte sich hier im traulichen Kreise zusammengethan und trank, sang, erzählte und lachte. Sie priesen des Kaisers Milde und Tapferkeit, erzählten von seinen Abenteuern auf Flüssen und Bergen, in Städten und auf dem Lande, von Rosens Schalksthaten und wie er die Gunst des Kaisers erworben.

Als dieser eines Tages mit seinem Gefolge aus der Kirche kam, nahte ihm ein Schalksnarr mit demüthig lächerlicher Geberde, streckte die Hand aus und sprach: „Mein Bruder! Du siehst, ich bin bedürftig, gib mir ein Geschenk." Da ließ sich der Kaiser von einem Diener den Beutel reichen, öffnete ihn und suchte lange nach einer Münze und gab endlich einen rothen Heller. Alle Umstehenden wunderten sich, der Narr aber warf den Heller empor, fing ihn wieder auf und rief: Flieg, Vöglein, flieg — dahin durch's deutsche Land. Sing von des Kaisers Ruhm, du kamst aus seiner Hand.

Da sprach Maximilian: wie achtest du die Gabe so gering und kannst doch in Bälde reicher sein als ich? Du nanntest mich Bruder, nun wohlan. Geh' weiter, und heische bei allen Brüdern auf Erden und dir wird es an Raum gebrechen deine Schätze unterzubringen.

Auf diese Worte beugte sich Rosen tief vor ihm und sprach: Ich erkenne meinen Herrn und Meister! Wahrlich, du bist gescheidter als ich. Erlaubst du nicht, daß ich dir folge, und die Brosamen deiner Weisheit aufhebe und mich davon nähre?

Seit jenem Tage ist Rosen der beständige Begleiter des Kaisers und sein treuer Gefährte bei mancher Gefahr gewesen.

Ja, es ist ein trefflicher Bursche, begann ein Anderer, und er hat mehr leichtfertige, lustige Streiche ausgeführt, als zehn fahrende Schüler. Und er mußte sich die Liebe und Gunst seines Herrn auf redliche Weise zu erhalten. Scheint doch dieser Manches von seinem lustigen Rathe geborgt zu haben, wie damals, wißt ihr noch, da er in eine kleine Reichsstadt kam, deren Räthe und Bürgermeister aber solchen Uebermuth und Stolz zeigten, als ruhte das ganze heilige römische Reich auf ihren Schultern. So begrüßten sie den Kaiser. Es war aber gerade Palmsonntag und der Herr Jesus sollte nach alter Weise auf einem Esel in die Kirche einreiten, oder vielmehr auf der hölzernen, einen Esel vorstellenden Maschine eingezogen werden. Schon waren die rüstigsten Knaben vorgespannt, ein Geselle saß auf dem Gerüste, als der Kaiser in Begleitung des hohen Rathes kam. Als er die getroffene Anstalt sah, wendete er sich zu den Räthen und sagte: „Die Ehre dem Herrn!

Wessen Hände sind würdiger, ihn in seinen Tempel ein=
zuführen als die eueren. Darum zeiget euch würdig der
Ehre." Und die Rathsherren sahen einander an, der
Kaiser deutete mit einer Handbewegung auf den Esel,
die Knaben entwanden sich dem Joch, nun trat ein
Rathsherr näher, dann ein anderer, endlich ließen sich
Alle einjochen und zogen, und der Esel setzte sich in
Bewegung, und sie keuchten und schwitzten unter der
ungewohnten Last, und das Hosianna! des Volkes er=
scholl und es war ein lauter Jubel, man wußte eigent=
lich nicht worüber. Die Wangen der Rathsherren aber
glühten, ihre Augen drangen aus den Höhlen und
dumpfe Laute entfuhren ihren Kehlen. Der Kaiser aber
mit seinem Gefolge folgte ihnen, und darauf wurde der
Gottesdienst gefeiert. Wie viel gebetet ward, weiß ich
nicht. —

Der Schalksnarr hat zwar manchen lustigen Streich
ausgeführt, jedoch auch manche gute That gethan. Da
sich der Kaiser einst längere Zeit in einer Gegend auf=
hielt, durchstreifte Rosen dieselbe nach allen Richtungen,
trat bald zu einem armen Bäuerlein, bald zu einem
Taglöhner und half ihm rüstig mitarbeiten, als wäre
er dieses Ding so von Jugend auf gewöhnt, und die
Reichen und Edlen betrachteten sein Thun und Treiben
mit Kopfschütteln; diese waren jedoch ganz verwundert,
als er sich Mittags und Abends bei ihnen zu Tische
lud und that, als sei er da zu Hause und ganz in sei=
nem Rechte. Da sagte ihm einmal ein vornehmer, gei=

ziger Mann, er solle sich packen und da essen, wo er gearbeitet habe. Darauf erwiderte Rosen: Vorerst half ich den Armen arbeiten und nun euch. Wie kann ich euch denn anders helfen, als damit, daß ich einen Theil der Essensarbeit mir aufbürde, daß ihr nicht darunter erliegt. Im Müssiggehen kann ich euch doch nicht helfen. Werden jene Armen aber einmal reich und ihr arm, dann esse ich bei jenen und arbeite bei euch.

Wieder begann ein Anderer: Am meisten Lob und Tadel ärntete er wohl damals, als ein Wunderthäter gar viel Lärmens durch ganz Deutschland erregte. Der zog durch seinen Ruf alle Bresthaften herbei und es war da, wo er eben weilte, ein wogendes Menschenmeer versammelt, um seine Thaten zu schauen oder um Heilung zu erlangen und lange Zeit glaubte man denn wirklich an seine Kraft und selbst die Armen, die da gekommen waren, täuschten sich selbst und gingen von ihm, wie sie meinten, geheilt, aber auf dem Wege kehrte das alte Uebel, und meistens noch heftiger zurück. Doch der Mann stand in großem Ansehen bei allen alten Weibern.

Rosen betrachtete das Treiben des Mannes und traf ihn eines Tages an, da derselbe eben von einer großen Menschenmenge umgeben war, und sprach: Meister! Ich komme aus dem Spital. Der Ruf euerer Heiligkeit und Wunderkraft ist dahin gedrungen und Alle sehnen sich, euch zu sehen und durch euch gesund zu werden. So thut ihr denn zweifach ein gutes Werk,

an ihnen und am Säckel der Stadt, die wahrlich der
Ausgaben gar viele hat. Kommt und helft.

Da wendete sich der Mann nach kurzem Besinnen
an Rosen und sprach: Der Glaube ist's, der da hilft.
Der Glaube führt die Bresthaften zu mir; ich darf Nie=
manden aufsuchen.

Darauf entgegnete Rosen: Der Glaube der Ar=
men ist stark, aber sie können euch nicht aufsuchen.
Kommt und erforschet sie selbst.

Doch der Wundermann verließ darauf alsobald die
Gegend. Nun traf es sich, daß Rosen in eine andere
reiche Stadt kam, wo auch in einem Spitale viele un=
terhalten wurden mit großen Kosten. Und Rosen that,
als habe er die Wunderkraft überkommen, und erbat sich
von den Vorstehern der Stadt ein Geschenk, wenn er
die Kranken alle geheilt aus dem Spitale entliesse. Und
sie wurden einig. Darauf begab er sich in dasselbe und
in wenigen Stunden sah man wirklich ein wunderbares
Ding. Die Thore des Spitales öffneten sich, und her=
aus kam, wer immer mit einer Krankheit behaftet war,
und sie schienen genesen oder in der Genesung begriffen,
und suchten so eilig als möglich aus dem Gesichtskreise
des Gebäudes und der Stadt zu kommen. Und Nie=
mand wußte sich die Sache zu deuten. Rosen aber for=
derte und erhielt das Geschenk, wie bedungen war. Und
es war in der ganzen Stadt desselben Tages nur von
ihm die Rede.

Allein am folgenden Tage kamen dieselben, die aus

11 *

dem Spitale ausgewandert waren, wieder zur Stadt, Einer nach dem Anderen und verlangten wieder Aufnahme. Darüber waren die Vorsteher betroffen und riefen Rosen und hielten ihm die Sache vor. Der aber lächelte und sagte: Laßt mich zu ihnen gehen und ich werde die Sache richten, wie es billig ist. Und er ging, und wieder begab sich dasselbe Schauspiel: Alle, die gekommen waren, verließen die Stadt wieder, ohne daß sie Jemand dazu gezwungen, oder sie nur aufgefordert hatte. Rosen aber ging darauf zu den Stadtverordneten, übergab ihnen die empfangene Geldsumme zum Besten des Spitals und sagte: Traut nicht den Wunderthätern unserer Zeit, ihr könnt es nun selbst beurtheilen, daß ihr Thun eitel Blendwerk ist. Vertraut dem Herrn und erfüllet sein Gebot, das allein ist wahrhaft von Gott und bringt Heil. Wißt ihr, wie ich meine Wunder bewirkt habe? Durch eitel Betrug. Ich ging zu den Kranken und fragte jeden einzeln insgeheim, ob er wolle gesund werden, ich habe dazu ein gewisses, zuverlässiges Mittel. Und als mir Jeder betheuerte, er wünsche nur gesund zu werden und wolle gern dulden und Alles thun, um diesen Wunsch zu erreichen, sprach ich: Nun wohl! Merk: ich muß einen Menschen lebendig zu Pulver verbrennen und dies Pulver heilt alle Krankheiten, heilt auch die deinen. Der Stadtrath aber hat mir erlaubt, einen aus euch mir zu diesem frommen Zwecke auszuerlesen. Nun will ich nicht selbst wählen, sondern es dem Schicksale überlassen, wen es dazu be-

stimmt. In einer Stunde werde ich ein Zeichen mit
einer Glocke geben, da rette sich, wer sich noch retten
kann, der Letzte aber verfällt dem Tode. Die Anderen
mögen am folgenden Tage wieder kommen und ihrer
Heilung froh werden. So wurde das Spital leer.

Als sie aber am folgenden Tage wieder kamen,
wußte ich sie auf dieselbe Weise noch einmal zu entfer-
nen: Nicht der Letzte ist ausersehen, sprach ich still zu
einem Jeden, sondern der Erste, der das Haus wieder
betritt. — Nun habt Erbarmen mit ihnen und erweiset
ihnen fort und fort die christliche Liebe und des Himmels Segen komme über euch und euere Kinder!

So erzählte Dieser. Darauf begann ein Anderer:
Auch ich erinnere mich einer löblichen That Rosens.
Zwei Bürger eines Städtleins gingen umher, und sammelten Almosen zum Bau eines Armenhauses und Je-
bermann gab nach seinem Vermögen, nur ein reicher
Geizhals gab Nichts. Das erfuhr Rosen und beschloß
den Filz nach Gebür zu strafen. Er fing ein Paar
Mäuse, warf sie in's Wasser und dann in ein Gefäß
mit Zinnober, daß sie ganz roth erschienen, kam als
Marktschreier in dasselbe Städtlein, wo der Geizhals
war, und rief zu seinen Mäusen die Menschen mit lauter Stimme herbei: Kommt, und schaut die Wunder-
thiere, die noch niemals die Welt bisher geschaut! Und
die Leute kamen und schauten und wunderten sich über
die Thiere, die wirkliche Mäuse nur roth waren. Und
jedesmal, wenn neue Haufen kamen, sprach Rosen so

vor sich hin: Die Gestalt ist das Geringste an den
Thierlein; aber ich habe in den Sternen gelesen, daß sie
einst ihre Farbe veräudern und wohl dem, der sie dann
besitzt und ihren Lehren horcht. Diese Reden verbreiteten sich dann in der Stadt und gingen von Mund zu
Mund, und mancher Fürwitzige feilschte schon um den
Preis, den jedoch der Marktschreier übermässig hoch stellte.
Die Sache kam denn auch zu den Ohren des Geizhal-
ses, nun wollte auch er die Mäuse sehen und endlich
kaufen. Aber vergebens feilschte auch er, sie schienen
dem Manne gar nicht mehr feil, bis sie Jener endlich
um einen hohen Preis erstand. Rosen nahm das Geld,
übergab die Mäuse und schärfte dem Käufer ein, ihrer
ja recht zu pflegen, dann werde er mit Staunen die
Verwandelung an ihnen bald erleben. Das Geld aber
brachte er den Männern zum Bau des Armenhauses.

Nun geschah es, daß die Mäuse wirklich sich ver-
änderten, die rothe Farbe fiel ab, sie waren wieder ge-
wöhnliche Mäuse und wollten nicht sprechen. Da kam
der Käufer, als der Kaiser sich eben in der nächstgele-
genen großen Stadt aufhielt, und klagte über Rosen,
denn er hatte erfahren, dieser sei der Verkäufer gewesen,
und es sammelte sich beinahe der ganze Hof um den
Kläger und den Beklagten, der die Mäuse in einem
schönen Käfig zur Schau brachte, und der Kaiser saß
zu Gericht. Rosen vertheidigte sich ganz kurz: Ich habe
dir die Mäuse als Mäuse verkauft; sie haben ihre Farbe
veräudert und geben dir die Lehre: Sei künftig kein

Thor und glaube, ein Thier werde mit dir reden. Es hat keinen Geist, denkt und redet nicht. Sei vielmehr mildthätig und gib von dem, was dir der Herr verliehen. Was ich von dir erhalten habe, gab ich den Armen. Damit sei zufrieden. — Und der Kaiser bestätigte das Urtheil, und die Umstehenden lachten, während sich der beschämte Kläger eilig entfernte.

Als Dieser seine Erzählung geendet hatte, hub ein Anderer an: Auch ich war Zeuge einer schalkhaften That Rosens. Es war am Feste Mariä Himmelfahrt. Da strömten nach der Wallfahrtskirche Mariä Taferl, die hoch oben auf dem Berge an der Donau sich weit über die Gegend emporhebt, eine Menge frommer Pilger, Städter und Landleute herbei, um ihre Opfer darzubringen für gethane und erhörte Gelübde.

Schon am frühesten Morgen aber hatte sich zahlloses Gesindel aus aller Herren Länder eingefunden, wie nun das immer zu geschehen pflegt, und die Taugenichts wissen die fromme tiefe Rührung der Andächtigen wie einen reichgefüllten Schwamm auszupressen. Da lagen oder lehnten Einzelne oder in Gruppen zu zwei, drei und vier Personen, alte Männer und Weiber, Lahme, Einäugige, Krüppel, Andere mit häßlich verunstalteten Kindern, und Alle streckten den Vorübergehenden die Hände hin, und flehten in allen Tönen, die nur Ohren und Herzen zu rühren oder zu foltern geeignet waren, um eine Gabe. Und es floß ein wahrer Regen von rothen und kleinen silbernen Münzen in die Hände und Hüte der Flehenden.

Da kam des Weges daher unser Rosen langsamen Schrittes, er war ganz schwarz gekleidet. Der betrachtete sich die Lungerer eine Zeit lang aus der Ferne, kam endlich den Gruppen näher, und da man ihn für einen Geistlichen hielt, begann alsobald ein wahres Geheul von da und dort: Hochwürden! Mir! Mir! Denn die Geistlichen werden seit langer Zeit wie ihr wißt als die Sparbüchsen für Jedermann insbesondere aber für die Anverwandten und jeden Strolchen angesehen, Sparbüchsen, die man von Zeit zu Zeit leeren muß, worauf sie sich wieder füllen und der Sturz beginnt dann vom Neuen. Rosen blieb, wie in Gedanken stehen, betrachtete die Gruppen mit seinem Falkenblick, und fragte dann mit sanfter Stimme: Ihr armen Leute! Ich möchte euch gerne helfen, Allen Gesundheit, Licht und gerade Glieder verschaffen.

Darauf entgegneten die Angeredeten im bunten Chor: Ach, uns kann Niemand mehr helfen auf Erden und so fristen wir unser Leben nur mit Hülfe Gottes und guter Menschen. Schenkt uns auch ihr eine Gabe!

Ich, ich sehe es klar, erwiderte Rosen, es ist euch schwerlich zu helfen. Nehmt denn ihr, arme Blinde, hier zuerst meine Gabe, so viel ich vermag; theilt euch brüderlich darein. — So sprach er, streckte die Hand aus, gab aber Nichts und ging hastigen Schrittes vorwärts zu einer anderen Gruppe. Diesen rief er zu: ihr arme

Bresthafte! Hier habt ihr eueren Antheil. Macht es
eben so. Und diesen warf er eine Hand voll kleiner
Münzen zu, die auseinander kollerten. Darauf eilte er,
so schnell er konnte die Anhöhe empor, wendete sich dann
um, und schaute das seltsame Schauspiel. Ich war ihm
gefolgt, sah das Alles mit an und wendete mich nun
ebenfalls um.

Da erreichte mein Ohr ein verwirrtes Kreischen,
Schreien, Fluchen, Heulen und ich sah einen Menschen
Knäuel in der tollsten Verwirrung und buntesten Mi=
schung durcheinander wogen. Und alle die Pilger, die
des Weges waren, standen und staunten. Die da als
Blinde galten, fragten, wie mir die nachkommenden Be=
kannten sagten, erst leise dann immer lauter Einer den
Andern: Hat er dir die Gabe gegeben? Mir? —
Mir nicht. — Mir auch nicht. — Dann rief der Eine:
Ihr betrügt mich! Dir hat er gegeben. Du hast es
empfangen. — Und so wuchs Frage um Frage, erschol=
len die Antworten immer unwilliger, heftiger, bis es zu
Scheltworten und endlich zu Schlägen kam. Da suchte
Jeder der Blinden mit sehendem Auge dem Streiche des
Anderen zu entweichen, ihn zu erreichen und sie stürz=
ten einander verfolgend den Berg hinab.

Hinter ihnen her kamen die Lahmen und Krüppel,
die ihrerseits sich mit Krücken und Stöcken und selbst
mit Steinen verfolgten. Denn sobald die Münzen aus
Rosens Hand unter sie und weiter fort rollten, regte
sich schnell ein Jeder seiner Lähmung vergessend um ein

ober mehrere Stücke zu erhaschen. Darüber entstand ein
haftiges Jagen und Uebereinanberftürzen, Geschrei und
endlich eine Verwirrung und Verfolgung, dergleichen selbst
in einem Kriege, wenn die blutige Schlacht sich zu Ende
neigt, und der Sieger über den Besiegten herstürzt, nicht
mannichfaltiger und toller sich zeigen kann. Nur wenige
wahrhaft Kranke waren zurückgeblieben.

Rosen sah von Oben herab dem Schauspiele zu,
dessen Urheber er war, und lachte überlaut und wies
den daherkommenden Pilgern, wie sie ihre Gaben ver=
geuden. Dann aber ging er zu den Blinden und Lah=
men und gab ihnen, und seinem Beispiele folgten Alle
und die Armen hielten eine reiche Aernte. Die Ande=
ren sammelten sich unten am Fuße des Berges im
Städtlein wieder und stifteten unter einander mit vielem
Zutrinken Frieden und Freundschaft.

Der Erzähler hatte noch nicht geendet, da trat Ro=
sen ein. Mit freudigem Zuruf wurde er begrüßt, Alle
drängten sich herbei, reichten ihm die Hand, boten den
Becher und nöthigten ihn zum Sitzen.

„Habt Dank! rief er, für eueren Willkomm. Ja,
ich will noch ein Stündlein mit euch schwatzen. Der
edle Herr ist eingeschlummert, mögen seine bekümmerte
Seele süße Träume umschweben. Ich fürchte, er weilt
nicht mehr lange in unserer Mitte. Doch uns blüht
noch die volle Lebenskraft. Laßt uns den Baum des
Lebens mit Wein begießen!"

Sprachs und der Becher wanderte von Neuem um=

her und die Scherze entfalteten ihre bunten Schwingen und
flogen lustig von Mund zu Mund. Dann drängten sie
Alle den heiteren Rath, er solle eines seiner Abenteuer
zum Besten geben, und er hub dann an zu erzählen:

Der Kaiser weilte einst ungewöhnlich lange in der
Reichsstadt, die unter allen deutschen Städten die meisten
Juden beherbergt. Ihr kennt ja die Stadt Alle. Nun
gab es da viel zu handeln und der immer geldbedürf=
tige Herr wendete sich häufig durch mich an 'die Nach=
kommen Abrahams, denen er auch ihre alten Briefe und
Befugnisse gegen Geld und Bitten bestätigte, und nahm
gegen hohe Zinsen und auf sichere Bürgschaft zu leihen,
wobei die Hebräer alle ihre Auslagen für den Kaiser
wieder zehnfältig gewannen. Weil denn ich am Meisten
bei diesen Sachen zu thun hatte und ihnen also gewis=
sermassen gerade durch mich, obgleich sehr gegen meinen
Willen eine reiche Ernte ohne Mühe blühte, gedachten
sie mich zu ehren und wollten mir und meinen Freun=
den deßhalb ein großes Gastmahl veranstalten und mir
außerdem noch ein Andenken gewähren.

Ich aber dankte für die Ehre des Gastmahls und
verbat mir auch das Geschenk. Da sie aber fortwährend
mit Bitten in mich drangen, zeigte ich mich endlich ihren
Wünschen geneigt unter der Bedingung, daß ich das
Geschenk selbst bestimmen und Keiner mehr zu demselben
beitragen dürfe als den Werth von einigen Groschen.
Worin das Geschenk bestehen sollte, das würde ich ihnen
am Tage vor der Abreise des Kaisers sagen. Und Alle

zeigten sich unwillig über die Beschränkung ihrer Dank=
barkeit und der Kundgabe ihrer Zuneigung gegen mich,
und baten wiederholt, ich möchte ihnen meinen Wunsch
zu rechter Zeit mittheilen.

Ich kaufte darauf ein neues Faß, und als der Tag
der Abreise kam und sie mich mit neuen Bitten bestürm=
ten, that ich ihnen kund, wie ich von einem Jeden von
ihnen nur eine Flasche Weines zu erhalten wünsche;
den möge ein Jeder selbst in das bereit gehaltene Faß
giessen. — Dieses wolle ich dann mit mir nehmen und
mich bei jedem Trunke ihrer dankbar erinnern. Und
wieder zeigten sie sich unwillig, daß sie mir nur eine so
geringe Gabe bieten dürften. Dann verliessen sie mich
und Jeder brachte seine Flasche gefüllt und goß den
Inhalt in das Faß, und es ward voll bis oben. Wir
schwatzten heiter und sie blieben noch bei mir bis zum
Aufbruche des Kaisers.

Jetzt rüstete auch ich ernstlich zur Abfahrt, rief nach
einem Diener, nach einem Wagen mit Pferden, damit
mir das Geschenk fortgebracht würde. Ach, da waren
bereits alle Pferde und Esel in Beschlag genommen.
Mit großer Mühe konnte ich für mich selbst nur ein
mageres Rößlein erhalten; der Wein, das süße ange=
nehme Geschenk sollte zurückbleiben!

Da rief ich jammernd: „Helft mir nun, ihr Gu=
ten, daß ich nicht ganz um die Gabe komme. Rathet
mir, was zu thun." Doch da wußte Keiner Rath. —
„Wehe mir um das edle Getränk! Doch nun sollen

die Armen und Kranken euere Güte empfinden. Ich will den Wein sammt dem Faße verkaufen und das Geld dem Armenhause spenden; so wird mein und euer Name gepriesen. Ruft mir einen Weinhändler, daß ich mit ihm des Handels einig werde, ehe ich von hinnen scheide."

Und der gerufene Weinhändler kam, verkostete den Wein, sprudelte den Trunk wieder von sich und rief mit Abscheu: Wasser, abscheuliches Wasser!

„Was sagt ihr da?" rief ich erstaunt.

„Es ist Wasser", wiederholte er, „eitel gefärbtes Wasser."

„Gott's Wunder!" rief darauf ein Jude. Und „Gott's Wunder!" fiel ein Anderer ein.

Ich glaube, ihr selbst seid die Wunderthäter, schalt dagegen der Weinhändler.

„Wahrhaftig, ich gab guten, reinen Wein." — Ich auch! Ich auch! „Nein! Du hast Wasser gebracht." Du auch!

Und das Geschrei wurde immer größer. Da entwich ich dem Getümmel, sagte dem Weinhändler noch: Nehmt das Faß und gebt dafür den Armen, was es euch werth dünkt. Vor dem Hause hatten sich indessen über dem Geschrei eine Menge Menschen versammelt, denen rief ich lachend zu: „Da drinnen könnt ihr die neuen Wunderthäter sehen; sie haben Wein in Wasser verwandelt." Da drangen diese hinein und höhnten die Mäckler.

So erzählte Rosen und schwieg, es schwiegen alle, die um ihn waren, und bald entschlummerten auch sie. —

Der Kaiser brach früh Morgens auf und kam mit seinem Gefolge desselben Tages bis nach Füssen. Da lagerte er sich im bischöflichen Schlosse ein, das hoch über der Stadt thront. Der Bischof von Augsburg, dem es gehörte, hatte reichlich für Alles gesorgt, was zur Noth= durft und zum Vergnügen des Kaisers dienen konnte.

Mit stiller Freude betrachtete Maximilian von den Zinnen des Schlosses die Landschaft, durch die er gerit= ten, und die nächste Umgebung. Es war, als wollte das Gebirge rechts und links vom Lech seine Arme aus= breiten und die Gegend an seine Brust drücken, wie sie im milden Glanze da lag seine klee = und stoppelreichen Felder weithin ausdehnend bis da, wo sich die Ebene im fernen Herbstdufte wie ein unendliches, unübersehbares Meer verlor, und dazwischen brausete der Lech und zog sich durch das Gefilde, wie ein silbergoldenes, flattern= des Band.

So stand der Kaiser im seligen Anschauen versenkt, und Kunz stand unbemerkt hinter ihm und ließ seine Gedanken auf den Flügeln des Abendwindes weit hin tragen.

Bei einer Wendung bemerkte ihn Maximilian und sagte: Wessen Spur ist dies da unten, wo der Lech aus dem Gebirge kommt und brausend unter der Erde forttobte, und das Freie suchte, bis endlich die Felsendecke über ihm zusammenbrach und er den tiefblauen Himmel hoch über sich wieder erblicken konnte? Wer hat seinen Fuß in den harten Felsen eingedrückt?

Darauf begann Rosen mit Lachen: Nun wahrlich, Herr Kaiser, die Gedanken der Menschen gehen auf wunderbaren Wegen. Ich glaubte, euer Sinn schweife da von Fels zu Fels und folge den schnellen Gemsen, die ihr in den nächsten Tagen doch in ihrer und euerer alten Heimat aufsuchen wollt, und statt dessen schweift euer Gedanke in der grauen Vorwelt. Die Fußspur, Herr, kommt von Cajus Julius Cäsar, oder vom heiligen Magnus.

„Warum nur von dem Einen oder dem Anderen?"

Vielleicht auch von Beiden. — „Wie so?"

Nun, Herr! Sage ist Sage und hat doch oft eine schöne Bedeutung. Der große Mann, von dem alle höchste Herrschaft und Ihr selbst den Namen habt, hinterließ ein so lebendiges Andenken, wenn auch nicht hier, obwohl es möglich ist, daß er auch hier war, in der ganzen Welt, daß sich seines Fusses Spur wohl selbst in den härtesten Felsen eindrückte; der heilige Magnus aber fand hier heidnische Felsenherzen, in die er die sanfte Christuslehre senkte und sich ein Andenken bei allen nachfolgenden Geschlechtern gründete, das vom Segensglanze umleuchtet ist. Das ist die Spur, welche durch den Fußtritt im harten Stein angedeutet wird, und wer diese Spur eingegraben hat, der kannte das Volk, welches gern Thaten und Namen an solche Zeichen knüpft. Dann fragt es nicht einmal, ob solch' ein Zeichen der Natur und Wahrheit gemäß ist: genug, daß das Zeichen da ist, und je abenteuerlicher dasselbe erscheint, um so tiefer prägt es sich in den Sinn.

Auf diese Worte schwieg der Kaiser lange und sagte endlich aus tiefster Seele aufathmend, halblaut vor sich hin: Welch' ein Andenken bleibt von mir auf Erden zurück? War nicht Alles nur eitel Werk, das am Morgen anhub und am Abend schon wieder dahinsank? O Menschen = Plane, Seifenblasen und Kinderbauten im Sande!

In demselben Augenblicke erklangen die Töne eines Posthorns von der Heerstraße herauf. Da sagte Rosen: So lange die Töne dieses Horns durch Deutschlands Gauen erschallen, so lange wird die Nachwelt eueres Namens rühmend gedenken. Habt ihr nicht Länder mit Ländern durch diese immerwährenden Eilboten verbunden, die sich einander auf allen Straßen begegnen und ablösen, und habt ihr dadurch nicht dem Wunsche auch wirklich Flügel verliehen?

Ja, die Flügel eines gelähmten Aars, der am Boden dahinschleicht!

Ha! wer den Menschen den Fittich eines Straußes auf Erden und den Fittich des Falken durch die Luft verliehe!

Und dann? erwiederte Rosen. Und dann selbst, wenn dieses geschehen ist, werden die Menschen das Glück auf Erden erjagen? O Herr, die Zufriedenheit blüht,

wie ein Veilchen und verhaucht die köstlichsten Düfte verge=
bens, denn die Sturmbegierde jagt darüber hinweg und
bemerkt die zarte Blume nicht. Mein Kaiser! euer
Haupt schmückt die herrlichste Krone, aber der Edelstein
der Zufriedenheit glänzt nicht darinnen.

Der Kaiser erwiderte Nichts und gab sich seinen
Gedanken hin. Da meldete ein Diener: Ein Eilbote
ist gekommen, Herr und Kaiser, und verlangt dringend,
euch zu sprechen.

Bring ihn hieher, sagte Max.

Und der Bote kam und überreichte dem Kaiser ein
großgesiegeltes Schreiben. Der erbrach es und las und
las und vertiefte sich ganz in die Schrift. Nach einer langen
Weile sprach er: Der Türk zieht von Neuem an der
Donau herauf. Nun wohl! Wir werden ihm begeg=
nen. O, daß mir der Himmel gönnte, im heiligen
Kampfe mein Leben zu enden! Oesterreich und Deutsch=
land als Bollwerk gegen die Türken, das Kreuz gegen
den Halbmond!

Dann wendete er sich zu dem Boten und sagte:
Sorge, daß dir dein Botenbrot wird; langer Rast darfst
du nicht pflegen. Du wirst bald wieder aufsitzen. Die
Briefe werden schnell bereit sein.

Der Bote ging, der Kaiser aber sprach zu Rosen:
Nun sei mein Geheimschreiber. Wir haben wichtige Sa=
chen zu besorgen. Setze dich und schreib. Es gibt dies=
mal nichts zu schildern aus dem Leben des Weiskunigs,
der mag ruhen.

Und der Kaiser und sein Rath besprachen die Sa=
chen, und Entschlüsse wurden gefaßt und dem Papiere
und dem Boten anvertraut. Der flog wieder dahin,
woher er gekommen und trug des Kaisers Befehle. End=
lich verabschiedete, es war bereits Mitternacht geworden,
Max auch den Rosen, daß dieser der Ruhe pflege. Er
selber konnte sie nicht finden. Seine Gedanken schweif=
ten nach verschiedenen Richtungen hin und hafteten nir=
gends. Er sah überall böse Geister lauern, um bei der
ersten Gelegenheit hervorzubrechen und Oesterreich und
Deutschland in grauenvolle Verwirrung zu stürzen. Bild
auf Bild flog vorüber: dort dräute der Türke mit sei=
nen beute= und blutgierigen Schaaren; hier der Gallier
mit listiger Zunge und Feder. Dazwischen drängte sich
das Bild eines Mönches heran, der Flammenworte sprach,
die ringsum zündeten. Er hatte ihn nur auf wenige
Augenblicke in Augsburg gesehen, aber die Gestalt und
das Wesen desselben hatten sich tief in sein Gedächtniß
geprägt. Er begriff nicht, daß er dieses Bild nicht
los werden konnte. Endlich sank er müde auf ein Ru=
hebett nieder, und neue Fieberträume ängsteten seine
Seele.

Rosen hatte sich indessen zu der edlen Begleitung
des Kaisers gesellt, trank schweigend einige Gläser Wein
und wußte den Fragen derselben über die Angelegenhei=
ten mit Scherz und Ernst auszubeugen. Das übrige
Gesinde war auch noch nicht zur Ruhe und dasselbe,
welches gestern noch in der Fülle der Genüsse schwel=

gend heiter und gefällig sich zeigte, erschien heute rauh und mürrisch, weil es an Wein und Bier und sonst an dem Nöthigsten fehlte. Man hörte zuweilen heftige Reden, Flüche und Schellworte aus ihrer Mitte.

Plötzlich erschienen Einige als Abgeordnete und sprachen: Heute auch müssen wir wieder barben im Dienste des größten Kaisers, wie das oft geschehen ist. Niemand im Städtlein will uns borgen auf des Kaisers Namen und unsere eigene Habe ist längst aufgezehrt und wir wissen nicht, wer uns Ersatz geben wird. Ihr seid des Kaisers Rath, so sorgt nun für ihn und uns, daß das Nothwendigste immer vorhanden sei. Wird die Nachwelt es glauben, daß wir die nächsten Diener des Kaisers barben, und daß man uns hohnlachend die Thüre weist, wo wir in seinem Namen Einlaß und Wegzehrung begehren?

Vergebens suchte sie Rosen zu beruhigen. Ihr wißt, er theilt den letzten Bissen Brot und seinen einzigen Mantel mit dem Armen. Geduldet euch, stört ihn heute nicht. Jetzt ist Ebbe in seinem Schatz, tritt die Flut wieder ein, so könnt ihr schöpfen nach Belieben.

Er barbt und läßt Andere barben, entgegneten die Abgesandten, und läßt den Schatz in seinen Truhen modern.

Das wißt ihr? sagte Rosen. O ihr Witzigen!

Ja, das wissen wir. Was birgt der geheimnißvolle Wagen, den er auf jeder Reise wie ein Heiligthum mit sich führt, und sorgfältiger als alles Andere bewachen

läßt, denn Anders, als seinen Schatz, mit dem er zur
Unzeit geizt?

Ja, der Wagen wird einen kostbaren Schatz enthalten und euch wird einst ein ähnlicher zu Theil werden. Geht jetzt, beruhigt euch!

Murrend gingen sie und brachten ihren Genossen
in der Antwort wenig Trost. Doch ward es stille.
Alles schien vom Schlummer bezwungen. Aber Einige
des Gesindes wachten, spürten da und dort umher, um
eine willkommene Beute zu erhaschen. Indem kamen sie
auch zu einer Schupfe, in welcher die Wagen des Kaisers mit dem Gepäck aufgestellt waren. Dort sahen sie
auch den schwarzbedeckten Wagen, der ein Geheimniß
barg. Was enthielt er? Unwille über des Kaisers Karg-
heit, Neugierde, Schadenfreude bewegte die Gemüther;
schon waren Einige entschlossen, den Wagen zu eröffnen,
selbst mit Gewalt zu erbrechen, um das Geheimniß zu
ergründen; einige Wenige wehrten zwar diesem Vorhaben, aber sie wurden nicht gehört. Der verhängnißvolle
Wagen wurde aufgesucht, betastet, hervorgezogen; er war
leicht zu bewegen. Gold und Silber konnte er kaum
enthalten; aber Edelsteine, Perlen! Sei es was immer,
wir wollen es einmal erfahren! So riefen die Einen
im Uebermuthe, richteten die Deichsel empor, der Wagen
schnellte zurück, der Verschluß sprang auf und heraus-
kollerte ein schwarzer Sarg. Vom schweren Falle fiel
der Deckel ab und die erstarrte Neugierde erblickte darinnen ein Scheit Holz und einige Hobelspäne.

Kein Laut wurde weiter gehört: Alle waren er=
schrocken.

Rosen war von dem Geräusch erwacht, sprang em=
por und trat unter sie und sah enthüllt, was Jahre
lang als theueres Geheimniß war vom Kaiser gepflegt
worden.

„Was habt ihr gethan, ihr Unsinnigen? Möge
das Blut in eueren Adern für immer erstarren!" So
rief er im Unwillen.

Eine Stimme hinter ihm aber sprach im sanften
Tone: „Der Sarg verlangt nach mir. Er hat sich
geöffnet, um mich aufzunehmen. Wohlan! ich bin be=
reit. Ich fühle es, meine Rechnung mit der Welt ist
abgeschlossen."

Es war die Stimme des Kaisers, der aus wirren
Träumen war aufgeschreckt worden. Er fühlte sich krank,
schwer krank. Er mußte in einer Sänfte von bannen,
durch das Gebirg, durch sein geliebtes Tirol getragen
werden. In Wels starb er.

Der Besuch.

Die Hand Walafried's war geheilt, die streifigen Narben auf seiner Stirne waren verschwunden, das weiße mit goldenen Fransen besäumte Tuch lag bereits seit Wochen unter einer Masse aufgehäufter Papiere und Naturmerkwürdigkeiten aus der Umgegend von Salzburg vergraben, und er hatte das Abenteuer in der Nähe des Untersberg ganz vergessen.

Mit emsigem Fleiße suchte und forschte er wie eine Biene nach den Blüten der Sagen, um Auge und Herz daran zu erquicken. Er hatte gehofft, gerade in dieser Gegend einen reichen Schatz schon ganz offen zu Tage wie gemünztes Gold zu finden; aber er hatte sich auch darin getäuscht, denn er fand bisher nur wenige, deren Duft oder Farbe ihn anzog. Sie lagen wie Perlen in einem Sandmeere begraben, und manche Sammler trugen, statt diese und andere Perlen zu Tage zu fördern und in schöner Fassung zu geben, nur noch mehr Sand herbei, daß Walafried über die ungeschickten Kärner oft bittere Reden führte.

Dazu kam, daß die widersprechendsten Nachrichten über die sogenannten Freiheits = und Fortschrittsbewe= gungen und Plane der neuen Worthelden einander jag=

ten und das Gemüth in beständiger ängstlicher Span=
nung erhielten. Wer konnte damals diesen lautkreischen=
den, geflügelten Boten seine Augen und Ohren ver=
schliessen? Auch Walafried versenkte sich tief in die Zeit=
blätter, welche über den Gang der Frankfurter Reichs=
Versammlung lange, unerquickliche Berichte brachten, in
deren Wüstenei selbst die starken Schwingen der deut=
schen Hoffnung erlahmen mußten.

Vor den Blicken der Sehnsüchtigen, welche die Ei=
nigung, Einheit und Erhebung Deutschlands mit Begei=
sterung herbeiwünschten, gähnte eine trostlose Oede, die
Alles zu verschlingen drohte; schon wagten es Einige
rückwärts nach dem festen Lande zu schauen, und Manche
begannen, ihr Vertrauen wieder auf die Fürsten zu
setzen, denen man das voreilig und mit Gewalt entrissene
Steuerruder zurückgeben müsse, damit im allgemeinen
Schiffbruch nicht Alles zu Grunde ginge; damit nicht
die deutschen Völker der Willkür einiger habgieriger,
ehrgeiziger, wortreicher und herzloser Führer anheimfielen,
deren Plan bereits offen da lag: Alle seit Uranbeginn
der deutschen Geschichte bestehenden Sonderverhältnisse ab=
zuthun, alle Fürstenthümer zu vernichten, alle alten Ver=
träge zwischen Fürsten und Gemeinden und dieser unter
sich aufzulösen, alles Privatgut zu gemeinsamen Zwecken
zu verwenden und auf den Trümmern aller bisherigen
Ordnung ein großes Deutschland, wie sie sagten, auf=
zurichten. Daß Jeder der neuen Weltenstürmer sich die
Hauptrolle und erste, wenigstens die zweite Stelle im

neuen Reiche insgeheim und offen zusprach, das lag in
der Natur der Sache: der Meister durfte ja seinem
Werke nicht untreu werden, durfte seinem Kinde die er=
haltende Liebe nicht entziehen!

Walafried sah mit tiefem Schmerze das Unkraut
wuchern, welches der böse Feind während der Nacht in
die schöne Saat ächt deutscher Bestrebungen geworfen
hatte; er sah mit Schmerz, wie der betäubende Mohn
der Umsturzpartei aufschoß, und wie man von dem ge=
raden, offenen Wege sich in Irrgänge verlor. Aller Er=
fahrung zum Trotz und Hohn wollten die Freiheitsjün=
ger ein Reich gestalten, ohne Zustimmung des Volkes
und der Fürsten. Ueber dem maßlosen, unbestimmten
Treiben vernachlässigte man das Erste und Nöthigste:
die deutschen Fürsten für die Neugestaltung, für die Ei=
nigung und Einheit Deutschlands, insbesondere gegen
das Ausland zu gewinnen, zu begeistern. Wie aus dem
unsinnigen und selbstsüchtigen Drängen endlich die völ=
lige Auflösung und Vernichtung Deutschlands kommen
müßte, wenn nicht bald durch göttliche Fügung eine Wen=
dung herbeigeführt würde, das schien unvermeidlich.

Diese Gefühle und Gedanken drängten auf Wala=
frieds Seele, wie ein Schwarm böser Geister ein, aus
deren hohnlachenden Fratzengesichtern die Schadenfreude
glotzte, die alle seine Kraft mit ihren langen Armen zu
erdrücken suchten. Doch er ermannte sich, warf die Ta=
gesblätter mit Unwillen aus der Hand, die Kobolde ent=
wichen, und er flüchtete sich ins Freie.

Da stand die Natur in ihrer erhabenen Ruhe und
Größe vor seinem Blicke, vor seiner Seele, und sein Herz
wurde beruhigt. Es wirkt ja der Anblick der Natur wie
der eines Kunstwerkes der alten Meister; die erhabene
Ruhe und Würde, mit der sie unserem Auge begegnen,
erzeugt in unserem Inneren selbst einen süßen Frieden
und jene Stimmung, die wir Harmonie, Einklang und
Zusammenstimmung aller einzelnen Kräfte wie vieler
mannichfaltiger Töne zu Einem Ganzen nennen. Wer
immer die Natur und Kunst liebt, hat dieses gewiß schon
oft an sich erfahren, und deshalb sagt unser Göthe mit
Recht: „Ich glaube, der Anblick des olympischen Zeus
würde mich sittlich besser machen."

Ja fürwahr! Versucht es nur einmal, die erhabene
in einem Kunstwerk sichtbar ausgedrückte Ruhe und
Würde in euerem Inneren nachzubilden, und ihr werdet
das Wort verstehen. Aber warum sollen wir zu den
alten Griechen gehen? Betrachtet doch nur ein deutsches
Kunstwerk, ein altdeutsches Gemälde von Eyck, ein Bildniß von Albrecht Dürer, von Holbein; eine Figur der
deutschen Bildner in Stein, etwa der Nürnberger Meister Adam Kraft oder Peter Bischer oder Anderer, und
ihr werdet finden, daß diesen Werken der Stempel des
inneren Friedens aufgedrückt ist. Stellet euch hin vor
den Münster in Ulm, in Köln oder Straßburg, in
Wien, Regensburg oder Freiburg, vor die Kirchen in
Mainz, Nürnberg, Erfurt oder Worms; betrachtet ein
deutsches Gemeindehaus in den deutschen Städten, wie

der Bürgerſinn ſie im Mittelalter gründete; überblickt das Ebenmaß der vielen einzelnen Theile zu einem ſchön= gegliederten Ganzen; laßt euere Gedanken emporranken an der aufſtrebenden Höhe jener Gebäude, indeß die irdiſche ſchwere Begierde am Boden haftet; thut es und ihr werdet verſtehen und fühlen: der Friede Gottes thauet nieder in des Menſchen Herz durch die Betrachtung ſeiner Werke. Das wahre Kunſtwerk iſt ge= dichtet im Geiſte religiöſer Hingebung.

Indem Walafried ſo im Anſchauen verloren baſtand, und ein unnennbares Gefühl der Ruhe und Beſeligung ſich durch alle Adern ſeines Körpers ergoß, weckten ihn aus ſeinen Träumen die lauten Stimmen mehrerer Men= ſchen, die ſich näherten, und die Maſſe wuchs im Fort= ſchreiten.

In Mitten aber ging ein Jüngling mit ſonnver= branntem Geſicht, halbzerriſſenen Kleidern, zerſchundenen Händen, und er reichte Dieſem und Jenem die Hand, und Walafried hörte häufig die Worte: Ihr ſeid wie= der da? Gottlob! Ihr ſeid gerettet! Wir dachten, euch nicht wieder zu ſehen.

Da ſich Einige von dem forteilenden Zuge ablöſe= ten und zerſtreuten, wendete ſich Walafried an Einen derſelben und fragte: Was iſt's mit dieſem jungen Mann? Was iſt ihm begegnet?

O Herr! erwiderte der Angeredete, das iſt eine ſelt= ſame Geſchichte. Habt ihr Muße, mich eine Strecke zu begleiten, ſo will ich ſie euch erzählen, denn ich war der

Erste seiner Bekannten, der ihm draußen begegnete, der ihn mit einem Trunk bewirthete, und dann zur Stadt geleitete, und ich muß jetzt wieder zu den Meinigen zurückkehren. Und während sie miteinander dahingingen, erzählte der Mann so:

Der junge Mann, den Sie da gesehen haben, der Sohn eines reichen Kaufmannes und allgemein beliebt, ging vor fünf Tagen nach dem Untersberg, um neue Pflanzen und Steine zu suchen und seine schon ansehnliche Sammlung zu bereichern. Denn das ist seine Leidenschaft, welcher er schon manches Opfer brachte, und alle Gebirgsleute kennen ihn und trachten, ihm behilflich zu sein bei seinen Wanderungen. Diesmal wollte er den Untersberg in einer Richtung durchstreifen, die bisher noch unbesucht geblieben war, und deßhalb eine große Ausbeute an seltenen Pflanzen versprach. Er versah sich mit den nöthigen Werkzeugen, die kein Alpenbesteiger daheim läßt, Steigeisen, Stricken, Hammer und Säge, dazu mit einem guten Fernrohr, mit Pulver und Blei, mit einer Pistole und zwei Wachskerzen, packte dies Alles mit geräuchertem Fleisch, Wein, Brot und Salz in seine Waidtasche und trat mit seinem Bergstocke die Wanderung des Abends von Salzburg an, übernachtete auf der untersten Alme und raffte sich noch vor dem Aufgange der Sonne auf, und setzte seinen Stab weiter.

Da er solche Wanderungen schon öfter allein und glücklich unternommen hatte, wollte er auch diesmal keinen Begleiter. Er beachtete genau die Richtung der

Sonne, und lange Zeit schritt er, rechts und links sammelnd, auf gefahrlosen Steigen dahin; gegen Mittag ruhte er unter einem überhängenden Felsen, und labte und stärkte sich an seinem mitgenommenen Vorrathe, und wanderte gegen Abend weiter. Er wollte aber zu der Felsenhöhle zurückkehren, und hier die Nacht über ruhen, und am folgenden Tage seinen Rückweg nach Hause antreten. Deßhalb ließ er im Gehen Schrottkörner fallen, welche ihm zum Wegweiser dienen sollten. So gelangte er in mancher Windung aufsteigend zur Platte des überhängenden Felsen, und erblickte auf der anderen Seite zu seinen Füßen einen weiteren Vorsprung, der mit den seltensten Alpengewächsen übersponnen war. Ohne sich lange zu besinnen, glitt er über den Vorsprung hinab, und stand in Mitten einer neuen Pflanzenwelt. Er pflückte mit freudiger Hast, füllte die Blechbüchse und den Ranzen und bemerkte kaum, daß die Sonne sank. Erst, als die nächsten Bergspitzen sie verdeckten, blickte er auf und dachte an die Rückkehr zu seiner Höhle.

Er wendete sich um und betrachtete den Felsen, über den er heruntergeglitten war; aber er fand nicht, wie er zu demselben hinanklettern könnte. Nirgends zeigte sich eine Zinke, ein Horn, eine Staude, die er fassen und sich daran emporschwingen könnte. Der Felsen neigte sich gegen ihn herein, er hatte dies in seinem hastigen Niedergleiten nicht bemerkt, und nun sah er, daß er unmöglich den Rückweg hier finden könnte. Deshalb wendete er sich vorwärts, um von Neuem niederzugleiten und

wenn auch auf Umwegen in die frühere Richtung einzu=
lenken. Aber bald gewahrte er mit Erschrecken, daß der
Platz, auf dem er seine Blumen gepflückt hatte, wie eine
große Tafel auf Säulen ruhen mußte, denn nach drei
Seiten hin sank sie steil ab, und auf der vierten Seite
ragte der Fels herein. Riesige Bäume erhoben sich links
hin, aus der Tiefe, ihre Spitzen schienen aus dem Rande
der Felsenplatte selbst aufzusteigen, wie junge Fichten
und Tannen, so, daß ein Wanderer davon getäuscht,
leicht achtlos fortschreitend in die grause Tiefe stürzen
konnte.

Was war nun zu thun? Die Sonne war unter=
gegangen, selbst um die höchsten Bergzinnen oben legte
die Dämmerung ihren weiten Mantel, und der junge
Mann fügte sich immer noch getrosten Muthes in das
Unvermeidliche und lagerte sich unter dem überhangen=
den Felsen, an dessen anderer Seite er sicher die Nacht
über zu schlummern gehofft hatte. Lange konnte er vor
Müdigkeit nicht einschlafen, und mit den ersten Morgen=
strahlen begann er seine Untersuchung, auf welche Weise
er ohne Lebensgefahr aus der luftigen Höhe sich nieder=
lassen könnte. Nach manchem gemachten und verworfe=
nen Plane entschloß er sich, an einer der riesigen Tan=
nen, die ihren Wipfel emporstreckte, niederzuklettern. Aber
wie zu demselben gelangen, da sie nicht unmittelbar an
dem Felsen sich anlehnte, sondern nur einige Aeste her=
anstreckte. Da er keinen anderen Ausweg fand, zerriß
er sein Sacktuch, umwickelte die Hände, schützte sein Ge=

ficht durch sein seidenes Halstuch, zog den Ranzen an
sich, und that den Sprung hinüber in die Aeste, und
hielt sich fest. Schon hatten Hände und Gesicht troß aller
Vorsicht gelitten, aber er mußte am Stamme von Ast
zu Ast niedergleiten, was ihm endlich nach unsäglicher
Mühe gelang.

Als er wieder den festen Boden der Erde unter sich
fühlte, glaubte er sich gerettet und wand sich durch dich=
tes Gestrüpp vorwärts, wo eine Lichtung ihm entgegen=
lachte. Doch die Lichtung zeigte ihm nur einen neuen
Abgrund. Deswegen kehrte er sich nach der entgegenge=
setzten Seite, und überkletterte mit Anstrengung die star=
ren Felsenzacken, versank dann in einen Wald von
Schlingpflanzen, die sich über morsche Bäume hingebrei=
tet hatten, und war froh, desselben Abends eine freie
Stelle zu erreichen. Hier athmete er auf, verzehrte den
Ueberrest des Weines und Brotes, und schaute beküm=
mert der Nacht und dem folgenden Tage entgegen. Dann
aber begann er, ehe der Tag sich neigte, seine Unter=
suchung auf dieser Seite, und auch hier gähnte ihm eine
grauenvolle Tiefe entgegen. Unten aber glaubte er den
Grasboden unter einzelnen hohen Bäumen zu entdecken,
von dort mußte endlich der Weg zu den Lebenden nie=
derführen. Um hinab zu gelangen, durchsägte er an
demselben Abende noch eine junge, schlankaufstrebende
Tanne, am anderen Morgen noch eine andere, verband
diese mit Stricken, befestigte die eine am Stamme, ließ
sie dann aneinander gereiht, niederhängen, umfaßte sie

und glitt nieder; aber sie erreichten den Boden nicht. Er konnte nicht zurück, er mußte den Sprung wagen, und fiel in hohes dichtes Gras, das ihn, wie mit einem Netze, umschlang, und sein Leben rettete. Er schauderte, als er emporblickend die Höhe bemaß, die der Sprung betrug.

An demselben Tage, es war der dritte, labte er sich an den Brotkrummen in seinem Ranzen, an Waldbeeren und leckte das am Gestein niedersickernde Wasser mit lechzender Zunge. Leib und Seele war zum Tode er= müdet. Doch mußte er sich aufraffen; der Boden senkte sich anfangs allmählich, zuletzt steil abschüssig. Da ge= langte er wieder auf einen freien Platz, er war mit ei= nem Rasen voll zarter Gewächse bedeckt. Aber von ihm führte kein Steig nieder. Mit der letzten Anstrengung seiner Kraft suchte er einen der wenigen Bäume zu er= klimmen, die da emporstrebten, um nach Rettung aus= zuschauen, ehe seine Besinnung schwände.

Es gelang ihm. Da band er sich fest, holte die Pistole aus dem Ranzen und schoß sie los, darauf that er auf einer sogenannten Räuberpfeife einen gellenden Pfiff und der Knall und Schall widertönte vielfach ge= brochen an das Felsengewirr.

Das that er mehrmals in Zwischenräumen. Keine Stimme antwortete. Trostlos band er sich los und fiel mehr als er sank an den Fuß des Baumes. Schon be= gann es dunkel zu werden. Da vernahm er einen

Schuß, dann noch einen, dann eine starke Stimme: Ist
Noth da oben?

Mit neubelebter Kraft that er noch einen Pfiff und
und sank dann bewußtlos zurück. Als er wieder er=
wachte, fühlte er sich emporgehoben, Fackelschein flammte
in sein Auge; wie auf einem luftigen Wagen glitt er
nieder. Wirklich waren zwei Seile an Bäumen oben
und unten befestigt, auf denselben eine Schleife aus
Zweigen; auf diesen glitt er mit seinen zwei Begleitern
nieder. Wie diese zu ihm gekommen waren, konnte er
nicht sagen. Dieselbe Nacht wurde er in einer Almhütte
gepflegt, am Morgen geleitete ihn ein Knecht des Fel=
senbauern wieder auf betretene Wege. So ward der
junge Mann gerettet. Seit gestern hatten wir an sei=
nem Wiederkommen gezweifelt. Denn alle nach ihm aus=
gesendeten Boten, Jäger und Holzschläger hatten nir=
gends eine Spur von ihm entdeckt. Und nun gehabt
euch wohl. Hier ist meine Heimat.

Mit diesen Worten schied er von Walafried, der ihm
seinen Dank nachrief, und sinnend zur Stadt zurück=
kehrte. Die Erzählung hatte das Bild des Felsenbauern
in seiner Seele wach gerufen; jetzt erinnerte er sich
seines Versprechens und er war entschlossen, ihn aufzu=
suchen.

Er bestellte ein Fuhrwerk für den nächsten Morgen,
gab bei seinem Abschiede die nöthigen Anweisungen über
etwa einlaufende Briefe und Anfragen, warf seinen Reise=
sack auf das Wäglein, setzte sich zu dem alten Fährmann,

rief seinem Wirthe ein Lebewohl zu, in längstens einer
Woche hoffe er wieder zurück zu sein, und die Rosse eil=
ten dem Untersberg zu. Sie langten früher bei der
Kugelmühle an, als Walafried erwartete. Es war Sonn=
tag und noch früh am Tage; aus dem Hause traten
stattlich geputzte Dirnen und Bursche, die den Fremd=
ling neugierig betrachteten und langsam ihres Weges
gingen in das nächste Dorf, woher Glockengeläute rief.

Walafried verabschiedete den Fuhrmann, nahm den
Reisesack und trat in das Wohnzimmer; da fand er noch
einige ältere Männer, Frauen und Kinder versammelt.
Als er bei dem Eintreten dem üblichen Gruße schnell
die Worte beifügte: „Ich wünschte einen Wegweiser zu
haben, der mich zu dem Felsenbauern führe" — sahen
ihn Alle mit großen Augen an und nur Einer entgeg=
nete langsam: Zu dem Felsenbauern?

„Ja zu ihm. Er hat mich eingeladen. Ich suche
Kräuter und Lieder."

Auf diese Worte näherte sich ihm der Mann, reichte
ihm die Hand und sagte: Ja fürwahr, er hat euch ein=
geladen. Seid willkommen! Ihr habt lange gezögert, bis
ihr zu suchen kommt. Ihr werdet ein angenehmer Gast
sein, man glaubte, ihr würdet schon früher nachfragen.
Ich will euch führen.

Mit diesen Worten griff er nach einem starken Berg=
stocke, der in einem Winkel stand, setzte einen breitkräm=
pigen Hut von Weidengeflecht auf das greise Haupt und
wollte nun auch den Reisesack Walafrieds aufhucken.

Dieser aber wehrte und sagte: Wie soll ich euch die Last aufbürden? Drückt euch doch bereits das Alter, wie wollet ihr zu dieser Last noch eine andere tragen? Ein Knecht kann den Reisesack mir morgen nachbringen; ich bedarf seiner nicht so sehr. Aber der Greis entgegnete: Meine Schultern und Knochen sind hart wie Stein, wie sollte eine so kleine Last mich beugen, da mich fünf und sechzig Jahre, die ich trage, nicht zu beugen vermochten. Gebt, euer Säcklein da dient meinen Gliedern als Ballast; so steh ich fester.

Damit schritt er voran, Walafried folgte; die Zurückbleibenden sahen ihnen eine Zeit lang schweigend nach, dann äußerte Jeder seine Meinung über den Wanderer, den der Felsenbauer zu sich eingeladen hatte.

Die Beiden aber schritten abgemessenen, langsamen Schrittes bergauf. Walafried wollte anfangs voraneilen, aber der Greis rief ihm zu: Eile mit Weile, mein edler Herr! heißt es bei uns. Uebereilt euch nicht, daß ihr nicht außer Athem kommt und euere Lunge euere Hast entgelten muß. Mit solcher Eile wird nichts gewonnen, weder auf dem ebenen Boden, noch viel weniger im Gebirge; da fördert nur der gleichmässige Schritt. Ihr werdet es bald erproben.

Und Walafried hemmte seine Eile und schritt hinter dem Alten her, der zuerst auf häufig betretenen Steigen fortwandelte, dann abseits in ein dichtes Gebüsch einlenkte, das er in verschiedenen Richtungen durchkreuzte, wobei ihm Walafried nur mit Mühe folgte, und dann

auf sanft ansteigenden sonnigen Matten vordrang, auf
welchen hie und da einsame, aber wie es schien verlassene
Hütten standen. Darauf mußten sie sich durch Stein-
trümmer winden, welche in wilder Unordnung umherge-
streut waren und einen weiten Wall bildeten; hinter
demselben erhoben sich wieder Gesträuche, Birken und
Zwergföhren. Die Wanderer waren bereits über zwei
Stunden gestiegen, und Walafried dankte schon in seinem Herzen dem Manne für seinen guten Rath. Jetzt
war auch das Gebüsch durchschritten, und sie befanden
sich am Rande einer weiten blumigen Mulde, die im
Hintergrunde von hohen Alpenwänden und ringsher mit
einem Kranze von Buschwerk umschlossen war; in Mitten floß ein Bächlein, stiegen einige Häuser empor.

Mit einem Blicke des Staunens und der Bewunderung überflog Walafried das ganze Bild; aber ehe
er sich noch recht besann, schlugen Hunde neben ihm
an, und wie er sich gegen das Geräusch hinwendete, sah
er den Felsenbauern aus einer Laube treten, durch deren
Oeffnung das blendende Tageslicht einfiel, so, daß sein
entblößtes greises Haupt von den Sonnenstrahlen wie
umkränzt erschien; auf seinem Antlitze lag die Ruhe der
Sonntagsfeier.

Als er den Mann aus der Kugelmühle erblickte,
hieß er ihn willkommen und sagte: Was führt euch
des Weges daher? Indem aber bemerkte er Walafried,
erkannte ihn, und ihm die Hand zum Gruße bietend,
sprach er: Habt ihr des Felsenbauern doch nicht ver-

gessen? Ich dachte schon, ihr hättet eueren Flug aus
dem Ländlein in die weite Welt genommen. Nun seid
willkommen, zweimal willkommen! denn wißt, ihr habt
an jenem Sonntag, da ich euch das erstemal sah, mich
zu euerem Schuldner gemacht. Ja, ihr habt meine
Nichte und ihre Tochter dem gewissen Tode entrissen,
wie sie mir sagten. Dafür möchte ich euch einmal dan=
ken durch irgend eine That im Namen der Jungfrau,
und wohl auch ihres Bräutigams. Kommt einst dazu
Gelegenheit, so zeigt es mir und seid meines guten Wil=
lens versichert. Und nun darüber nichts weiter, daß
euch der Dank in Worten nicht ermüde. Kommt und
ruht von der Anstrengung, deren ihr ungewohnt seid.
Ich will nach irgend einer Erfrischung mich umsehen;
aber rechnet nicht auf schnelle Bedienung, denn meine
Leute sind hinab in die Kirche gegangen.

Darauf führte er Walafried zu der Laube, wo sich
um eine schöne, große Marmortafel hölzerne Sitze reih=
ten, und ging dem nächsten Hause zu; der Mann aus
der Kugelmühle folgte ihm, zwei große Hunde blieben
gleichsam als Wächter vor dem Eingange der Laube und
beachteten jede Bewegung Walafrieds.

Dieser fühlte sich sonderbar erregt. Es war nicht
von der Beschwerde des Bergsteigens allein, daß sich ihm
das Blut gegen den Kopf drängte, es war eine Empfin=
dung des Mißbehagens, dessen er sich jetzt bewußt wurde.
Er fühlte sich verletzt durch die Worte des Mannes, der
den Dank so stolz und gleichsam ein für allemal abtrug,

und der ihm mittheilte, das Mädchen sei bereits Braut.
Warum setzte er dieses hinzu? Glaubte er, der Retter
würde Dank von ihr heischen? Habe ich ihn denn ge=
kannt, und habe ich gewußt, daß sie ihm verwandt sei?
Ich hätte ihrer nicht mehr gedacht, und jetzt führt er ihr
Bild geflissentlich mir vorüber, und zeigte mir zugleich,
daß sie die Versprochene eines Anderen sei, als habe ich
je nach ihr getrachtet und gehofft, statt des Dankes sie
selbst zu erwerben.

Solche Gedanken durchkreuzten die Seele Walafrieds,
aber aus der tiefsten Tiefe schaute jetzt auch der Neid
empor, der Neid gegen den Unbekannten, für den er die
schöne Unbekannte gerettet hatte. Jetzt erst wünschte er
sie zu kennen. Jetzt erinnerte er sich wieder an die edle
Gestalt, ihren flehenden Blick, ihre geisterhafte Erschei=
nung. Wie schön sie war, wie klangen im süßen Wohl=
laut die Worte des Dankes? Unmöglich ist's ein Land=
mädchen, unmöglich kann sie einem Landmanne bestimmt
sein! Wer ist der Glückliche, der sie sein nennt?

Indem er so dachte, kehrte der Felsenbauer zurück,
ihm folgte der Mann aus der Kugelmühle mit einem
lahmfüssigen Knechte. Sie trugen einen Korb, und wie
staunte Walafried, als dessen Inhalt jetzt auf die Mar=
mortafel ausgebreitet wurde. Zwischen hellblinkenden Fla=
schen mit Wasser und Wein und dem weißesten Haus=
brote reihten sich die zierlichsten Körbchen mit frischen
Erdbeeren, Aepfeln und Trauben, Pomeranzen und Fei=
gen und das Alles so frisch und duftig, als wäre es so

eben von zarter Hand gepflückt worden. Dazwischen lag auch mancherlei Fleisch von wildem und zahmem Vieh und Geflügel mit Blumen und Bändern geziert.

Der Anblick solch seltener Gerichte in dieser Jahres=zeit, dazu der freundliche Gruß des Felsenbauern und seine Mahnung, Gottes Gabe nicht zu verschmähen und nach Neigung zu wählen, verscheuchte den Unmuth, der sich auf Walafrieds Stirne gelagert hatte, und er fragte lächelnd: Ihr habt wohl immer freien Zutritt in Küche und Keller der Kaiser, daß euere Tafel so wohl be=stellt ist?

Darauf antwortete der Wirth: Es ist so, wie ihr sagt, es kommt aus Gottes reichem Garten.

Zu dem aber meine ich, nicht Jeder mehr den Schlüs=sel hat. — Den aber, sagte Jener entgegen, Jeder fin=den kann, der nur zu suchen, und die Zeit der Reise ab=zuwarten weiß. Aber nun wollen wir kosten, und es nicht machen, wie so Viele, welche an der Quelle sitzend, verdursten, weil sie mit Fragen und Untersuchungen nicht Zeit finden, zu genießen. Die Quelle versiegt über kurz oder lang, und was ein Tag gewährt, entführt der Andere.

So sprach der Felsenbauer, und bot die vollen Körbe und die vollen Becher umher, und sie aßen und tranken.

Während die Drei so bei einander saßen, und das Gespräch bald in heiterer Weise sich wie ein perlender Springbrunn ergoß und in den mannichfaltigsten Wen=

dungen die verschiedensten Farbentöne des Geistes wie im
Regenbogenglanze widerspiegelte, bald im ernsten vollen
Strome dahinwogte und mit der Wucht der Gedanken-
wogen den Zweifel niederdrückte, waren die Leute des
Felsenbauern vom Kirchenbesuche nach und nach zurück-
gekommen. Die Einen gingen nahe an der Laube vorüber, Andere wandelten in der Ferne; alle aber wendeten ihr Auge nach ihm, und grüßten ihn mit herzlichem Gruße, ja mit Ehrerbietung, wie Kinder den geliebten Vater, und er dankte Jedem einzeln und sagte
Jedem ein freundliches Wort.

Es waren aber, wie Walafried bemerken konnte,
meist ältere Leute, Männer und Weiber, und zwar ihrer
so viele, daß sie nicht wohl in den wenigen Höfen da oben in
dem traulichen Alpthale, welches vor ihm lag, ihre Woh-
nungen konnten aufgeschlagen haben. Es mußte rückwärts
oder seitwärts noch ein heimliches Thal sich hinlagern,
welches sie beherbergte. Auch hatten sich mehrere Ankömmlinge, wie sie aus der Tiefe emporstiegen, und die
nur von ferne grüßten, rechts hingewendet, wo aber
Walafrieds Auge keinen Fußsteig mehr erblickte, sondern
die Felsenwände steil abfielen und um das Thal ihre
Arme schlangen, daß die eine offene Seite der herrlichen
Landschaft zu seinen Füßen da unten zugewendet war,
die jedoch nur von oben aus sichtbar sein konnte durch
die laubenartigen Oeffnungen, während von unten herauf nur Bäume und Felsen selbst dem bewaffneten Auge
erschienen.

Diese Beobachtungen verfolgte Walafried während des Gespräches, und gab sich denselben unbewußt hin, daß er kaum mehr die Reden vernahm, indeß er doch aufmerksam zu horchen schien. Da wurde er durch die lauter und voller tönende Stimme des Felsenbauern aus seinen Sinnen gerissen, der sich an eine eben herantretende ältliche doch rüstige Frau mit offenem Antlitze und stattlicher Haltung wendete und sagte: Hier übergebe ich dir, Anna Marei, meinen lieben Gast. Weise ihm seine Herberge an und sorge für Alles, wessen er bedarf.

Dann erhob er sich und reichte Walafrieden die Hand mit den Worten: Ich muß euch eine kurze Zeit meinen Leuten überlassen. Ich werde den Mann thalwärts begleiten, dort erwarten mich noch einige Freunde. Aber wahrscheinlich sehe ich euch heute noch, ehe die Sonne sinkt; wenn nicht, so werde ich euch einen guten Morgen sagen. Gehabt euch wohl, und beschaut euch nun die Welt von oben. Und habt ihr nur selbst alle Sorgen da unten gelassen, so werden sie euch hier nicht finden.

Mit diesen Worten schied er, die Hunde begleiteten ihn, und Walafried sah ihn mit dem Manne aus der Kugelmühle bald hinter dem Gebüsche am Abhange verschwinden

Die Beiden aber stiegen nieder und kamen auf den kürzesten, nur ihnen bekannten Steigen niedergleitend, zu der Halte über den Kugelmühlen, jener mit duftendem

Rasen übersponnenen Hochfläche, die von Haselgebüsch
und einigen Bäumen beschattet ist, wohin die Bewohner
Salzburgs und der Umgegend häufig am Sonntage wan=
dern, um der Naturfrische in ihrer ganzen Schönheit zu
genießen, ohne durch mühsames Steigen den herrlichen
Genuß sich im Schweiße des Angesichtes zu verdienen.
Denn der Punkt ist nur unschwer von der Ebene her=
auf zu erreichen.

Diesen hatten sich denn am heutigen Tage mehrere
Familien aus Salzburg und Reichenhall zum freund=
lichen Stelldichein ausersehen. Vorausgeschickte Träger
hatten schnell aus Baumästen und einigen alten Latten
und Brettern Stühle und Tische bereitet, und diese mit
den mitgebrachten Speisen, mit Wein und Bier belastet,
so daß die Gesellschaft, als sie ankam, sich in bunt trau=
licher Mischung behaglich im Schatten lagerte, und den
Schweiß von der Stirne trocknete.

Bald kreiseten die vollen Becher; das Gespräch, wel=
ches unterwegs lebhaft geworden und die allgemeine
Theilnahme gefesselt hatte, daß man diesmal der schönen
Landschaft kaum zu achten schien, verstummte und ver=
glomm allmählich wie Feuer ohne Nahrung, bis es nach
Kurzem vom Neuen lebendig aufloderte und Aller Her=
zen erwärmte.

Ja, rief der Eine die unterbrochene Rede fortsetzend,
wie kann auch in eines Menschen Brust Liebe gegen
seinen Nächsten wohnen, wenn die Grausamkeit gegen
die zartesten, lieblichsten Geschöpfe Gottes darin ihren

Thron aufgeschlagen hat. Wie kann der noch menschlich fühlen und handeln, der sogar eine Nachtigall, eine Hausschwalbe zu fangen, zu schiessen sich nicht entblödet, um mit einem solchen eitlen Bissen seinen Magen zu vergnügen?

Ja, es ist so! Alljährlich werden tausend und tausend kleine Sänger, die mit ihren Wunderkehlen Gottes Güte preisen, auf ihren Wanderzügen von der trügerischen Lockpfeife gerufen und vom verderblichen Netze umschlungen oder vom tückischen Blei in hoher Luft getroffen, und nur Wenigen, sehr Wenigen gelingt es, die Alpengelände zu erreichen und Todes- und Schreckensmüde eine Zeit lang im dichten Laube oder auf den unzugänglichsten Gipfeln zu ruhen und dann nach dem gastfreundlichen Deutschland sich zu retten.

Die trauten Frühlingsboten, die beschwingten Sänger in Luft und Hain, sind nur die wenigen glücklichen Ueberreste eines ganzen wandernden Heeres, das auf Italiens Fluren den Nachstellungen erlag.

Nein, lieber wollte ich mir einen Finger abbeissen, und mich davon zu sättigen suchen, als eine Hausschwalbe, eine Nachtigall, einen Zaunkönig, tödten und essen.

So redete er in heftiger Aufregung seines Gemüthes, die anderen Männer stimmten bei, indeß die Frauen schweigend den Reden horchten, und bald bot die Erinnerung an früher Gehörtes einem Jeden ihren vollen Köcher, daraus immer neue Beweise und Ankla-

gen hervorzuholen, und wie Pfeile nach Italien zu
schleudern.

Es rief aber der Erste, indem er jetzt anhub, die
Geschichte zu erzählen von

Hürnheim und Visconti.

Mailand! Mailand! Du schöne stolze Stadt, um=
worben, erhöht und verherrlicht von den deutschen Kai=
sern, die deiner Ehre, deines Glückes und Glanzes pfleg=
ten, wie ein Bräutigam der Braut. Du hast ihre Liebe
und milde Regierung verschmäht, und ihre Treue ver=
höhnt, und hast dich Knechten preisgegeben, die deinen
Kranz schändeten und zerrissen, und dich wie eine Dirne
mit Skorpionen geisselten. Höhnen sollte dich der Deut=
sche, weil du nicht erkanntest, was dir frommte, weil du
brachest die Treue, und einer eitlen leichtsinnigen Buhlerin
gleich dich den Lockungen hingabst feiler, blutdürsti=
ger Banditen; aber der Deutsche höhnt dich nicht, er
betrauert nur deine Verblendung und dein furchtbares
Geschick.

Der letzte Stern der Hohenstaufen war erloschen,
und die Herrschaft der deutschen Könige in Oberitalien
vernichtet; da erhoben die Städte stolz ihr Haupt und
jauchzten über die errungene Freiheit. Und es begann
alsobald in ihren Mauern ein wildes Treiben nach
Macht, Aemtern und Würden, und die Einen verdräng=

ten die Anderen, und wer heute oben war, lag morgen
schon gestürzt am Boden, und ein Dritter nahm trium=
phirend seine Stelle ein. Wie in den Städten, so die
Städte gegeneinander; jede trachtete nach der Herrschaft
über die Nachbarstädte, und suchte diese unter ihr Joch
zu beugen; jede warb Söldner=Schaaren, die um Geld
für Jeden gegen Jeden kämpften, heute von diesem be=
zahlt für ihn, morgen von einem Anderen besser besol=
det für Diesen gegen den gestrigen Herrn, und wen das
nackte Schwert in offener Schlacht nicht erreichen und
besiegen konnte, den meuchelte der Dolch in Mitten sei=
ner Familie, in der Kirche unter der betenden Menge,
selbst am Altare! Die Hauptleute der Soldschaaren aber
fühlten und übten ihre Macht nach Willkür, zuerst von
den Bürgern gerufen und besoldet machten sie ihre
Schaaren zu ihren eigenen, willigen, dienstfertigen Tra=
banten, entwaffneten die Bürger, brandschatzten sie,
schwelgten in jeder Lust als wahre Tyrannen, raubten
und entehrten Frauen und Jungfrauen, und entliessen
sie mit Hohn, und leerten tagtäglich den vollen Freuden=
becher, als wenn dieser Tag der letzte ihres Lebens wäre.
Sie wußten auch wirklich nicht, ob die Nacht nicht das
Todesdunkel über sie ausgiessen und ihre Schandthaten
zugleich mit ihnen begraben würde. In jeder Stadt
Zwietracht, Mord und Verrath unter den Häuptlingen;
in jeder Landschaft Verwüstung, Brand und Raub; der
Friede war für immer entflohen.

Im stolzen Mailand aber hauseten mehrere Häupt=

linge, welche die umliegenden kleinen Städte sich unter=
worfen und zinsbar gemacht hatten; ihre Söldner hiel=
ten Alles in Furcht und Schrecken. Sie selbst thronten
in ihren Palästen zu Mailand, weil ihnen diese Stadt
die meisten Genüsse bot; bald waren die Häuptlinge mit
einander verbrüdert zu gemeinsamen Thaten, bald be=
kämpften sie sich offen und heimlich, und ihre Paläste
verwandelten sich von Zeit zu Zeit in verderbensprühende
Burgen, von welchen der Schrecken umher ausging, ge=
gen welche sich der Angriff jetzt der Bürger, jetzt der
anderen Häuptlinge richtete.

Keiner aber waltete in größerer Macht, als die Fa=
milie Visconti, deren Mitglieder vereinigt, über ein star=
kes Heer geboten, die sich noch öfter wie giftige Schlan=
gen einander selbst bekämpften.

Mitten unter diesen kleinen, gefürchteten Tyrannen
mit ihren Banden ragte, wie ein süßduftender Tulpen=
baum über disteln= und giftaushauchendem Gestrüpp,
das Haus der Hürnheime empor, der treuen Kämpen
für das Haus Hohenstaufen. Sie hatten sich reiche
Lehengüter erworben, dazu große Ländereien gekauft und
waren ihren Unterthanen väterlich gesinnt, zu Schutz
und Schirm bereit gegen die Räuber und Gewaltherren.
Deshalb waren die Hürnheime von den Welschen ge=
haßt, und wegen ihrer Tapferkeit allgemein gefürchtet,
denn so oft sich der offene Kampf erhob, entflohen die fei=
gen Söldner vor den deutschen Schwertern.

Aber nach einander erlagen zwei Häupter der Hürn=

heime, dann ihre Söhne den Nachstellungen der Tyran=
nen, die Einen durch Gift, die Anderen durch den Dolch,
und es war nur noch Einer des Geschlechtes übrig, ein
kräftiger Mann mit seiner Gattin und einem aufblühen=
den Sohne von sieben Jahren. Und als er das weite
Grab der Deutschen in dem schönen lombardischen Ge=
filde betrachtete, durchfuhr seine Seele ein Schauer, und
er war entschlossen, alle seine Güter in Italien zu ver=
kaufen, selbst um den geringsten Preis, und sich nach
Deutschland, der Heimat seiner Väter, zu wenden. Der
Plan wurde gefaßt, schnell zur Ausführung gebracht,
und die reichen Besitzungen von den verschiedenen Häupt=
lingen, insbesondere den Visconti ersteigert. Wie freute
sich Hürnheim mit den Seinigen, bald über die Alpen
zurückzukehren an die Quellen der Donau, und dem
Glutofen der welschen Mordgier für immer zu ent=
rinnen!

Seit mehreren Tagen wurden die Lasten für die
Saumthiere zurecht gemacht, und schon waren die alten
Kisten und Kasten geleert, und die Packwagen beschwert,
und die Familie saß nach deutschtrauter Sitte Abends
im Gespräche daheim, als draußen sich Schwerterklirren
und wildes Geschrei erhob. Hürnheim erhob sich schnell,
langte nach Schild und Schwert und stürzte, ohne auf
die Bitten seiner ängstlichen Gattin zu horchen, aus der
Pforte, indem er seinem Gesinde noch zurief: Fackeln!
Fackeln! Draußen war ein wildes Gewühl von zwei
Parteien, Häuptlinge mit ihrem Gefolge kämpften in

wilder Rachgier gegen einander; die schwächere Partei
war in Gefahr zu unterliegen und wehrte an die Mauer
gelehnt standhaft den überlegenen Angriff ab; gerade in
dem Augenblicke, da Hürnheim heraustrat, sah er, wie
Einer — offenbar der Häuptling der schwächeren Par=
tei — von den Anderen auf's Aeußerste bedrängt wurde,
sein Schwert war zerbrochen und er vertheidigte sich nur
noch mit dem Stummel. Da rief Hürnheim bonnernd
dem Angreifer zu: „Hieher wende dich, feiger Schurke,
und laß den Wehrlosen!" Mit wuthglühenden Augen
wendete sich der Häuptling gegen ihn und drang mit
Blitzesstreichen auf ihn ein, indem seine Zähne laut
knirschten. Hürnheim hielt die wüthenden Streiche ab,
er sah endlich seinen Vortheil und bohrte seinem Gegner
das Schwert in die Brust. Eine Leiche sank er zu sei=
nen Füssen, als die Fackeln erschienen und den gräßlichen
Schauplatz beleuchteten.

Der Todte war Franz Visconti; der von ihm Ver=
wundete, sein Bruder Johann Maria, kehrte mit seinem
wenigen Gefolge von einem Besuche des Erzbischofes zu=
rück, als ihn vor dem Hause Hürnheims eine wohlge=
führte Schaar überfiel, und er hätte nie mehr das Ta=
geslicht geschaut, wenn ihm der deutsche Ritter nicht zu
Hilfe kam.

Mit Entsetzen betrachtete Dieser den einen um den
anderen Bruder; Johann Maria aber ergriff die Hand
seines Retters und pries mit feinberedten Worten den
Edelmuth und die Tapferkeit Hürnheims, und rief den

Himmel zu Zeugen, daß er ihm diese That vergelten wolle.

Am folgenden Morgen erschien Visconti mit einem großen Gefolge bei Hürnheim und rühmte mit großer Rührung vor allen Versammelten die aufopfernde Hingebung zu seiner Rettung. Er könne aber ihm und dem Himmel nicht würdig genug danken; doch habe er für den nächstfolgenden Tag ein doppeltes Fest bestimmt, die Feier seiner Wiedergeburt zu begehen, zuerst durch ein Hochamt im Dome, und dann durch ein Festmahl, und hiezu den edlen Ritter einzuladen, sei er selbst gekommen.

Hürnheim entgegnete: Was ich gethan, war Ritters- und Menschenpflicht. Wie mögt ihr Solches rühmen, was an meiner Stelle auch jeder Andere gethan hätte? Wie soll ich bei euerm Feste erscheinen, ohne mich dem Spotte als ein eitler Prahler preiszugeben? Dem Himmel allein gebührt der Dank, ihm will auch ich danken und ihn bitten, daß er ferner noch Recht und Unschuld schütze. — Ihr wollt, sprach dagegen Visconti, nicht in meinem Palaste erscheinen beim Mahl? Ha, ihr habt mir das Leben gerettet, und ihr werdet doch nicht bei mir fürchten für euer Leben?

Nein, ich fürchte Niemanden auf Erden. — Nun, so werdet ihr wenigstens dies bei mir zuerst zeigen. Ihr kommt. Gewiß, ich erwarte euch. Gott befohlen!

Nach diesen Worten entfernte sich Visconti mit seinem Gefolge. Hürnheim sah dem scheidenden Zuge nach,

und mancherlei Gedanken und Zweifel tauchten in seiner
Seele auf, denen er sich mit einem kräftigen Entschlusse
entriß.

Der Tag des Festmahles kam, die Stunden eilten
schnell dahin; die Gluthitze milderte sich gegen den Abend,
die Stunde zu erscheinen war da. Hürnheim gürtete sein
Schwert um, rief seinem Sohne, und trat vor seine Gattin, Abschied zu nehmen. Jetzt erst vernahm sie seinen Entschluß. Kaum vermochte sie sich zu fassen, und
mit bebender Stimme begann sie: Du willst in den
Palast der Visconti, in die Mörderhöhle? Nein, nein!
Das hat nicht dein guter Geist gerathen. O glaube
mir, bleibe bei mir. Geh nicht, um Gottes Willen nicht,
und verlaß mich nicht! Aber Hürnheim entgegnete:
„Sei getrost! Ich kehre zurück. Begleitet mich doch mein
Schwert.“

Was hift dir das Schwert gegen Gift, gegen den
Dolch aus einem Winkel auf dein Herz, auf dein Haupt
geschleudert? sagte die Gattin.

„Ich habe ihm das Leben gerettet.“

Gerade weil du ihm das Leben rettetest, wird er
des Dankes für immer los sein wollen. Gerade diesen
offenen Schuldbrief wird er zuerst vernichten. O gehe
nicht in dies Haus, dort lauern tausend Tode auf dich,
und entgehst du dem einen, du stürzest in die Arme des
anderen. Bedenke, wie erst vor Kurzem zwei Bürger
nach einander verschwanden und drei Edle. Man sah
sie wohl in den Palast gehen, aber Niemand hat seitdem

von ihnen gehört. O sie hat die unsichtbare Macht der Visconti mit ihren Krallen ergriffen!

„Liebe Frau! Du siehst jetzt überall Verrath, dein Auge ist umschleiert. Aber ich werde mit meinem Blicke Licht in den Hinterhalt senden und die Fallstricke zerreissen. Ich kann nicht ferne bleiben nach solcher Einladung, wenn ich nicht will feige erscheinen. Jetzt, nein, jetzt wagt sich seine Hand und sein Gedanke nicht an mich. Vertraue du dem Himmel, wie ich ihm vertraue. — Nun komm mein Sohn!" Und der blondgelockte Knabe mit den himmelblauen Augen sprang herbei, umarmte und küßte die Mutter, und war bereit, dem Vater zu folgen, als die Mutter ihn heftig an sich riß und rief: Wie? Du willst auch den Knaben mit dir nehmen? „Ja das will ich. Er soll an meiner Seite sitzen bei der Tafel!" Hat dich denn ein böser Geist verblendet? O bleib, bleibt Beide! Nein, ich laß euch nicht. Hörst du aber nicht auf die Mahnungen deines Weibes, so laß mir wenigstens den Sohn, er gehört nicht dir allein, er ist mein, ich laß ihn nicht.

Und sie umschlang den Knaben mit beiden Armen und, als wollte sie ihn verhüllen, bedeckte ihn mit ihren Thränen und Küssen.

Da trat Hürnheim auf sie zu und erhob mit seiner Hand ihr Haupt und sagte mit milder Stimme: „Mutter! laß ihn mit mir gehen, daß mich ein guter Geist begleite; wir kehren Beide freudig in deine Arme zurück. Deswegen habe ich den Sohn gerufen. Oder willst du,

wendete er sich an diesen, bei der Mutter bleiben, so gehe
ich allein."

Der Knabe aber schmeichelte mit Hand und Kuß
der Mutter, und sagte: O ich habe dich lieb, aber nicht
wahr, ich darf mit dem Vater gehen? Dann will ich
dir erzählen, was ich gesehen habe, und du sollst mich
loben. Und er küßte die Mutter von Neuem, und sie
schwieg in ihrem Jammer, und Vater und Sohn gingen,
und sie starrte ihnen nach mit gebrochenen Augen, und
es war, als sähe sie die Erde sich öffnen und Beide verschlingen.

Und sie kamen zu dem Palaste der Visconti, und
als die Diener dem Herrn des Hauses meldeten, Hürnheim nahe, ging ihm Visconti entgegen und sprach, ihn
freudig begrüßend: Heute widerfährt meinem Hause
großes Heil; aber ich war überzeugt, ihr würdet nach
euerer Freundlichkeit willfahren meinem Wunsche und meiner Bitte. Seid willkommen im Kreise meiner Freunde!
Und als er jetzt den Knaben bemerkte, sagte er: Ihr
habt da einen wahren Engel zu euerem Edelknaben erkoren. Woher stammt er? Hürnheim entgegnete: Es
ist mein einziger Sohn, er will den Glanz und die Freuden euerer Herrlichkeit schauen und bewundern.

Euer einziger Sohn? fragte Visconti, und sein Auge
sprühete unheimliche Blitze. Doch schnell unterbrückte
seine Regung und lächelte dem Knaben zu; dieser aber
wendete sich von ihm ab, und barg sich scheu hinter dem
Vater, indem er die blauen Augen starr auf Visconti

gerichtet hielt. Doch der suchte den Knaben mit Liebkosun=
gen zu gewinnen, fuhr mit der Hand durch dessen blonde
Locken, und rief: Ha! Dieses Engelsbild muß meine
Gemahlin lange, lange betrachten! Ich beneide euch da=
rum. Ich habe noch keinen Sohn.

Und sie schritten über die Schwelle und fanden sich
im Kreise der versammelten Gäste, die den edlen Ritter
und seinen Knaben mit freundlichen Grüßen bewillkomm=
ten. Die Sitze wurden angewiesen, Hürnheim erhielt
mit seinem Sohne den Ehrenplatz neben der Frau des
Hauses, die den schönen Knaben nicht genug betrachten
konnte. Es schien zuweilen, als entfliehe ihren Lippen
ein leiser Seufzer, und eine Thräne zitterte im glänzen=
den Auge; mitten im scherzenden Gespräche, das sie an
den Ritter und den Knaben richtete, versagte ihr einige=
mal die Stimme und ein Wolkenschatten lagerte sich
auf ihrer Stirn. Doch wie sie mit zartem Finger sich
die wallenden Locken aus dem Antlitze zurückstrich, war
jeder Schatten verschwunden, und sie lächelte so fröhlich,
anmuthig, daß rings in ihrer Nähe die Freuden umher=
zuflattern schienen. Wie kreisten die goldenen Becher,
wie brauseten die Wogen der Musik durch den Saal
dahin, wie tönte Spruch an Spruch aus dem Munde
der begeisterten Zecher!

Mitternacht nahete, der Knabe hatte seinen Locken=
kopf auf den Schooß der edlen Frau gelegt, und war
sanft entschlummert; Hürnheim erhob sich zum Abschiede,
die anderen Gäste folgten; der Knabe erwachte, und

schlug die großen Augen auf und staunte die fremden
Gestalten an, bis er zum Bewußtsein kam. Die Frau
des Hauses grüßte die Gäste zum Abschiede und küßte
den Knaben, und seine Wange benetzte eine Thräne, die
sie schnell mit einem neuen Kuße verwischte. Fackeln
flammten im Hofe, die Gäste schieden einzeln, jetzt bot
auch Hürnheim an seiner Hand den Knaben dem Wirthe
eine gute Nacht.

Dieser begleitete ihn unter neuen Dankes = und
Freundschaftsversicherungen durch die Hallen in den Hof,
der nur noch von einigen Fackeln erhellt war; in der
Ferne verlor sich in den verschiedenen Straßen der Glanz
der übrigen, die von den Dienern ihren heimeilenden
Herren vorgetragen wurden.

Visconti rief nach seinen Dienern, da trat sein Jagd=
meister heran und sprach: Sie begleiten die Gäste, aber
die ersten werden sogleich wieder zurück und dem edlen
Ritter zu Diensten sein. Unwillig sprach Visconti: Hab
ich so wenig Knechte, um nicht einmal dem edelsten Gaste
Ehre zu erweisen? Ha, so will ich ihm selbst die Fackel
vortragen. Mit diesen Worten ging er auf eines der
aufgestellten Flammenbecken zu, an dem eine Fackel lehnte,
zündete sie an und schwang sie, daß im Kreise die kni=
sternden Funken umherzischten, und trat wieder zu Hürn=
heim. In demselben Augenblicke sprangen zwei löwen=
große Hunde herbei, und an dem Herrn empor, der sie
mit schmeichelnden Worten abwehrte, worauf sie knur=

renb zurückwichen und aus der Ferne den Ritter um=
kreisten.

Visconti wendete sich lächelnd zu diesem und sprach:
Seht, das ist meine Leibwache, sie ist treu und wohlfeil,
ich habe die Erfahrung seit langer Zeit gemacht. Fürch=
tet euch nicht, es sind liebe Thiere, die selbst zu kosen
verstehen. Auf einen Wink erhob sich das Eine der Un=
geheuer an dem Ritter empor, legte die Vorderbraßen
auf dessen Schultern und streckte den Kopf mit den feuer=
sprühenden Augen gegen sein Antliß. Rasch fuhr Hürn=
heim mit der Rechten nach seinem Dolche im Gürtel,
aber in demselben Augenblicke haschte das Unthier nach
der Kehle des Ritters, daß er röchelnd niederstürzte und
der Hund schlürfte gierig das Blut des Edlen.

Regungslos stand der Knabe. Das andere Unthier
aber blickte schmeichelnd zu ihm empor, webelte mit dem
Schweife, beleckte sein Antliß und suchte ihn aus der Er=
starrung aufzuwecken. Indessen sah Visconti mit Wol=
lustgrausen den Ritter stürzen und enden und mur=
melte die Worte: Ha! ein Deutscher sollte sich rühmen
seiner That um mich?

Jeßt warf er den grimmen Blick auf den Knaben,
der noch immer wie leblos dastand, und rief dem Hunde
zu: Blut! Blut! Pack an! Aber der Hund schien
den Herrn nicht zu hören, er schmiegte sich schmeichelnd
an den Knaben, wie Epheu an einen Baum, als wolle
er ihn selbst beschüßen. Da stieß Visconti mit dem
Fuße nach ihm und rief: Undankbare Bestie, hab ich

dich nicht mit Menschenblut großgezogen! Ha! du sollst
mir büßen! Dann rief er dem anderen Hunde mit bebender Wuthstimme: Hieher! Blut! Blut! Pack an!
Das Unthier sprang herbei, aber es folgte dem Rufe
nicht weiter, sondern umschmiegte gleich dem ersten schmeichelnd den Knaben. Dumpf wüthend im Grimme sprach
jetzt Visconti zu dem Jagdmeister: Was stehst denn
auch du wie ein altes Weib, Feiger, und zitterst jetzt?
Hast du kein Schwert an deiner Seite, den jungen Affen zu morden? Ha, ihr Bestien alle! Das ist der
Dank für meine Wohlthaten.

Mit diesen Worten riß er dem Manne den Hirsch-
fänger von der Seite und that schnell zwei furchtbare
Hiebe nach dem Knaben. Der stürzte in seinem Blute
nieder, aber die Hunde sprangen wüthend an dem Herrn
empor, rissen ihn zu Boden, zerknirschten seine Gurgel
und schlürften gierig sein Blut

So endete der Stamm der edlen deutschen Ritter
Hürnheim; das Geschlecht der Visconti aber dauerte noch
Jahrhunderte lang. Denn Johann Maria hatte noch
einen Bruder.

Endlich verging es, nachdem es, wie eine Viperbrut
giftigen Mord und Verrath umher ausgesäet hatte, indem es sich selbst in seinen Enkeln einander auffraß.

Der Erzähler hatte geendet, und in tiefer Stille
saßen die Versammelten.

Darauf begann ein Anderer:

Das ist nur Eine der vielen Unthaten, welche im

schönen Italien gegen Deutsche verübt wurden. Wie
viele andere bedeckt die Nacht der Vergessenheit nur deshalb, weil sie in dunkler düsterer Nacht geschahen! Fürwahr, es geschahen Thaten, vor welchen die Sonne im
Schmerz sich verfinsterte und die Erde schauderte. Unsere deutsche Geschichte erzählt deren nur wenige, als
schäme sie sich das Gräßliche zu wiederholen, was an
Deutschen geschah, welchen selbst ihre Treue und ihr
Edelmuth so schlimm gelohnt wurden, wie wir dies auch
an dem Erstgebornen des Kaisers Otto sehen.

Herzog Ludolf.

„Geh, mein Sohn, und wahre Deutschlands und
deines Kaisers Recht und Ehre jenseits der Alpen. Zerschmettere mit deinem Schwerte den treulosen Hochmuth
des Stolzen, der meiner Macht und Milde und seines
Eides vergessen hat. Dich selbst aber möge ein Engel
behüten vor den Fallstricken des Verrathes und siegreich
in meine Arme zurückführen. Nicht des Feindes Schwert
fürchte ich für dich, wahre dich nur vor dem Honigbecher
der Schmeichelei!“

So sprach der Kaiser Otto, da er in Magdeburg
seinen Hof hielt, zu seinem erstgebornen Sohne Ludolf,
und dieser neigte sich ehrerbietig vor seinem Vater und

Herrn, und mit ihm sanken alle Getreuen auf die Kniee. Und Otto bezeichnete seinen Sohn mit dem Zeichen des Kreuzes, segnete ihn, und schloß ihn in seine Arme; der Segen galt Allen, und sie Alle erhoben sich mit dem jugendlichen Führer. Dann wendete sich Otto an die Ritter und Mannen und begann: „Gott und die himmlischen Heerschaaren führen euch zum Siege. Kämpfet für Deutschlands gutes Recht und laßt den Räuber nicht schwelgen in unserem Erbe und den Frieden zertreten auf dem schönen Gefilde. Euch vertraue ich meinen Sohn. Als Sieger in eurer Mitte hoffe ich ihn wieder zu sehen, und die Lande umher werden jauchzen und seinen und euren Ruhm verkünden, wenn ihr den besiegten Feind nach Deutschland bringt."

Und die Versammelten erhoben einen Freudenruf und stimmten den Kriegsgesang an, indeß Ludolf sich auf sein Streitroß schwang, mit dem Schwerte noch den Vater grüßte, und es dann schnell und zierlich mit einem leuchtenden Blicke gegen die Altane erhob, von welcher ein Kranz schöner Frauen niederschaute. Sein Blick ruhte mit stillem Sinnen auf einer Huldgestalt, die erröthend ihr Auge senkte; dann warf er sein Roß herum, und sprengte an der Spitze der Getreuen dahin. Kaum wagte es die Jungfrau ihren Blick zu erheben, dann schaute sie den Scheidenden nach, und die ganze Seele leuchtete in ihrem Auge, und Freude und Schmerz verklärten ihr Antlitz.

Nach wenigen Wochen waren die Alpen überstiegen,

und Ludolf pflanzte die kaiserliche Fahne auf vor den Tho=
ren von Pavia und sandte Boten durch die Gauen, und
sie verkündeten: der Sohn des Kaisers ist gekommen,
wer ihm treu ergeben ist, der schaare sich um seine
Fahne. Er wird zu Gericht sitzen und ladet vor seinen
Stuhl Alle, die da zu klagen haben. Und alsobald
strömten von allen Seiten die Getreuen herbei, und es
kamen Viele aus den Städten und vom Lande, und klag=
ten über Berengar, den der Kaiser zum Vogt und Statt=
halter gesetzt hatte. Aber der Stolze hatte in seinem
Uebermuthe den kaiserlichen Frieden gebrochen und war
aus einem Schirmer zum Tyrannen geworden, der Kir=
chen und Klöster, Paläste und Hütten brandschatzte und
sich Herr und König nannte. Deshalb waren Abgeord=
nete nach Deutschland zu dem Kaiser gekommen, daß er
den Frevler strafe und Frieden und Ordnung herstelle,
wie er sie ehemals während seiner Anwesenheit fest ge=
gründet hatte.

Und Ludolf lud den treulosen Statthalter vor sei=
nen Richterstuhl, daß er sich verantworte und huldige.
Als Berengar auf die dritte Ladung nicht erschien, sprach
er die Acht über ihn und zog gegen ihn aus mit Hee=
resmacht. Da wurde mancher heiße Kampf gekämpft,
aber die Deutschen siegten und Berengar flüchtete von
Burg zu Burg; überall hin verfolgt und aufgescheucht,
von seinen Leuten verlassen, irrte er umher ein schmäh=
lich Verlassener. Ludolfs Ruhm aber tönte in Liedern
durch die ganze Lombardei.

Eines Abends kam er müde von der Verfolgung seines Feindes bei einem gewaltigen Felsenschlosse an, das einsam in Mitten blühender Gefilde lag.

Noch wußte der kaiserliche Jüngling nicht, ob darin Freunde oder Feinde hauseten. Da meldete des Hornes Ruf vom Thurme die Ankunft der Deutschen und alsobald öffnete sich die Zugbrücke und es erschien der Herr des Schlosses an der Spitze seines Gesindes und er stieg von der Burg hernieder, neigte sich vor Ludolf und brachte demüthig Entschuldigungen dar, daß er noch nicht vor ihm erschienen. Krankheit habe ihn an das Lager gefesselt, erst seit zwei Tagen sei er genesen, und lade nun den Sohn seines Herrn und Kaisers ein, Wohnung bei ihm zu nehmen und auszuruhen vom harten Strauße. Die ganze Burg harre nur des Winkes des Herrn und Gebieters, und alle Speicher und Keller seien bereits geöffnet, um ihre Fülle zur Erquickung der Gäste auszuströmen.

Laß es dir gefallen bei mir, sprach er, und lege dein müdes Haupt in meinen Schooß, indeß deine Getreuen wachen. Mein Leben ist in deiner Hand. Thue nach deinem Gefallen.

Ludolf zögerte einen Augenblick; aber der Tag neigte sich, die Rosse waren beinahe lahm vom harten Ritt, die Gefährten sahen auf ihn. Darauf entgegnete er: Ich will euere freundliche Einladung nicht verschmähen, und euch so zeigen, daß ich weder zürne noch euch mißtraue. Aber ihr sollt auch nicht Ursache haben, uns der Unbe-

scheidenheit zu zeihen. Nach kurzer Ruhe wollen wir wie=
der aufbrechen."

Mit diesen Worten ritt er gegen die Burg hinan,
die Ritter mit einem Theile ihrer Schaaren folgten, der
andere schlug am Fuße derselben die Zelte auf, hier zu
lagern. Und an dem Eingange empfing die Burgfrau
in üppiger Schönheit blühend den Sohn des Kaisers mit
holdem Gruße, und alsobald ward es lebendig im Schlosse
auf allen Gängen und in allen Gemächern, während aus
der Ebene die Rauchsäulen von den Wachfeuern aufstie=
gen, und lustige Lieder heraufklangen, die im neckenden
Echo zurücktönten. Droben in der Burg aber wurde ein
köstliches Mahl bereitet und Ludolf saß im Kreise seiner
Getreuen, an seiner Seite der Burgherr und seine Ge=
mahlin, und der Becher wanderte nimmer leer im Kreise
und die Heiterkeit entfaltete ihre Schwingen über den
Häuptern der Gäste. Und der Burgherr sprach: „Wer
fortan die Deutschen Barbaren schilt, dem will ich Ant=
wort geben, daß er derselben gedenke. Könnte doch die
ganze Lombardei, ja ganz Italien euch schauen, sie wür=
den euch huldigend zu Füssen fallen." Und die Herrin
lächelte still zu diesen Worten und nickte leisen Beifall,
und ihr flammendes Auge ruhte oft auf der edlen Ge=
stalt des Jünglings. Erst spät trennten sich Wirth und
Gäste und der Schlummer umfing sie mit seinen weichen
Armen alle, bis auf Wenige, die im Wachen sich ein=
ander ablöseten.

Des anderen Morgens aber sprang Ludolf wie in

Luft gebadet und gestärkt von seinem Lager und ließ die
Trompete erschallen, und aus der Ebene antwortete der
Gegenruf, und die Schaaren reihten sich um ihn, und
er harrte nur des Burgherrn, um Abschied zu nehmen. Da trat dieser heraus in den Burghof und
nahte mit Bitten: „Nicht also ziemt es dir, o Herr,
zu scheiden, daß es nicht scheine, du seiest erzürnt
von bannen gegangen. Drei Tage wenigstens laß
uns deines Anblicks geniessen, und dann ziehe aus,
du kaiserlicher Aar, den Feind zu verfolgen. Deine
Schwingen werden ihn bald erreichen, und ich will dir
die Fährte zeigen; denn ich möchte gern deinen Dank
gewinnen!“

Indem er so sprach, nahte auch die Herrin im Mor-
gengewande und die Fülle ihrer Reize entfaltend, und sie
begann die schmeichelnden Worte: „Nun zeiget, daß ihr
eben so liebenswürdig als edel und tapfer seid. Es gilt
die deutsche Ehre zu wahren: die Deutschen willfahren ja
den Bitten der Frauen, und diese schöne Sitte werdet
ihr doch nicht jenseits der Alpen gelassen haben. Welche
Schmach für mich! Die Welt würde uns höhnen, daß
wir so wenig zu bieten hatten, euch nur für wenige Tage
zu fesseln. Mein Gemahl sehnt sich euch zu zeigen, wie
innig treu er euch ergeben sei. Wie kann er dieß, wenn
ihr ihm die Gelegenheit dazu entziehet? Und wie kann
ich es? setzte sie leise hinzu.“

Und Ludolf sah in ihr Auge und fühlte sich wie
gefesselt, und er sprach zögernd: Wer möchte einer Bitte

aus euerem Munde widerstehen? So will ich denn noch eine Weile meinen Getreuen Ruhe gönnen, und dann mit neuer Kraft auf den Feind stürzen. Und er gab das Zeichen und die Trompeten schmetterten freudig zur Ebene hinab, und freudig antwortete der Gegenruf. Die Rosse wurden ihrer Zäume ledig, und in der Burg und am Fuße derselben ward die Freude von Neuem lebendig: die Becher klangen, die Lieder tönten und Wald und Wasser, Luft und Gefilde erschöpften ihre Gaben zum Mahle. Und Ludolf saß in Mitten seiner Getreuen, an seiner Seite der Burgherr und dessen Gattin und ihr Auge ruhte oft und lange auf der Gestalt des blühenden Jünglings, der mit Kraft und Anmuth geschmückt war. Der Herr des Schlosses aber saß sinnend und zuweilen zuckte seine Lippe wie von heimlicher tückischer Freude, dann sprach er laut und freudig und pries seine Ergebenheit, die er mit einer glänzenden That beweisen wolle, und die männlichen Tugenden seines Gastes.

Und der Abend kam, und die Deutschen tummelten ihre Rosse zur Uebung und turnierten vor dem gefälligen Wirthe und seiner Gattin, und Ludolf glänzte hoch vor Allen hervor im Speerkampf und im Schwertschlag. Dann ruhte das Waffengetös und der Jubel der Freude, und Jeder überließ sich seiner Neigung: Diese dem Würfelspiel, Jene dem Ballspiel oder der behaglichen Ruhe.

Ludolf wandelte am Abhange des Berges hinab in

die Gärten einsam, nur das Schwert an seiner Seite
zum treuen Begleiter, und lagerte sich an einer Quelle,
die aus dem Berge hervorbrechend sich durch den
Garten schlängelte, und schaute gegen die Alpen hin,
hinter welchen die liebe Heimat lag. Er mochte lange
Zeit in seine Träume versunken so gesessen haben, als
Graf Hermann von Stahleck zu ihm trat, und lächelnd
begann: „Dacht ich es doch, unter deiner Führung
würden sich Herzen und Thore öffnen, und die Minne
würde mit dem Schwerte um Sieg und Ruhm buhlen.
Du bist ein glücklicher Held, dein leuchtendes Schwert
scheucht den Feind vor sich her, und dein Blick zieht, wie
der Magnet an." Und nun erzählte er, wie ihm so
eben die vertraute Dienerin der Burgfrau geheimnißvoll
genaht sei, und ihm gestanden habe, es winke seinem
Freunde ein schönerer Sieg in der Burg als im Felde.
Das Herz ihrer Herrin sei verwundet und sie könne
nicht mehr genesen, bis es Gegenliebe gefunden. Zeit
und Ort sei günstig, er möge diese selbst bestimmen.

Auf diese Worte erhob sich Ludolf, blickte seinen
Freund verwundert an, als ob er den Ernst oder Scherz
in seinem Gesichte lesen wollte, und sprach: „Du bist
mir oft ein willkommener Bote gewesen; diesmal willst
du mich versuchen. Aber vergebens. Das sei ferne von
mir, daß ich das Vertrauen des Mannes mißbrauche und
die Untreue sich meiner als eines Spielballes bediene."
Doch was ist zu thun? entgegnete Hermann. Diese
Weiber sind mehr zu fürchten, wenn sie lieben, als

wenn sie hassen. Verschmähte Liebe rächt sich in Italien furchtbar.

Darauf sagte Ludolf nach einigem Sinnen: „Melde der Dienerin, ihre Herrin solle meiner gen Morgen harren. Denn das Mahl und Gelage würde wohl wieder bis nach Mitternacht währen, dann wenn der erste Morgenschlaf die Ermüdeten fesselt, werde ich ihr nahen. Aber du triffst schnell alle Anstalten, daß wir mit der Morgenröthe das Schloß verlassen. Melde dies insgeheim unseren Getreuen. Ist mir doch, als schauten aus allen Winkeln dieser Mauern Fratzengesichter, mich zu höhnen."

Nach diesen Worten stiegen Beide mit einander zur Burg empor, Hermann wendete sich nach dem inneren Raume, Ludolf trat im Burghof in den Kreis seiner Getreuen, die ihn mit Jubel begrüßten und gab einige Befehle, dann ging er langsamen Schrittes nach seinem Gemache. Aber nach kurzer Ruhe tönte der Ruf zum Mahle durch alle Gänge des Schlosses, und im Burghof lagerten die Genossen um das fröhlich flackernde Feuer und der Wein floß in Strömen, und die Witzreden schlugen einander wie Schwerter, dann erscholl ein lautes Gelächter und dazwischen Gesang und Becherklang. Während dessen kreiste im großen Saale der Humpen, und Ludolf saß zwischen dem Burgherrn und seiner Gattin und hob den Becher auf der Beiden Wohl, und der Blick der Frau sprühete Flammen, die züngelnd an ihm emporschlugen. Er aber wendete sich zum ernsten Gespräche

an den gefälligen Wirth und sprach von der Vergangen=
heit und Zukunft, und von seinem Danke.

Als jetzt die Nacht sich dem Tag zuneigte, erhob sich
zuerst die Burgfrau und nickte zum Morgengruße und
verließ mit einem langen Blicke auf Ludolf den Saal;
nach einer halben Stunde ohngefähr rief den Burg=
herrn ein Diener, er entfernte sich hastig mit der gestam=
melten Bitte, seine kurze Entfernung möge die Freude
nicht stören. Bald werde sie in neuer Lebensflamme
aufwogen.

Ludolf und seine Getreuen wußten nicht, wie die
Worte zu deuten; einen Augenblick schien jede Regung
gelähmt, die Furcht erwachte in manchen Herzen, aber
so wie sie auf ihre Schwerter blickten, erhob sich Becher=
klang und Gesang von Neuem. Da öffneten sich die
Flügel der Saalthüre und der Burgherr stand unter
derselben mit einem Manne, der wie von blitzlicher Helle
geblendet emporfuhr, die Hand aus Schwert legte und
sie langsam sinken ließ, indem er vor sich hinsprach:
Ha! Verräther! Der Burgherr aber rief dem kaiser=
lichen Jünglinge zu: „Hier übergebe ich euch Berengar.
Der Kampf ist zu Ende. Den Dank mögt ihr mir
selbst bestimmen!“ Nach diesen Worten verließ er lä=
chelnd den Saal und Berengar stand schweigend mitten
unter den Deutschen, die sich erstaunt, überrascht erho=
ben. Ludolf aber ging auf ihn zu und sprach: Ich
bin erfreut, euch hier zu sehen. Seid mir willkommen;
ich will euer Vertrauen nicht zu Schanden machen.

Darauf entgegnete Berengar finster: Fügt nicht zum Verrath den Hohn! Es ist an einem genug!

„Was sprecht ihr von Verrath? Wer höhnet euch?" rief Ludolf. — Wie wäre ich sonst in euere Hand gefallen, als durch Verrath? versetzte zornentbrannt der Andere. Doch der Jüngling rief entrüstet: „Bei Gott! ich weiß es nicht. Wer weiß es hier, sagt, redet? Wie kam er hieher? Alle schwiegen. Dann fuhr er fort: Wohlan, nun sehet selbst, und urtheilt über unser Thun. Und möge meine Hand verdorren, in seiner Scheide rosten dieses Schwert, wenn ich dem Verrathe die Hand geboten. Ich kämpfe meinen Kampf am hellen Tage mit blankem Schwert. Da mag dann Gott entscheiden, und wie die Würfel fallen, nehme Jeder sein Loos. Doch kommt und setzt euch zu uns. Ihr seid ermüdet. Trinkt, es ist lauterer Wein, wir haben davon genug gekostet. Ihr findet keine Freunde hier, das ist wahr, doch auch keinen Verräther."

Und Berengar setzte sich, und Einer reichte ihm den vollen Becher, den er in durstigen Zügen leerte, ein Anderer bot die Reste des Mahles. Aber es war ein banges Schweigen, und Ludolf saß in tiefen Gedanken. Als er sein Haupt erhob und das Auge gegen Osten wendete, sprang er auf und winkte seinen Genossen, und Alle erhoben sich. Dann wendete er sich zu Berengar und sagte: „Kommt mit uns, wir bringen euch in's Freie!" Und der Gefangene erhob sich finsterblickend, und schritt in Mitten der deutschen Ritter durch die langen Gänge hinab in den Burghof. Da standen Einige des Burggesindes staunend, und Ludolf rief ihnen zu, indem er die Hand voll Goldstücke ihnen darbot: „Dies für euch. Euerem Herrn aber meldet meinen Gruß, der Dank für seine Bewirthung wird ihm sicherlich erstattet. Ich werde diese Tage nie vergessen." Indessen hatten sich die Seinen auf die Rosse geschwungen, Berengar stand noch harrend. Da trat Ludolf zu ihm und sagte, ihm sein eigenes Roß anbietend: „Nehmt, ich sehe, ihr seid zu Fuß hier eingezogen. Es ist ein treues schnelles Thier, das dem Winke seines Reiters folgt und euch schnell in's Weite bringt. Ich möchte euch nicht hier lassen. Kommt!" Mit diesen Worten bestieg er selbst das Roß eines seiner Knappen, und der Zug trabte über den Berg hinab. Drunten standen die Gefährten, bereits des Aufbruches harrend, sie empfingen ihren jugendlichen Führer mit lautem Zuruf. Und fort wogte der Zug, Berengar in Mitten.

Als sie ohngefähr eine Stunde geritten waren, befahl Ludolf zu halten, und sprach zu seinem Gefangenen: „Ihr seid frei. Ich habe euch aus der Gewalt eueres Verräthers gerettet. Ich führe offenen Krieg mit euch, und meine gerechte Sache bedarf nicht der Hinterlist zum Siege. Zwei Tage gebe ich euch Waffenstillstand, dann mag der Kampf sich von Neuem erheben. Geht, wohin es euch gefällt."

So sprach er, spornte sein Roß und eilte mit seinen Schaaren vorwärts und ließ den Erstaunten einsam zurück. Kaum faßte dieser, was geschehen war, blickte den Abziehenden mit Gefühlen der Freude, der Verwunderung und der Rache nach, schüttelte sich dann, wie um eines unangenehmen Gefühles los zu werden, und sprengte von der offenen Heerstraße feldeinwärts dem nahen Walde zu.

An zwei verschiedenen Fenstern der Burg lehnten zwei Gestalten, wie versteinert, und schauten hernieder, aufgescheucht aus süßen Träumen durch den schallenden Hufschlag, und sie starrten dem Zuge nach, der im ersten Morgenlichte sich durch die Ebene fortbewegte. Und es ballte die eine Gestalt ihre Faust den Abziehenden nach und rief murmelnd mit Zähneknirschen: Ha! er zieht ohne Dank von hinnen. Ich habe ihm den Sieg errungen, durch mich ist er Herr der Lombardei, und mir keinen Dank, keinen Preis! Ha! wahre dich, daß dein Roß nicht strauchle! Ich will dir folgen auf allen deinen Wegen und dich mit Netzen des Verderbens umstricken am Tag und in der Nacht!

Die andere Gestalt aber flüsterte mit ersterbender Stimme: Weh mir! Verachtet bist du, verhöhnt, und er wird sich rühmen seines Sieges und mein Name wird zum Spottlied in Deutschland. Und ihr Haupt sank auf die Lilienhand. So lag sie lange. Dann erhob sie sich, und die Locken flogen gelöst um sie und ihre Augen sprühten, und ihre Stimme erklang im schrillen Ton: Rache! Rache dir!

In diesem Augenblicke kam eine Schaar Reiter da-

ber gesprengt; sie kamen aus dem Walde, der links ab
vom Schloße lag, und sie lenkten gerade gegen die Burg
heran. Noch waren die Thore nicht verschlossen, seitdem
Ludolf mit den Seinen fortgezogen war, und ehe die
Bewohner sich besannen, erscholl das Roßgewieher bereits im Burghof. Jetzt ertönte der schwere Tritt durch
die Gänge, und in den Festsaal trat Berengar in Mitte
von sieben Begleitern, indeß Hunderte drunten die Thore
bewachten, und die Diener brachten erschreckt ihrem
Herrn die Kunde, und er erbebte. Aber schnell gefaßt
erhob er sich und eilte zu Berengar, der ihm die Worte
zurief: Ich bin gekommen, dir den Preis für deinen
Verrath zu bringen. Du hast mir versprochen, mich zu
Freunden zu führen, mir in ihrer Mitte Sicherheit
und Sieg zu gewähren. Wohlan, wähle. Willst du
mit dem Strick um deinen Hals vor diesem Fenster hangen? Willst du dich selbst hinabstürzen, oder sollen es
deine Diener thun? Schnell entscheide!

Aber der Burgherr entgegnete: Den Preis meiner
That mögt ihr nach drei Tagen bestimmen. So lange
gönnt mir Zeit, daß ich den ungeleckten deutschen Bä-
ren euch liefere, nicht lebendig nein, todt! Was möchtet
ihr auch mit dem Lebenden beginnen? Eine Vergel-
tungsscene spielen? Ich will euch den Dank für seine
deutsche Prahlerei ersparen. Indem er so sprach, trat
die Burgfrau herein und rief dem Gaste entgegen: Euer
Anblick tröstet und stärkt! Wir sind verhöhnt und verspottet! Aber die Rache wird ihn ereilen über Nacht.

Darauf wurden sie Rathes einig und sie beschlossen, Ludolf und seine Schaaren zu vernichten. Aber wie? Hinterhalt legen und sie blitzlich überfallen? Doch das deutsche Schwert möchte sich Bahn brechen und die Angreifer niederschmettern! Sie einzeln da und dort, vor Allen den Kaiserjüngling mit dem Dolch niederstoßen? Aber wenn er fehl geht, und dann die Vorsicht jeden weiteren Angriff vereitelt? Gift also, Gift soll ihr Lebensmark auffressen und der Tod soll sie in ihrem Siege überfallen. — So ward beschlossen, und Ort und Tag bestimmt, an dem sie sich wieder treffen wollten. Darauf schied Berengar, und nach wenigen Stunden eilte der Burgherr mit seiner Gattin und einigen Dienern auf schnellen Rossen aus dem Schlosse. Unten am Fuße des Berges trennten sie sich. Der Herr mit einigen Dienern wendete sich rechts, die Frau aber mit den anderen links hin, so in einem Bogen die Spur der Deutschen umkreisend, und der sicheren Hoffnung, sie innerhalb dieses Kreises zu treffen.

Indessen war Ludolf mit seiner Schaar langsam vorwärtsgeritten im tiefen Sinnen, und die Ritter um ihn vermochten es nicht, ihn zur Fröhlichkeit zu stimmen. Er blieb auf der offenen Heerstraße und lagerte in der ersten Nacht unter Zelten auf freiem Felde. Am nächsten Morgen brach er auf, ließ aber zuvor einen Pfahl aufrichten und heftete daran die Ladung an Berengar, sich nach sieben Tagen zu stellen in Monza zum Gericht oder zum Zweikampf, damit Land und Volk geschont

würde und nicht ihren Zwist entgelte. Und er schickte
Boten umher mit dieser Ladung nach allen Seiten hin,
und fortziehend des Weges gegen Monza lagerte er sich
am zweiten Abend wieder im freien Felde in der Nähe
eines eingehägten Gehöftes. Innerhalb des Hages aber
breitete sich seitwärts ein großer Garten aus voll der
herrlichsten Obstbäume. Und die Aepfel und Pomeran=
zen lachten aus dem Laube dem Wanderer entgegen.
Der Tag aber hatte seine Sommerglut umher ausge=
gossen und die Lippen lechzten nach einem kühlenden
Trunke; der Wein, den die Deutschen in Schläuchen
mit sich führten, labte nicht, sondern mehrte noch die in=
nere Glut.

Da erschien im Garten die Frau des Gehöftes mit
einem Knechte, und er brach die reifesten Pomeranzen
von den Bäumen, welche von ihr sorgfältig in einen
Korb gelegt wurden. Dann pflückte er die schönsten
Aepfel, und diese wurden in einen anderen Korb gelegt.
Die Deutschen sahen es, und ihr Herz verlangte nach
den Früchten. Und einige wendeten sich an Ludolf und
sprachen: Du verschmachtest schier und sieh, hier ist die
Labung wohlfeil. Wir wollen dir die Früchte bringen.

Darauf antwortete Ludolf: Ihr wisset, daß der
Kühle durch die Pomeranzen oft schnell der Tod
folgt. Darum laßt sie; aber ich will euch nicht weh=
ren, von den Aepfeln zu essen. Geht und kauft,
aber nehmt nichts umsonst, daß es nicht scheine, wir
hätten die Gabe erzwungen. Und schnell gingen sie in

das Gehöft, und der Knecht trat so eben aus dem Garten heran, die beiden Körbe tragend, und hinter ihm folgte die Bäuerin.

An sie wendete sich der Erste und sprach: Was fordert ihr für diese Aepfel? Die Frau aber entgegnete: Sie sind bereits verkauft, drinnen wartet die Händlerin, welche die Pomeranzen und die Aepfel über die Berge trägt nach dem armen Deutschland. „Nun, die Deutschen sind hier und bedürfen ihrer. Gebt, wir zahlen sie baar und pflückt dann andere, so macht ihr in einer Stunde doppelten Gewinn."

Was ich einmal verkauft habe, kann ich nicht wieder verkaufen. Wendet euch an die Händlerin. Nach diesen Worten folgte sie dem Knechte, der die Körbe bereits in das Wohnzimmer getragen hatte. Der Knappe folgte und wurde mit der ersten Käuferin bald Handels einig, zählte ihr das Geld dafür auf die Hand und empfing den Korb mit den Aepfeln, den er freudig den harrenden Genossen brachte. Die Herrin mit dem Knechte aber erschien wieder in dem Garten, er pflückte von Neuem einen Korb voll Aepfel und trug ihn in das Haus.

Ritter und Knappen theilten sich indessen in die schönen Früchte, und auch Ludolf nahm einen Apfel und erfrischte seinen Gaumen und der Geschmack und der frische Saft däuchte Allen köstlich.

Allgemach senkte sich die Nacht nieder; die Wachfeuer erloschen, in den Zelten ward es stille, nur der

Wachen Schritte tönten durch die Nacht. Gegen Mor=
gen aber erwachte Einer, dann ein Anderer, ein Dritter
und Vierter von glühenden Schmerzen in ihren Einge=
weiden gequält. Bald ward es rege im Lager; jetzt fuhr
auch Ludolf empor, und er zwang den Schmerzensschrei
in seine Brust zurück und rief: Auf, ihr trauten Ge=
nossen! Auf, der Tod ist eingezogen! Eilt nach Was=
ser und kühlet das lobernde, giftige Feuer!

Und es erscholl ein wirres Geschrei, und es rann=
ten die Einen nach dem Gehöfte und schöpften Wasser,
Andere drangen in die Keller und brachten Milch, und
so sehr sie auch litten, sie labten sich nicht, sondern brach=
ten zuerst ihrem Herrn, und er gab ihnen, und sie tran=
ken gierig und auch er trank; aber es war, als brause=
ten die Tropfen in die Glut, und die Flamme schlug
nur höher empor. Und die Sonne erhob sich im Osten
und sah mit Erbarmen herab auf das Schauspiel. Da
lagen die Tapferen im Todeskampfe, die matte Hand
am Schwerte, den tückischen Feind in der Brust. Und
Ludolfs Geist schwebte auf der Erinnerung Flügel über
die Alpen, und über sein Antlitz ergoß sich der Schim=
mer himmlischen Friedens.

Da nahten Tritte, er öffnete noch einmal das Auge,
und vor ihm standen die Drei, und Berengar sagte lä=
chelnd: „Hier bin ich gehorsam euerer Ladung." Der
Jüngling aber zuckte mit der Hand am Schwert und
schloß das Auge für immer.

* * *

Während diese so erzählten, war der Felsenbauer mit dem Manne aus der Kugelmühle seines Weges daher gekommen, und hatte die getroffen, mit welchen er sich wegen mancher Dinge besprechen wollte; dann schritten sie durch das Gebüsch der Halte zu, tauchten unvermerkt aus den dichten Zweigen und liessen sich sachte auf dem schwellenden Rasenteppich nieder, um die Erzählung nicht zu unterbrechen, die allgemeine Aufmerksamkeit nicht zu stören.

Nachdem der Erzähler geendet hatte und von Neuem der Unwille über das Treiben in Italien gegen die Deutschen sich in lauten Aeusserungen ergoß, gewahrten Einige die neuen Ankömmlinge, begrüßten sie freundlich, insbesondere den Felsenbauern, dem der Eine sogleich seinen Platz räumte und ihm zurief: Nun habt ihr die Thaten der Italiener gegen uns Deutsche vernommen?

Wer hätte das nicht, versetzte der Greis. Sie sind mit ehernem Griffel in Felsen gegraben. Mit dem Blute der Deutschen ist Italien gedüngt.

O nicht die Thaten früher Jahrhunderte, fuhr der Erste fort. Es sind die Thaten unserer Zeit, Schand- und Gräuelthaten der Gegenwart. Die Geschichte muß erröthen, wenn sie es den Enkeln erzählt.

Ja, es sind die Thaten der Gegenwart, entgegnete wieder der Greis, die nicht weiß, was sie will, sondern wie ein Blinder, Wahnsinniger mit dem Schwerte umherschlägt und weder Menschliches noch Heiliges achtet.

Es ist eine Schande für uns Deutsche, sagte ein Anderer, daß wir fort und fort dem täuschenden Frieden jenseits der Alpen trauen und immer wieder die Hand der Versöhnung bieten. Wie oft, wie schmählich wurden wir nicht getäuscht!

Darauf sprach der Felsenbauer: Nein, das ist keine Schande für das Vertrauen, für die treue Einfalt und die redliche Zuversicht, wenn sie von der List und dem Verrathe getäuscht und vergiftet werden. Kein Deutscher trachtete je nach diesem Ruhme und wird, so lange die Alpen stehen und deutsche Eichen wehen, nie danach trachten, List mit List zu besiegen, wie eine Schlange die andere auffrißt, den Dolch im Dunkel der Nacht zu schwingen, Gift zu kredenzen im kühlenden Trunke und wie ein Luchs Tage lang, Nächte lang auf seine Beute zu lauern und ihr auf das Genick zu springen und mit Wollust das Blut des Feindes, des Freundes zu schlürfen. In solchem Kampfe erliegen ist rühmlich, in solchem Kampfe ist kein Deutscher je Sieger gewesen. Aug in Aug, Brust gegen Brust, die Schwerter gekreuzt und den Streich geführt mit der Kraft des edlen Bewußtseins, des Rechtes: das ist deutsche Sitte gewesen, und sie wird fortdauern bei unseren Enkeln.

Lieber vertrauen und immer wieder betrogen und gehöhnt werden, als einmal, nur ein einzigesmal selber verrathen und meucheln und wär es der Rache wegen am Feind! Aber laßt diese Thaten! Geschehen ist geschehen, das ist nun nicht mehr zu ändern; doch unver-

geſſen bleiben ſie bei den Enkeln, obgleich ſchon viel
Gras darüber gewachſen iſt, und ſie werden fortleben
dem Einen zum Ruhme, dem Anderen zur Schande.
Laßt mich lieber melden von deutſcher aufopfernder Liebe,
Kunſt und Kraft. Und er begann:

Friedrich des Großen Jugendliebe.

Im Schloſſe zu Rheinsberg war ſeit mehreren Mo=
naten ein reges Leben, Arbeiter aller Art waren beſchäf=
tigt, die Gänge, Säle und Gemächer zu ſchmücken, alte
Hausgeräthe durch neue zu erſetzen, Spiegel in die Wände
einzurahmen, Gemälde an paſſenden Stellen aufzuhän=
gen, die Fußböden glänzend zu bohnen und Fußteppiche
zu legen: das alte Gebäude in ſeinen inneren Räumen
ganz umzugeſtalten, damit der Eintritt um ſo überra=
ſchender wäre. Das Alles geſchah auf die Anordnung
des Königs Friedrich Wilhelm von Preußen, der die
lange verſchloſſenen Truhen mit den geſammelten Schä=
tzen, vielleicht jetzt zum erſten Male ohne Widerwillen
öffnete, und mit freigebiger Hand ſpendete, um ſeine
Befehle ſchnell und pünktlich vollzogen und das Werk
nach ſeinem Wunſche gefördert zu ſehen. Denn er be=
reitete ja dem theueren Sohne ein hohes Feſt, dem
Sohne, welchen er lang durch unkönigliche Härte, ſolba=
tiſchen Eigenſinn und durch die offene Verachtung aller
Kunſt und Wiſſenſchaft von ſich entfernt, zur Flucht

getrieben, gefangen und dem Tode bestimmt und nur mit Widerstreben begnadigt, und mit dem er sich dann ganz ausgesöhnt hatte, da er allmählich dessen tiefen Geist und kindlich ergebenen Sinn immer mehr kennen und schätzen lernte. Der König wußte es ihm Dank, daß nie mehr ein Widerspruch gegen seinen Willen, gegen seine Befehle erfolgte. Was nützte es auch? Worte, Bitten und Thränen der Gemahlin und Kinder glitten an dem Demant=Harnisch, mit dem seine Brust umpanzert war, wie schwache Rohre ab, und lagen zerknickt zu seinen Füssen. Sein Wille war höchstes Gesetz im ganzen Lande, bei seiner Familie, und mit Lust war er sich seiner Macht bewußt, und nun wollte er zeigen, daß er seine Macht auch zur Freude Anderer verwenden könne. Deshalb ließ er Alles aufbieten, um das erst vor Kurzem erworbene Schloß nach seiner Angabe, nach seinem Geschmacke im Inneren umzugestalten. Denn in wenigen Tagen wollte er dem Sohne die ihm bestimmte Braut als Gemahlin zuführen.

Aus Gehorsam gegen den Vater hatte ja bereits die Prinzessin Wilhelmine Sophie dem Markgrafen von Baireuth die Hand gereicht, und es war kein Geheimniß, daß nicht gegenseitige Liebe die Wahl entschieden hatte; aus Gehorsam sollte und wollte nun auch der Kronprinz Friedrich ihr Bruder die für ihn vom Vater erkorene Fürstentochter zum Altare führen und im Schlosse zu Rheinsberg dann mit ihr die Flitterwochen verleben. Daran dachte der König nicht, daß aus den Honigmon=

den Wermuthmonde und Jahre werden könnten, weil nicht die Neigung des Sohnes selbst die Braut bestimmte; daran dachte der König nicht, der die Ehe als eine heilige, unerläßliche Pflicht für den Menschen betrachtete und die Liebe bloß wie eine Würze dazu ansah, die in der Hauptsache nichts ändere. Jetzt dachte er bei der Ausschmückung des Schlosses nur an die angenehme Ueberraschung, die er der Schwiegertochter bereiten wollte, wenn sie einem alten Schlosse nahend, welches bei dem ersten Anblicke mit seinen Thürmen und Erkern, Wällen und festen Mauern an die rohe Zeit des Faustrechtes erinnerte, in das gastlich geöffnete Thor träte und sich in einen freundlichen Kreis ihr bekannter und liebgewordener Gegenstände versetzt sähe. Und daß der Sohn dann endlich an ihrer Hand sich auch heimisch und glücklich fühlen, als Gatte und Familienvater in ehrsamer würdiger Weise die Tage verleben würde: das konnte nach der Meinung des Königs gar nicht anders kommen.

Friedrich hatte zwar gleich anfangs das ihm vom Vater geschenkte Schloß wegen der reizenden, stillen Lage liebgewonnen; aber er nahm jetzt an all dem geschäftigen Treiben, welches sich in eiliger Hast durch das Schloß drängte, und von den Kellern bis zu den Speichern Alles umgestalten wollte, nicht den geringsten Antheil. Er hatte sich in das äußerste Thurmgeschoß zurückgezogen, das weit in den See hinausgebaut war, und überließ die übrigen Räume den hundert Arbeitern, damit sie ganz nach Belieben oder vielmehr ganz nach dem Befehle seines Vaters schalten könnten. Er betrat keines der freundlich geschmückten Gemächer, keinen der großen luftigen Säle mit den glänzenden Spiegeln und den schwebenden vielarmigen, vergoldeten Leuchtern; ob hier schwere grüne Seidenzeuge mit mattgewirkten Blumen oder dort blaue oder weiße mit Gold aufgespannt wurden, das war ihm eben so gleichgültig, als ob der Kaiser von China sich eine neue Mütze mit einer großen Perle zurichten ließ. Daß diese Räume für seine künftige Gemahlin bestimmt seien, hatte er gehört; aber was galten ihm Räume, was eine Prinzessin, die er kaum gesehen und für deren Liebenswürdigkeit er kein Auge hatte, die er aus des Vaters Hand empfangen und mit Gehorsam annehmen sollte und anzunehmen Willens war. Denn er hatte sein Wort gegeben, seinen Willen dem Willen des Vaters gebeugt, er hatte sich selbst bezwungen und sein Herz zum Schweigen gebracht.

Dieses junge, königliche Herz glühte in erster aufkeimender Liebe für die Königstochter Wilhelmine von England. Sie war die Tochter seines mütterlichen Oheims, des Königs Georg, und es war der Wunsch der Eltern, das Familienband durch eine neue zweifache Vermählung zu befestigen: Friedrich und Wilhelmine, und Friedrichs Schwester mit dem Kronprinzen von England. Welche Paare, wie Europa, wie die Welt sie nicht wieder sehen könnte!

Die Bildnisse waren ausgewechselt. Welch ein Lieb-

reiz in den Zügen der Braut Friedrichs! Ueber ihr
Antlitz schien ein sanfter Hauch der Güte ausgegossen,
wie thronte die Hoheit auf der Stirne, wie mildleuch=
tend strahlte das Auge! Aber welch ein Geist, welche
königliche, jungfräuliche Gesinnung sprach erst aus jeder
Zeile ihrer Briefe! Der geistreiche, witzsprühende Kö-
nigssohn erröthete vor ihrer Unschuld und Würde und
bewunderte ihre Einsicht, ihre Urtheile. Aber die Welt
sollte dieses Paar nicht vereinigt sehen!

Nicht bloß in bürgerlichen Kreisen streut ein böser
Geist die Drachenzähne der Zwietracht, entzweit, wenn
auch die Herzen der Braut und des Bräutigams fest
vereinigt sind, die Eltern, raunt diesen die Verleum-
dungsworte ins Ohr, vergiftet ihre Gedanken und ruht
nicht eher, als bis sie im Haß gegen einander erglühen;
dann müssen auch die Bande der Liebe zwischen den
Kindern zerreissen, darauf entflieht der böse Geist hohnlachend und freut sich seines Werkes. Nicht bloß in
bürgerlichen Kreisen geschieht dieses, die Verleumbung
erhebt ihren Mund bis an die Throne und ihre Zunge
gießt Gift in das offene Ohr der Könige: dann wird
die Freundschaft in bittere Feindschaft verkehrt und die
Kinder und die Völker erkranken von den Früchten des
Baumes, den der böse Geist gepflanzt und groß gezogen.

Also geschah es auch damals. Georg und Friedrich Wilhelm, die königlichen Jugendgespielen, wurden
entzweit, die alte Zuneigung erlosch, und verwandelte sich

in Haß und Hohn; vergebens waren die Bitten der kö=
niglichen Gemahlinen und die Thränen der Kinder gegen
den Starrsinn und Groll der Väter und Männer. Das
Verlöbniß wurde gelöst, der Briefwechsel verboten, die
Bildnisse zurückgefordert. Aber man erfuhr, Friedrich
und Wilhelmine ließen die ihnen unter glücklicher Vor=
bedeutung einst übersandten Bildnisse durch verständige
Künstler nachbilden, und übergaben nur diese Nach=
bildungen. Friedrichs Lippen nannten nie den Namen
der ihm einst verlobten nun entrissenen Braut, er harrte
schweigend der Entwickelung des Schicksals, das mit eher=
ner Macht über ihn gebot, dem er sich fügte, das ihn
aber nicht beugen konnte.

Es war in der Mitte des Junius 1733. Der
Frühling hatte sein ganzes Füllhorn von Blüten und
Düften über die Umgegend von Rheinsberg ausgegossen,
und die zitternden Schwingungen der würzig warmen
Luft umbebten mit Kosen die Stauden und Bäume, buhl=
ten mit den leisen Wellen des klaren Sees, in dessen
Spiegel die Landschaft sich lächelnd beschaute, und der
blaue Himmel umarmte die bräutlich prangende Erde und
tausend Lieder in Feld und Hain stimmten das Hochzeit=
lied an. Das war ein Tag, wie sie der Herr in seiner
Milde als Boten seiner Allmacht und Liebe hernieder=
sendet, daß sie Zeugniß geben von ihm und heilen, was
da krank ist an Leib und Seele.

Auch in das Herz des Kronprinzen fiel ein Strahl
dieser Verkündigung; mitten im Kreise seiner jugendlich

heiteren, schwärmenden Gefährten erhob er das Auge
sinnend oft zum Himmel, entließ die Gesellschaft früher,
als gewöhnlich und zog sich allein in sein kleines Erker=
zimmer zurück, von dem aus er die ganze Gegend über=
schauen konnte. Jetzt stand er an dem offenen Fenster,
das Haupt an die Brüstung gelehnt, Arm und Hand
über dem Haupte; sein großes blaues Auge schaute in
die Ferne, aber es haftete an keinem bestimmten Gegen=
stande. Vor ihm lag der See in heiterer Glätte, in
Mitten erhob sich die umbüschte Insel Remus, an welche
der königliche Dichter manche Sage zu knüpfen wußte;
weiter hinaus stiegen die Hügel empor, jetzt bekleidet mit
dem schönsten jungen Grün der Buchen und Eichen, de=
ren Wipfel die sinkende Sonne mit goldenem Duft um=
kränzte. Rückwärts lag die Stadt mit ihrem geschäfti=
gen Treiben, daß nur wenige Laute dieses Treibens sich
bis an diesen äußersten Theil des Schlosses verloren. Sa=
bathruhe senkte sich hernieder, und diese Stille goß ihren
heilenden Balsam in die wunde Seele. Die Wange Frie=
drichs war blaß, die schöne Blüte der Jugend und An=
muth, die aus seinen Zügen sprachen, war im Verblü=
hen, ließ aber schon die edle Frucht der Manneskraft
ahnen, die aus ihr sich entfalten würde; seine Haare,
welche einst blond über die Schultern wallten, fielen in
wenigen dunklen Locken nieder; die Zeit hatte ihn den
einundzwanzigjährigen Jüngling zum Manne gestählt,
er fühlte in seinem Busen eine unendliche Kraft, um
eine Welt zu beherrschen und zu beglücken. Er selbst

fühlte sich nicht beglückt! Seinem Vater hatte er die Freuden der Jugend, die süßen Träume der ersten Liebe geopfert; die wenigen Blüten, welche ihm Kunst, Musik und Wissenschaft boten, pflückte er nur heimlich und berauschte sich an ihrem Dufte, wie sich der liebende Jüngling an halb geraubten und halb gewährten Küssen berauscht. Jetzt erst durfte er frei mit den edlen Geistern von Hellas und Latium und mit den süßschmeichelnden, üppigen Franzosen verkehren. Welcher Bürger bot seinem Sohne einen solchen Becher zum Freudenmahle der Jugend, wie er einem Kronprinzen geboten wurde? Und was war es, das die nächste Stunde, die Zukunft ihm bringen durfte?

Diese Gedanken drangen in wilder Flut auf seine Seele ein, und er ließ Hand und Arm sinken. Aber mit einem Male riß er sich empor, und warf noch einen Blick über den See hin; die Sonne sendete eben ihren Scheidegruß über die Gegend, während der Vollmond sich im Osten im milden Glanze erhob. Der Prinz nahm seine Flöte, verließ das Gemach und stieg hinab an das Ufer. Der Diener sah ihn und verstand den leisen Wink; schnell war die Gondel, die ihn schon oft zu der Insel hinüber getragen hatte, bereit und sie stießen ab. Da kam noch der Lieblingshund Arsinoe gesprungen, erreichte mit einem gewaltigen Sprunge des Schiffleins Rand und hing mit den Vorderpfoten daran, klagend, flehend die Augen auf seinen Herrn gerichtet, und Friedrich hob den erprobten Leidensgefährten empor, und das

16 *

treue Thier schmiegte sich zu den Füssen des Prinzen.
Die Gondel landete, der Hund sprang freudig ans Land,
Friedrich folgte und bedeutete dem Diener, ihn abzuho=
len, wenn das bekannte Zeichen erfolgt wäre, dann stieg
er die Marmorstufen hinan, die vom Landungsplatze
emporführten; der Diener fuhr zum Schlosse zurück,
Friedrich blickte der scheidenden Gondel nach und fühlte
sich allein und athmete tief auf, als wollte er eine lang=
entbehrte Lust einschlürfen, dann schritt er langsamen
Schrittes empor durch den Laubgang zu seinem Rosen=
gehäge.

Diesen Sitz hatten Kunst und Natur zu einem Hei=
ligthume, zu einem wahren Tempel für die Musen und
Grazien gebildet. Von hier aus führten mehrere Steige
in verschiedenen Richtungen und mannichfachen Windun=
gen durch die Insel, von dort aus überblickte man, je
nachdem das Auge nach der einen oder anderen Seite
sich wendete, das Schloß, den See in seiner weitesten
Ausdehnung mit unermeßlicher Fernsicht, und seitwärts
die Eichen= und Buchenhügel.

Gegen Norden erhob sich ein mächtiger Felskoloß,
der seine Arme in einem Halbkreis ausbreitete, als wollte
er den stillen Ort umschliessen. Der Fels war bekleidet
mit blühenden Schlingpflanzen, an seinem Fusse erhoben
sich die schönsten Rosen aller Art im mannichfaltigsten
Wechsel ihrer Farbenpracht und verhauchten ihre geist=
und leiberquickenden Düfte; dazwischen standen große
Cactusgewächse, Lorberbüsche, Oleander und Aloen so

schön gereiht und so anmuthig zu einem Ganzen vereinigt, daß der Besucher sich durch einen Zauber nach
dem Morgenlande versetzt fühlte. Diese Täuschung wurde
jetzt durch die milde schmeichelnde Luft und das helldäm-
mernde Licht, welches der Vollmond über See und Insel herabgoß, zur vollen Wirklichkeit, und die aus dem
Gestein hervorrieselnde Quelle weckte gleich fern hertönen-
den Liedern die im Busen schlummernden Gefühle.

Friedrich stand lange im Anschauen verloren an einen Vorsprung des Felsen halb gelehnt; jetzt erhob er
die Flöte, seine Seele glühte und er athmete die Flut
seiner Gefühle im liederreichen Strome der Töne aus,
die sich wie murmelnde, flüsternde Wellen einander drängten, jetzt überstürzten, dann sanft dahin glitten, und
Vergangenheit und Zukunft hielten ein Wechselgespräch,
davon die Seele in ihren Tiefen erbebte, und die Felsen
und Hügel und Bäume umher lauschten und die Nachtigallen träumten von neuen wundersamen Weisen und
versuchten mit leisem Zwitschern sie nachzubilden. Zu
den Füßen Friedrichs ruhte Arsinoe und horchte mit
emporgereckten Ohren und schaute mit wehmuthfeuchtem
Blicke zum Herrn empor; denn seinen Händen entglitt
jetzt die Flöte, er sank auf die nahe Ruhebank und bedeckte sein Antlitz mit beiden Händen. Sein Herz blutete, aber er weinte nicht.

So saß er und der Mond schaute theilnehmend auf
ihn herab. Aber in seiner Nähe lauschte mit zurückge-
haltenem Odem eine dunkle Gestalt, die lehnte von einer

anderen halb unterſtützt an einem Akazienbaume und Beide wagten kaum zu athmen.

Es war in der Abenddämmerung ein einfacher Reiſewagen vor das erſte Gaſthaus des Städtchens angefahren; ein alter Diener, der neben dem Landkutſcher ſaß, ſtieg ab, öffnete den Schlag und half zuerſt einer jugendlichen, dicht verſchleierten Frau, dann einer älteren aus dem Wagen, verlangte von dem Wirthe für ſeine Herrſchaft ein Paar Zimmer, Wein und kalte Speiſen. Während dieſe aufgetragen wurden, erkundigte ſich die Eine im allgemeinen Geſpräche über die Lage der Stadt, des Schloſſes, des Sees und zeigte ein großes Verlangen, in der heiter ſtillen, warmen und vom Mondlicht erhellten Nacht eine Fahrt auf dem See zu thun, wenn ſich ein Schiffer fände. Alſobald wurde ein rüſtiger Mann gerufen, der die Fremde mit ihrer Begleitung zum See führte und auf den Wunſch der Gebieterin, als welche die jugendliche Frauengeſtalt ſich bald zeigte, der die Beiden mit hoher Ehrfurcht begegneten, weitab vom Schloſſe dahin fuhr und von der entgegengeſetzten Seite dann der Inſel zuſteuerte. Hier war eine kleine Bucht zur Landung. Die Frauen verließen das Schifflein, der Diener blieb bei dem Schiffer zurück. Jene aber wandelten langſam durch die verſchlungenen Steige aufwärts zu dem Höhenpunkte der Inſel, von wo aus ſie das Schloß nach ſeiner ganzen Länge am See hin gelagert zu überſchauen hofften. Schon waren ſie bis in die Nähe des Roſenhages vorgedrungen, als ſie Flötentöne vernahmen, welche anfangs flüsternd, und wie in zarten Küssen sich ergiessend daherquollen, dann in klagender Wehmuth zitterten, bebten, jetzt im lauten grellen Schmerzensschrei aufschrieen und allmählich im Lispeln erstarben.

Die Frauen hatten tiefergriffen von dem Spiele ihren Schritt gehemmt, standen regungslos und wagten es nicht einmal um sich zu schauen. Als der letzte Ton lange schon verklungen war, und Geisterstille ringsum herrschte, beugte die Jüngere ihr Haupt leise durch die Zweige, sie knisterten, der Hund wendete den Kopf, fuhr mit lautem Bellen auf und stürzte dem Gebüsch zu.

Da erwachte Friedrich aus seinem Traume und rief dem Hunde, der mit schmeichelndem Wedeln herankam, aber sogleich wieder forteilte und häufig sich umsah, als wollte er seinen Herrn rufen. Friedrich folgte, bemerkte mit Verwunderung die Frauengestalten und vernahm, wie die Eine die leise verhallenden Worte sprach: Er ist's! Sie stand ohne Bewegung, während die Andere bemüht war, sie fortzuziehen. Der Hund bellte nicht mehr, sondern sprang freudig umher, als wollte er einen geliebten Gast anmelden und begrüssen; jetzt nahte Friedrich und vor ihm stand die Eine Gestalt im hellen Lichte des Vollmondes wie eine Fee, der Schleier fiel über das Haupt zurück und ließ das edle Antlitz frei, auf dessen sanften Zügen die Wehmuth ruhte, und Friedrich rief freudig erschrocken: Mina! Nein, es ist kein Traum. Mina! Und er sank zu ihren Füßen und

bedeckte ihre Hand mit Küssen. Aber sie beugte sich nie=
der und sank in seine Arme mit den Worten: O nur
den Schatten deiner Gestalt wollte ich sehen; doch dieses
Glück vermag ich nicht zu tragen.

Was sie weiter sprachen, verrieth kein Zeuge. Frie=
drich geleitete die halb Ohnmächtige zu dem Rosenhag,
dort saßen sie, und es kam die Mitternacht und sank
hinab; der Morgen verkündete sein Nahen in flüchtigen
Safranstreifen am Horizont. Sie merkten es nicht. Die
Nachtigallen umher erwachten aus süßen Träumen und
begannen in einzelnen langgedehnten Tönen ihren Mor=
genpsalm; schon öfter hatte sich die edle Frau erhoben,
aber Friedrichs Bitten vermochten sie, stets von Neuem
zu zögern. Jetzt, da die Spitzen der Bäume schon im
Golde erglühten, da die Lerchen aus der Ebene ihr
schmetterndes Lied erhoben, riß sie sich schnell empor und
entgegnete dem Fragenden: Für wen leben fortan? mit
sanfter Stimme: Für dein Volk und deinen Ruhm!

Diese Worte durchzuckten wie Blitzesfeuer die Seele
Friedrichs, erleuchteten und reinigten mit ätherischen
Funken sein Inneres; er fühlte sich, wie von einem
schweren Traume befreit, von einer langen zehrenden
Krankheit genesen. So freudig durchströmte die Lebens=
quelle seine Brust, strahlte sein Auge im lichten Glanze
und er wiederholte tiefbewegt: Für mein Volk und mei=
nen Ruhm!

Habe Dank du, mein guter Engel! für den Talis=
man, den du mir für das ganze Leben gewährt hast.

Ja meinem Volke und meinem Ruhme will ich fortan leben und dir! Dein Bildniß, das bisher, sieh, hier auf meiner Brust verborgen ruhte — und er zeigte ihr das an einer zarten goldenen Kette befestigte Bildniß — wird in meinem Herzen ewig lebendig walten. Kommt dir einst irgend eine Kunde von einer That, die ich aus= führte, von einem Werke, das ich schuf, und welches dir wohlgefällt; dann freue dich: Die That ist auch dein Werk. Lebe wohl! Wir werden uns auf Erden kaum mehr begegnen, aber wir wollen einander würdig sein für die Ewigkeit in treuer Liebe.

So sprach er, küßte ihre Stirne und die thränen= den Augen und geleitete sie abwärts durch den Laub= gang; aber er führte sie nicht bis zum Schifflein. Hand in Hand, Aug in Aug standen sie noch einen Augen= blick, dann wendeten sie sich. Sie ging von der treuen, alten Kammerfrau geführt zum Ufer, wo der Diener sie mit Bangen erwartete. Sie stiegen ein und der Kahn glitt schnell dahin.

Als Friedrich langsam zum Rosenhag empor wan= delte, traf er seinen Diener, der sich wegen seines Kom= mens entschuldigte: er habe nicht länger in Ungewißheit harren können; er habe gefürchtet, dem Prinzen sei ein Unfall zugestoßen. Aber Friedrich tröstete ihn und sprach: Kein Unfall, wohl aber ein großes Glück. Ich habe hier einen Schatz entdeckt und den will ich einst meinem Volke und mir zum Ruhme ausprägen, und die Welt

soll darüber staunen. — Der Diener verstand die Worte
nicht. —

Indessen waren die Frauen im Gasthause, wo man
die Nacht über auf sie gewartet hatte, wieder angekom=
men. Der Diener befahl, sogleich anzuspannen und in
der nächsten Viertelstunde hatten sie Rheinsberg aus
dem Gesichte verloren. Die Reise ging in eiliger Hast
mit oft gewechselten Pferden Pyrmont zu. Sie langten
dort in später Nacht an. Am folgenden Morgen sah
man die edle Frauengestalt mit ihrer Begleitung wieder
zum Brunnen gehen und in den verschiedenen Kreisen
der Badegesellschaft sagte man: die schöne Unbekannte ist
von einem kleinen Ausfluge wieder zurückgekehrt.

Wenige Tage darauf führte Friedrich die ihm vom
Vater bestimmte schöne schüchterne Braut zum Altare und
geleitete sie dann bis zu ihren Gemächern. Hier schied
er von ihr mit freundlich vornehmem Gruße, und er
nahte ihr niemals während seines ganzen Lebens in
Liebe. Was er aber für Preußen und seinen Ruhm ge=
than, das verkündet die Geschichte den kommenden Jahr=
hunderten.

So erzählte der Felsenbauer, und hub dann von
Neuem an:

Die steinernen Enkel.

Gegen das Ende des eilften Jahrhunderts hausete auf einem Schlosse am Bodensee ein Graf mit seinem zahlreichen Gesinde, hart und trotzig, ein mächtiger hoher Gebieter über den größten Theil der schönen Landschaft. Aber seine Gattin milderte seine Worte und Thaten, und wenn sie niederstieg von der Burg, war es, als schwebe ein segnender Engel auf das Gefilde, und alle Herzen schlugen ihr freudig entgegen. Da spendete sie Trostes-Worte und Gaben allen Bedürftigen und kehrte in seliger Zufriedenheit wieder zurück auf die Burg.

Und als die Zeit kam, daß sie sollte zum ersten Male Mutter werden, und voll der überschwänglichsten Hoffnungen war, da hatte sie einen so lebhaften Traum, daß sein Bild ihr nachmals immer vorschwebte. Es däuchte ihr aber, sie weile an der Seite eines jungen Mannes in einer lieblichen Landschaft, als mit einem Male eine himmlisch leuchtende Gestalt vor ihr stand, und mit freundlichen Worten sagte, indem sie auf den jungen Mann deutete: „Sieh! das ist dein Sohn! Willst du auch seine Kinder und Kindeskinder schauen? Betrachte sie wohl!" Und als nun die Gräfin von der Wundergestalt auf den jungen Mann blickte, der ihr mild entgegenlächelte, stieg hinter ihm ein ungeheuerer Riese von Stein aus der Erde empor, dann hinter demselben ein anderer, ein dritter und vierter, einer höher als der andere, und ihre Zahl wuchs, daß das Auge sie nicht mehr zählen konnte.

Darüber erwachte die Gräfin halberschrocken, genas desselben Tages eines lieblichen Knaben, und als sie den sonderbaren Traum ihrem Gatten erzählte, rief dieser freudig: „Ha! gesegnet sei dein Traum voll schöner Vorbedeutung! Das wird ein tapferes Geschlecht in Kindern und Kindeskindern für Jahrtausende!" Und er herzte den Knaben und zeigte ihn mit Stolz und Freude bei dem Kindstaufschmause den geladenen Gästen, erzählte ihnen den Traum, und sie tranken manchen vollen Becher zu Ehren der riesigen Urenkel. Der Vater aber nannte seinen Sohn Hartmuth. Der Knabe wuchs heran, ein herrlich blühendes Edelreis unter der Aufsicht der liebenden Mutter. Sie lehrte ihn milde Sitte und wies ihn an zu beten, und empfahl ihn täglich dem Schutze des Herrn und seiner Engel und der seligsten Jungfrau Maria.

Und der Knabe horchte, und richtete seine Augen und Hände himmelwärts, so oft er erwachte, und ehe der Schlummer ihn umschattete, und er war der Mutter Freude und Trost. Aber der Vater nahm ihn bald zu sich, und wenn er ausritt, setzte er den Knaben vor sich auf sein Roß, und stürmte den Berg hinab, der Knabe zeigte keine Furcht; dann warf er ihn hinaus in den

See und sprang ihm nach, und ergriff den Auftauchen=
den und setzte ihn auf seinen Rücken und schwamm mit
ihm an's Land, und der Knabe lernte bald, wie ein
Wasservogel kühn und leicht sich im tiefen See bewegen,
sein Rößlein tummeln, bergab und bergauf in kühnen
Sprüngen setzen; er handhabte die Armbrust wie ein
Meister und wußte bald den Spieß so sicher zu führen,
daß ihm selten mehr ein Thier in Wald und Feld oder
in der Luft entging. Seine Stärke nahm zu mit jedem
Tage und der Vater freute sich, so oft er ihn anblickte,
und trieb ihn bald zu immer größeren und kühneren
Abenteuern, und Tage, ja Wochen lang streifte der auf=
strebende Jüngling in den Wäldern umher, und Wild
und Räuber flohen seinen Anblick.

Die Mutter sah mit Schmerzen ihren einzigen ge=
liebten Sohn sich nach und nach ganz entfremdet, sein
Aeußeres war rauh und herbe; aber es umschloß noch
ein gutes, mildes Herz, und wenn er nach langer Ab=
wesenheit zurückkehrte, und sie ihn mit Thränen begrüßte,
schlang er seine Arme um ihren Hals, küßte sie und
sprach: Was weinst du, Mutter? Bin ich nicht mehr
dein lieber Sohn? Hab ich dir, hab ich der Welt Lei=
des gethan? Weine nicht, Mutter! Ha, bald wirst du
deinen Sohn verherrlicht schauen, wenn er vom Turnier
heimkehrt, geschmückt mit dem köstlichsten Preise. Den
bring ich dir, und dann will ich dir Alles erzählen, was
ich gesehen und erlebt habe.

So sprach er kosend, und die Mutter lächelte und

trocknete die Thränen, und hoffte, es werde der Sonnen=
strahl der Liebe sein Herz durchglühen und die rauhe
Schaale sprengen und sein Leben in Milde verklären.
So wuchs er heran und seine Kraft nahm zu, und sein
Arm schwang den Speer und das Schwert, die kein An=
derer zu schwingen vermochte, und wo ein Stechen ver=
kündet war, dahin eilte er, und errang die Preise und
brachte sie heim, und erzählte von seinen Abenteuern den
Eltern, daß der alternde Vater in lautes Lob ausbrach;
aber die Mutter lauschte vergebens nach irgend einem
Zeichen, daß die Liebe das Herz ihres Sohnes entzündet
habe. Er achtete selbst des Dankes, den er von schönen
Händen empfing, nur wenig, und dachte nur auf neue
Kämpfe. Mit seinem Ruhme wuchs sein Stolz und
er kannte bald kein höheres Ziel, als der erste Kämpe
zu sein in deutschen Gauen.

Da erscholl die Kunde von einem neuen Kreuzzuge,
und der Ruf davon drang in die Burgen und Hütten
und weckte hier die Sehnsucht nach dem gelobten Lande,
die Streitlust gegen die Ungläubigen, und wie Hartmuth
das bewegte Leben ringsum sah und er merkte, daß für
Jahre fortan die Kämpfe in Deutschland ruhen würden,
rüstete auch er zum Zuge, verschaffte sich ein glänzendes
Stahlgewand und war bereit, sich den Abziehenden an=
zuschliessen. Er schied ohne Kummer, nur als die lie=
bende Mutter ihm mit Thränen die Hand reichte, fühlte
er sein Herz bewegt; aber er unterdrückte die Regung,
schwang sich auf sein Roß und trabte von einem einzi=

gen treuen Knappen begleitet, der nächsten Stadt zu, in welcher sich die Kreuzpilger aus Schwaben und der Schweiz sammelten, die alle sich freuten, als der speerberühmte Jüngling unter sie trat.

Der Zug begann, und bewegte sich durch Ungarn hinab, und wie in die Donau sich von rechts und links her die Flüsse und Bäche stürzen und der Strom mit jedem Augenblicke höher schwillt und braust, so kamen die Schaaren der Pilger herbei mit Gesängen und Kriegsgeschrei, und die Völkerflut brausete dahin, jeden Widerstand niederwälzend. Von Konstantinopel rechts ab vorbei, lenkten sie zu den Darbanellen hin, und setzten über nach Asien. Da begann alsbald der heiße Kampf gegen die Ungläubigen und ein Tag gab Kunde dem andern von den Thaten und Leiden der Kreuzfahrer, von der Treulosigkeit und dem Ungestüm der Türken, und eine Nacht rief es der andern zu: Ich habe in meinem Schooß gebettet tausend Todte! Und wie ein großer Strom in hundert Armen auseinanderflutend seine Kraft erschöpft und seine Kinder in dürrer Sandwüste lechzend ihr Leben verhauchen: so zerfloß der ungeheuere Strom der Kreuzfahrer in einzelnen Schaaren auseinanderwogend, in den Schluchten des Gebirges, in den Ebenen des steinigen Landes, und die Erde Asiens schlürfte gierig das Blut der Franken.

Nur wenigen gelichteten Schaaren gelang es, den Weg gegen Jerusalem fortzusetzen, an ihrer Spitze war Hartmuth An seiner Kraft brachen sich die heißen

Strahlen der Sonne, an seinem Panzer die Pfeile und Schwerter der Türken, und Hunger und Durst zehrten vergebens am Marke seiner Jugend. Er ward Allen ein Retter und Hort und sein Herz ward mild und weich bei dem fortdauernden Weh, das auf ihn und seine Ge= fährten eindrang.

Endlich betraten sie den heiligen Boden, wo der Herr in Menschengestalt mit seinen Jüngern wandelte, und unter Leiden und Verfolgungen die Saat seiner himmlischen Lehre und Beseligung für alle Menschen ausstreute. Das Ziel ihrer Wünsche — Jerusalem — lag nicht ferne, und jedes Auge war nur nach der Ge= gend hingerichtet, wo die Stadt sich endlich zeigen sollte: da brach mit einem Male wie ein Ungewitter ein Schwarm Türken aus dem Hinterhalte hervor und überfiel die sorglosen Pilger. Die Pfeile schwirrten, die Schwerter erklangen und ehe die Wandernden sich der Gefahr be= sannen, lagen ihrer Viele dahingestreckt, die Anderen suchten zu entfliehen, bis sie unter dem Zurufe Hart= muths sich erholten und vereint auf die tückischen Feinde eindrangen, die sich nach allen Seiten auseinanderstäu= bend schnell zur Flucht wendeten. Hartmuth stieg vom Rosse, den Verwundeten hilfreiche Hand zu bieten, doch während er sich zu dem Einen niederbeugte, flog ein Pfeil von rückwärts daher, und bohrte sich tief in das Kniegelenk. Voll Wuth sprang er empor, da brach der Pfeil von der zusammenschlagenden Beinschiene und die Spitze blieb in der Wunde. Er achtete dessen nicht

ordnete seine Schaar, bestieg sein Roß und der Zug bewegte
sich vorwärts und bald lag Jerusalem vor dem Blicke der
Hinschmachtenden. Dieser Anblick rief ihre Lebensgeister
wach, und ihre Lob= und Dankeslieder erschallten, in welche
Hartmuth allein nicht einstimmte; denn der Schmerz der
Wunde betäubte sein Gefühl, vor seinen Augen begann
es zu nachten. Mit Mühe und nur mit Hilfe seiner
Freunde hielt er sich auf seinem Rosse, und als sie mit
heil'gen Liedern in die Thore einzogen, war seine Besin=
nung gewichen.

Er lag in einem langen Fieberschlafe. Als sein
Geist zurückkehrte, fand er sich in einem Hospitale. Sein
treuer Diener hatte allein von Allen, die mit ihm aus=
gezogen waren, bei ihm ausgehalten, der hatte bang auf
jeden Athemzug seines Herrn gelauscht und war nicht
von seinem Lager gewichen Tag und Nacht. Jetzt sah
er mit unendlicher Freude ihn wie aus dem Grabe auf=
erstehen, und langsam aber sicher dem Rettungshafen der
Genesung zusteuern.

Als Hartmuth seiner Sinne wieder mächtig ward,
und das neue aufblühende Leben in seiner Brust fühlte,
begann er wie ein Adler seinen kranken Flügel zu re=
cken; ach da fühlte er seinen Fuß gelähmt, die Spann=
kraft durchschnitten und er sank zurück, und wünschte
jetzt zu sterben. Der treue Diener tröstete ihn und sprach:
Herr! laßt nur das Leben zuerst euere Brust durchglü=
hen, dann wird es wohl auch den kranken Fuß mit
neuer Kraft durchrieseln. Ihr werdet noch manchen Feind

in's Gras betten, daß er des Aufstehens vergißt! Freuet
euch des Lebens als eines Geschenkes, das euch unver=
hofft vom Himmel wieder zufiel und kümmert euch nicht
um den Fuß. Ist doch euer Kopf und Herz, euer Blick
und euere Hand gesund.

So tröstete der Diener; aber seine Worte bohrten
sich wie Pfeile in die Brust des Herrn, der sich unmu=
thig auf seinem Lager hin= und herwälzte und in die
Vergangenheit wie in einen Zauberspiegel schaute. Alle
seine Ruhmesthaten strahlten ihm daraus entgegen, und
die Zukunft lag vor ihm, wie ein von der Pest veröde=
tes Land.

Was sollte er leisten, was beginnen? Er konnte
kein Roß mehr besteigen, sich kaum mehr auf einem
halten. Wie sollte er in der Heimat sich zeigen, ein
Krüppel!

Dieser Gedanke zehrte an der neuerwachenden Le=
bensblüte und drohte sie wie Reif in kalter Frühlings=
nacht zu verbrennen. Die Flügel seines Stolzes waren
mit den Sehnen seines Fusses gelähmt und er versank
in sich und fühlte nur, wie er fortan ein Spott und eine
Last der Welt sein würde.

In solchen Gedanken traf ihn der Mönch, dem die
Kranken des einen Zimmers zugetheilt waren, daß er
sie mit geistlicher und irdischer Nahrung und mit Trost
erquicke. Er setzte sich an das Lager des Genesenden,
wünschte ihm Glück zum neuen Leben, und als Hart=
muth darauf erwiderte: „Das neue Leben hat mir der

Himmel wohl zur Strafe und Buße gewährt", fuhr der Mönch, welcher alsobald in der Seele des Kranken las, mit freundlichen Worten fort: jede Gabe kommt vom Himmel. Gott gibt nur Gutes, und dem, der da meint, er habe statt Brotes einen Stein empfangen, wird auch noch einst das Auge eröffnet, daß er den Segen des Himmels erkennt. Dem Vertrauenden gereicht Alles zum Besten. Aber laßt jetzt das neue Leben sich ruhig entfalten und stört das Wachsthum desselben nicht durch kalten Starrsinn; die Heilkraft der Natur hat noch Niemand ergründet und euer Fuß ist noch nicht todt. Ich weiß freilich, die Genesung hinkt der Krankheit nur langsam nach, und der Kranke wünscht ihr Flügel; doch diese wachsen ihr nur allmählich und sicher und zuletzt erliegt die Krankheit und muß weichen. Sie wird auch in euerer Brust siegreich ihre Schwingen entfalten. Indeß wollen wir mit einander die lange Weile tödten, die sich wie ein Alp auf die Brust eines jeden Genesenden legt; ich will euch erzählen von den heiligen Stätten des gelobten Landes und ihr dagegen schildert mir euere Heimat, daß ich mich ganz in das Frankenland versenken kann, als wandle ich dort in euern Wald = und See = umkränzten Ebenen. Ihr meldet mir von euern Kaisern und Fürsten, von Burgen, von Jagd und Krieg.

So sprach der Mönch und begann alsobald und schilderte zuerst die Stadt Jerusalem, von der Hartmuth auch noch nicht eine einzige Straße gesehen hatte, mit

17*

so lebendigen Worten, daß sein Zuhörer davon ganz er=
griffen wurde und seines Schmerzes vergaß. Zur deut=
lichen Erklärung zeichnete der Mönch zuweilen mit einer
Kohle einige Striche auf die Tafel, die vor ihnen stand,
gab von den vornehmsten Gebäuden und Kirchen Um=
risse und führte Einzelnes fester und sicherer aus, wor=
über Hartmuth lautes Erstaunen äußerte und so ging
im Flug eine Stunde vorüber, ehe sich der Kranke bes=
sen besann. Am folgenden Tage fuhr der Mönch in
seiner Schilderung fort, die Theilnahme Hartmuths stei=
gerte sich mit jedem Tage und er sah mit Sehnsucht dem
Mönche entgegen, der die Wunde mit milden Balsam=
Worten linderte, seine Fantasie mit edlen Bildern er=
füllte und in seinem Gemüthe die Sehnsucht nach himm=
lischem Frieden weckte.   ·

Und als endlich Hartmuth die Schilderung seiner
Heimat begann, gedachte er mit inniger Liebe seiner
Mutter und die Tage der Kindheit tauchten wie liebliche
Träume aus der Tiefe seiner Seele empor. Der Mönch
horchte ihm mit Vergnügen, begehrte mehr und mehr zu
wissen und entlockte dem Jünglinge nach und nach alle
die süßen Geheimnisse der Jugend und fand, daß unter
der rauhen Hülle ein edles Herz schlage.

Einst ergriff Hartmuth im Eifer seiner Erzählung
schnell die Kohle, um Einiges, was er nicht deutlich
schildern konnte, anschaulich zu machen; aber die Hand
stockte plötzlich, denn er hatte noch nie einen Strich ge=
zeichnet und unwillig warf er die Kohle weg. „Ich

Thor!" rief er, „ich habe nichts gelernt, als mit dem Schwerte drein zu schlagen, und selbst dieses werde ich nicht mehr können!" Und sein Herz bedeckte finsterer Gram. Da hob der Mönch die weggeworfene Kohle auf und sagte: Ihr habt manche harte Striche mit dem Schwerte gezeichnet, viel leichter aber ist's mit dem Griffel; versucht es nur. Ich will euer Lehrmeister sein und ihr werdet die Kunst nicht schwer finden.

Von diesem Tage an übte sich Hartmuth nach der Anleitung des Mönches im Zeichnen, lernte auch einzelne Buchstaben malen, endlich lesen und schreiben und die Buchstaben mit allerlei Verzierungen ausschmücken, daß er über sich selbst erstaunte, und mit Freuden dieser Beschäftigung wie einem wichtigen Werke oblag. Und bald konnte er seinem Lehrmeister Land und Leute, Wiesen und Wald, Burgen und Kirchen und Hütten darstellen, wie er sie in Deutschland geschaut hatte und wie sie in seiner Fantasie lebten.

Während dieser Beschäftigung entwich der Stolz wie Rauch aus seiner Brust und die Demuth zog ein mit ihrem himmlischen Gefolge. Hartmuths Auge und Herz wendete sich zu Gott und die Seligkeit der Kinderjahre, da er an der Hand der Mutter wandelte, sproßte von Neuem in seinem Gemüthe empor und er sah der Zukunft nicht mehr mit Bangen entgegen, sondern dankte dem Himmel für jeden Tag. Und als er gesund an Leib und Seele, nur mit gelähmten Fuße auf seinen treuen Diener gestützt, nun endlich das Hospital verließ, in welchem er seit Langem ein eigenes Zimmer bewohnte, und zum Grabe des Heilandes pilgerte: da sank er in trunkener Begeisterung auf der Schwelle nieder und breitete die Arme aus, und betete und pries die unendliche Barmherzigkeit, die ihn hieherführte. Wie Viele waren unterwegs vor seinen Augen verschmachtend verschieden und hatten die heilige Stätte nicht gesehen! Und es kam der Friede des Himmels über ihn und sein Antlitz leuchtete verklärt.

Jeden Tag von nun an wanderte er zu derselben Stätte, ja er stieg obwohl mit Mühe selbst den Oelberg hinan und überschaute die heilige Stadt und richtete sein Auge fern hin zum Meere und es erwachte in ihm die Sehnsucht nach der Heimat. Vor zwei Jahren war er ausgezogen! Welch eine Welt lag hinter ihm! Als eines Tages neue Pilger-Schaaren daherwanderten aus den deutschen Gauen, die mit heiligen Gesängen in Jerusalem einzogen, nahte er ihnen und sie erkannten und grüßten ihn mit Freuden und erzählten, wie sein Ruhm daheim durch die zurückkehrenden Pilgrime weit umher im Lande in Hütten und Burgen schalle, und wie seine Eltern tagtäglich seiner Ankunft harren. Da trat eine Thräne in sein Auge, die er schnell zerdrückte; er dankte ihnen für den Bericht und sagte, er wolle sich ihnen auf dem Rückwege anschließen und sie möchten ihn mit Geduld tragen, da er ihnen nur wenig mehr nützen könne. Nach diesen Worten schied er von ihnen und die Pilgrime sahen ihm mit Wehmuth nach. Er aber ging

und versuchte mit Hülfe seines Dieners ein Roß zu be=
steigen, und es gelang ihm wider Erwarten und er tum=
melte sein Roß und fühlte seine Kraft wiederkehren und
er lenkte es den Berg hinan; dort oben hielt er und
überschaute die Stadt und mancherlei Gedanken durch=
bebten seine Seele. Endlich beruhigte er den Sturm
und er kehrte zurück und gab dem harrenden Diener
das Roß und ging in die Kirche des Erlösers. Da
betete er lange und heiß, und als er das Heiligthum
verließ, leuchtete sein Auge vom himmlischen Frieden
verklärt und er schaute in die Zukunft wie in ein schö=
nes verheissenes Land, das er mit Sehnsucht gesucht und
nicht gekannt hatte bis jetzt.

Nach wenigen Tagen waren die Pilger reisefertig,
ein venetianisches Schiff lag bereit, sie aufzunehmen.
Hartmuth spendete all sein Gut, das er noch hatte und
was dazu ihm Pilger borgten, dem Hospitale, dankte
dem Mönche, der ihn an Leib und Seele gepflegt und
ihm ein Land der schönsten Wunder erschlossen hatte,
mit tiefgerührtem Herzen und schied.

Das Schiff glitt leicht über den Meeresspiegel da=
hin, nach sechs Wochen landete er in Venedig und die
Pilger setzten auf das Festland über und traten ihre
Fahrt über die Alpen nach der Heimat an. Hartmuth
bestieg sein Roß mit Hülfe des Dieners und erschien,
wenn er im Sattel saß, wie einst, da er auszog, stark
und groß wie ein Gebilde aus Erz, und er lenkte das
Roß mit sicherer Hand. Sein Diener ging mit den

Pilgern nebenher. Nach zwei Tagen kamen sie aus der
Ebene in die Schluchten des Gebirges und sie sangen
nach ihrer Gewohnheit das fromme Lied: „Wir ziehen
fort — Herr unser Hort — du wollest uns begleiten.“
Jenseits der Alpen zerstreute sich die Schaar und Jeder
ging seiner Heimat zu. Hartmuth zog mit seinem Diener an den schön bekränzten Ufern des Bodensees hin.
Am zweiten Abend sah er die väterliche Burg im Glanz
der untergehenden Sonne liegen. Wie pochte sein Herz!
Der Thurmwart sah die Heranziehenden, bemerkte wie
sie zur Burg heranlenkten, glaubte seinen jungen Herrn
zu erkennen und stieß freudig in's Horn und rief in
den Schloßhof hinunter: der junge Ritter kommt! Er
ist's! Und der Graf und seine Gemahlin und alles
Gesinde vernahmen den Ruf und eilten dem Ankommenden entgegen. Und die Zugbrücke sank und das
Thor that sich auf, und Hartmuth kam auf seinem
Rosse und streckte die Arme aus nach den Theuern, aber
er sprang nicht vom Rosse, der Diener half ihm herab
und er sank in die Arme der Mutter und vermochte
nicht zu reden.

Auch der Vater kam und begrüßte den Heimgekehrten mit Stolz und Freude, denn der Ruf hatte ihm die
ritterlichen Thaten seines geliebten Sohnes gemeldet, und
während der ersten Tage wurde er nicht müde, die be-
standenen Abenteuer, die Beschreibung des gelobten Landes von Hartmuth, zu hören, und selbst zu erzählen,
welche Fehden er indessen daheim mit Glück und Unglück

geführt Dann fügte er eines Tages hinzu: Aber
nun sollen meine Feinde erfahren, daß ich wieder einen
Sohn habe, einen Helden, der ihren Stolz niederschmettert. Zu Rosse bist du ein Riese gegen sie die Zwerge,
und wir wollen die Raben aus ihren Nestern aufscheu-
chen und vertreiben weit umher. Dein Schwert soll wie
ein Blitz über ihren Häuptern leuchten!

. Darauf entgegnete Hartmuth mild: Ich werde kein
Schwert mehr zum Kampfe schwingen. — Der Vater
erhob sein Haupt und betrachtete den Sohn mit großen
Augen und, als habe er das Wort nicht recht verstanden, fragte: Wie? du wirst kein Schwert mehr schwingen? Was heißt das?

Ich habe jedem weltlichen Kampfe entsagt, erwiderte
der Sohn.

Hast ein Gelübde gemacht während deiner Krankheit, daß du genesest? Das war nicht deines Herzens
Meinung, konnte es nicht sein. Du warst krank an
Leib und Geist. Das Gelübde ist eitel, das löst dir
jeder Bischof, wenn nicht, so wird der Papst es thun,
ich weiß das Mittel wohl.

Das Schwert, mein Vater, habe ich dem Herrn geopfert für immer, und als ich es that, war ich genesen
an Leib und Seele. Dies Gelübde kann nun Niemand
lösen.

Auch du nicht? Du selbst nicht? fuhr der Vater auf.

Und als Hartmuth schwieg, erstarrte das Wort im

Munde des Burgherrn, seine Augen flammten im Zorn
und endlich rief er: Ha! so sei der Tag verflucht, der
dich geboren. Und er stürmte fort.

Von diesem Tage an mochte er seinem Sohne kaum
mehr begegnen, kein mildes Wort kam aus seinem
Munde. Nur wenn er Abends die Becher so häufig
leerte, daß er seiner Sinne kaum mehr mächtig war,
murmelte er mit Ingrimm: Ha! eitle Träume! Ein
Geschlecht von Enkeln blüht mir! Mein Stamm er=
starrt zu Stein! — Und er haßte mit dem Sohne die
Mutter. Hartmuth ertrug mit Geduld des Vaters harte
Rede und lebte seiner Kunst im Stillen fort; die Liebe
der Mutter aber rankte sich mit Epheuarmen um das
Herz des Sohnes und je härter Stimme und Antlitz des
Vaters wurden, um so milder tönte ihr Wort, um so
liebevoller leuchtete ihr Auge.

Bald kam zu dem früheren Uebel noch ein neues,
es wuchsen Groll und Unmuth im Herzen des Burg=
herrn und er lud beinahe tagtäglich ringsumher die
Schloßbesitzer zu sich und jagte, zechte und tollte mit
ihnen, um seinen Ingrimm zu betäuben, aber plötzlich
brach er dann wieder in Scheltworte aus gegen seine
Gemahlin und das Gesinde, und es wurde je länger,
je ärger: Seiner Gelage zu pflegen, verkaufte er Wald
und Feld, dann Dorf um Dorf, und das Schloß glich
bald einer offenen Herberge, in der aber nur fahrende
und narrende Ritter mit ihren Knechten und Possenrei=
fern freundliche Aufnahme fanden. Die Gräfin sah das

Gut schwinden, sie dachte mit Kummer an die Zukunft ihres Sohnes; aber der tröstete sie wieder liebevoll, Gott werde seiner nicht vergessen, der ja keines Vogels auf dem Dache vergesse. Vergebens suchte die Mutter ihren Schmerz zu meistern, sie erkrankte, nach wenig Tagen war sie eine Leiche. Hartmuth drückte ihr die Augen zu, schmückte sie noch mit einem Kranze und geleitete sie zum Grabe und blieb noch, da schon längst alle Uebrigen sich entfernt hatten. Nur sein treuer Diener hielt aus bei ihm. Als er aufblickte, und nur diesen noch sah, erhob er sich und wendete sich seitwärts am Berge und dem väterlichen Schlosse vorbei, fort gegen Westen, und der Diener folgte. In einer Bauernhütte am Fuße des Schwarzwaldes wurden sie beherbergt, in den folgenden Tagen legten sie langsam den Weg über das Gebirge zurück, und stiegen dann nieder und sahen, wie der Rhein durch die blühende Landschaft seine Fluten dahin wälzte. Am Fuße des Gebirges — am Belchen — aber in einer Thalschlucht, die ihre offene Seite jener Landschaft zuwendete, ruhte ein Kloster dem heiligen Trudpert gewidmet. Hier sprachen sie zu, und erhielten Wein und Brot.

Schon waren sie Willens, weiter zu wandern, da kam der Abt des Weges daher, betrachtete das blasse seelenvolle Antlitz Hartmuths, aus dem Milde und fester Wille sprachen, fragte nach dem Ziele seiner Wanderung und als er hörte, derselbe habe kein bestimmtes Ziel und suche nur eine Freistätte für seine Kunst, lud er ihn ein, die Nacht über im Kloster zu bleiben. Und Hartmuth blieb mit seinem Diener.

Am Abend aber, als er im großen Speisesaale un= ter den Mönchen bescheiden saß und auf ihre Fragen antwortete, erkannten sie bald seinen hohen Geist, und als er vom heiligen Lande zu erzählen begann, von dem Kampfe gegen die Ungläubigen, von den Wundern des Landes, von den heiligen Orten, da lauschten Alle freu= dig seinen Worten, und der Abt sprach zu ihm, als es Zeit war zu scheiden: „Nun gehabt euch wohl diese Nacht! Morgen aber erzählt uns das Weitere, denn wir lassen euch sobald nicht aus unserer Mitte ziehen. Ja, gefällt es euch, so bleibt bei uns euer Leben lang. Doch seid ihr eures Willens Meister fort und fort."

Und Hartmuth blieb Tage und Wochen, er blieb noch, nachdem der Köcher seiner Erzählungen bereits er= schöpft schien, denn er war Allen lieb und werth gewor= den und galt Allen wie ein Bruder, dem Jeder ver= trauen durfte. Bald übte er auch seine Kunst im Schrei= ben und Verzieren, worüber Alle erstaunten, und er schrieb und malte auf Pergament die Schriften der Al= ten, Legenden und Gebete, Personen, Thiere und Land= schaften, und seine Arbeiten wurden als kostbare Ge= schenke Fürsten und Grafen, Bischöfen und Aebten zu Theil, die dagegen das Kloster reichlich bedachten. So war Hartmuth thätig Tag für Tag und sein Herz ach= tete des Lobes nicht, das ihm so häufig gespendet wurde, sondern er lebte fort wie der mindeste Bruder. Nie=

mand hatte ihn um seinen Namen gefragt, Niemand
wußte, woher er stamme. Man nannte ihn nur den
Bruder Martin.

Eines Tages ritt der Herzog Berthold von Zährin=
gen mit großem Gefolge in den Klosterhof ein; er kam
von Bern, das er gegründet und erhoben hatte, und
wollte nach der Burg seiner Väter zurückkehren, unter=
wegs aber bei dem Abte von St. Trudpert einkehren
und sich Raths erholen, denn er kannte ihn als einen
Mann voll Einsicht und Erfahrung.

Und als der Herzog mit seinem Gefolge unter den
Mönchen Mittags bei der Tafel saß, begann er: Nun
aber, Herr Abt und ihr Brüder alle, vernehmet mein
Anliegen, und wenn ihr mir darin redlich beisteht, so
werde ich eueres Klosters mit großen Gaben gedenken.
Ihr wißt, ich habe in der Nähe meiner Burg eine Stadt
erbaut — Freiburg — eine freie und gefreite Burg, da=
rin Jeder Schutz und Schirm finden mag für seine
Thätigkeit in Ehren, Gewerbe und Kaufleute, Lehre und
Kunst und Taglöhner, und sie alle sollen und werden
eine Gemeinde bilden, deren Glück in ihrer Thätigkeit
und Hand ruht. Aber darin möchte ich gern eine Kirche
erheben, eine Kirche als gemeinsamen Mittelpunkt Aller,
in allen geistigen Anliegen, zur Vereinigung und Samm=
lung in allen Freuden und Leiden, Nöthen und Gefah=
ren und feierlichen glücklichen Begegnissen; eine Kirche,
darin Jeder gern Herz und Auge zu Gott erhebt und
Dank und Bitte emporsendet — kurz eine Kirche im

chriſtlich = deutſchen Sinne gedacht, emporſteigend groß und herrlich, wie unſer deutſches Vaterland! Ihr verſteht mich wohl!

Seht! wenn ich bedenke, wie viele große Reiche zuſammenbrachen unter den Stürmen der Welt, wie viele Geſchlechter, Städte und Burgen ſanken, ſo überſchattet eine düſtere Wolke meinen Geiſt, und ich ſehe ſchon in Gedanken die Zeit, da auch mein Geſchlecht vergeht und die Trümmer meines Stammſchloſſes am Fuße des Berges als Hütten ſich wieder erheben. Das wird geſchehen. Darum möchte ich gern ein Werk gründen, deſſen Beſtehen in dem Gemeinſinne der Bürger wurzelt, und das nur mit der Gemeinde ſelber erſterben kann. Und eine Gemeinde dauert länger, als ein Geſchlecht, ja als ein Volk; denn ſie beugt ſich dem Sturme, und die Wurzeln ihres Daſeins ſind unverwüſtlich. Helft mir ein ſolches Werk gründen zu Gottes Ehre und zum Troſte und Heile der Menſchheit.

So ſprach der Zähringer, und es folgte eine tiefe Stille. Aller Ohren lauſchten noch, und ihr Geiſt war ergriffen und ſie ſannen den Worten nach. Nach langer Stille begann der Abt: Gott möge euer Vorhaben ſegnen und euch einen Mann ſenden, der daſſelbe nach euerm Sinne ausführe, daß es aufſtrebe durch die Wolken als ein Denkmal deutſchen Sinnes und deutſcher Kraft den kommenden Jahrhunderten. Ich aber bin der Mann nicht, und ſchwerlich werdet ihr ſobald in deutſchen Landen einen finden. Wendet euch über die Alpen

nach der Lombardei, nach Rom, da wohnen die Meister
der Baukunst.

„Aber ich will keinen von dorther," rief der Her=
zog. „Was sie geleistet haben, und leisten können, das
weiß ich. Habe ich mir doch Italien mehrmal auf den
Römerzügen betrachtet. Ihre Kirchen sind nicht nach
meinem Sinne, und passen nicht in unsere Gauen, so
wenig als ihre Citronen= und Pomeranzenbäume. Nun,
ich lasse euch Zeit; sinnet meinen Worten nach, theilt
sie auch Andern mit, und wenn ich des Weges wieder
komme, will ich von euch erfahren, wer mein Werk aus=
zuführen vermag."

Nach diesen Worten erhob er sich und schied, auch
die Mönche verließen mit ihm den Saal und, nachdem
sie den Zähringer bis zur Pforte begleitet hatten, ging
Jeder an das ihm bestimmte Geschäft, Mancher aber
sann der Rede des Herzogs nach; vor Allen der Abt,
denn er wollte so gerne sich und den Zähringer ver=
herrlichen und seinem Kloster Dank dafür zuwenden.
Auch Hartmuth wandelte nach seiner Zelle und setzte sich
an sein Tischlein, auf dem Pergamentblätter und alte
Schriften ausgebreitet lagen, und fuhr in seinem Schaf=
fen fort. Aber seine Gedanken schweiften weit weg um=
her in allen Ländern und Städten, die er gesehen, und
ein Tempel nach dem andern tauchte vor seinem inne=
ren Blicke empor und sie drangen auf ihn ein, daß er
sich ihrer nicht mehr erwehren konnte, und es durch=
strömte ihn ein ätherisches Feuer, er war wie von einem

blendenden Blitze getroffen, sprang empor, geheilt von
seines Leibes Gebrechen, und besann sich dessen gar nicht
und eilte in den Garten, den er mit hastigen Schritten
durchwanderte und trat durch das Pförtchen in's Freie,
stieg den Abhang des Berges hinan und setzte sich auf
die Bank, welche er sich selbst dort angebracht hatte.
Denn dort ruhte und träumte er am liebsten. Vor ihm
gegen Abend im großen Halbkreise lag die weite reiche
Landschaft, durch welche sich der Rhein hinwälzte, drü=
ben erhoben sich die Vogesen im bläulichen Dufte em=
porsteigend, und hinter ihm streckte der Schwarzwald
sein Haupt und seine langen Arme her. Ueberselig er=
hob Hartmuth den Blick gegen Himmel und betete.

Wie sich dann sein Auge senkte Mittagwärts ge=
richtet, wo sich der dichte Wald mit Eichen, Ulmen, Bu=
chen und Birken und düstern Tannen in stiller Ruhe
hinlagerte, sah er ein glänzendes, wechselndes Farben=
spiel durch die Zweige sich zitternd bewegen, und wie er
Blick und Geist ganz dahin richtete, bildete sich eine son=
derbare Erscheinung. Die zwei ungeheueren Jahrtau=
sende alten Eichen am Saume des Waldes stiegen wie
zwei mächtige Säulen empor, die ihre Zweige alsobald
dicht ineinander verschlangen und vereinigt als Pyra=
mide emporstrebten. Durch den großen Eingang unten
aber erblickte er die Baumreihen in unabsehbarer Folge
rechts und links und sie neigten Aeste und Kronen ge=
gen einander, wie wenn sie sich die Hände reichten, und aus
den Stämmen schauten wunderbare Bilder hernieder;

zwiſchen den Aeſten ſchräge her brachen die Sonnenſtrah=
len ein und verbreiteten eine magiſche Helle mit ſtets
wechſelnden Farben, in der tiefſten Ferne aber, wo die
Säulenreihen ſich ſelbſt zuſammenſchließend umarmten,
ſchien der Himmel ſeine volle Glorie zu offenbaren, eine
Frauengeſtalt ſchwebte empor von lichten Wolken und
Engeln getragen, und der Himmel öffnete ſich, ſie auf=
zunehmen.

Hartmuth wagte kaum zu athmen. Das war kein
Traumgebilde, er fühlte ſich, er wußte, wo er war, aber
ſein Auge blieb an den Anblick gefeſſelt und jetzt war
es ihm, als erhebe er ſich von ſeinem Sitze, er trat in
den Dom durch die hohe Pforte und ſtand und ſtaunte.
Die warmen Sonnenſtrahlen ergoſſen ſich durch die ho=
hen Seitenöffnungen und umſpielten ſein Haupt mit ei=
nem milden Farbenglanze; jetzt ſchwebte eine Geſtalt den
weiten langen Gang daher und er rief mit leiſer Stimme:
Mutter! Sie aber lächelte ihm mild entgegen und er
vernahm die Worte: Des Himmels Segen ſei mit dir,
mein Sohn! Und nach dieſem begannen die Säulen=
ſtämme zu ſchwanken, die Kronen und Zweige wurden
heftig erſchüttert, und löſeten ihre Verbindung, das Licht
des Tages erloſch, der Tempel verſchwand, und Hart=
muth fuhr von einem heftigen Blitze geblendet, dem ein
furchtbarer Donner folgte, von ſeinem Sitze empor und
eilte unter dem Heulen des Windes, der die Wolken an=
einander ſchleuderte, in das Kloſter zurück.

Als er in ſeine Zelle trat, ſank er auf die Kniee,

und seinen Lippen entströmte ein Danklied, während draußen der Sturm heulte. Er brausete aber schnell vorüber, erquickende Ruhe lagerte sich ringsumher, und süßer Himmelsfriede umschwebte Hartmuths Seele. Tage lang trug er das Bild, das seines Geistes Augen geschaut hatten, wie ein seliges Geheimniß in seiner Brust, endlich drängte es ihn, dasselbe darzustellen in Worten, und dann nachzubilden, und er begann zu zeichnen, Linien auf Linien zu ziehen; Dreiecke, Bögen und Halbkreise durchschlangen sich und er ließ Säule nach Säule emporsteigen, deren ausgebreitete Hände und Finger sich freundlich verschlangen oder berührten. So schuf er Tag um Tag an dem Werke, löschte aus, verbesserte, verwarf ein Blatt um das andere. Ach, es glich sein Bild nicht dem Bilde, das er geschaut hatte. Endlich, endlich fügte sich gleichsam Stein an Stein, Hebung an Hebung stieg im schönsten Ebenmaße empor; der Thurm über dem Haupteingange strebte wie eine Riesen = Wunderblume mit zart durchbrochenem Geäder aus breitem Schafte aufsteigend himmelwärts und endete in einem goldenen Kreuze, und drinnen reihte sich Säule an Säule, wie schlanke Baumstämme, und dazwischen fiel das Licht in gedämpfter Helle ein und verbreitete das heilige Helldunkel eines Waldes. Endlich, es waren Monate vergangen, that er den letzten Strich, die Hand blieb auf dem Pergament, und zum Tode ermattet neigte er sein Haupt auf die Brust.

Wenige Minuten darauf tönte Hufschlag im Klo=

sterhofe, der Herzog Berthold kam von Zähringen über
Freiburg des Weges daher und als ihm der Abt zum
Willkommen entgegeneilte, rief er diesem sogleich zu:
„Nun, habt ihr meinen Worten nachgedacht und mir
einen Plan entworfen, wie das Werk zu Gottes Ehre,
mir zum Ruhme und euch zum Nutzen gedeihen möge?
Sagt!"

Darauf entgegnete der Abt: Ach Herr! wer ver=
möchte ein Werk auszusinnen nach euerem Willen? Nur
der Himmel selbst kann dieses, und wenn er nicht einen
Engel sendet, der den Plan zu euerem Dome bringt, so
bleibt er ungebaut. Aber wollet deshalb euerm Diener
nicht zürnen und den Labetrunk nicht verschmähen, den
ihr sonst in unserer Mitte zu nehmen pfleget. Und der
Herzog folgte dem Abte und sie setzten sich und spra=
chen von Haus und Hof, von Reich und Land, von
Burgen und Städten, Kirchen und Klöstern und der
Herzog brachte seine Rede wieder auf den Dom, den er
gründen wollte; denn seine ganze Seele war davon er=
füllt. Dann sprach er zu dem Abte: „Ich danke euch
noch einmal für das Buch, das ihr mir überschicktet.
Ich habe meinem Geheimschreiber bereits aufgetragen,
die Schenkungsurkunde über den Wörth im Rhein da=
für aufzusetzen, da ich mich erinnere, euere Vorfahren
und ihr strebtet schon lange danach. Ihr seht, ich weiß
euere schöne Gabe zu schätzen Aber ich möchte den Bru=
der selbst sehen, der die zierlichen Bilder in das Büch=

18*

lein malte, als lebten fie." — Und der Abt bedeutete
einem Mönche, er solle den Bruder Martin rufen.

Der Mönch ging, kehrte aber sogleich athemlos zu=
rück und meldete: „Der Bruder ist todt. Er sitzt leb=
los in seinem Stuhle." Da erhob sich der Abt eilig,
entschuldigte sich bei dem Herzoge mit wenigen Worten,
und ging nach der Zelle des Bruders, und alle Mönche,
die es hörten, folgten, denn Martin war von Allen ge=
liebt. Und sie fanden den Todten, und um seine Lippen
schwebte ein seliges Lächeln. Als sie aber auf dem Ti=
sche die Schriften sahen und das große Pergament oben
auf mit dem Dome in voller Ansicht und daneben die
Aufrisse der einzelnen Theile; da durchdrang sie zugleich
Schmerz und freudiges Erstaunen, und der Abt nahm
die Blätter, kehrte zu dem Herzoge zurück und sprach
trauernd: „Der Bruder ist heimgegangen, aber seht,
welch ein Andenken er uns zurückgelassen hat. Das ist
wohl der Dom, den ihr zu bauen wünscht."

Bertholds Blick überflog das Blatt und alsobald
rief er freudig bewegt: „Ha, das ist mein Dom! Ge=
segnet sei Hand und Auge dessen, der ihn im Geiste er=
blickte und mir ein Abbild davon gab." Und er be=
trachtete mit steigendem Entzücken das Blatt und wen=
dete es nach allen Seiten, und je länger sein Auge
darauf haftete, um desto größer wurde seine Freude, und
es war, als wenn sich das Gebilde vor ihm erhebe und
wachse und Himmelan steige. Dann rief er: „Bringt

mich zu dem Manne, durch den der Herr mich beglückte. Ich will ihn schauen und ihm danken!"

Und sie geleiteten den Herzog im Trauerzuge in die stille Zelle. Da saß der Dahingeschiedene noch, wie ein friedlich Schlummernder, und der Zähringer betrachtete ihn mit Wehmuth und sprach: "Habe Dank! Du hast in meiner Seele gelesen und offen dargestellt, was dunkel in mir lag. Dein Ruhm wird die Alpen und Pyrenäen überfliegen und dauern, so lange noch ein Menschenherz in Gottes heiligem Tempel anbetet." Dann wendete er sich zu dem Abte: "Wie nannte sich der Bruder? Welcher Eltern Kind war er, wo weilt sein Geschlecht?" — Und der Abt entgegnete, indem er auf die übrigen Brüder sah: Was wir von ihm wissen, ist nur Weniges. Seiner Eltern Schloß ist am Bodensee. Wie es heißt, wissen wir nicht. Wir nannten ihn nur Bruder Martin. Keiner hat je seinen Namen oder sein Geschlecht nennen gehört, und der Knecht, der mit ihm gekommen war, ist schon vor mehreren Jahren gestorben. Nur die Geschicke, die ihn trafen, ehe er in's Kloster zu uns kam, hat er uns erzählt. — Und es war eine tiefe Stille.

Darauf begann Berthold wieder: So ruhe er denn in Frieden, sein Ruhm aber wird über Deutschland glanzvoll leuchten, denn er dichtete das Werk mit christlich frommem und deutschem Sinne. Ich will dessen für euer Kloster gedenken, ich eile jetzt nach Freiburg zurück, denn es soll dieser Tag nicht hinabsinken, ohne daß ich

Hand an's Werk lege, und schenke mir der Himmel nur so viel Jahre, daß die Grundmauer mir aus der Erde entgegen schaue! Meine Enkel und der Bürger Gemeinsinn mögen das Werk vollenden!

So sprach er und schied tiefbewegten Geistes. Und alsobald begann in Freiburg der Bau des Domes nach dem Plane, welchen der Mönch gezeichnet, und wie er immer höher und höher emporstieg, da kamen die Pilger, Hohe und Niedere, von Fern und Nah herbei und staunten dem Riesenwerk, das in den schönsten Formen wie eine Wunderblume emporstieg, und sie priesen Gott den Herrn, der seine Gnade und Herrlichkeit also den Deutschen offenbarte, und Deutsche wanderten über die Gebirge nach allen Weltgegenden und über das Meer, und wohin sie kamen und von dem Wunderwerke erzählten und es zeichneten, da boten Könige, Fürsten und Städte die Hand, ein Aehnliches zu errichten. Aber von allen Domen erhebt sich nur der in Freiburg in vollendeter Größe und Majestät: ein deutsches Werk! —

Lange, nachdem die Erzählung schon geendet war, lauschten die Versammelten noch. Dann erscholl es von allen Seiten her: „Habt Dank! habt Dank! — Das war ein Labetrunk dem Durstenden gereicht, aber er verlangt noch mehr."

Der Keller ist noch nicht leer, versetzte lächelnd der Greis. Da ist noch manches Fäßlein mit duftigem Weine aufbewahrt. Ich will euch gern von meinem

Schatze mittheilen, zumal ihr die Gabe mehr als billig
schätzt.

„Euer Wort gilt!" sprach Einer der Männer.
„Wann dürfen wir aber hoffen, euch wieder in unserer
Mitte zu sehen?"

Nun, so ihr dessen nicht belästigt werdet, am nächsten Sonntag. Da wollen wir ein Stück deutscher Geschichte aufbauen oder die alten Sagen an uns vorüberziehen lassen, indessen sie dort unten in Frankfurt an einem Thurme bauen. —

„Wir verstehen euch wohl" — fiel ihm Einer in die
Rede. „Der Schalk blickt doch überall aus eueren Worten. Aber nochmals unsren Dank für heute, und ihr
sollt gepriesen und gesegnet sein, wenn ihr das Nächste-
mal uns Aehnliches bringt."

Jeder gibt, was er hat. Wein und Früchte sind
verschieden und sie kommen an die Reihe, wie sie gesammelt worden.

„Jede Gabe von euch ist willkommen. Und nun
lebt wohl!"

So riefen dem Scheidenden die Versammelten nach,
die nun auch aufbrachen. Die Einen wendeten sich Salzburg zu, die Anderen gegen Reichenhall, indessen der
Felsenbauer langsam bergauf stieg.

Die Zither.

Mathilde an Gisela.

Du zögerst troß beines Versprechens? Die Stadt
ober Jemand in ber Stadt hält bich zurück? Ich sollte
bir zürnen, aber ich kann nicht, denn jeder Pulsschlag
gibt Zeugniß vom Leben ber Freude, die ringsum Alles
und auch mich beseelt. O möchtest bu sie mit mir thei=
len, mitgenießen, was sie aus ihrem golbenen Füllhorn
gewährt! Nach ber Stadt hin fliegen unter ihren Hän=
ben nur wenige Freuden = Körner und selbst diese finden
selten ein günstiges Erbreich, darin fortzukeimen. O
komm zu mir und lausche ben Erzählungen, welche am
Abende im Sommer und Winter jeßt unter bem Laub=
bach am Hause ober im traulichen Kreise am wärmen=
ben Herbe, wenn bie Kienfackel knistert, aus bem Munde
ber Alten ertönen. Wie kann ich wieder geben, was
Greisenmunb in Einfalt erzählt? Aber bu willst, so
höre benn:

Zuweilen verläßt bie Sage bie hohen Alpen — ihre
Wiege und ihren gewöhnlichen Aufenthalt und steigt nie=
ber in bie Thäler und kehrt ein in ben großen reichen

Gehöften und in den niederen Hütten. Da erscheint sie aber meistens als altes Weiblein, das mühsam daher= schreitet, freundlich lächelt und jedem Grüßenden zunickt. Wo sie immer einkehrt, da ist sie willkommen, und man bietet ihr gerne Obdach und Nahrung; dagegen spendet sie manchen guten Rath, der Goldes werth ist, und wo Kinder sind, da sammeln sich dieselben gewiß alsobald um sie, gleich hungrigen Fischlein um eine Brotrinde, die ihnen ein Wanderer zuwirft, und Alle drängen sich heran und bitten, daß sie erzähle. Dann lauschen sie still erfreut den Worten und können sich nicht satt hö= ren, und Viele überrascht der Schlummer zu den Füssen der Erzählerin.

Am frühen Morgen, ehe noch das Gesinde an das Tagwerk geht und die Lerche erwacht, ist sie bereits auf= gebrochen und stille ihres Weges weiter gegangen. Hie und da läßt sie goldgelbe Aepfel und seltene Blumen zurück zum Dank für die freundliche Bewirthung, und die Geschenke verbreiten einen süßen Wohlgeruch durch das ganze Haus und bringen, wenn man ihrer redlich pflegt, Glück und Segen.

Da lag am sonnigen Abhang des Gebirges einst ein stattliches Haus in Mitten der Felder und Wiesen und Obstgärten, und der Maier Oswald, dem das Gut zugehörte, war der reichste Mann weit umher; dabei war er mild und freundlich gegen die Armen und seine Frau eine wahre Mutter aller Bedrängten. Sie hatten nur zwei Kinder — einen Sohn und eine Tochter —

die aufblühten gleich zwei stolzen Pappeln und sich einander liebten, wie sich nur Bruder und Schwester einander herzlich lieben können, und kein Gedanke des Einen blieb dem Andern verborgen.

Aber mit einem Male wurde der Jüngling stille, vergebens neckte ihn die Schwester und suchte in Liebe und Scherz ihm sein Geheimniß zu entlocken, daß er ihr sage, welches Gebresten auf seiner Seele laste. —

Hast du gespielt? Nicht wahr, sie haben dich doch endlich überredet die wilden Gesellen, und du hast verloren? Gräme dich nicht, ich schütte meine Sparbüchse sogleich in deine Hand. Komm, aber spiele nicht wieder. — Hast du den Hirschen verfehlt, auf den du schon so lange lauerst? Er kommt dir schon noch einmal in den Schuß, und ist's dieser nicht, so kommt ein Anderer. — Bist du betrogen im Tausch mit dem Rosse? Vertausche es wieder und laß dich das Draufgeld nicht reuen. Ein solcher Kauf und Tausch ist keine Ehe, sagt die Mutter.

Hast du, ja — ja, gestehe es nur, jetzt hab ich es: du hast zu tief in die Augen meiner Freundin geschaut, armer Knabe! und da in dem tiefen See ist dein Herz ertrunken. Sieh da in den Wasserspiegel und läugne es noch! Dein Erröthen hat dich verrathen! Aber trauere nicht. Wenn du mich zum Vertrauten machst, was gilts, ich bringe dir das Verlorne mit Wucher zurück.

So drängte und liebkosete die Schwester, aber der

Jüngling schwieg, und zum ersten Male verhehlte er, was seine Seele bewegte; die Schwester zürnte, die Mutter war bekümmert, er that sein Tagwerk wie früher, aber er ward von Tag zu Tag verschlossener und mied den Umgang mit seinen Kameraden, und vergebens baten Mutter und Schwester, daß er ihnen sein Herz eröffne. Er beruhigte sie lächelnd: er sei so selig vergnügt, daß er glaube, im Himmel könne es einst nicht anders sein. Der Vater allein ließ ihn gewähren nach dem eigenen Willen: ein werbender Mann müsse mit der Welt und seinem Herzen manchen Strauß durchkämpfen. Nach dem Sturme lache der Himmel und glätte sich der See zum Spiegel.

Es war an einem Abend im Juni, als der Jüngling Oswald über das Gebirg auf einsamen näher führenden Steigen zu dem väterlichen Gute zurückkehrte. Er kam von Innsbruck daher, wo er mit einem Kaufmanne im Namen seines Vaters einen Vertrag abgeschlossen hatte, und erfreut über den glücklichen Wurf schritt er hastig mit großen Schritten dahin und bog jetzt seitwärts von oben in der Richtung nach der Heimath ein. Die Sonne war untergegangen, nur einzelne Hörner leuchteten noch im goldenen Glanze, der allmählich auch verschwand; milde Dämmerung hüllte Alles umher ein, die Leuchtkäfer durchkreuzten die Luft, und schauten wie glänzende Aeuglein aus den Büschen und dem Grase. Und wie er so niederschaute, war es als zittere in leiser Bebung die Erde und gerade vor

ihm, abwärts von ihm, erhob sich schwebend aus Felsen=
trümmern eine Jungfrau in überirdischer Schönheit,
und ein milder Schimmer umkränzte die Huldgestalt.

Der Jüngling hielt Schritt und Athem an sich.
Er stand und seine Seele drängte sich in sein Auge.
Jetzt sah ihn die Jungfrau und schwebte dahin; sein
Herz folgte ihr. Wie lange er stand, wie er nach Hause
kam? er wußte es nicht. Von nun an eilte er oft bei
sinkendem Tage auf jene Höhe, die Eltern und Schwester
glaubten, er laure auf ein Wild. Aber die Armbrust
ruhte zu seinen Füssen, das Wild umsprang den Jüng=
ling ungefährdet; er harrte bang, bis sie sich zeigte;
dann kehrte er freudig nach Hause zurück. Mehrmal
hatte er sie bereits gesehen; einmal, so däuchte es ihm,
ruhte ihr klares Auge wie in Wehmuth auf ihm.

Wem sollte und durfte er sein Geheimniß ver=
trauen? Er liebte, und wagte es nicht, sich selbst und
Anderen es zu gestehen. Im äußersten Winkel des vä=
terlichen Gartens stand ein großer Jahrhunderte alter
Ahornbaum; unter seinem breiten Blätterdache war frü=
her schon sein Lieblingssitz, von dem aus er die Gegend
überschaute, und jetzt weilte er besonders gerne hier, so
oft er Muße hatte, und dem Baume vertraute er in
leisen Worten sein Geheimniß, flüsterte ihm seine Freu=
den und Leiden und seine Hoffnung zu, und die Aeste
schmiegten sich um ihn und die Blätter säuselten ihm
Antwort. Noch wußte er nicht, wer die Jungfrau sei.

Eines Abends spät, da er nach Hause zurückkehrte,

fand er die Sage von seinen Eltern beherbergt, und das
alte Weiblein erzählte manche Geschichte von unglücklicher
Liebe, wenn die Neigung zu erringen strebt, was nicht
zu erringen ist. Wer will denn die Sterne pflücken zum
Kranze, da die Erde die schönsten Blumen beut? Wie
soll sich Irdisches und Ueberirdisches vermählen? Der
Jüngling ward über diese Erzählungen betroffen; jetzt
da er dem Gast in das Auge sah, flammte es auf in
Erinnerung und er erkannte die bisher Unbekannte.
Das war ihr Auge, sie hatte nur ihre Gestalt verwan=
delt, jetzt in eine unscheinbare Körperhülle sich geklei=
bet. Seine Seele lag in seinem Blicke, er flehte still,
und ging, und dieselbe Nacht brachte er zu unter dem
Ahornbaum.

Oft noch ging er auf die Höhe, wo ihm die Huld=
gestalt zum ersten Male erschienen war; doch nie sah er
sie wieder. Sein Leben welkte dahin, wie eine Blume
am heißen Mittag. Seine Eltern, seine Schwester sahen
es mit Schmerz. Sein letzter Wunsch war, unter dem
Ahornbaume begraben zu werden. Dort brachten sie
ihn zur Ruhe und die Zweige neigten sich liebever=
traut nieder auf sein Grab; doch nicht lange. Ein
Blitzstrahl zerschmetterte den Baum und die Splitter la=
gen umher.

Da kam die Sage an dem Gartensteige daher, sah
die Zerstörung und eine Thräne zitterte in ihrem Auge,
als sie erfuhr, was geschehen war. Sie hatte es wohl
vorausgesehen. Sie sprach diesmal nicht im Hause der

Trauer ein, sondern nahm nur einen Splitter vom Baume und ging langsamen Schrittes das Gebirge aufwärts und verschwand in ihrem unterirdischen Palast. Da trauerte sie um den Jüngling, dessen Leben in thörichter Liebe zu ihr dahingewelkt war. Und sie nahm den Splitter des Baumes, bildete eine Art liegender Leier, befestigte die Saiten darauf und wie ihre Finger darüber glitten, war es, als würden alle die Seufzer lebendig, die der Jüngling einst dem Baume zugeflüstert hatte. Die Saiten erbebten, zitterten in süßbanger Schwingung der Gefühle, und die Lüfte, die Felsen und Kräuter und Thiere außer dem Palaste lauschten trunken dem Klange der ersten Zither.

Nach wenigen Tagen begann sie wieder ihre Wanderung, und diesmal sprach sie Abends auf dem Gute Oswalds zu. Sie trat mit schüchternem Gruße in das Haus, nahm den Trunk und das Brot, das man ihr freundlich aber mit Wehmuth schweigend darbot, mit Schweigen, und dankte nur mit leiser Bewegung des Hauptes. Und als jetzt die Dämmerung ihren dunkelfarbigen Schleier um das Haus breitete, enthüllte die Sage ihr Saitenwerk, das sie bisher verborgen gehalten hatte, und wie der erste Ton zitternd hell unter ihrem Finger entquoll: da durchbebte ein leiser Schauer Seele und Leib der Trauernden, und es war, da die Sage nun die Lieder rief aus der Tiefe der Zither, als spräche der Geist des Dahingeschiedenen tröstend und kosend im traulichen Geflüster zu seinen Lieben; ihr Schmerz lösete sich in süßen Thränen der Wehmuth und der Erinnerung, und Balsamthau träufelte mit den quellenden Tönen in ihre Herzen.

Seitdem wandert die Sage immer mit der Zither umher im Gebirge und in den nahegelegenen Ebenen, willkommen überall, wo sie zuspricht, im Hause der Trauer und der Freude. Hier sprühen ihre Weisen wie leuchtende, zitternde Funken durch das Herz; dort athmet ihr Spiel Wehmuth und süße Klage, und besänftigt jegliches Leid. Und die Sage ist geworden die Lieblings-Muse der Deutschen, deren Spiele man lauscht in der Hütte und im Marmorpalast, am Inn und Lech, an der Isar und Salzach, an der Elbe und Spree, am Main und Rhein und an der Weser. Schon klingt die Zither von ihr gelehrt in allen Gebirgen Deutschlands, und fesselt mit ihrem süßen Zauber die Herzen der Hörer; die Zither allein vermag alle Gefühle in ihrem mannichfaltigsten Wechsel und ihrer Steigerung von der höchsten Freude und dem neckenden Scherz bis zur tiefsten Trauer lebendig auszudrücken; in der Zither allein spricht Seele zu Seele und die leisesten, zartesten Uebergänge, das Schmollen und Kosen, der fernverhallende Alpengesang, das schallende Jodeln von Berg zu Berg — das entquillt nur der Zither, der deutschen Zither allein! —

Komm, o komm und vernimm ihre Töne! Schon folgen sie meinem Rufe, und ich rufe sie gern und sie antworten mir wie Geisterlispeln.

Das Heimweh.

Nachdem der Felsenbauer von Walafried geschieden war, blieb dieser ganz im Anblick der weiten Natur versunken in der Laube, wie festgebannt und bemerkte nicht, wie die Frau allmählich die Ueberreste der Tafel entfernte und schon eine Weile hinter ihm stand, bis sie ihn endlich anredete: Es gefällt euch hier oben?

Auf diese Worte wendete sich Walafried nach ihr um, und sagte: Ja liebe Mutter, es gefällt mir so, daß ich meine, hier müsse meine Wiege gewesen sein, hier habe ich das Licht des Tages zuerst erblickt. O welch' ein klarer Himmel ruht hier auf der Erde! Die Seele fühlt sich so leicht, so frei, als hätte sie Flügel bekommen und als hätte sich der Körper seiner Schwere entkleidet! Ja, hier ist gut sein, hier möcht ich meine Hütte bauen für immer!

Junger Herr! das wäre zu früh. Erst wer die Stürme des Lebens hinter sich hat, kehrt hier ein, und ihr habt ja die Welt noch kaum gesehen. Aber es ist gut, ein Plätzchen gefunden und ausersehen zu haben,

auf das man sich zurückziehen möchte. Doch schaut zu=
erst und überleget es dann. Ich will euch euere Woh=
nung zeigen.

Walafried folgte ihr zu dem Hause, das von den
übrigen abgesondert gegen den Vorsprung des Berges
hin stand, sich rückwärts hart an den Felsen anlehnte,
als wäre es wie eine große Alpenpflanze aus demselben
hervorgewachsen. Der Anblick war freundlich, einladend.
Es stieg ganz von Holz empor auf einer aufgemauerten
Unterlage; im unteren Geschosse waren Vorrathskam=
mern, zu den Wohnzimmern führte von außen eine
Treppe, die vom Dache beschützt war. Das Dach ruhte
beinahe ganz flach mit sanfter Senkung auf dem Hause
und trat nach drei Seiten weit hervor. Das Haus
war weiß übertüncht, die Fensterläden dagegen grün an=
gestrichen.

Als sie nun in die Gemächer traten, welche Ein=
fachheit, welche Reinlichkeit und geschmackvolle Anord=
nung in den wenigen Geräthschaften, die nothwendig
zum Ganzen gehörten! Drei Zimmer reihten sich an=
einander, die zwei Eckzimmer jedes mit zwei Fenstern
schlossen das größere Mittelzimmer ein, das drei Fenster
hatte, von welchen das mittlere zugleich die Thüre auf
die Altane oder Laube bildete, die sich längs der ganzen
Vorderseite hinzog. Dies Mittelzimmer war gewisser=
maßen der Vereinigungspunkt der beiden anderen, hier
konnten sich die Bewohner derselben begegnen, hier wan=
deln und da im Anblicke der Natur die Seelen öff=

nen. Auf der Brüstung umher standen Alpengewächse in schönster Blüte. Wer hat sie gesammelt und gepflegt?

Walafried that diese Frage an sich selbst und trat mit seiner Begleiterin hinaus und überflog mit einem Blicke der Bewunderung und des Entzückens die ganze Fernsicht: das war ein Punkt, der noch köstlichere Gaben bot, als die Laube unten. Die Frau freute sich über die Aeußerungen der anerkennenden Befriedigung und des Dankes, welche Walafried aus vollem Herzen ausströmte, und sie sagte: Ja die Erde ist schön, und wie sie von hier aus gesehen erscheint, zeigt sie sich wohl nirgends anderswo in solcher Größe und Schönheit!

Das haben euch, gute Mutter, die Wanderer, die das Glück hieher führte, mit vollem Rechte versichert!

Das habe ich wohl selbst erfahren, versetzte die Frau lächelnd. Wanderer habe ich hier noch keinen gesehen, ihr dürft euch besonderer Gunst rühmen.

Das will und werde ich, aber ihr, habt ihr denn auch die weite Welt fern von hier gesehen, und der Menschen Thun und Treiben da Draußen angeschaut?

Das habe ich lange genug und habe gefunden, daß der Mensch überall auf gute Menschen trifft, wenn er sie treffen will. Aber es zog mich hieher zurück, obgleich wir uns ein stattliches Haus draußen gegründet hatten. Denn wer von der guten Bergmutter geliebkoset und in ihren Armen geschaukelt wurde, der kehrt über kurz oder lang zu ihr zurück, er kann gar nicht anders. So ging

es auch mir und meinem Manne. — Wer die Berg=
mutter sei, verlangt ihr zu wissen? Das will ich euch
erzählen, wenn ihr Geduld genug habt, mich anzuhö=
ren. — Und sie setzten sich auf die hölzerne Ruhebank
auf der Altane und die Frau erzählte:

Einst bei Anbruch der Nacht stand der Geist des
Riesengebirges einsam sinnend auf seinem luftigen Fel=
senthrone, überschaute noch einmal sein Reich und wollte
sich eben in seinen unterirdischen Palast niedersenken, als
er fern im Süden auf einer Alpenspitze einen milden
Lichtglanz entdeckte, der immer heller emporleuchtete und
endlich bemerkte er mit seinem scharfen Geisterauge, daß
in dem Lichtschimmer eine Menschengestalt schwebe, von
welcher der Glanz wahrscheinlich nach allen Seiten aus=
strömte. Und der Berggeist sah, wie die Lichtgestalt nie=
derschwebte und im Wald am Felsen dahinwandelnd das
Dunkel desselben erhellte, wie wenn der Vollmond auf
den Firnen lagert und durch die düsteren Tannenwäl=
der in's Thal schaut! Dort verschwand die Gestalt und
vergebens harrte der Geist noch lange, ob sie nicht wie=
der bergwärts schwebe, woher sie gekommen war.

Spähend stand Rübezahl an den folgenden Aben=
den wieder auf seinem Throne und schaute nach den
Alpen hinüber; allein er spähte umsonst, erst nach meh=
reren Wochen bemerkte er die Lichterscheinung wieder und
erkannte jetzt deutlich eine liebliche Mädchengestalt von mil=
dem Glanze umflossen niederschwebend und verschwindend.
Aber heimkehren sah er sie nicht wieder; und so beobach=

tete er die Erscheinung von da an mit wachsendem Ver=
langen, sie in der Nähe zu schauen.

Nun erfuhr er bald darauf durch Kaufleute, die
von Italien über die Alpen zurückkehrend durch sein
Gebiet zogen, und zu welchen er sich als Wanderer
gesellte, daß in den Alpen eine Jungfrau erschienen sei
von wunderlieblicher Anmuth und himmlischer Güte, von
welcher Segen und Friede über die Thäler und Höhen
ausströme, man heiße sie allgemein nur die Sage, und
sie sei willkommen und hochverehrt überall, wo sie zu=
spreche.

Auf diese Worte entschloß sich der Herr des Rie=
sengebirges sogleich, die Wundergestalt selbst aufzusuchen,
und noch an demselben Abend, da die Dämmerung ein=
brach, verließ er sein Reich und schritt von Höhen zu Höhen,
über Thäler, Flüsse und Seen hinweg gegen die Alpen
hin, bis er mitten in den Vorbergen seine Hast hemmte,
und als rüstiger Waidmann einher eilte, als wolle er
ein edles Wild überraschen.

Als er nach seiner Meinung in der Gegend und
im Anblicke der Felsenzinnen sich befand, von woher die
Jungfrau immer niederschwebte, setzte er sich auf den
Strunk einer alten Eiche und harrte der Erscheinung.
Ohngefähr eine Stunde mochte er so in sehnsüchtiger
Erwartung emporgestarrt haben, als sich oben die Felsen
öffneten mit einem leisen Geräusch, wie wenn eine Quelle
sich aus der Erde Schooß mit sanftem Rieseln ergießt
und niederquillt, die Matten zu erquicken, und die Licht=

gestalt sich erhob, und dann thalwärts niedersank, wie ein Stern.

Rübezal sah sie und wurde so sehr von der milden Hoheit und Anmuth der Jungfrau in tiefster Seele ergriffen, daß er keinen Gruß zu finden wußte, als sie an ihm vorüberschwebte und ihr Auge, wie es ihm schien, eine Weile auf ihm ruhte. Als er aufschaute, war sie verschwunden. Harrend ihrer Wiederkehr saß er die ganze Nacht, aber sie kam nicht. Sein Herz war von Liebe und Bewunderung zu der Unbekannten entzündet und er wollte nicht mehr in sein Reich zurückkehren ohne sie. Deshalb blieb er in den Alpen.

Während des Tages wanderte er als Waidmann auf den Höhen umher, und Jedermann, der ihn sah, bewunderte die stattliche Gestalt, Kraft und Behendigkeit des unbekannten in diesen Gegenden noch nie gesehenen kühnen Mannes. Er aber freute sich des frischen Lebens der Natur und der Menschen und sprach bald hie, bald dort in den Höfen und Weilern ein, und erkundete das Thun und Treiben der Alpenbewohner, und fand Wohlgefallen an ihren Sitten und ihrer einfachen, biederen Weise. Denn überall wurde er als Gast freundlich bewillkommt, an den Tisch geladen und mit einem B'hüt Gott! beim Scheiden wieder entlassen.

Beim Anbruche der Nacht aber wanderte er immer zu seinem ersten Standorte zurück, um dort der Jungfrau zu harren.

Allein Tag um Tag senkte sich, ein Abend nach

dem anderen zog herauf, und die Nacht sank, und wie=
der tauchte Tag um Tag empor; die Jungfrau kam nicht
wieder.

Jetzt wagte er es, wenn er in den Hütten und
Weilern einkehrte, nach ihr zu fragen; überall kannte
man sie, hatte sie gesehen da, dort erst vor wenigen Ta=
gen, erst gestern, und überall erzählte man von ihrer
beglückenden Milde, daß sein Herz in Sehnsucht nach
ihr erkrankte. Doch für ihn blieb sie unsichtbar, und
in seiner Trauer stieg er von Thal zu Berg, von Berg
zu Thal, ihr endlich einmal zu begegnen. Eines Mor=
gens, nachdem er wieder in banger Erwartung die Nacht
durchwacht hatte, kehrte er in einer einsamen Sennhütte
ein, nicht weit von der Felsengruppe gelegen, wo die
Wohnung der Sage nach seinem Dafürhalten sein mußte,
weil er sie von dorther immer gesehen hatte.

Die Sennin hatte eben ihre Morgengeschäfte zu Ende
gebracht und saß vor der Hütte auf der hölzernen Bank,
neben ihr lag eine Zither. Sie bewillkommte den Fremd=
ling, brachte ihm Butter, Käse und Milch, dazu ein
weißes Brod, wie man es in den Almhütten sonst nicht
findet, und er aß und trank nach Waidmanns Brauch,
und bat sie dann, auf der Zither zu spielen. Und wie
sie begann, und die Saiten ihr inneres Leben ausström=
ten, und Lied an Lied ohne Worte die tiefsten Gefühle
aussprach, da erbebte die Seele Rübezals in seligen
Schwingungen. Und wie er vernahm, die Sennin habe
das Zitherspiel von der Sage erlernt, ergriff er freudig

die Gelegenheit und fragte auch sie nach der Jungfrau, von welcher er im Gebirge bereits so vieles gehört habe.

Auf diese Frage lächelte die Sennin und entgegnete: Gewiß seid ihr der Mann, der überall der Sage nachforscht, wie ich selbst hier oben schon gehört habe. Sie ist, muß ich euch sagen, ein muthwilliges Ding trotz ihrer von Manchen gepriesenen Anmuth und einschmeichelnden Sitten, und läßt sich nicht leicht von Jemanden festhalten, weder in Hütten noch Palästen. Unvermuthet kommt sie, und ehe man sie noch recht erkannt und sich ihrer Nähe erfreut hat, ist sie auch wieder verschwunden. Aber in meiner Hütte spricht sie oft zu, und es ist leicht möglich, daß ihr sie hier einmal, ja vielleicht am Sichersten trefft. Euere Ausdauer, setzte die Sennin mit schelmischem Lächeln hinzu, verdient gewiß belohnt zu werden. Die Frühlingssonne schmilzt den Gletscher, der Liebe Blick das harte Herz. Harret nur aus und es blühen euch selbst hier oben noch Rosen.

Diese Worte klangen halb wie neckender Spott, halb wie Ernst und ehe sich Rübezal recht besann, war die Sennin von ihm weg und in der Hütte, die sie verschloß und ihn verabschiedete, denn sie müsse nun ihrer Arbeit pflegen. Der Berggeist erhob sich, und starrte durch das kleine Fenster der Entflohenen nach; da sah er eine blendende Helle durch die Hütte verbreitet, und es däuchte ihm, die Jungfrau schwebe im Lichtglanze dahin. Er stand und sann, und die Gewißheit erleuchtete und beseligte seine Brust: „Sie war es selbst, die mit dir

sprach; sie war es, die Gesuchte!" Und er um=
wandelte die Hütte und rief die Geliebte mit tausend
Schmeichelworten, aber sie blieb verschwunden. Verge=
bens harrte er ihrer Wiederkehr, die Hütte war und
blieb verlassen. Und er stieg mit raschen Schritten
in's Thal nieder, dann von Hügel zu Hügel, und sein
Fuß wurde nicht müde, und sein Auge nicht froh, bis
die Dämmerung sich niedersenkte. Da nahm er sei=
nen Stand in der Nähe der Hütte und der Felsengruppe
und wartete ihres Erscheinens, doch vergebens. Und so
trieb er sich umher in Wehmuth, und zuweilen erhob sich
der Groll in seiner Brust und er fühlte seine Kraft und
war Willens, die Felsenhäupter abzureissen und nie=
derzuschmettern und die Thäler umher im grausen
Ruin zu verschütten; aber dann dachte er an sie und
harrte aus.

Und nach langen Tagen, da er wieder zur
Hütte emporstieg, fand er die lang Gesuchte, und er
stand und staunte! Sie schwebte aus der Thüre, die
sich wie das weite Thor eines Palastes öffnete, und die
lichtumflossene Gestalt senkte das Auge und er trat vor
sie und warb, und sie reichte ihm die Hand; nach we=
nig Tagen wurde die Vermählung gefeiert und alle
Geister der Höhen umher erschienen, und Rübezal führte
dann die Erkorne nach dem Riesengebirge, und mit Ent=
zücken huldigte ihr das Reich ihres Gemahles und von
nun an walteten Beide in ihren Palästen im Riesen=
gebirge und in den Alpen, doch zumeist hier, und Rübe=

zal selbst fand sich heimisch hier in den wunderbaren
Gärten der Natur.

Unnennbare Freude durchdrang das Herz der Glücklichen, als sie Mutter wurde. Wie herzte sie ihr Kind!
Ihre Augen strahlten die Freude wieder in die Thäler,
ihre Worte verklangen im Jubel von Berg zu Thal.
Aber eines Morgens, da sie erwachte, war das Kind
von ihrer Seite verschwunden. Sie rief dem Gatten mit
lautem Wehruf, er kam, hörte und sandte sogleich geflü-
gelte Boten umher, die forschten mit den Eltern in allen
Hütten, Schluchten und Quellen, auf allen Bäumen und
Firnen, und wo nur ein Sonnenstrahl und ein Laut
hindringen kann. Aber das Kind wurde nicht mehr gefunden. Der Schmerz der Mutter erstarb erst, da sie
von Neuem in Hoffnungfreude erglühte, und da erwachte die alte Lust wieder. Aber auch das zweite Kind
verschwand, es verschwand selbst das dritte, und von nun
an blieb sie eine verwaiste Mutter, und die Zither tönte
nur Wehmuth und Klaggesänge. Aber allnächtlich steigt
sie nieder von den Höhen und wo sie in einem Hause
Kinderwimmern vernimmt, da tritt sie ein und hebt mit
zarter Hand das Kind aus der Wiege und herzt und
küßt es, und das Kind wird still und sie legt es wieder in die Wiege und schwebt dahin und herzt ein anderes Kind im Hause des Nachbarn, und die Mutter-
freude bleibt lebendig in ihrem Herzen.

Die Kinder aber, welche einmal in das Auge der
guten Bergmutter blickten, gedeihen und wachsen auf,

schlank und stark wie Tannen, und das freudige Leben
rieselt durch ihre Glieder wie der unterirdische Quell
durch die Felsen. Im Gebirg aber ist und bleibt ihre
Heimat. Zwar treibt Manchen der Muth hinaus in die
weite Welt, und er ringt und schafft mit der rüstigen
Kraft, daß er überall willkommen ist und man ihn un=
gern scheiden sieht; aber mit einem Male durchzuckt seine
Brust ein unnennbares Gefühl der Wehmuth, die Sehn=
sucht nach der Heimat wird wach und wächst schnell
empor, er hört wachend und träumend die Töne der
Zither, den freudigen Bergruf, und er rafft sich auf und
wäre er in einem Goldmeere versenkt und hätten ihn die
Freuden mit tausend süßen Ketten festgebunden; er zer=
sprengt sie und eilt der trauten Heimat zu.

Diese Sehnsucht hat ihm die Bergmutter, da sie ihn
herzte, eingehaucht, und da er von bannen zog und noch
einmal zurücksah, stand sie auf irgend einem Felsengipfel
oder einem duftumflossenen Vorberge und winkte ihm
den Scheidegruß zu und schlang ein unsichtbares aber
unzerreißbares Band um den Scheidenden, welches er
anfangs und oft lange Zeit kaum merkte, bis er es mit
einem Male um sein Herz geschlungen, und sich unwi=
derstehlich davon zurückgezogen fühlte. Es ist, als wolle
die gute Bergmutter alle ihre Kinder daheim sanft zum
langen Todesschlummer betten, und ihr Leben im süßen
Kusse hinwegathmen. Solch ein seliges Lächeln um=
spielt noch das bleiche Angesicht der Verschiedenen.

Und so hat mancher der Alpensöhne in Sehnsucht

nach seiner Heimat die Schätze eines halben Reiches und selbst das Leben hingegeben.

Nun gute Nacht! Ich habe euch lange vorgeschwatzt, aber ihr wißt ja, wovon das Herz voll ist, davon geht der Mund über.

Sie verließ das Zimmer, nachdem sie noch mit einem prüfenden Blick ringsumher Alles betrachtet hatte; Walafried begleitete sie vor das Haus, blickte ihr nach, und sah, wie sie in dem größeren — dem Herrenhause verschwand, das in Mitten des Bergthales sich erhob. Und er stand sinnend und die Wellen der Gedanken und Gefühle drängten sich mit flutender Macht und Schnelligkeit in seiner Seele. Sagen zu sammeln war er ausgezogen und jetzt fühlte er sich mitten in das Land der Sagen, in eine Welt voll wunderbaren Gestalten und Erscheinungen versetzt! War aber nicht sein ganzes Geschick bisher ihm unerklärlich, wunderbar, räthselhaft? Lange stand er und überließ sich bewußtlos dem Strome der wechselnden Gefühle, die seinen Geist umspülten; allmählich erhob sich der Geist mit klarem Selbstbewußtsein und wie ein Adler, der auf seinem Felsenhorste die ganze Gegend überschaut ruhigen Blickes, blickte Walafried auf die Vergangenheit zurück mit einer Ruhe und Beseligung und mit der Empfindung des innigsten Dankes, wie er sie noch niemals in diesem Grade gefühlt hatte. Und wie er vortrat an den Felsenvorsprung und in das Antlitz der großen, weiten, lachenden Landschaft blickte, die ihre leuchtenden Augen in Seen und Flüssen ` zu ihm aufschlug, da kreuzte er unwillkürlich die Hände über seiner Brust, als wollte er die innere überselige Bewegung zurückdrängen.

Und die Sonne neigte sich. Noch einmal an ihrem Anblicke sich zu laben, die letzten Glutstrahlen einzusaugen stiegen die Lerchen schmetternd empor, Walafried sah sie unter sich, hörte ihr Jubellied herauf schlagen, die Amseln zogen ihre Flötentöne von Ast zu Ast, Leuchtkäfer schwirrten und summten, jetzt senkten sich die Lerchen und ihr Lied erstarb im Niedersinken, ein Sänger nach dem andern verstummte, der stille Wald verhüllte sich in graue Nebeldüfte, die ganze Natur neigte ihr müdes Haupt zum Schlummer. Aus der nebelumflossenen Ebene ragten die Thürme empor wie Finger, die gegen Himmel zeigen; jetzt erscholl ein Glockenton, er kam aus dem Kirchthurme zunächst unten am Berge, ihm antwortet ein anderer in der Ferne, ein dritter und vierter fiel ein, bald vereinigten sich die verschiedenen Töne im Zusammenklange, und das Abendgeläute hallte durch die weite Landschaft und widerhallte von den Bergen umher, und es war, als sprächen tausend Menschenzungen ihr stammelndes Danklied in die Lüfte zum Herrn der Welten, und wie sie verklangen allmählich, schien sich der Himmel zu öffnen und Antwort niederzulispeln, und der Friede senkte sich auf Berg und Thal, über Stadt und Dorf und über die Menschen und ihre Sorgen.

Walafried sank auf seine Kniee, und in seiner

Brust erwachte das Heimweh nach oben, nach der ewigen Heimat.

<hr>

Der Birnbaum auf dem Wahlserfelde.

Schon am frühesten Morgen stand Walafried auf dem äußersten Felsenvorsprung vor seiner Hütte und betrachtete mit Entzücken den Kampf des Lichtes mit der Finsterniß, wie der Tag allmählich über die Nacht siegte. Die Nebel der Ebene flatterten in silbernen Streifen umher, suchten sich über den Bächen und Quellen zu halten, stiegen zu den Hügeln empor und verkrochen sich dann in die Wälder. Nun prangte die Landschaft im Liebreize einer Braut, die mit anmuthiger Bewegung ihren Schleier lüftet und mit holdem Erröthen ihre Schönheit zeigt.

Indem er so stand, trat der Felsenbauer zu ihm. Sie reichten einander mit einem herzlichen Gruße die Hände, dann schwiegen beide lange und schauten hinab, und freuten sich des neuen, herrlich aufgehenden Tages. Mit einem Male durchbebte Walafrieds Seele ein blitzender Gedanke, dann unterbrach er die Feierstille und sagte: Wo ist das Wahlserfeld?

Gerade vor uns hin, antwortete der Greis, zwischen dem Untersberg und der Stadt breitet sich das Gefilde aus in weiter beinahe unabsehbarer Fläche vom Gebirge in die Ebene fort mit wenigen Hügeln unterbrochen.

„Wo steht denn aber der Birnbaum, an dessen Fortdauer sich das Bestehen des deutschen Reiches knüpfen soll?" fragte Walafried weiter, und ein leises Lächeln des Zweifels schwebte um seine Lippen.

Die Fortdauer des deutschen Reiches, das Leben der deutschen Nation hängt wohl von etwas ganz Anderem ab, als von dem Leben dieses, oder überhaupt eines Baumes: das hängt ab von der eigenen Willenskraft. Aber der Birnbaum ist ein schönes Bild der fortdauernden Verjüngung und Erneuerung der deutschen Nation; der gemeinste Mann wie der Gebildete begreift dies, und so ist ihm das Bild lieb geworden, daß er in Zeiten schwerer Bedrängniß, und wenn innerer Unfriede, Hochmuth und Eifersucht die deutschen Stämme entzweien und sich das alte Band zu lösen droht, stets voll banger Erwartung frägt: Sproßt der Birnbaum auf dem Wahlserfelde noch? Treibt er wieder Blüten? Dann wird auch die Frucht bald wieder reifen: Einigung, Einigkeit der verschiedenen Bruderstämme, wenn auch nicht die Einheit unter einem einzigen Oberhaupt.

„Wie sonderbar ist dieses Bild gewählt! Gab es denn kein lebendigeres, kräftigeres, bezeichnenderes, welches die früheren so poetischreichen Zeiten erfinden konnten? Der Phönix wäre doch ein schöneres Bild, um die ewige Verjüngung und Erneuerung anzudeuten. Wie er dahinschwebt Jahrhunderte lang, dann seinen

Tod nahe fühlend sich auf einer Felsenspitze ein Nest aus Ambra und den köstlichsten Pflanzen bereitet, einen Feuerbrand sucht, mit diesem das Nest anzündet, mit seinem Flügelschlage die Flamme anfacht und sich selbst verbrennt. In seiner Asche bildet sich ein Würmlein, das wächst und wächst, bis sich aus der Puppe von Neuem der Phönix erhebt, der wieder dahinschwebt Jahrhunderte lang von Alpen zu Alpen, sich in dem Strahlenmeer der aufgehenden und sinkenden Sonne badet und fort und fort sich erneuet!"

Das Bild der Verjüngung und fortdauernden Erneuerung, welches der Deutsche im Birnbaum wählte und festhält, dies Bild ist nicht erfunden; es bot sich von selbst dar, und ist nur gefunden, wie jeder ächt poetische Stoff, der im Volke Beifall finden soll, von ihm selbst schon längst gefunden ist, und in ihm lebt, von Mund zu Mund, von Gau zu Gau wandert über das ganze Land, und blitzlich durch die Hand oder den Gesang eines Künstlers die wahre lebendige Gestalt erhält, daß das Volk freudig ausruft: Das ist's, was wir meinten! Das Bild vom Phönix ist schön und erhaben, aber es lag und liegt dem Deutschen, ja dem Volke überhaupt zu fern. Was vor seinen Augen liegt, was er tagtäglich oder doch während seiner Lebenszeit selbst schauen kann, das gilt ihm nicht so fast als Bild, sondern als eine Erfahrung und eine Wahrheit, weil Jeder sie wahrnehmen kann. Welcher kann sich denn rühmen, je den Tod und das Werden des Phönix gesehen zu haben? Aber der Baum, der alljährlich im Frühlinge knospet und blüht, und im Herbste die süße Frucht gibt, dann seines Blätterschmuckes beraubt wird, nackt und traurig steht, jedoch von der Wärme der wiederkehrenden Sonne auf's Neue sein erstarrtes Lebensmark durchdrungen fühlt, sich wieder freudig mit Blättern und Blüten bekleidet, aus welchen dann die Früchte sich schimmernd niederneigen und einladen, sie zu brechen und sich daran zu laben: das ist das wahre lebendige Bild vom deutschen Reich und Volk, das sich immer und immer erneuet und seine goldenen Früchte zeitigt. Ja, noch mehr.

Gerade der Birnbaum stellt so ganz, wie kaum ein anderer Baum, die unverwüstliche Kraft dar, welche, wie in ihm so in der deutschen Nation waltet und lebt. Wie oft ward der Birnbaum nicht vom Blitze zerschmettert, von den Stürmen zerbrochen und geknickt, von muthwilliger Gewalt bis in das innerste Mark beschädigt! Kaum daß der Stamm über der Wurzel noch als ein unscheinbarer Knorren und Stumpf aus der Erde hervorragte. Alles Leben schien vertilgt, alle Hoffnung einer Wiederbelebung, einer vollständigen Erneuerung eitel! Aber sieh! nach wenigen Jahren sproßte aus der tiefsten Wurzel ein Zweiglein, das wuchs und strebte empor und ward wieder zum Baume, in dessen Aesten die Vögel des Himmels sich sammelten und ihre Lieder sangen, in dessen Zweigen von Neuem die herrlichsten Früchte reiften. Hatte nicht Napoleon den Baum vom

Grunde aus zerstört und Alles gethan, um die deutsche
Nation zu vernichten, sie zu romanisiren, mit seinem
Reiche zu vereinen, das Volk allmählich französisch zu
machen? Aber die Wurzel war gesund geblieben, der
deutsche Geist regte sich und stieg aus der Tiefe empor
und ward zum Baume, aus dessen Aesten tausend und
tausend Schwerter gegen die Feinde ausfuhren, und der
dann die köstlichsten Früchte des Friedens in Kunst und
Wissenschaft darbot nicht den Deutschen allein, sondern
den Völkern allen weit umher.

Ja, dies ist ein verständliches Bild, und bei dem
Anblicke eines jeden Birnbaumes mag und wird der
ächte Deutsche denken und fühlen: So unverwüstlich ist
das Leben und die Kraft der deutschen Nation, von deren Früchten in Kunst und Wissenschaft, in Mannessinn
und Bescheidenheit, die weite Welt zehrt. So will denn
ich auch als treuer Sprößling den Stamm zieren und
seine Früchte pflegen und selbst, obgleich nur ein gerin-
ges Zweiglein, in Blüten und Früchten prangen zur
Freude des Baumes und der Welt!

Aber um den Birnbaum auf dem Walserfelde schwebt
in der That eine traurige milde und zugleich jede deutsche Brust erhebende Sage, die im sanften Säuseln der
Blätter und Blüten zu den Herzen tönt.

Die deutschen Stämme, welche sich aus dem Wo-
genmeere der Völkerwanderung retteten, hatten sich bereits an allen Flüssen niedergelassen, welche gegen Mitternacht fliessen, und sie hatten zu beiden Seiten der

Donau alles Land in Besitz genommen. Sie schonten
der hier besonders in den Städten zurückgebliebenen wenigen römischen Einwohner, theilten die Gefilde unter
sich und ließen Jenen einen Theil als Lehen, den sie
bebauen und davon zinsen mochten. Aber gegen das
Gebirg herauf bestand noch die Herrschaft der Römer,
deren Rücken die Felsenwände und die Verbindung mit
Italien und dem Kaiser sicherten und sie zürnten, daß
ein fremdes rohes Volk, wie sie sprachen, sie unterwer-
fen wolle. Die größte und mächtigste Stadt aber war
damals Juvavium, gelagert in stolzer Schönheit und
Macht am Eingang des Gebirges, da unten am Fuße
des Untersberges. Ihre Einwohner schwelgten in jeder
Lust und sie machten die Nacht zum Tage und prasse-
ten, und konnten doch den Reichthum nicht verschlem-
men, der ihnen aus den reichen Adern des Gebirges in
Salzquellen und aus Gold- und Silbergruben zu-
strömte.

Da kam eines Tages ein heiliger Mann, Severin, auf seiner Wanderung von der Donau hieher,
sah die Stadt und das gräuelvolle Leben und rief:
Thuet Buße, bekehret euch zum Herrn, welcher den Himmel und die Erde gemacht und seinen Sohn auf die
Erde gesandt hat, daß er Alle rette, die an ihn glauben, und durch glühende Reue ihre Sündenschuld tilgen
wollen.

Aber die Juvavier verspotteten seine Worte, höhnten seiner als eines Wahnsinnigen und trieben ihn von

bannen. Jenseits der Salzach wendete er sich zurück und sprach in Wehmuth: Weh dir! der Tag kommt, da du im Rausche deiner Lust versinken wirst. Und die Bäche des Gebirges werden ihren Sand über dich decken, und deine Spur wird Niemand mehr finden.

Dann eilte er von hinnen, wieder der Donau zu. Nach wenigen Tagen aber erschien in der Stadt ein Priester des Jupiter, gehüllt in weißschimmerndes Gewand mit Purpurbinden, der redete auf dem Markte zum Volke und rief: Schlürfet die Lust aus dem Lebensbecher, euch wuchern die Höhen und die Tiefen der Berge. Darum genießet, was die Götter euch mit gnädigem Lächeln geben. Ich will das Unglück fern von euch fesseln, und die Horden der Deutschen mit Blindheit schlagen, daß sie diesen Garten der Lust nicht finden, und seine Thore nimmer eröffnen. Und alles Volk in der Stadt jauchzte und sie führten den Priester bekränzt in den Tempel, und er wiederholte seine Worte und sprach: Bringet Opfer dem Jupiter, daß er seine Blitze schleudere auf die Deutschen und sie blende. Fünf Knaben und fünf Mädchen deutschen Stammes müssen fallen auf seinem Altare; daneben will ich einen Kern in die Erde versenken und mit dem Blute der Opfer befeuchten. Ich habe den Kern aus Asien mitgebracht, er ist geweiht mit Zaubersprüchen und seine Früchte werden noch die spätesten Enkel laben.

Als die Juvavier Dies hörten, gelobten sie dem Jupiter die zehn Kinder als Opfer, daß sie die Herrschaft der Erde auf's Neue erträngen, und sie sandten Leute aus mit dem Auftrage, zehn Kinder aus den Gauen der Deutschen durch Geschenke an sich zu locken und nach Juvavium zu bringen. Und die Boten gingen niederwärts an der Salzach, zum Inn und hinüber zur Isar und zur Vils, und boten, wo sie Kinder auf dem Gefilde trafen, schöne Früchte und allerlei Bänder und mit Blumen gestickte Gürtel, Bogen und Pfeile, und es folgten ihnen willig Knaben und Mädchen, und sie brachten die Kinder in die Stadt unter großem Jubel des Volkes, und der Tag des Opfers wurde bestimmt.

Da zogen sie aus, Jung und Alt, daß die Stadt wie veröbet, zurückblieb. Mitten auf der Ebene hatte der Priester dem Jupiter einen Altar gebaut von farbigem Marmor, und er harrte, umgeben von seinen Dienern, der Opfer. Und die Kinder kamen daher in ihrer Unschuld und Unwissenheit und lächelten, da man sie bekränzt und mit weißen Kleidern geschmückt hatte; ihnen zur Seite aber und nach wogte das Volk in ungeheueren Massen, und sie sangen Freudenlieder, weil nun ihre Herrschaft wieder erblühen und sich stärken sollte.

Zu derselben Zeit hatten sich viele deutsche Jünglinge, denen daheim das müssige Leben nicht gefiel, aus den Gauen ihrer neuen Heimat aufgemacht, und waren Willens über die Alpen nach Italien zu ziehen. Ihr Anführer aber war Ottokar oder Odoaker, ein Sohn Etichos, des Schyren Fürsten. Und sie waren auf ihrem

Zuge am Fuße der Alpen hin bis in die Gegend von
Juvavium gekommen, wo sie, während der heiße Mittag
brannte, unter Zelten lagerten; nur einige Wenige waren als Vorhut vorausgegangen, Ottokar ihnen Allen
voran. Da sahen sie die ungeheure Menschenmenge
daherwogen in die Ebene, sahen den Altar, und Ottokar, mit Römer Sitte und Sprache wohl bekannt, trat
näher und mischte sich in den Zug, zu erfahren, was die
Bewegung in dem Gefilde bedeute; die Anderen folgten
von ferne. Und in ihrer tollen Freude achteten die Bewohner der Stadt seiner nicht, und duldeten, daß er mit
ihnen bis in die Nähe des Altares drang, wo sie schweigend der Stimme des Priesters lauschten, der also
begann:

Juvavier! Jupiter hat mich zu euch gesendet, daß
ich euch Rettung und Dauer euerer Herrschaft, Untergang aber den deutschen Horden bereite. Dieses Sa-
menkorn hieß er mich euch bringen, und so wie es in
die Erde gesenkt und mit dem Blute der Opfer begos-
sen zu einem Baume aufsproßt, der aus seinen Wurzeln
immer neues Leben treibt und eine unvertilgbare Kraft
in sich verborgen hält: so wird blühen in alle Zukunft
das Geschlecht und der Stamm dessen, von dessen Hand
der Samen in die Erde gelegt, und mit Blut und Erde
bedeckt wird.

Meine Hand wird euch dies Heil bereiten und euer
Geschlecht wird herrschen durch mich fort und fort. Aber
zuerst werde das Opfer gebracht, und mit Blut gedüngt

der Boden, dann senke ich den Kern ein und begieße ihn wieder mit Blut zum fröhlichen Gedeihen.

Nach diesen Worten streckte er seine Hand aus nach einem blondgelockten Knaben, ergriff ihn und durchbohrte ihn mit einem Dolche gerade über der Grube, in welche er den Kern legen wollte. Die Kinder, wie sie dies sahen, erhuben ein Geschrei, das die Luft durchzitterte.

Das Volk aber brüllte in wilder Freude. Da stürzte Ottokar auf den Priester, wie ein Löwe auf seine Beute, und schlug ihn mit seiner Keule nieder, daß er röchelnd zuckte; aber sogleich drangen Hunderte auf ihn ein und schrieen: Nieder mit ihm! Jupiter zerschmettere ihn! Andere aber riefen: Vollendet das Opfer; gebt dem Jupiter, was ihr gelobtet, daß er nicht zürne! Und darauf wendeten die Einen sich gegen die Kinder, die erstarrt vor Furcht und Schmerz in Mitten des Gewühles standen, und stiessen sie nieder; die Anderen stürzten wüthend gegen den Mörder des Priesters, der mit seiner Keule alle, die ihm nahten, niederschmetterte. Aber schon erlahmte ihm die Hand, schon bebte der Arm; da ergriff er sein Horn, das an seiner Hüfte hing, und blies mit gewaltiger Kraft, daß die Römer erbebten.

Als die Freunde von fern das Getümmel sahen und das Wuthgeheul hörten, eilten sie herbei; jetzt, da sie den Hülferuf des Hornes vernahmen, erhoben sie das Kriegsgeschrei und stürmten heran; das vernahmen auch Jene, die noch in den Zelten lagerten, auch sie sprangen empor und kamen auf den Schauplatz des entsetz-

lichen Opfers, und nun sank von ihrer Hand Alles,
was Römerzeichen in Kleidung oder Antlitz trug und
was sie erreichen konnten. Heulend, knirschend flohen
die Juvavier der Stadt zu; aber die Deutschen folgten,
sprengten die Thore, warfen Brände in die Häuser, und
alsobald erhob sich die Glut unauslöschbar. Keine Flucht
ward gegönnt, die Deutschen trieben mit Wurfspießen und
Pfeilen Alle, die zu fliehen versuchten, in die Flammen
zurück, und die Stadt sank in Staub und Asche.

Das Angesicht des Himmels verfinsterte sich und
wendete sich ab von dem Schauplatze der Gräuel, und
Gott der Herr gebot den Wassern der Gebirge, zu ver-
tilgen die Stadt von der Erde, und sie tobten daher im
Grimme und stürzten sich gleich wilden Rossen in die
Straßen und stießen um, was noch stand, und an der
Stelle der ehemals einem blühenden Garten ähnlichen
Landschaft breitet sich aus das ungeheuere Torfmoor-Ge-
biet zu unsern Füßen.

Ueber die ganze Gegend lagerte sich der Kies der
Bäche des Gebirges und die Pflanzen erstarben drunten,
es erstarb alles Leben; doch Ottokar sah die Verwüstung
nicht.

Er war todtwund auf dem Wahlfelde zurückgeblie-
sen, in der Nähe der Leichen der lieblichen Kinder, welche
wie Lilien auf dem blutgetränkten Gefilde lagen. Wo
er ruhte, da erhoben seine Gefährten über ihm sein Zelt
und pflegten seiner; als er nach wenigen Tagen genesen war, ließ er den Altar niederreissen, die Leichen der

Kinder um die Grube begraben. Die todten Römer waren von seinen Gefährten bereits in die Salzach geworfen, welche sie in's schwarze Meer fortwälzte den Fischen zum Fraße.

In stummer Eile zog dann Ottokar, sobald er genesen war, mit seinen Freunden von bannen, und von nun an zerstörte er auf seinem Wege alle Römerstädte und ließ das herrenlose Land den Deutschen zurück, welche nachrückten und sich immer weiter ausbreiteten. Da er aber in die Gegend kam, welche die Enns durchfließt, fand er schon andere Deutsche angesiedelt und vernahm von ihnen, es hause in der Nähe Severin, ein mildes Licht ihnen Allen. Und er machte sich auf, und trat mit Ehrfurcht in die Hütte des frommen Mannes. Dieser staunte ob der Würde und Hoheit, die den Eintretenden umgab, begrüßte ihn mit freundlichem Worte und weckte in der Seele des Horchenden den Glauben an Jesu. Beim Abschiede sprach er: Gehe hin, und erfülle das Werk, das du vollbringen sollst. Bald wird dir Rom deinen schlechten Pelz mit kostbarem Purpur vertauschen, und du wirst die Menschheit rächen an ihrem Peiniger.

Ottokar verneigte sich in Demuth und ging, und kam über die Alpen und trat mit seinen Getreuen in die Dienste des römischen Kaisers. Und als er merkte, die Welt müsse sich erneuen, und er selbst sei das Werkzeug des Himmels zur Umgestaltung, zerbrach er den römischen Kaiserthron. Aber er tödtete den Kaiser — noch

einen Jüngling näher einem Kinde — nicht, sondern
wies ihm ein Landgut zu seinem Unterhalte an und
waltete nun selbst als deutscher König in Italien. Und
die Völker umher gehorchten seinem Scepter und bauten
im Frieden das Land und pflegten Künste und Wissen=
schaften, und ein kräftiger Lebenshauch durchwehte die
Halbinsel, zerstreute die faulen Dünste und weckte frische
Blüten.

Aber da reizte das östliche Rom ein anderes deut=
sches Volk, daß es gegen seine Stammbrüder zog. Und
Theodorich, der König der Ostgothen kam von der unte=
ren Donau daher nach Italiens Gefilden und begeg=
nete in der Schlacht dem Ottokar. Dieser wurde besiegt
und, weil dem römischen Neid und Hasse die Versöhnung
und Verbindung der beiden deutschen Könige mißfiel,
bald darauf während eines Festschmauses meuchlerisch
ermordet. Seine Gefährten aber wendeten sich wieder
zurück über die Alpen und kamen nach sieben Tagen
auf das Wahlfeld. Es waren aber indessen achtzehn
Jahre vergangen. Und siehe! mitten auf dem Felde er=
hob sich ein Birnbaum gerade an der Stelle, wo das
furchtbare Opfer gebracht worden, und der Baum prangte
mit einer Fülle köstlicher Früchte. Da lagerten sie sich
umher, und pflückten die Früchte und aßen und blieben
die Nacht über. Um Mitternacht war es, als weckte sie
ein leiser, süßer Gesang, und da sie die Augen erhoben,
schimmerte der Baum im wundersamen Lichte und zehn
Engelgestalten umschwebten ihn Hand in Hand und san=

gen Preis dem Herrn der Welten und Ruhm dem kom=
menden Reiche der Deutschen.

Wunderbar gestärkt setzten die Schlachtgenossen am
Morgen ihre Wanderung fort und Jeder nahm noch
von den Früchten, und als sie von einander schieden,
gelobte ein Jeder, die Kerne der Frucht da einzusenken,
wo er sich niederlassen würde. Und so geschah es.
Ueberall trieben die Kerne freudig, und nach wenigen
Jahren summten in den Blütenbäumen die Bienen,
schüttelte der West im Herbste die süßen Früchte nieder.
Und die Birnbäume gediehen im Süden und Norden,
es war, als durchdringe sie eine wunderbare unverwüst=
liche Kraft, daß weder Feuer noch Schwert ihr inneres
Leben vertilgen könne, das sich mit jedem Frühlinge
erneute.

Das ist die Sage vom Birnbaum auf dem Wahl=
serfelde. Gleicht ihm nicht das deutsche Reich? Es ist
mit Opferblut zusammengekittet und gesegnet von so vie=
len Tausenden, die freiwillig ihr Leben dahingaben, auf
daß der Baum gedeihen möchte, und wie oft auch der
Frevelmuth schon die Art an ihn legte und ihn stürzte,
er hebt sich stets neu aus der innersten Wurzel empor.
Und wer möchte nun sagen, daß dieses Bild nicht schön,
nicht bezeichnend genug sei?

Unsere Vorälten hatten einen offenen Sinn für
die Natur und für die Geschichte. Dieses werdet ihr er=
kennen an der Sage von Deut, die ich euch zeigen werde.
Kommt!

Und sie gingen ins Haus und Walafried empfing mit heiliger Scheu das Buch aus den Händen des Greises. Es bestand aus mehreren Pergamentblättern, die mit zierlicher Schrift beschrieben waren, und als ihn der Felsenbauer verlassen hatte, begann er zu lesen:

Dent.

I.

In der unermeßlichen grasreichen Ebene, die sich an den nordwestlichen Abhängen des Himelaya herabsenkt, erhoben sich die vielen hundert Zelte wie große schimmernde Pflanzen über das hohe wogende Gras emportauchend. Rinderheerden, Schafe mit Fettschwänzen und feurige Rosse, die in wilden Sprüngen hin und hertrotteten, belebten die Landschaft; aber kaum war hie und da ein menschliches Wesen vor einem Zelte zu erblicken, denn es war noch früh am Morgen, und die Sonne wandelte noch hinter den fernen Gebirgsthronen, deren Spitzen und Hörner bereits im Glanze ewiger, unentweihter Majestät erglühten.

Da schwebte mit einem Male im gewaltigen Schwunge seiner ausgebreiteten Fittiche ein Adler vom Gebirge her über die Ebene, und ein Schwarm von Geiern verfolgte ihn mit wildem, krächzenden Geschrei, daß die weidenden Thiere alle ihre Köpfe erhoben, die Einen erschreckt davonjagten, Andere aber wie neugierig herbeirannten. Jetzt senkte sich der Adler und ließ aus seinen Fängen einen hellschimmernden Körper nieder in's Gras gleiten, dann erhob er sich schnell im sausenden Schwunge, und stürzte gegen die Geier an, welche ängstlich krächzend nach allen Seiten auseinander flatterten.

Ein Mann, der in ein Schaffell gehüllt vor seinem Zelte stand, hatte mit Erstaunen das Schauspiel gesehen, und ging nach der Stelle hin, wo sich der Adler gesenkt hatte. Da er näher trat, bemerkte er, wie die Rosse einen Kreis um den glänzenden Gegenstand schlossen und die Köpfe nach demselben hinstreckten, und jetzt erblickte er selbst mit Verwunderung in Mitte des Kreises ein neugebornes Knäblein, das gleich einer Lotosblume aus dem Grase schimmerte. Er hob es auf, und trug es in sein Zelt, während ihm die Rosse freudig wiehernd folg= ten, und gab es seinem Weibe, und dieses empfing das Knäblein mit Liebkosen, und Beide freuten sich über dasselbe, denn sie waren alt, und die Kinder ihrer Ju= gend waren alle gestorben.

Der Knabe wuchs und gedieh unter der liebenden Pflege seiner Eltern und sie nannten ihn Deut, und nährten ihn mit Milch und Fleisch, und er wandelte unter den Herden und Zelten wie ein Stern: so glänzte sein Leib, so strahlten seine blauen Augen, und die blon= den Locken fielen in großen Ringen über seinen Nacken zurück, und wenn er dieselben schüttelte, so war es, als fielen leuchtende Funken daraus. So oft er aus dem

Zelte trat, rannten die Rosse, sobald sie ihn erblickten, herbei, umsprangen ihn und folgten ihm, und er war die Freude seiner Pflegeeltern, der Liebling der Nachbarn und das Schrecken der wilden Thiere. Mit dem weißen Stabe in der Hand, den er sich aus einem Weißdorn geschnitten hatte, trat er dem Löwen und dem Tiger entgegen, heftete sein Auge in ihr Auge, und sie senkten den Schweif, beugten den Kopf, und er schlug sie, daß sie knurrend und heulend sich entfernten.

Die Kinder der Nachbarn umher, Knaben und Mädchen gesellten sich traulich zu ihm, begleiteten ihn auf seinen Wanderungen, oder saßen im Kreise um ihn her, wenn er auf dem Schilfrohre blies, das er sich kunstreich zu einer Pfeife geschnitten hatte; dann kamen auch die weidenden Heerden näher, und die Rosse erhoben horchend ihre Köpfe und schlossen sich an den Kreis; zuweilen schwebte ein großer Adler lange über der Gruppe, und schlug klangvoll mit den Schwingen, ehe er sich emporstürmend in die Wolken erhob und den Blicken entschwand.

Eines Tages, der Knabe war zwölf Jahre alt, wanderte er am frühen Morgen allein weiter von den Zelten aufwärts, als gewöhnlich, gegen das Gebirg hin, und mehrere Rosse folgten ihm, und die Füllen sprangen munter um ihn her: da stürzte ein Löwe aus dem Gebüsch und schlug mit seiner Tatze auf ein Füllen, welches dem Busche nahe kam, daß es auf dem Boden lag. Die übrigen Rosse sprüheten Zorn aus ihren Nü-

ſtern und ſchnaubten; aber der Löwe hielt ſeine Taße
auf dem Thiere und ſchaute ſtolz umher, da er den Tritt
Deut's vernahm. Dieſer rief ihm mit lautſchallender
Stimme zu und ſein Auge leuchtete: Weiche, du Katze!
und erhob den Stab zum Schlage. Da ließ der Löwe
von dem Füllen und kehrte langſamen Schrittes, und
ſtets das Haupt umwendend in das Gebüſch zurück, das
Füllen aber blieb erſchreckt und verwundet noch auf dem
Boden liegen. Deut riß einige Gräſer aus, zerdrückte
ſie zwiſchen den Fingern und träufte den heilenden Saft
in die Wunden des Füllens, und nach kurzer Zeit rich=
tete es ſich auf, und folgte ihm mit den anderen Roſſen
zurück zum Zelte. Und in wenigen Tagen waren die
Wunden vernarbt, und es umſprang dankbar freudig in
luſtigen Sprüngen den Knaben, und ſo oft er Mor=
gens aus dem Zelte trat, harrte es ſchon ſeines Retters,
liebkoſete ihn und legte ſchmeichelnd ſeinen Kopf an
Deut's Schulter und folgte ihm überall nach, wie ein
Lamm. Er nannte es Leufang.

Tage, Monde und Jahre gingen vorüber, und
Deut ward ein Jüngling blühend in Kraft und Schön=
heit, und mit ihm wuchs das Füllen heran zum feuri=
gen Roſſe, aber es duldete, daß ſich Deut auf ſeinen
Rücken ſchwang, und eilte dahin, wohin er wollte, wie
auf Sturmesflügeln und ſtand bei ſeinem Rufe wie ein
Fels. Und fortan ritt er kein anderes, wenn er die
wilden Thiere in ihren Schlupfwinkeln aufſuchte und
ſie erlegte oder vertrieb. Seine Gefährten aber wählten

ihn zu ihrem Führer bei solchen Unternehmungen und im Spiel; denn Deut handhabte den Speer und Bogen wie ein Meister und seinem Schwerte erlag, was ihm nahe kam. Oft tummelte er sich allein ohne seine Gefährten Tagelang fern von der väterlichen Hütte auf Abenteuern umher an den Abhängen des Gebirges; denn hier fand er zumeist Gelegenheit zum Kampfe, lagerte des Nachts unter einem Baume und ließ sein Roß frei grasen.

Als er eines Morgens erwachte, und die Gletscher über die Vorberge in die Ebene herein schimmerten im goldenen Sonnenglanze, raffte er sich auf, nahm Abschied von seinen Eltern, denn er werde vielleicht einige Tage nicht wiederkehren, er wolle einmal in die Thäler des Gebirges eindringen. Und er bestieg sein Roß und jagte dahin, bis zuerst Gebüsche, dann hoher Wald mit Schlingpflanzen seine Eile hemmten. Aber er stieg vom Rosse, brach sich Bahn und wie er weiter vorbrang, stand er mit einem Male an einem steilen Abhang des nach Innen sich neigenden Felsengebirges, und wie er niederschaute, bemerkte er ein lang sich hinziehendes Thal mit solchen Gewächsen, dergleichen er noch nie gesehen hatte, und so heimlich und abgeschieden von der übrigen Welt gelagert, daß es wie ein Paradies erschien.

Und Deut schaute nieder und betrachtete voll Verwunderung die ihm seltsamen Gegenstände: zunächst lehnte eine Hütte von Baumstämmen mit Schilf und großen Blättern bedeckt an einem steilaufragenden Felsen, aus

dem eine Quelle sprudelte und mit Glitzern wie eine
schillernde Schlange durch das üppige Gras hinschoß.
Um die Hütte rankten sich Weinreben und Obst=
bäume sonnten sich weiter abwärts und schüttelten ihre
Blüten auf den Rasen nieder; aus den Hecken umher
aber drangen die Lieder der Vögel und weiter einwärts
breiteten sich Matten aus, bedeckt mit Rindern und in
der tiefsten Niederung wucherte Reis in üppiger Fülle.
Das Alles lagerte im Thale so traulich nachbarlich ne=
ben einander, so reich und einladend, daß selbst die seli=
gen Geister hier einen Augenblick voll Entzücken weil=
ten, wenn sie der Flug vom Himmel herab im Dienste
Allvaters hier vorbeitrug. Und so stand denn jetzt
Deut, und schaute hinab und konnte sich nicht satt sehen,
und sein kluges Roß streckte voll Neugierde sein Haupt
über ihn her und schaute gleich seinem Herrn hinab in
das Thal.

Kein Mensch war zu sehen. Nachdem der Jüng=
ling Alles betrachtet hatte, wendete er sich um nach sei=
nem Rosse, dann seitwärts und er forschte, wo er am
Leichtesten niedersteigen könnte in das Thal, und als er
mit sicherem Blicke die Stelle ausgefunden, wo der Ab=
hang minder steil sich senkte, begann er seine Wande=
rung dahin auf einem weiten Umwege, gelangte zu der
Stelle, und glitt nieder in das Thal. Sein Roß folgte
ihm. Als er auf die Hütte zuging, bemerkte er unter
den Blütenbäumen ein etwa zwölfjähriges Mädchen,
welches bei seinem Anblicke erschreckt auffuhr, die neue

seltsame Erscheinung des Fremden anstarrte, und dann mit einem leisen Rufe bebend der Hütte zueilte. Ein Greis trat heraus und richtete sein Auge auf den kühnen Eindringling, auf welchen das Mädchen scheu umblickend hindeutete, und Deut neigte unwillkürlich sein Haupt, und kreuzte seine Hände über der Brust, solch eine Ehrfurcht erfüllte seine Seele bei dem Anblicke desselben. Der Greis beruhigte das Kind mit wenigen Worten und begrüßte darauf den Jüngling, den er zum Sitz vor der Hütte führte.

Bald zeigte sich auch die Hausfrau, eine hohe, ehrwürdige Gestalt. Sie war die Tochter des Greises, Wittwe, und die Trauer sprach aus ihrem Antlitz und ihrer ganzen Haltung. Auch sie begrüßte den Fremdling und brachte ihm auf einen Wink des Greises Honig und Butter, Milch und ein großes Brot, von dem er anfangs nicht wußte, wie er es behandeln, was er damit machen sollte; denn er hatte noch nie die Frucht der Aehren gesehen, viel weniger gekostet. Als jetzt der Greis davon brach, aß und ihm einen Theil davon gab als Zeichen heiliger Gastfreundschaft, aß auch Deut und er fand das Brot schmackhaft und glaubte Götterspeise zu kosten. Erst spät schied er, wendete sich oftmals um im Gehen, sah, wie die Beiden und das Mädchen ihm nachblickten, und sein Herz wurde von einem Gefühle bewegt, welches ihm bisher unbekannt war. Es durchglühte ihn eine unnennbare Sehnsucht, in jenem Thale zu weilen, und dahin zurückzukehren: das

Heimweh, welches in jedem Menschenherzen wie ein Vöge=
lein im Ei schlummert, war erwacht, durchpickte die
Schale und nährte sich vom Herzblut des Jünglings und
wuchs größer und größer mit jedem Tage. War es ihm
doch, als hätte er einen Theil seiner Seele in jenem
Thale gelassen, und er müßte zurück, um denselben zu
holen, und so das Ganze wieder zu haben. Und er
wanderte deshalb nach wenigen Wochen desselben Weges
zurück, und als er niederstieg in das Thal, glaubte er
wirklich, die beiden getrennten Theile vereinigen sich und
sein Herz pochte in Freude.

Auch diesmal erblickte ihn das Mädchen wieder zu=
erst, aber es erschrack nicht mehr, sondern es rief
dem Großvater: „Komm! komm! Er ist wieder da!“
Und der Greis Hamin und Deut reichten sich einander
die Hände wie Vater und Sohn, und die Sonne tauchte
viel zu frühe für den Wunsch Deut's in den Zedern=
Wald auf dem Berge, der sich über dem Thale gegen
Abends hin streckte. Diesmal schied er mit dem beseli=
genden Gefühle des baldigen Wiedersehens, und als er
ging, reichte ihm auch das Mädchen Teobiska die Hand.
Von nun an trug ihn das Roß häufiger die bekannten
Steige, die es sich selber allmählich bahnte, und weidete
mit Lust im Thale zuweilen den Kopf nach seinem Herrn
hinwendend, als wollte es auch den Reden lauschen, die
so sanft von den Lippen des Greises träufelten und Licht
und Milde im Herzen Deut's weckten. Dieser heftete in

Schweigen und mit Ehrfurcht sein Antlitz auf den Re=
benden und blickte nur zuweilen auf Teobiska.

Und er lernte von dem Greise Namen und Eigen=
schaften vieler Thiere und Pflanzen, lernte die Natur
der Erde und die Bewegung der Gestirne kennen, und
sein Geist erhob sich aus der Finsterniß, in welcher er
bisher versenkt war, wie die Wasserrose aus der Tiefe,
und er freuete sich des Lichtes und der Erkenntniß. Und
wenn er heimkehrte, erzählte er wieder, was er gehört
und gelernt hatte, und seine Altersgenossen lauschten sei=
nen Worten und das Band der Freundschaft zwischen
ihnen wurde immer fester. Er theilte mit ihnen, was
er besaß an Früchten und Kenntnissen, brachte Getreide
aus dem Thale und lehrte sie Brot von den Körnern
zu bereiten, und sie brachten ihm die Beute der Jagd
und halfen ihm bei Allem, was er unternahm.

Mit seinem Reichthume wuchs seine Freigebigkeit
und der Bund zwischen ihm und seinen Gefährten wurde
stärker von Tag zu Tag, und Deut freute sich der wach=
senden Zahl, sie aber waren stolz auf die Klugheit,
Kraft und Gerechtigkeit und Freundschaft ihres Führers.
Und es wuchs das Vertrauen zu einander und sie hiel=
ten nichts vor einander geheim; nur auf seiner Wande=
rung in's Gebirg begleitete ihn Keiner. Sie fragten
nicht, wohin er gehe, sie scheueten und ehrten sein Ge=
heimniß, aber sie harrten mit Sehnsucht seiner Wieder=
kehr und lauschten erfreut, wenn er eine neue Kunde
zurückbrachte und sie wie ein Reis in die Tiefe ihres

21*

Herzens senkte, daß es weiter sprosse und gedeihe. Jeder glaubte, ohne daß er dies einem Anderen mittheilte, Deut wandle und rede mit dem Berggeiste.

Drei Jahre mochten ohngefähr vergangen sein, seitdem er das erste Mal in jenes tiefverborgene Thal niedergestiegen war. Er war zum Mann-Jüngling herangereift, bemerkte aber nicht, daß Teobiska auch zur Jungfrau heranblühte, bis er einst nach Monate langer Abwesenheit von einer großen Jagd, welche er mit seinen Gefährten unternommen hatte, zurückkehrend mit freudigem Erstaunen die holde Gestalt begrüßte. Sie bewillkommte ihn mit dem gewöhnlichen, freundlichen Gruße, aber zum ersten Mal senkte sie das Auge, ihre Lippe bebte und sie rief den Großvater.

Sinnend verließ Deut das Thal und stand noch lange oben auf der Höhe und schaute hinab. Von jenem Tage an fühlte er seine Brust beklommen, wenn er kam und ging; aber er wußte nicht warum?

Eines Tages begann sein Vater zu ihm: Sieh! von deinen Gefährten hat der Eine und der Andere sich ein Weib genommen nach seiner Wahl. Wir sind alt, dein Gut mehrt sich täglich. Willst du dir nicht auch ein Weib suchen, das dir gefällt?

Dies Wort fiel wie ein Lichtstrahl in die Seele Deut's, und er entgegnete darauf: Ich will suchen, und die mir erwerben und heimführen, an der ich Wohlgefallen finde. Er dachte dabei an Teobiska. Doch wagte er es nicht mehrere Tage lang, seinen Wunsch zu offen-

baren; er wußte nicht, wie er es beginnen sollte. In=
deſſen glühte die Sehnſucht in ſeiner Bruſt immer leben=
biger, und er konnte die Flamme nicht länger zurück=
drängen. Und er ſchwang ſich auf ſein Roß, ritt nach
dem Thale hin, trat vor den Greis und ſagte: Gib
mir deine Teobiska zum Weibe und ich will dir vergel=
ten, ſo viel du fordern magſt.

Da ſchaute ihn der Greis an mit tiefernſt weh=
müthigem Blicke und entgegnete: Ich verkaufe nicht,
was nicht mein iſt.

Darauf fragte Deut haſtig: Wie? ſie iſt nicht
dein eigen?

Und der Greis antwortete: Der Menſch iſt nicht
des Menſchen Eigenthum. Nur die Liebe verbindet den
Gatten und die Gattin, das Kind mit den Eltern, Ge=
ſchwiſter mit Geſchwiſtern und Stamm mit Stamm.
Gehe zu deinem oder einem anderen Stamm und kaufe
dir, die du begehrſt von ihrem Vater oder Bruder, und
lege dir in der Folge noch eine Andere bei, die du willſt
und halte ſie, wie es Sitte iſt bei euch.

Aber mir gefällt Keine meines oder eines anderen
Stammes. Ich begehre nur Teobiska, ſagte Deut. Und
indem ſie noch ſprachen, und Deut nicht wußte, wie er
ſeine Sehnſucht und Liebe recht deutlich zeigen möchte,
erſchien Teobiska und erröthete bei ſeinem Anblicke. Ihr
Großvater aber ging ihr entgegen und ſagte: Er will
dich kaufen und zu ſeinem Weibe nehmen. Willſt du
mich verlaſſen?

Und sie entgegnete erschrocken: Wie könnte dies geschehen? Willst du mich verkaufen? Ich will bei dir bleiben, mein Vater, so lang ein Odem meine Brust beseelt. Und sie senkte die Augen und ging in die Hütte.

Darauf sagte der Greis: Du hast es selbst gehört. Und er reichte dem Deut seine Hand. Dieser warf sein Haupt im Stolze zurück und schritt mit großen Schritten fort und sah sich nicht um, schwang sich auf sein Roß und jagte dahin diesmal selbst Bergan.

In der Nacht aber wurde sein Stolz weich wie Wachs an der Sonne, und er weinte. Es war das erste Mal in seinem Leben, daß er weinte, und er wußte doch nicht warum? Dann sprang er auf, stürmte Tage lang umher und kämpfte mit Löwen und Tigern; aber nach einigen Tagen lenkte er sein williges Roß gegen Untergang der Sonne hin, dem Thale zu, schaute durch die verschlungenen Zweige hinab, bis die Nacht Alles mit ihrem Schleier bedeckte, dann kehrte er langsam zu den Seinigen zurück und sank ermüdet auf sein Lager. Das wiederholte er oft, aber selten kühlte ein kurzer Schlummer seine glühende Wange; zuweilen erhob er sich wieder um Mitternacht, rief mit leisem Pfeifen seinem treuen Rosse und jagte wieder dem Berge zu, um vielleicht bei Sonnenaufgang sie im Thale zu erblicken. Aber er sah sie während mehrerer Monate nur einige Male; zuletzt glaubte er zu bemerken, ihr Auge weile an der Höhe, von wo er früher immer in's Thal niederstieg und wo er jetzt hinter Büschen verborgen lauschte.

Nach fünf Monaten unendlicher Qual entschloß er sich zu einem neuen Gange. Hellwiehernd trottete das Roß in's Thal nieder, daß die Bewohner der Hütte sein Kommen schon von Fern erfuhren. Da erblaßte Teobiska, als seien ihre geheimnißvollen Gedanken verrathen, doch schnelle, dunkle Röthe folgte dem Erblassen, und Hamin trat aus der Hütte und reichte dem Ankommenden die Hand und bewillkommte ihn wie immer freundlich väterlich.

Aber Deut begann: Vater! Die Liebe hat meinen Trotz gebrochen, er schwand wie Nebel dahin. Ich komme von Neuem zu werben. Gebt mir euere Tochter. Ich will sie schützen, getreulich mit Schild und Schwert. Ich will ihr geben Gesind und Haus und Herd. Mit dem Mark der Thiere und der süßen Aehren will ich sie pflegen und freundlich nähren.

Und wie willst du sie halten? fragte der Greis.

Wie meinen Leib und meine Seele, entgegnete Deut. Leben um Leben, Liebe um Liebe. Ja mein Leben um ihre Liebe. Sie und ihre Liebe allein durch das ganze Leben.

Da leuchtete das Auge Hamins und er sprach: Nun gedulde dich einen Augenblick, ich will erfahren, welche Antwort ich dir bringen kann. Und er ging in die Hütte und sagte zu Teobiska: Du weißt, wer da draußen harrt. Er begehrt dich aus Liebe zu seinem

Weibe. Willst du ihm folgen? Und sie senkte das Auge und sagte: Kann er nicht hieher kommen, nicht bei uns wohnen?

Auf diese Worte lächelte der Greis und erwiderte: Das Weib folge dem Manne, nicht der Mann dem Weibe. So ist es seit Anbeginn. Darauf kam er zu Deut und sagte: Die Liebe hat gesiegt. Teobiska wird die Deine. Sie aber hörte diese Worte des Großvaters zugleich mit Freude und Schmerz, und Deut trat zu ihr, ergriff ihre Hand und sah in ihr Auge und damals vermählten ihre Seelen sich, aber Beider Mund sprach nur: Dein!

Hamin rief die Nachbarn zu einem Freudenmahl. und verlobte dann in ihrer Gegenwart Deut und Teobiska, und bestimmte den Tag zur Hochzeit nach sieben Wochen Bis dahin sollte der Bräutigam die Braut nicht wieder sehen. Und Deut nahm Abschied, schwang sich auf sein Roß, reichte seiner Braut die Hand, blickte dankend gen Himmel und eilte nach seiner Heimat, und brachte seinen Eltern die Freudenbotschaft.

Am folgenden Tage begann er mit dem Bau eines eigenen Zeltes, das der Hütte im Thale ähnlich war mit mehreren Abtheilungen, welche durch Decken und Felle von einander gesondert waren, und er ordnete sein Gesinde nach Alter und Geschlecht, gab den Verheiratheten eigene Zelte ihnen und ihren Kindern, und die Nachbarn sahen sein Thun, staunten und fragten, und er belehrte sie über Alles und Jedes. Aber sie schüttelten

ihre Lockenhäupter und schwiegen. Als der bestimmte Tag
nahte, berief er seine Genossen und lud sie zur Hochzeit,
und sie kamen in hellen Haufen im Schmucke ihrer
Waffen.

Dann zog er mit ihnen gegen das Gebirg hin und
ihr Jubel wiederhallte durch die Thäler und Wälder und
verkündete der harrenden Braut die Ankunft ihres Bräu=
tigams. Um Teobiska waren versammelt die Nachba=
rinnen, um Hamin aber die Männer, und als jetzt Deut
nahte, kam ihm seine Braut entgegen an der Hand der
ältesten Frau des Thales und ihrer Mutter; ihre Ge=
spielinnen führten eine Kuh herbei, deren Hörner und
Stirne mit Blumen geschmückt waren. Andere brach=
ten einen Korb mit Weizen=, Roggen= und Gerstenkör=
nern, wieder Andere einen Korb mit schneeweißem Flachse
und Hanf, und darüber lag eine Spindel.

Jetzt kam Hamin begleitet von zwei Männern gleich
ihm von ehrwürdiger Gestalt, und auf sein Geheiß lo=
berte eine Flamme aus einer Felsenspalte empor, und er
hieß Bräutigam und Braut sich einander die Hände rei=
chen über der Flamme, und er band ihre Hände mit
einem starken Bande, das mit dornigen Rosen durch=
flochten war, und sprach mit Feierstimme: Was der
Himmel hat gebunden, soll der Mensch nicht trennen
mehr. Und so verbinde ich euch Beide — ihr Alle seid
deß Zeugen und das Auge des Himmels da oben, das auf
uns herabschaut; ich verbinde euch für euer ganzes Le=
ben, einen Mann mit einem Weib, auf daß ihr traget

euer Leben lang Freude und Leid gemeinsam nach des
Himmels Rathschluß. Sein Segen folge euch wie sein
Auge überall hin!

Darauf lösete er das Band von ihren Händen und
warf es in die Flamme, von der es schnell verzehrt
wurde; dann erlosch sie. Die Mädchen aber kamen mit
dem Korbe und schütteten über das Haupt der Neuver-
mählten die Körner aus, daß ihr Haar wie von goldenen Strömen träufte; darauf erhoben zwei Männer und
zwei Frauen eine große, weiße, leinene Decke über dieselben, verhüllten sie einen Augenblick, zogen dann die
Decke weg und gaben sie dem Paare mit den Worten:
Ein Himmel über der Erde, Ein Dach über Mann und
Weib und ihren Kindern, Eine ungetheilte Gemeinschaft
und eine traute geheimnißvolle und segenreiche Ehe!

So geschah die Vermählung. Deut aber führte
seine Gattin aus dem Thale über das Gebirg in seine
und ihre Heimat und sein Gefolge und die Bewohner
des Thales begleiteten ihn. Da ward ein großes Gastmahl gegeben, und die mit Wein und Meth gefüllten
Trinkhörner kreiseten fröhlich umher. Gegen Abend schied
Hamin, küßte seine Tochter und sagte: Von nun an ist
dein Mann dir Vater und Mutter, Bruder und Schwester, nach Gott dir Alles! Und du sei es, sprach er zu
Deut und reichte ihnen die Hand. Lebt wohl! Und er
ging mit den Thalbewohnern und die Pflegeltern Deut's
und Einige aus dem Gefolge gaben ihnen das Geleite,
und kehrten dann wieder zurück.

II.

Deut aber saß in Freude neben Teobiska im Kreise der Freunde und der volle Becher ging von Hand zu Hand. Da erscholl draußen ein lauter Hilferuf und die Stimme war gleich der Stimme Hamins und man hörte die Worte: Deut hilf! Deut rette, rette! Alle vernahmen den Ruf, und Deut sprang auf und langte nach seinem Schwerte; die Freunde umher suchten ihn zu halten und riefen: Bleib, wir wollen sehen und hel=fen. Sitze du ruhig bei deiner Angetrauten! Deut aber drängte sie alle zurück und sprach: Mir galt der Hilfeschrei. Laßt mich thun was mir geziemt.

Nach diesen Worten ließen sie ab von ihm, und er stürzte hinaus in die Nacht und einige folgten ihm von Ferne, und er hörte die Stimme wie die eines Unterlie=genden, und er eilte dem Schalle nach, der sich immer weiter entfernte, bis er zuletzt ganz erstarb. Deut stand und horchte: Alles um ihn her war stille. Darauf wollte er zurückkehren zu seiner Trauten und er ging mit eiligen Schritten, es trieb ihn die Sehnsucht; aber wie sehr er auch eilte, er vermochte bei dem Glanz der Sterne kein ihm bekanntes Zeichen zu entdecken, sein Ohr vernahm keinen bekannten Laut. So wanderte er durch die Nacht immer der geliebten Heimat zu, wie er glaubte, und konnte sie doch nicht erreichen. Müde la=gerte er sich zuletzt auf dem Boden, um den Morgen zu erwarten. Als endlich nach langem bangen Harren das Licht den Schleier der Nacht zerriß, und die Gegend hell vor seinem Blicke lag, erkannte er sie nicht. Er wendete sich rechts und links, doch wie er sich auch wenden mochte, er sah keinen ihm bekannten Gegenstand.

Mißmuthig schüttelte er das Haupt wie ein zürnender Löwe und grollte der Täuschung; dann setzte er seine Wanderung fort, er wußte nicht wohin? Und der Morgen neigte sich, und es kam der Mittag, heiß brannte die Sonne über dem Scheitel Deut's, während er über die baumlose, sandige Ebene wanderte, die nur mit dürrem Farrenkraut überkleidet endlos sich hinstreckte. Seine Augen glüheten, es sott das Blut in seinen Adern, seine Knie wankten, und er sank zur Erde und das Bewußtsein verließ ihn.

Als er wieder erwachte, lag er auf einem Teppiche, und wie er umherblickte, sah er sich gebettet in Mitten einer Karawane, die Kameele und Kaufleute kauerten umher in den mannichfaltigsten Stellungen und außer dem Kreise brannten die Wachfeuer zum Schutz gegen wilde Thiere. Einer der Männer bemerkte das Erwachen Deut's, nahte und beugte sich über ihn, dann brachte er ihm Milch und labte ihn. Und die Kühle der Nacht und die Nahrung weckten die alte Lebenskraft im Busen Deut's und er dankte dem Manne. Dieser betrachtete mit Wohlgefallen den Genesenden, hieß ihn sich ruhig verhalten, und bald senkte sich ein erquickender Schlummer auf Deut. Ehe noch der Morgen her-

aufzog, brach die Karawane auf, Deut wurde auf ein
sanftes Kameel gesetzt und der Zug wogte unter Gesang
und Schalmeientönen rasch dahin.

Nach wenigen Tagen breitete sich eine große Stadt
an einem mächtigen Flusse vor den Blicken des Erstaun=
ten aus; die Thürme und Gärten rückten immer nä=
her; bald bewegte sich der Zug durch die belebten Stra=
ßen und hielt endlich vor einem Gebäude, das die übri=
gen umher an Größe weit überragte. Aus den Thoren
eilten Diener, Gruß und Gegengruß ertönte in freudi=
ger Weise, und aus dem bunten Gewirre entfaltete sich
bald die schöne Ordnung geregelter Thätigkeit. Jetzt er=
kannte Deut in dem Herrn des Hauses seinen bisherigen
Pfleger. Der führte ihn durch den Garten in ein frei=
stehendes kleines Haus und befahl den Dienern, für sei=
nen Gast zu sorgen.

Und Deut genas und blühte in der Kraft der Ju=
gend und Gesundheit, und er wurde der Liebling des
Hauses und der Stolz des reichen Herrn, der ihn mit
Wohlgefallen betrachtete, und er wurde die stille Freude
der schönen einzigen Tochter, in deren Herzen die Liebe
zu keimen begann. Und Deut sah das Leben und Trei=
ben der großen Stadt und staunte über die Pracht und
Herrlichkeit, die überall offen zur Schau lag; aber bald
schauderte sein Herz, da er in das Innere der Paläste
und Hütten blickte und die Laster wie ein gräulich wim=
melndes Natterngezücht am Marke der Gemeinde na=
gen sah!

Teobiska saß, nachdem Deut sich entfernt hatte, im Kreise der Freunde ihres Gatten und harrte auf dessen Wiederkehr. Nach einer Weile erhob sie sich ängstlich, vergebens suchten die Freunde sie zu trösten, und sie trat unter die Thüre und rief seinen Namen laut durch die Nacht; aber die Nacht antwortete ihr nicht, und sie kehrte traurig zurück zu dem verlassenen Sitze. Und die Freunde, die dem Deut anfangs von Ferne gefolgt waren, kamen zurück und er kam nicht in ihrer Mitte, und Teobiska durchwachte traurig die Nacht und ihre Schwiegereltern und Freunde saßen bei ihr. Am Morgen schieden sie, Teobiska aber blieb im Hause ihres Gatten mit Trauer im Herzen, eine bräutliche Wittwe und eine verwittwete Braut, und sie waltete in Treue und Liebe zu den Eltern und dem Gesinde.

Deut blühete in stolzer Kraft und zeigte sich dankbar ergeben seinem Wohlthäter; aber sein Geist war traurig und er sehnte sich zurück in seine Hütte zu Teobiska. Und der reiche Mann sah den geheimen Schmerz seines Lieblings und er wollte den Schmerz in dauernde Freude verkehren und er rief deshalb eines Tages den sinnenden Deut und sagte: In deinen Augen wohnt der Kummer; wirf ihn heraus und laß die Freude einziehen. Du weißt, ich habe keinen Sohn. Als ich dich fand und wieder in's Leben zurückrief, da empfand ich Vaterfreude. Du sollst mein Erbe sein und ich gebe dir mit meinen Schätzen mein Liebstes. Darum verbanne die Trauer und geniesse mit Dank, was dir der Himmel gewährte.

Aber Deut entgegnete: Schilt mich nicht undankbar, wenn ich mein Herz dir eröffne. Und er sagte ihm Alles und bat, er möge ihn ziehen lassen im Frieden. Auf diese Worte ging der reiche Mann still von bannen. Am folgenden Tage aber trat er abermal zu Deut und sagte: Ich habe dir einen Diener ausgerüstet, der dich geleite in deine Heimat. Ziehe hin und der Himmel segne dich. Und Deut faßte die Hand seines Wohlthäters und küßte sie, und er konnte nichts reden. Darauf zog er fort aus der Stadt, gegen Mitternacht sein Auge gerichtet, denn dorthin mußte seine Heimat liegen.

Nach sieben Tagen, da sie gegen das Gebirg hinwanderten, kam eine braungelbe Reiterhorde dahergesprengt. Die fiel auf die Weiden, und als sie sich den Räubern widersetzten, erschlugen sie den Diener, und stiessen mit ihren Lanzen auf Deut, daß er zu Boden stürzte, darauf banden sie ihn und schleppten ihn fort zwischen ihren Rossen, und desselben Tages verzweifelte er an seiner Rettung. Und sie brachten ihn zu ihren Hürden und zwangen ihn, schmähliche Dienste zu thun, und gönnten ihm keine Ruhe weder bei Tag noch bei Nacht. Wenn die Horde auf neuen Raub auszog, wurde Deut von den wenigen Zurückbleibenden bewacht, daß er nicht entweichen konnte, und seine Kraft wurde verzehrt von Mühsal und Trauer. Die wilden Horden kannten kein Erbarmen, nur ihre Kinder sammelten sich gern um den Unglücklichen, und er lehrte sie Kränze und Ketten flechten aus Gräsern und Blumen, und er= zählte ihnen, was er früher seinen Gefährten erzählt, wenn er von Hamins Hütte zurück kehrte, von der Erde und den Sternen, von Wind und Wellen, und die Kin= der lauschten seinen Reden.

Einst, da die Horde wieder auf Beute aus war, er= hob sich ein starker Brand, der im dürren Riedgrase wie eine ungeheuere Schlange dahinzischte, und die Weiber und Kinder schrieen um Hilfe, und die wenigen Män= ner wußten kein Mittel, um das Ungeheuer zu tödten. Deut aber rief die zum Tode Erschreckten und ohne Be= sinnung Flüchtenden außer den Windlauf, und ermun= terte sie, eine tiefe Furche zu ziehen, und sie hemmten die Wuth der Feuerschlange, daß sie in sich versank, in= deß er schnell von staubenden Kaktuspflanzen Blätter abriß, den Saft auf die Brandwunden der Kinder träu= felte und so die brennenden Schmerzen kühlte. Alle ge= nasen nach wenig Tagen, darüber freueten sich die Mütter, und suchten auch sein hartes Loos zu sänftigen; die Kin= der brachten ihm Milch und Beeren, und die Männer ließen es geschehen. Und Deut saß nun oft im Kreise der Kinder und erzählte, und der Kinder Herz, Auge und Ohr hing an ihm.

Und sieh! eines Abends, da er wieder unter ihnen saß, kam ein Roß daher stürmenden Laufes, mit flie= gender Mähne, das Haupt hoch erhoben. Jetzt stand es und die Nüstern schnaubten Flammen, und die Kinder fuhren empor. Deut blickte auf und erkannte sein Roß, seinen Leufang, und es hatte ihn erkannt, und legte seinen Kopf an die Wange des Herrn. Alle staunten. Deut streichelte es und schwang sich auf des Rosses Rücken und jagte von bannen. Aber allmählich trabte das Roß langsamer, noch war er kaum aus dem Gesichtskreise der Horde, und da Deut fürchtete, es möchte der Anstrengung erliegen, sagte er mitleidsvoll: „Armes treues Thier! Ich will deiner Treue nicht mit Undank lohnen, du sollst nicht umkommen!" Und er hemmte es, und glitt nieder zur Erde. Schon lagerte sich Dämmerung über das weite menschenleere Gefilde; da erblickte er einen Strauch voll wohlschmeckender Beeren; dahin ging er und aß, das Roß weidete in seiner Nähe und schaute oft nach seinem Herrn. Der aber sank bald unter süßen Träumen in einen tiefen Schlummer. Morgen, morgen hoffte er in der Heimat, in seiner Hütte bei Teobiska zu sein!

Aber noch ruhte er nicht lange, da ward er von einem furchtbaren Tosen aufgescheucht: es war, als trotteten tausend Rosse daher, die Erde zitterte, die Luft erbebte vom schallenden Gewieher; es kam näher und näher. Deut barg sich in Mitten des stachlichen Strauches, unter dem er eingeschlummert war; Leufang streckte das Haupt ihm nach, als wollte es ihn und sich schützen. Jetzt tofeten die wilden Rosse heran, witterten das treue zahme Thier und stürmten auf dasselbe ein; es entging nur in eiliger Flucht ihren zermalmenden Bissen, und dahin brauſete der Schwarm ihm nach.

Gegen Morgen verließ Deut den ſchützenden Strauch und wanderte fort traurigen Herzens über die unermeß= liche Ebene, die ſich allmählich mit einzelnen Bäumen bekränzte, bis er zu einem Haine gelangte, in deſſen Schatten er ſich müde niederſtreckte. Und er dachte mit trauerndem Herzen an Teobiska.

Mit einem Male ſtanden drei Männer in ſchim= mernden Gewändern vor ihm. Wie er mit Staunen ſie anſtarrte, fielen ſie auf ihre Knice, neigten ihr Haupt vor ihm bis zur Erde und riefen: „So haben wir dich endlich gefunden, o Herr! Wie lange haſt du dich un= ſeren Blicken entzogen? Aber willkommen uns und deinem Volke, das deiner mit Sehnſucht harrt." Und ſie erhuben ein Freudengeſchrei. Darauf eilten Andere herbei, auch ſie neigten ſich vor Deut, und kleideten ihn in köſtliche Gewänder, ſetzten ihn auf einen goldenen Thron, erhoben ihn auf ihre Schultern und trugen ihn fort. Er mußte nicht, wie ihm geſchah. Sein Geiſt war wie gelähmt, ſeine Glieder wie zerſchlagen.

Und der Zug der Menge und der Jubel wuchſen, wie er ſich weiter bewegte, von Dorf zu Dorf, bis er in eine große Stadt einmündete. Erſt als Deut dort in den Palaſt einzog, der mit goldſtrahlenden Thürmen ſich erhob, erſtarb allmählich das Freudengeſchrei, und Deut blieb allein in einem feſtlich geſchmückten Saal. Wohin er blickte, fand er, was den Gaumen, Auge und Ohr

reizen und fesseln konnte. Und er ging von Gemach zu
Gemach, aß und trank, und aus den Wänden erklangen
liebliche Töne, und die Mauern öffneten sich und Mädchen schwebten im Tanze hervor und neigten sich vor
ihm. Und Deut staunte, aber sein Geist war weit weg,
und er dachte mit inniger Sehnsucht an Teobiska, und
rief den Tänzerinen zu: Weicht, und laßt mich allein!

Am folgenden Morgen traten die drei Männer in
das Gemach, welche er im Haine zuerst gesehen hatte,
und sie neigten sich wieder vor ihm und erwiesen ihm
Ehre, wie man sie keinem anderen Menschen erweist.
Deut aber wendete sich weg und sagte: Was soll dies?
Warum spottet ihr meiner also? O laßt mich von hinnen und ich will es euch danken.

Sie aber entgegneten: Du bist unser Herr und
Gebieter, wir sind deine Sklaven und alles Land liegt
zu deinen Füssen. Deinem Befehle lauscht die Natur.
Was du gebeutst, das geschieht. Aber weile bei den
Deinen und entziehe dich nicht deinen Verehrern. Da-
rauf verließen sie ihn, und Deut erkannte, er sei ein
Gefangener, und sein Geist rang sich müde; aber er
konnte mit allem Sinnen seine Freiheit nicht erhalten.

Gegen den Abend trat eine Schaar von Dienern
herein, die setzten ihn auf einen Thron und trugen ihn
im feierlichen Zuge durch den Palast und durch die
Straßen der Stadt und hinaus vor die Stadt auf einen
Hügel. Viel Volkes aber begleitete ihn mit wildem Freu-
denrufen. Dort auf dem Hügel überblickte Deut die

22*

Stabt. Und sieh! heraus wälzten sich neue Haufen Volkes, in Mitten schritt ein Zug von Männern in weißschimmernden Gewändern gleich den Dreien, welche jetzt zunächst bei Deut waren, und sie geleiteten eine junge mit Mohnblüten bekränzte Frau. Unten am Fuße des Hügels hielt der Zug und Deut sah Alles. Und es erscholl ein wildes Tosen von Bläsern und Zinken- und Paukenschlägern, und aus einer tiefen Höhlung loderte eine mächtige Flamme empor und die weißgekleideten Männer warfen Körner in die Flamme und es verbreitete sich ein süßbetäubender Rauch; mächtiger, betäubender erscholl das Geschrei, dazwischen Töne des Wehklagens und jetzt flog die junge Frau wie von unsichtbaren Händen geschleudert in die Flamme, und wildes Jauchzen erhob sich von der Menge umher, und dichte Rauchwolken verhüllten das Opfer. Deut schauderte in der Tiefe seiner Seele; aber seine Glieder waren wie gelähmt.

Darauf ward es stille. Aber bald zog aus einem anderen Thore eine neue Schaar daher und in Mitten gingen Männer und Kinder und deren Hände waren auf den Rücken gebunden, ihr Mund geknebelt. Sie wurden herbeigeführt bis zu der Höhlung, in welcher die junge Frau von den Flammen verschlungen ward. Und sieh! jetzt eröffnete sich ein entsetzliches Schauspiel. Männer fielen mit hellschimmernden Schwertern auf die Gebundenen und das Blut der Unglücklichen floß in Strömen, während ein entsetzliches Geschrei erscholl und

die Leichen wurden in die Höhlung geworfen. Ein He-
rold aber rief mit lauter Stimme: „So übt Gerechtigkeit unser Herr und Chan durch seine Diener. Wehe
dem, der frevelt an seinem Gesetz; sein Zorn verschlingt
ihn! Fallet nieder und betet ihn an den Hohen, den
Großen, den Schrecklichen." Und alles Volk sank auf
die Kniee und Aller Blicke waren gegen Deut auf den
Hügel gerichtet. Und Deut erschrack in seinem Herzen,
er wollte sich erheben und sich eines Schwertes bemächti-
gen; aber er war gelähmt an Geist und Körper. Darauf wurde er in den Palast zurückgetragen, und sie
ließen ihn allein.

Nach langer Zeit erwachte er aus seiner Betäubung, er konnte denken! Und in seiner Brust brannte
der Schmerz der Sehnsucht, er dachte an die gesehenen
Gräuel, er dachte an die Heimat und wünschte sich Flügel, und wie hungerig und durstig er war, er aß und
trank nicht, und sein Geist wurde immer heller. Jetzt
fuhr ein Gedanke durch seine Seele, schnell erhob er sich
und eilte durch die Gemächer. Es war Mitternacht und
der Vollmond wandelte glänzend am Himmelszelt. Und
Deut trat in den Garten und sah einen Ausgang und
wollte entfliehen: da fühlte er sich rückwärts angefallen
und von unsichtbaren Händen niedergerissen und zerschlagen, es verließ ihn das Bewußtsein. Er erwachte in
seinem goldenen Gemache und hereintrat Einer der drei
Männer und grüßte ihn wie am vorigen Tage.

Aber Deut sprach mit Wehmuth: Wer seid ihr?

Was wollt ihr mit mir? Was geschah gestern? Was wird heute geschehen?

Und der Mann entgegnete: Wir sind Priester, die ersten Diener dieses himmlischen Staates. Das Geschick, welches über Allem waltet, hat dich hieher geführt, als unseren Herrn und Chan. Dir blüht auf Erden schon das Loos der Seligen. Schwelge in allen Freuden, die des Menschen Sinne reizen. Nach dem Tode unsers Königs zogen wir aus, seinen Geist in der neuen Menschengestalt, in seiner neuen Verwandelung zu suchen. In deiner Gestalt fanden wir seinen Geist und so verehrt dich das Land wieder als seinen Herrn. Du bist das lebendige Gesetz. Deine Gestalt, dein Name herrscht nach dem Gesetze, das unabänderlich seit unbenklichen Zeiten besteht. Wir aber sind des Gesetzes schützende und vollziehende Mächte. Die kinderlosen Wittwen folgen ihren Männern durch die Flammen und ihr Gut fällt den Dienern des Gesetzes anheim. Wer immer an den heiligen Grundvesten, auf welchen dieser Staat errichtet ist, zu rütteln oder nur zu zweifeln wagt, den trifft das Schwert mit sammt seinem männlichen Geschlechte. Du hast es gesehen.

Ungeheuer! rief Deut. Und ich, ich soll euere Frevel decken? Mir dem Unbekannten bürdet ihr im Hohne euere Frevel auf?

Es ist das Gesetz, nicht wir, entgegnete lächelnd der Mann. Versuche es nicht, seinen Willen zu hemmen, es zermalmt dich selbst, und wir finden für seinen Geist einen anderen Leib. Frage nicht weiter, sondern genieße und vergiß!

Und Deut's Brust durchfuhr ein Schauer, daß er zitterte, und dann dachte er auf Mittel, wie er diese Gräuel enden, wie er mit einem Schwerte das grausame Gesetz sammt seinen Dienern zerschmettern, wie er das arme Volk und sich befreien wolle. Aber er fand kein Mittel, er sah keinen Ausweg. Aß er, das merkte er nun wohl, so wurde Geist und Leib betäubt; hungerte er, so wurde sein Geist hell und die Sehnsucht nach seiner Heimat ging auf in seinem Inneren wie ein hellleuchtender Stern; aber sein Körper war matt und er welkte dem Tode zu.

III.

Teobiska harrte indessen ihres Gatten Tag um Tag in stiller Trauer, und das Gefolge Deut's ehrte sie, und sie diente ihren Schwiegereltern und waltete im Hause wie ein guter Geist.

Da kamen eines Tages fremde Männer und fragten nach ihr und meldeten dann: Deut, dein Gatte ruft dich. Er hat uns gesandt, daß wir dich zu ihm führen, damit du die Freuden und Ehren mit ihm theilest, in deren Glanze er thront. Denn er ist geschmückt mit goldenen Gewändern und waltet als König und Herr in Mitten eines großen Volkes, das sich vor ihm neigt in Ehrfurcht und seinem Befehle lauscht. Diese

Gewänder sendet er dir, daß auch du geschmückt seiest wie er und vor ihm erscheinest im Glanze deiner Schönheit und Hoheit.

Teobiska erschrack freudig bei dem Namen ihres Gatten und horchte der Botschaft. Und Jene breiteten die Gewänder vor ihr aus und sie glänzten in dunkler Bläue mit Sternen besäet. Teobiska staunte über deren Pracht; aber ihr Herz bebte in trüber Ahnung, sie schloß das Auge und sann. Darauf sagte sie: Meldet Deut, meinem Gatten, ihr habet mich gefunden in seinem und meinem Hause, schützend und mehrend sein Eigenthum und meines und harrend seiner in Liebe. Hier will ich seiner warten, bis er selber kommt, denn es ist nicht recht, daß das Weib verlasse das schützende Haus des Gatten.

Und die Boten gingen, und Teobiska waltete fort in Treue und stillem Erwarten.

Nach wenigen Monden kamen andere Männer, die traten vor sie und sprachen: Also meldet dir unser und dein Herr und Gebieter, dein Gatte. Ziehe fort und verlaß dies sein Haus, denn du hast nicht gethan nach seinem Wort, du bist seinem Befehle nicht gehorsam gewesen. Darum hat er dich verstoßen und genommen zu Weibern, die seinen Augen wohl gefielen Diese und Jene, und die Gewählten schmücken den Garten seiner Lust. Darum weiche nun aus seinem Eigenthum, daß er dich nicht mehr erblicke, wenn er seinen Fuß hieher setzt und sein treues Gefolge mit sich nimmt in sein Reich.

Da erschrack Teodiska und verstummte in ihrem Schmerz. Aber nach kurzer Weile begann sie: Sagt meinem Gatten Deut, ihr habet mich gefunden in sei= nem und meinem Hause, seiner harrend in Liebe und Treue, bis er selber komme, bis wir Auge in Auge uns erkennen. Das Weitere wird Allvater lenken!

Die Boten gingen und Teodiska waltete fort eine treue liebende Tochter ihrer alternden Schwiegereltern, eine milde Herrin ihres Gesindes. Und Tag um Tag verging, und Woche an Woche, und sie harrte ihres Gat= ten. Und nach zwei Jahren kamen abermals Männer, die traten vor sie und sprachen: Wir bringen dir eine Trauerbotschaft, die letzten Worte deines Gatten Deut. Auf der Jagd glitt sein Speer von einem Tie= ger ab, der schlug seine Tatzen in des Königs Leib und verwundete ihn zum Tode. Das Thier ward erlegt, aber das Leben des Königs dauerte nur noch wenige Stun= den. Sterbend gedachte er deiner Liebe und Treue.

Da verhüllte Teodiska ihr Angesicht und sie ant= wortete den Boten nicht; sie ging schweigend in die Hütte und Jene kehrten zurück, von wannen sie ge= kommen waren. Sie aber waltete fort wie früher und bezwang ihren Schmerz, und gedachte ihres Gatten, den sie als Braut verloren hatte, mit Wehmuth in Liebe und Treue. Und die Tage und Monde gingen dahin und der stille Schmerz erstarb nicht in ihrer Seele und

umkränzte ihr Antlitz mit mildem Schimmer und sie
blühete fort wie eine Lilie. Das Gefolge Deut's diente
ihr und ehrte die Braut Wittwe.

Der Ruf ihrer Treue und Schönheit aber flog um=
her durch das Land und weiter, und ein Nachbarhäupt=
ling hörte von ihr und kam, sah sie walten und sein
Herz wurde von Liebe entzündet und er trat vor sie und
sprach: Wie lange willst du dich härmen um einen
Todten? Dein Schmerz und all deine Klagen rufen
ihn nicht zurück, und dein Leben verblüht ohne Freude.
Du kannst dich und Andere mit einem vollen Kranze
schmücken! Gib mir deine Hand und folge mir in mein
Haus als Gattin und ich will dir sein, was er dir sein
wollte.

Darauf entgegnete sie: Ich habe ihm Treue ge=
lobt, die bricht auch der Tod nicht. Er ist vorangegan=
gen in die himmlische Heimat und dort erwartet er mich.
Soll ich seiner für einen Augenblick vergessen, und dann
ewig von ihm getrennt sein? Sein Geist umschwebt
mich, er ist bei mir. Ich will ihm Liebe und Treue be=
wahren.

So sprach sie und waltete fort im Hause eine treu=
liebende Wittwe und Tochter, und ein süßer Friede um=
schwebte sie. So waren drei Jahre vergangen.

Deut aber wandelte unmuthig und zürnenden Her=
zens in seinem Palaste von Gemach zu Gemach und
durch die Gärten, und er suchte die Freiheit und fand
sie nicht. Wie ein gefangener Löwe in seinem Eisen=

Käfig sich härmt und auf und ab wandelt, und mit seinen Tatzen die Eisenstangen prüft, ob sie noch nicht mürbe geworden, und an die Wände sich lehnt mit der ganzen Wucht seines Körpers, ob sie nicht weichen, und er dann aufbrüllt in seinem Schmerze und mit dem Schweife in Verzweiflung seine Lenden geißelt und Menschen und Thiere erschreckt lauschen: so wandelte Deut umher und versuchte tagtäglich, ob er nicht seinem goldenen Gefängnisse entrinnen könnte; tagtäglich versuchte er die oft versuchten Ein- und Ausgänge von Neuem, und immer fand er sie verschlossen, sah tausend Pfeile nach ihm gerichtet, wenn er sich näherte. Und langsam wendete er sich zurück und blickte gen Himmel, wie ein Adler, dessen Schwingen vom Pfeile des Jägers gebrochen sind, und zehrte an seinem Schmerz.

Und wenn die Priester kamen und ihn knieend verehrten, dann rief er ihnen zu: „O habt Erbarmen, gebt mir die Freiheit und laßt mich ziehen. Ich will euch nicht fluchen, sondern den Himmel bitten, daß er euch segne dafür, daß ihr mich von hinnen treibt." Aber sie erhörten seine Bitten nicht, sie verschlossen ihre Ohren vor seinen Klagen und sangen Lieder zum Preise ihres Chans und ihres Gesetzes und schieden, und darauf kamen Diener mit den köstlichsten Speisen und Getränken, und es tanzten Mädchen herein schön und üppig und ferne Musik erklang in schmelzenden Tönen; aber Deut wendete sich weg und verbarg sich im innersten Gemache und die Sehnsucht nach seiner Gattin und Heimat durchglühete sein Lebensmark, daß es verdorrte.

Drei Jahre waren vergangen, seitdem Deut vom hochzeitlichen Mahle hinweg in's Elend verstoßen war, und jedes Jahr däuchte ihm ein Jahrhundert, und er wunderte und grämte sich zuletzt, daß er noch lebe. Da erwachte er einst um Mitternacht, und vor ihm stand eine Gestalt hoch und herrlich wie vom Sonnenglanze durchdrungen. Die sprach zu ihm: Erhebe dich. Die Zeit der Prüfung ist vorüber. Gedenke dieser Tage und wandle in Demuth und Dank vor Gott deinem Herrn und Vater.

Und die Gestalt schritt voran, Deut folgte und eilte durch die einsamen Gemächer hinaus in den Garten, und wandte sein Auge aufwärts, und des Himmels Sterne blickten nieder auf ihn und er flehte in seinen Gedanken: O du, der du wandelst über den Sternen und Alles lenkst, rette mich und ich will wandeln vor dir mein Leben lang. Die Gestalt wendete sich um und lächelte mild, und sie schritt fürder und bethaute die Wächter mit dem Thau des Schlummers und die hohe Mauer legte sich vor ihr auf den Boden und Deut schritt darüber hinweg und schaute voll Verwunderung zurück: da war die Lichtgestalt verschwunden und die Mauern ragten himmelan. Er aber stand im Freien und fühlte sich frei!

Ehe er sich dessen noch recht besann, hörte er in seiner Nähe das Wiehern eines Rosses, das kam herbei,

und legte seinen Kopf an Deut's Antlitz und er er=
kannte sein Roß, seinen treuen Leufang, und schwang
sich auf dessen Rücken, und es brausete dahin wie auf
Windes Flügeln. Hinter ihm erscholl ein wirres, wüstes
Heulen, das nach und nach verhallte. Und Deut lag
gestreckt auf dem Rosse, sein Haupt auf des Rosses
Haupt, und es war ihm, als übersetze das treue Thier
mit gebreiteten Schwingen Wälder und Flüsse, und er
schloß sein Auge und wurde dahin getragen.

Allmählich schien die Kraft des Rosses zu ermatten,
bald trabte es auf blumigem Grunde, die ersten Strah=
len der Sonne beleuchteten ein fernes Gebirg. Deut
sah es und erhob sein Haupt, und die Gegend umher
däuchte ihm bekannt. Jetzt erblickte er zerstreute Hütten
und Zelte, sie näherten sich mehr und mehr; bald trabte
das Roß zwischen ihnen, stand dann schnaubend und
wieherte.

Vor der Hütte war eine Jungfrau in die Knie
gesunken, die Hände über der Brust gekreuzt und die
Augen der aufgehenden Sonne zugewendet. Ihr Geist
schwebte über die Erde empor. Als er wieder zurück=
kehrte und sie ihrer selbst bewußt wurde, vernahm sie
das Gewieher eines Rosses, sie wendete sich um und sah
und starrte die Erscheinung an, und ihre Arme sanken
und erhoben sich und breiteten sich aus und die Stimme
versagte ihr; Deut aber glitt vom Rosse in die Arme
seiner Teobiska, und seine Eltern kamen und die Lerche

stieg freudeschmetternd in die Luft empor, und die seli=
gen Geister schauten nieder auf die Beiden.

IV.

Deut ist wieder gekommen! Dieser Ruf eilte von
Hütte zu Hütte, und umher durch die ganze Gemeinde,
und es kamen die treuen Genossen und begrüßten den
Heimgekehrten, und er verkündete ihnen Alles, was er
gesehen und erfahren hatte. Und er lebte mit Teobiska
in seliger Freude, und war thätig vom Morgen bis zum
Abend, und ehrte seine Eltern bis zu ihrem Tode, und
der Segen des Himmels ruhte auf allen Werken
Deut's, und die Zahl seiner Hausthiere mehrte sich mit
jedem Jahre.

Deut's Beispiel und der Friede, der sichtbar über
seinem Hause und Thun schwebte, bewirkte bald, daß sein
Gefolge sich in ähnlicher Weise einrichtete und lebte.
Fortan behielt und nahm ein Jeder nur Ein Weib, und
alle bildeten eine einzige große Familie, ein Volk — das
Gefolge Deut's und ihre Kinder wuchsen und gediehen
wie junge Füllen und aufstrebende Eichen, und der
Name Deut's erscholl gegen Morgen und Abend bis in
die tiefsten Thäler des Gebirges vom Ruhme getragen.
Aber er blieb sich gleich, ein Mann unter Männern,
Vater seiner Familie und seines Gefolges, und er ge=
dachte mit Dank der vergangenen Tage, seiner Prüfung
im Glutofen der Leiden, und er lebte, wie er gelobt hatte.

Da geschah es, daß von der Kunde angelockt Spä=
her kamen weither von Sonnenaufgang, um auszukund=
schaften Lage, Sitten, Reichthum und alle Gelegenheit.
Und die Späher erschienen als Gesandte, um nachbar=
lich Frieden und Freundschaft zu bieten, und sie sprachen
viel vom Ruhme Deut's und seines Volkes. Er aber
glaubte nicht sogleich ihren Worten und ließ sich nicht
bethören durch ihre Schmeichelreden, sondern er wollte sie
selbst erforschen und wies ihnen Herberge an abwechselnd
Tag für Tag, und er fragte sie um Dieses und Jenes
und fand, daß ihre Worte zwei Gesichter hatten.

Indessen suchten sie Alles zu erspähen, und schmei=
chelten den Hausfrauen und ihren Töchtern, und wer
ihnen willig sein Ohr öffnete, dem gaben sie Geschenke
und suchten Augen und Herzen zu bethören. Und Ei=
ner von ihnen gewann durch süße Worte und eitel Ge=
schmeide die Gattin eines Mannes, daß sie ihrer gelobten
Treue vergaß und sich dem Frembling ergab. Zu der
Stunde kam ihr Gatte und sah die Untreue, und stand
zuerst erstarrt, dann faßte er seinen Speer und durch=
bohrte den falschen Gesandten; der Gattin aber schnitt
er das lange Haar ab, und trieb das Weib aus seinem
Hause mit den Worten: „Weiche von dannen, und
wandere durch die Welt, deines Schmuckes beraubt und
geschändet. Und wie du den Frieden hast gebrochen, so
sei du friedlos und freudlos dein Lebenlang. Fahre hin
in die Fremde.“ Und er stieß sie hinaus.

Als dies die Frauen der Nachbarn sahen und hör=

ten, was geschehen war, ergriffen sie, was ihnen zur
Hand kam und trieben die Ehebrecherin vor sich her, die
den heiligen Frieden der Ehe gebrochen und Schmach
dem Frauengeschlechte bereitet hatte, von Zelt zu Zelt
und weiter fort aus der Gemeinde, und die nächste Gemeinde nahm sie nicht auf, sondern trieb sie von dannen,
und erst die Nacht verbarg sie und ihre Schande, und
sie wurde nicht mehr gesehen.

Die falschen Gesandten aber entrannen, und waren
sie gekommen mit List im Herzen, so dursteten sie nun
nach Rache, und sie redeten unter ihrem Volke von dem
Reichthume des Landes an Vieh und Weide, und reg-
ten die beutegierigen Schaaren auf, und es sammelten
sich ihrer viele und sie kamen nächtlicher Weile und fielen in die Gemeinden und mordeten die Männer, ent-
führten Kinder, Weiber und Heerden, und es erhob sich
großes Heulen und Wehklagen, da sie fortgeschleppt
wurden.

Als die benachbarten Gemeinden Dieses hörten, traten die Führer zusammen und beriethen, wie man sich
der Feinde in Zukunft erwehren möchte. Und sie sen-
deten an Deut und zeigten ihm an, was geschehen war,
und welche Gefahr drohe. Deut aber berief sein Gefolge, und als sie die Unthaten vernommen, erhoben Alle
die Speere und riefen: Führe uns gegen die Horden,
daß wir unsern Nachbarn und uns Ruhe schaffen für
immer. Darauf wurde Tag und Ort bestimmt, alle
wehrbaren Männer sollten sich versammeln. Und die

Eilboten liefen mit dem angebrannten Spieſſe zum Zei=
chen der gemeinſamen drängenden Gefahr von Ge=
meinde zu Gemeinde, und alle Männer rüſteten ſich zum
Kampfe.

Als dies Teobiska vernahm, ſagte ſie zu Deut:
Ich begleite dich. Wo du biſt, da will ich ſein, deine
Gefahr will ich theilen, wenn ich ſie nicht abwenden kann.
Und Deut ergriff ihre Hand und ſagte: „So folge
mir denn. Deine Nähe wird mein Schwert feurig ma=
chen." Die anderen Weiber aber, als ſie dies erfuhren,
begehrten auch, mitzuziehen.

Und als der Tag kam, brachen ſie auf im unge=
heuren Zuge, die Männer voran zu Roß und zu Fuß,
die Weiber mit den Kindern folgten auf Wagen. Dem Ge=
ſinde daheim blieb das Hausweſen zur Sorge überlaſſen.

So zogen ſie zu den Gränzen und ſahen die Stät=
ten der Verwüſtung, daß ihr Herz in Zorn erglühte,
und als ſie die Schwärme der Feinde erblickten, alle
auf kleinen ſchnellen Roſſen, machten ſie Halt, und ord=
neten die Schlachtreihen, und hinter dieſen waren die
Wagen mit den Weibern und Kindern.

Die Feinde aber ſtürmten heran mit furchtbarem
Geſchrei und ihre Pfeile ſummten wie Bienenſchwärme
im Lenz und von den Hufen ihrer Roſſe wirbelte der
Staub empor, daß des Tages Angeſicht verdunkelt wurde.
Deut ſtand mit den Seinen unerſchüttert wie ein Wall
dem erſten Sturme und kein Laut antwortete dem wil=
den Geſchrei. Dann als die Geſchoße ſeltener fielen,

stürmte er voran mitten hinein unter die Feinde, und die Seinigen folgten, und sie fochten zu Fuß und zu Roß und schmetterten mit Axt und Schwert die Horden nieder, daß sie in wilder Flucht zerstäubten und die Sieger ihnen nachstürmten, und es ward eine grauenvolle Niederlage. Da erscholl mit einem Male Geschrei im Rücken der Sieger, und wie sie ihr Haupt umwendeten, sahen sie die Wagen umringt vom heftigsten Kampf in Staub gehüllt.

Schwärme der Feinde hatten sich auf der Flucht seitwärts gewendet, und wie sie außer Gefahr sich erblickten, stürzten sie in wilder Lust und beutegierig auf die Wagen zu. Teobiska sah den nahenden Sturm, ließ schnell Wagen in Wagen verschränken, ermunterte mit lautem Zuruf zum Kampfe, schwang Beil und Speer vom Wagen herab auf die Anstürmenden, beugte sich vor und zurück und deckte die Kinder und schmetterte das Beil auf das Haupt der Nahenden, der Speer war zerhauen. Jetzt traf sie ein Pfeil in den rechten Arm, er sank matt an der Hüfte herab, schnell ergriff sie das Beil mit der linken Hand, und führte noch einen furchtbaren Streich auf den Feind, und glitt dann selbst vor den Kindern nieder, sie noch im Tode zu schützen. Als ihr Geist zurückkehrte, und sie den Himmel und die Erde erkannte, fand sie sich im Arme des Gatten, der ihr den Pfeil aus dem Arme geschnitten hatte. Sie erhob ihr Auge liebevoll und sprach leise dankend: Es schmerzt nicht. Du bist gerettet, der Sieg ist unser.

Seit jenem Tage wuchs die Rachgier der Feinde, und sie sandten Boten weithin zu den fernsten von ihren Horden, daß sie ihnen beiständen, und Horde um Horde gelobte, gegen Winters Anfang sich einzustellen zum gemeinsamen Kampfe. Die Horden aber nannten sich Hunen, waren klein und unansehnlich von Gestalt, mit dicken breiten Nasen, kleinen Augen wie Luchsaugen, groben, struppig niederhängenden Haaren, wollüstig wie die Affen, und gefräßig wie die Schweine. Sie verzehrten das Fleisch roh, wenn es an der Sonne gedörrt oder unter dem Reiter durch einen starken Ritt mürbe geworden. Ehe noch die bestimmte Jahreszeit kam, fielen die nächsten Horden immer raubend und mordend auf die Nachbargemeinden und es war kein Heil mehr im Widerstande.

V.

Da kamen wieder Abgesandte zu Deut und sprachen: Sollen wir nach und nach Alle verderben unter den Pfeilen der wilden Horden, unsere Weiber ihrer wilden Lust, unsere Kinder der Sklaverei verfallen, und wir selbst im Anblicke des Schrecklichen erliegen? Wir wenden uns an dich, sei unser Führer fort und fort. Wohin du uns führest, dahin wollen wir dir folgen, sei es zum Kampfe, sei es zum Frieden, vorwärts oder zurück. Darauf antwortete Deut: Wie mag ich solches vollbringen? Bin ich ein Gott, daß ich euch kann er-

retten. Aber kommt, daß ich euch bewirthe und das
Weitere mit euch berathe. Und sie folgten ihm in das
Zelt. Das war wie ein Haus gebaut und sie sagten:
Dieses Haus wirst du nicht verlassen wollen, also sorge,
daß du es erhältst. Deut aber sagte: Was der Mensch
gebaut, kann er auch abbrechen und wieder bauen. Er
klebt nicht an der Scholle. Da ist unsere Heimat, wo
wir uns, unsere Weiber und Kinder und Sitten retten.
Die Erde bezwingen wir leicht.

Und Deut rief die Männer seines Gefolges und
verkündete ihnen, welches Begehren die Abgesandten an
ihn gebracht und er fragte sie, ob es ihnen gut scheine,
daß sie alle in den Bund genommen würden? Und
Alle des Gefolges antworteten, daß es ihnen gut dünke,
damit jeder Einzelne und Gemeinde für Gemeinde durch
die Größe des Bundes um so gesicherter wäre. Auf
dieses sagte Deut, er wolle die Sache in der Nacht be=
denken. Und er verließ die Versammlung und wandelte
gegen die Berge hin zu dem Walde und blieb daselbst
die Nacht über. Am Morgen aber trat er zu den Har=
renden, die auf einem nahen Hügel ihn erwarteten und
sprach: Es ist gut, daß sich der Mensch an den Men=
schen, Gemeinde an Gemeinde schließe, und es ist gut,
daß Einer die Allen gemeinsamen Angelegenheiten leite.
Wählet nun den, welcher euch hiezu der Würdigste scheint.
Ich fühle nicht Kraft und Weisheit genug in mir, ein=
zig allein das Rechte am Tage der Gefahr zu wählen
und zu heissen.

Indem die Versammelten einander unschlüssig an=
blickten, und in ihrer Meinung schwankten: da fiel vom
heiteren Himmel ein Lichtstrahl und Deut stand im glü=
henden Feuer unversehrt und ein Adler senkte sich auf
sein Haupt, schlug mit den Schwingen und entflog wie=
der, ehe die Männer recht zur Besinnung kamen. Da=
rauf aber riefen sie mit Einer Stimme: Du allein
sollst sein unser Führer, Herzog und König.

Und sie reichten ihm die Hand zum Zeichen der
Treue und des willigen Gehorsams in Allem, was er
sie heissen würde. Da hieß er sie eilen zu ihren Ge=
meinden zurück und nach sieben Nächten sollte Jeder
mit Zehn der Aeltesten an dem Orte wieder erscheinen.
Da wollte er bei ihnen sein.

Es kamen ihrer fünfhundert Männer, und sie harr=
ten auf Deut. Und er trat alsobald in ihre Mitte, da
hoben ihn die Nächsten auf dem Schilde empor und tru=
gen ihn umher und riefen: Seht unsern Herzog, un=
sern König! Und Alle gelobten ihm Treue. Nun
theilte er ihnen seine Pläne mit und sagte: Die Hor=
den gegen Aufgang sind gleich wilden Thieren und uns
an Zahl weit überlegen. Sollen wir beständig kämpfen
und der Früchte des Friedens nimmer froh werden?
Aus jedem Siege, den wir erringen, erwächst uns eine
neue Schlacht, aus dem Blute der erschlagenen Feinde
sprossen neue Horden. Darum sage ich: Laßt uns das
Land verlassen und eine neue Heimat suchen.

Auf dieses schwiegen die Versammelten lange. End=

lich begann Einer: Wohl, du räthst gut. Aber wie
können wir fortziehen? Sollen unsere Rücken wie ein
Schild die Pfeile der Feinde auffangen? Deut entgeg=
nete: Wer einen Rath gibt, muß auch für die Aus=
führung bedacht sein. Hört! Die Männer alle der
äußersten Gemeinden wachen Tag und Nacht einander
ablösend, damit der Feind sie nicht unvermuthet über=
falle. Indessen sammeln ihre Weiber und Kinder das
Gesinde und alle ihre Heerden, ihr Getreide und Alles,
was sie mitnehmen wollen, und ziehen sich zu den inne=
ren Gemeinden zurück. Bei diesen ruhen sie einige Tage
und beginnen verstärkt mit ihnen den weiteren Zug, in=
dessen die Männer dieser Gemeinden die zurückweichende
Hut der ersten bei sich aufnehmen und beide langsam
fortrückend den Zug der Ihrigen decken, die vor ihnen
einherziehen. Zugleich werden die Gemeinden, die zu
Aeußerst gegen Abend ihre Zelte haben, aufbrechen und
die Männer voran als Kundschafter und Beschützer ge=
gen Abend fortziehen. So wandern wir der neuen Hei=
mat zu, nach Europa hin, wie es heißt, über welches
derselbe Himmel seine Arme ausbreitet, wie hier. Die
Eilboten sollen sogleich nach den Gemeinden gegen Auf=
gang und Untergang fliegen und verkünden, was be=
schlossen ist. So sprach Deut.

Die Versammelten schlugen zum Zeichen des Bei=
falles ihre ehernen Speere aneinander und gingen ein
Jeder zu seinem Gesinde und in wenigen Tagen begann
die ungeheuere Wanderung in der Weise, wie Deut an=

geordnet hatte, mit großer Stille. Die äußersten Ge=
meinden zogen sich auf die inneren zurück, diese auf die
nächsten, und der Zug wuchs und wuchs, und ihnen
nach rückten die Männer, eine bewegliche Mauer, die sich
immer mehr und mehr ausdehnte und verdichtete. Deut
aber flog auf seinem Rosse wie auf Windesflügeln von
den äußersten zu den äußersten Schaaren, und erhielt
die Ordnung und die Zuversicht. Die Zelte erhoben
sich all Nachts und sanken am frühen Morgen und
wanderten mit den Familien gegen Sonnenuntergang,
aber Deut schlummerte selten in seinem Zelte, sah Weib
und Kinder nur selten und nur für kurze Augenblicke;
er ruhte unter freiem Himmel in seinen Pelz gehüllt, das
Roß zu seinen Haupten, den Hund zu seinen Füssen, das
bloße Schwert und den Speer an seiner Seite. Und
Mann, Roß und Hund erhoben oft lauschend Haupt
und Ohren und Deut griff nach seinem Speer und
sprang auf, wenn er Geräusch in der Ferne vernahm,
und eilte hin und lagerte sich dort, wenn er sich über=
zeugt hatte, daß seinem Volke Gefahr drohe.

Einen Monat lang waren sie langsam fortgerückt,
als sie ein hohes Gebirg erblickten, das sich erhob mit
vielen Eingängen, Thälern und Wald bekleidet, bis bei=
nahe zu den Spitzen. Im Anblicke desselben lagerten
sie und ruhten sieben Tage. Denn Deut hatte in das
Gebirge zuverlässige Männer gesandt, deren Berichte er
abwarten wollte, ehe er mit dem ganzen Volke hin zöge.
Noch waren sie nicht erschienen, als die Nachhut durch

Läufer meldete: Die Hunen rücken heran in zahllosen Schwärmen wie Heuschrecken. Zugleich zogen sich die Wachposten langsam zurück. In demselben Augenblicke aber erschienen die ausgesandten Männer und berichteten: Das Land im Gebirge ist fruchtbar an Weiden voll wilder Heerden, an großem und kleinem Vieh, menschenleer und voll großer und kleiner Gewässer und lieblich anzuschauen.

Alsogleich ordnete Deut den Zug, Gemeinde um Gemeinde, ließ bewaffnete Schaaren unter der Führung der Zurückgekehrten vorausgehen in die verschiedenen Thäler, dann folgten die Heerden, geleitet von dem Gesinde, darauf die Familien ohne die Männer. Diese reihten sich Schild an Schild und aus den Reihen starrten die Lanzen. So empfingen sie den Wogenschwall des Hunen = Meeres, welches sich brausend mit ungeheuerem Geschrei heranwälzte. Pfeil auf Pfeil schwirrte daher, und sank kraftlos nieder, den Schwertkampf wagten die Horden nicht.

Gegen Abend, da die Sonne sich neigte und die Pfeile der Feinde seltener und schwächer geflogen kamen, sprach Deut zu seinem Nachbar: schaut auf mich! Und Einer sagte es dem Anderen. Und wie sie des Zeichens harrten, erhob Deut den Schlachtgesang, indem er den Schild vor den Mund hielt, und Alle fielen ein mit gewaltiger Stimme und es brach sich der Gesang an den Schilden wie das Meer, wenn es sich am Felsen bricht. So rückten sie langsam vorwärts, wie eine wandelnde

Mauer und die Erde erdröhnte vom Gesang und von den Schritten der Männer. Jetzt schlugen Alle mit dem Speer auf den Schild und stürzten auf den erschrockenen Feind. Der sprühte den letzten Hagelsturm von Pfeilen von sich und floh der Nacht entgegen, die ihn barg.

Deut war den Seinen vorangeeilt und ward mit Pfeilen übergossen, sie alle aber sanken kraftlos an seinem Pelze nieder oder hafteten im Schilde; doch sein Roß bäumte sich jach und schlug um; Deut sprang herab. Da steckte ein Pfeil tief in der rechten Seite des edlen Thieres, ein anderer im Bug, und es stöhnte und zitterte.

Voll Mitleid betrachtete Deut sein Roß, und seine Getreuen kamen herbei und sahen, daß die eine Wunde tödtlich sei. Und er wendete sich ab und sagte: Laßt es nicht zehren in seinem Schmerze. Alsobald durchstach Einer das Roß und es verendete augenblicklich. Darauf sprach Deut, indem er das edle Thier betrachtete: Du treuer Gefährte auf meiner Bahn durch's Leben. So mußte dich am Ziele meiner Wanderung der Tod ereilen, und du konntest die neue Heimat nicht erreichen! So ruhe denn hier, ich aber will dir ein Denkmal errichten, das Jahrhunderte überdauern soll, und die Hunen sollen zittern, wenn sie es erblicken, und deine flüchtige Nebelgestalt soll vor den Thälern umherjagen und sie sollen glauben, dein Wiehern zu hören und erschrocken zurückweichen.

Und er sammelte große Steine und legte sie um

das Roß, und so thaten alle seine Gefährten und wölb=
ten über dem Rosse einen mächtigen Bau, welcher in der
Ebene vor dem Eingang zu dem Gebirge wie ein Riese
emporragte. Dann wendete sich Deut und gab Urlaub
den Männern, daß sie ihre Gemeinden und Familien
aufsuchten, wo sie aber in der achten Nacht ein Feuer
aufleuchten sähen, dahin sollten die Gemeindeführer zu
ihm kommen.

Nach diesem verließen sie ihn und gingen Thalein=
wärts dahin, dorthin, und sie fanden die Ihrigen und
freuten sich. Mit Deut zog die Schaar der Getreuen.
Sein Weib und seine Kinder aber warteten seiner auf
einem Felsen nahe am mittleren Eingang in's Gebirg,
und die Nacht sank nieder, da hörten sie des Vaters
Stimme und riefen ihm zu, stiegen nieder und begrüß=
ten ihn. Und er grüßte sie mit herzlicher Freude. Da
fragte der Aelteste seiner Knaben: Wo ist dein Roß?
Wo ist unser Leufang?

Und Deut antwortete: Es ist draußen auf dem
Gefilde geblieben. Da schwiegen die Kinder, Teobiska
aber trocknete ihm den Schweiß von der Stirne, und
hieß Feuer entflammen, und die Getreuen zündeten ein
mächtiges Feuer an und rösteten Waizenkörner und brie=
ten Schafe, und Alle aßen; nur Deut nicht. Er war
todtmüde, setzte sich neben Teobiska, legte sein Haupt in
ihren Schooß und entschlief. Die Kinder schmiegten sich
an seine Seite und entschliefen auch. Teobiska's Auge
wachte über ihm und umher wachten auch die Getreuen ab=

wechselnd. Die Nacht schaute mit ihren Tausend Ster=
nenaugen nieder und hauchte Kühlung und Kraft in
seine Brust.

Am frühen Morgen, da das Lied der Lerche in der
Luft ertönte, erwachte Deut und sein Auge sah in Teo=
biska's Auge, und er fühlte sich selig in ihrer Liebe. Mit
ihm sprangen die Knaben empor. Er blickte hinaus über
die weite Fläche, da erhob sich das Denkmal seines Ros=
ses, nirgends war ein Feind zu schauen. Darauf be=
gann auch er die Wanderung Thaleinwärts. Zuerst aber
gab er zwölf Gefährten die Halden des Einganges rechts
und links als Lehen und Wachposten. Da siedelten sie
sich an. Er aber drang im Thale vorwärts, immer
weiter empor, bis er auf eine weite Fläche kam, und wie
er gegen Abend schaute, da wogte ein großer See tief
und schwarz zu seinen Füssen, und das Gebirg fiel steil
nieder; aber oben war eine schöne Weide und im Thale
war es lieblich, mild und fruchtbar. Und er schlug hier
seinen Sitz auf und baute seine Hütte, und das Ge=
sinde baute sich neben an und das Vieh fand reichliche
Weide und an dem aufsteigenden Gebirg erhob sich dichte
Waldung.

In der achten Nacht aber entflammte er ein mäch=
tiges Feuer. Das beleuchtete die Felsenwände und der
See strahlte im Flammenglanze, und es kamen die Ge=
meindeführer und grüßten Deut und sie lagerten sich
um das Feuer, und der Becher kreisete umher. Als alle
versammelt waren, begann er: Habt ihr und euere

Gemeinden euch eingerichtet im Frieden? Und sie er=
wiederten: Ja wir haben das Land im Frieden getheilt
und Jeder hat mehr als genug für seine Heerde, und
daß er auch, wenn er will, Getreide baue.

Nun dann, fuhr Deut fort, so waltet denn als Vä=
ter über euere Gemeinden. Ich werde die Thäler von
Zeit zu Zeit besuchen und mich freuen über euere Ein=
tracht und eueren Segen. Aber vergeßt nicht, daheim
dem Allvater zu danken. In der fünfzehnten Nacht
soll alles Volk das Fest · feiern zur Erinnerung an den
Tag der glücklichen Errettung aus Feindeshand, zum
Danke für die neue Heimath, zum Zeichen der fortdau=
ernden Freundschaft und Verbrüderung der Gemeinden.
Allmonatlich feiere jeder Gau mit seinen Gemeinden ein
solches Fest, allwochentlich die Gemeinde und alljährlich
wiederhole das ganze Volk aller Gaue das Fest, das ich
zuerst ordne.

Da entflammet Feuer auf den Bergen, Feuer des
Dankes und der Eintracht in eueren Herzen. Drei Tage
lang soll das Fest der Freude währen.

So geschah es. Bei dem Anbruche der bestimmten
Nacht loberten auf allen Höhen umher die Feuer empor,
um dieselben sammelten sich die Chöre der Männer und
Jünglinge; mitten im Thale aber hatten die Frauen und
Jungfrauen eigene Feuer angezündet und der Wechsel-
gesang zum Preise Allvaders brausete auf Windesflügeln von Berg zu Berg, von Thal zu Thal, und Herzen
und Flammen loberten hoch auf in Freude.

Die Gemeinden wuchsen, es wuchsen die Gaue und der Segen strömte durch die Thäler, und Deut freute sich, wenn er wandelte an seinem Stabe von Thal zu Thal, bald in Begleitung seiner Söhne, die heranwuchsen in Kraft und Milde, des Vaters Stolz, der Mutter Augenweide. Und die Gemeinden der Gaue baten den Vater, daß er die Söhne über sie setze, und er that es.

Also verging ein Jahrhundert. Teobiska war in den Armen Deut's entschlummert und er senkte ihren Leib auf der Höhe des Gebirges in ein Grab und breitete Rasen darüber und die Alpenblumen sproßten empor aus dem Grabe und daneben brach eine Quelle aus dem Gestein. Hier weilte er oft und gedachte der Zeit seiner Liebe und es war ihm, als umschwebe ihn ihr Geist, und sein Herz sehnte sich nach der Wiedervereinigung mit ihr. Sein Tagewerk war vollbracht und mit Freude sah er die Sonne sich senken. War es ihm doch, als schaue er vom hohen Berge zurück auf die Fahrt seines Lebens, auf die mancherlei dornigen und blumigen Wege, Irrgänge und Windungen, auf die steilen Abgründe, an welchen ihn die Hand Allvaters sicher vorübergeführt hatte.

Seitdem Teobiska unter dem Rasenhügel ruhete, wallfahrtete er zu diesem Heiligthume tagtäglich, hier fanden ihn seine Söhne oft in Träume versunken, wenn sie ihn suchten. Aber auch die Söhne starben Einer nach dem Anderen, nur Einer von den sechs war übrig und Deut glich einer alten Eiche mit zerschmetterten Aesten, nur die Krone erhob sich in Mitten noch stolz und schaute den kommenden Jahrhunderten entgegen.

Da hielten die Aeltesten der Gemeinden Rath mit einander und sprachen: Wer soll die Regierung haben, wenn unser Vater Deut stirbt, wenn etwa sein einziger Sohn vor ihm heimgeht? Laßt uns bei Zeiten sorgen, daß nicht Zwist entstehe und Gau von Gau sich trenne und jeder einzelne zu Grunde gehe. Sehen wir doch, daß unsere Rosse bei der drohenden Gefahr schnell sich alle versammeln und kein Raubthier den enggeschlossenen Kreis zu brechen vermag. Es ist gut, daß die Regierung fortdauere in Deut's Geschlecht zu unserem Besten, zur Erhaltung der Eintracht und des Friedens. Unsere Gauen wollen wir ihm übergeben zu einem Erbreich, daß nach ihm sein Sohn und seine Enkel darin die Regierung führen über uns, die wir frei sein und frei bleiben wollen. — Dieser Rath wurde mit Beifall begrüßt, die Gemeinden stimmten bei, und die Aeltesten gingen und suchten Deut. Sie fanden ihn am Grabe Teodiska's. Er hörte ihr Kommen nicht, denn sein Geist schwebte über der Erde. Doch als er sie erblickte, erhob er sich und reichte ihnen die Hand und sagte: Seid willkommen, meine Söhne! Wessen bedürft ihr?

Darauf thaten sie ihm ihr Anliegen kund. Nach einer Weile entgegnete er: Ja es ist schön und heilsam, daß des Vaters Bildniß immer lebendig unsterblich unter seinem Volke bleibe, damit Friede und Eintracht blühe. Wohlan! Ich will das Erbreich einrichten nach euerem Begehren, und mögen meine Enkel euch immer als Väter erscheinen, und so walten. Sie schieden getrost und es bestellten die Gemeinden ihr Tagewerk fort und fort.

Indessen starb auch der letzte Sohn Deut's, aber die Enkel seiner ältesten Söhne und Töchter blühten in Kraft und Milde empor und Deut's Auge weilte mit Freuden auf ihrer hohen Gestalt. Und er bestimmte den Aeltesten und nach ihm dessen Aeltesten zu seinem Nachfolger und so fort immer den nächsten Erben und alles Volk billigte es.

Und so ward die Erbfolge bestimmt, und das Volk Deut's wuchs im Frieden, und die Thäler des Gebirges alle waren belebt von Menschen und Heerden, und grünten und blühten Jahr aus Jahr ein.

VI.

Hundert und zwanzig Jahre hatten Deut's Scheitel berührt, und Haare und Bart lang niederwallend glänzten wie Silber. Seine Kraft schwand, aber Geist und Auge leuchteten noch hell. Schon seit einem Jahre hatte er den Hügel, das Grab seiner geliebten Teobiska nicht mehr besucht. Jetzt entbot er seine Enkel und ihre Frauen zu sich. Als sie versammelt waren, sprach er: Tragt mich empor zu dem Hügel und setzt mich bei der Quelle nieder, daß ich in ihrem Murmeln die Worte meines Weibes vernehme. Ich habe sie heute Nachts ge= sehen, sie winkte mir vom Himmel.

Da erhoben die vier Enkel den Großvater auf dem Schilde und trugen ihn empor. Und er saß auf dem glänzenden Schilde, seinen Stab in der Hand, und Bart und Haare ergossen sich in Wellenschwingungen um sei= nen Leib; von Zeit zu Zeit blickte er aufwärts, als wolle er die Länge des noch zurückzulegenden Weges be= messen, dann blickte er mit Lächeln auf seine Umgebung. Den Männern folgten die Frauen groß und schön, und an der Hand hielten sie die Kinder.

Jetzt war das Ziel erreicht, der Vorsprung des steil= anstrebenden Felsen, dessen Fuß Waldung bedeckte, und die Platte war von blumigen Alpengewächsen wie mit einem Teppich umschlungen. Nahe am Felsen war das Grab, mit Veilchen bekränzt. Da rief Deut: Senkt den Schild. Hier will ich ruhen für immer.

Auf diese Worte hoben die Enkel den Schild von den Schultern und senkten ihn langsam zu Boden. Dann winkte er mit der Hand, und alle die Seinen lagerten sich um ihn her, und blickten ihn an mit Liebe und Ehr= furcht, und es war ein langes, feierliches Schweigen. Endlich begann er: Es ist der letzte Liebesdienst, den ihr mir gethan; es sind die letzten Worte, die ich zu euch spreche, die letzten Mahnungen, die Herz und Mund zu eueren Ohren und Herzen reden. Fortan seid ihr euere eigenen Berather und die Leiter des Volkes. In deine, in euere Hände lege ich den Scepter und die

Regierung des Volkes, das mir des Himmels Huld übergeben hat. Sie sind mein Volk, denn sie folgten mir
freiwillig, sie haben mich erwählt und ich habe ihr Vertrauen nicht betrogen.

Ich war ihr Lenker, Führer, Vater, nicht ihr Be-
herrscher. Dem Menschen steht über dem Menschen
keine Herrschaft zu, sondern nur die Regierung. Ueber
die Erde und die Thiere mag der Mensch herrschen, sie
sind in seine Gewalt gegeben, wo und wie er sie zwingen mag; aber der Mensch darf den Menschen nicht
knechten, denn in Jedem waltet Gottes Hauch und Geist,
und die Liebe und Macht Allvaders hat den Einen wie
den Anderen in's Leben gerufen und Jedem gegeben
nach seiner Güte und Weisheit Kraft und Fähigkeit.

Schauet nieder und erkennet, über welch ein Volk
ihr nun zu Führern bestimmt seid. Die Thäler des
Kaukasus sind mit mehr als tausendmal hundert Hüt-
ten belebt und darinnen wohnt der Friede, und auf den
Abhängen umher, und in den Thälern springen die
Heerden, rankt sich die Rebe und stauben Roggen, Wei-
zen und Gerste. Das Gebirg ist euch eine liebe, traute
Heimat geworden.

Aber nach Jahrzehnten wird es die Menge der Gemeinden, die sich neu bilden, nicht mehr fassen können,
und vom Rücken her, woher ich sie geführt habe, bro-
hen Gewitterwolken. Darum schaut dort hinüber, dort
über dem schwarzen Meere winkt eueren Enkeln eine
neue liebliche Heimat, dahin richtet früh ihre Blicke.

Denn die Zeit wird kommen, da die Hunnen daherbrausen wie reissende Gießbäche, Thaleinwärts, und wenn ihr und euere Kinder nicht in der Völkerüberschwemmung ertrinken wollt, so müßt ihr ausziehen aus diesem Gebirge. Nur Wenige werden zurückbleiben in den tiefsten Schluchten und die Kraft und Freiheit der Väter forterben und ihre Thaten den staunenden Jahrtausenden zeigen. Die ausziehen, sollen sich wenden um das schwarze Meer herum gegen Abend, und sie werden allmählich alle Niederungen und Flußthäler erfüllen.

Aber bewahret die Sitte der Väter, wo ihr immer weilet, bleibet und erhaltet euch als ein freies Volk, und ihr selbst gedenket, daß ihr Regierer sein sollt, ihr und euere Nachkommen und nicht Herrscher.

Euer Streben sei: geliebt werden.

Wer geliebt wird, hat leicht regieren. Dem Ton der Flöte und dem süßen Gesang folgt selbst das ermüdete Kameel nach. Die Peitsche des Treibers kann es nur zu Tode peinigen. Ich will euere Ohren nicht ermüden. Euch und dem Volke hinterlasse ich meine Gedanken, nicht als Gesetz, sondern als Mahnung und Lehre, wie mich die Zeit gelehrt hat. Ihr findet sie aufgezeichnet. Leset sie alljährlich vor den Aeltesten, den Führern der Gemeinde, und thut danach, bis euch die Zeit Besseres lehren wird.

Darauf wendete er sich an die Frauen und sagte:

Nur wenige Worte an euch! Ueberliefert sie eueren Töchtern von Geschlecht zu Geschlecht. Bewahret

Sitte und Treue im Hause, dann walten gute Engel
darin. Lehret euere Kinder beten. Im Gebet lehret sie
sprechen, im Gebet denken und handeln. Im Gebet zei=
get ihnen die Wege des Lebens, so werdet ihr selbst En=
gel der Söhne und der Töchter und als schützende Gei=
ster schweben über eueren Enkeln!

Trachtet nicht nach fremder Sitte, nach Kleidertand
und Ueppigkeit. Wo die fremde Sitte in's Haus tritt,
da weicht die Frau der Magd. Darum, wenn die
fromme einfache Sitte ersterben will, so blaset sie, wie
die erlöschende Flamme auf dem Herde wieder wach, mit
dem reinen Hauche der Liebe und Gottesfurcht. Haltet
die einfache alte Sitte im Hause zurück und verschließt
der fremden üppigen Dirne die Thüre.

Wenn Stamm um Stamm des großen Volkes sich
einst entzweien will, wenn die Bande der alten Eintracht
sich lösen, dann knüpfet ihr, o Frauen, sie wieder fest
und heilet den Bruch mit zarter Hand und mit sanftem
Hauch.

Das sanfte Wort des Weibes komme wie Früh=
lingswehen in die stürmische Berathung der Männer und
glätte wie Oel die Wogen der Entzweiung.

Dann werdet ihr und euere Töchter wie Heilige ge=
ehrt und geliebt werden fort und fort.

Nun lebt Alle wohl. Geht und laßt mich allein.
Nach drei Tagen aber schickt Männer, die meinen Leib
hier an der Seite meines Weibes begraben. Ihr wer=

bet und sollet mich nicht mehr schauen, wenn der Geist den Körper verlassen hat.

Nach diesen Worten erhob er sich an seinem Stabe, seine Enkel neigten sich in Wehmuth. Er segnete sie, und sie schieden von ihm Thalwärts und blickten stets nach ihm zurück, und sie sahen ihn noch stehen; jetzt umflossen ihn die Strahlen der scheidenden Sonne, er stand und blickte in das Lichtmeer. Einen Augenblick erschien er noch, dann sahen sie ihn nicht mehr.

Deut's Vermächtniß an seine Enkel und an sein Volk.

Die Menschen und ihre Werke vergehen wie Tag und Nacht, ihr Wechsel währet fort und fort.

Aber was sie gedacht, gewirkt und gewollt haben, das kann den Enkeln zur Erinnerung, zur Lehre und Ermuthigung dienen.

Wer die Geschichte alter Zeiten, die Thaten seiner Ahnen nicht kennt, der ist und bleibt ein Kind, das dem Augenblicke lebt und ohne Ueberlegung Dies und Jenes verlangt und unternimmt.

Die Vergangenheit ist die Lehrmeisterin der Zukunft.

Gott hat den Menschen die Schrift gegeben, damit

das Gedächtniß immer lebendig bleibe, damit die Enkel noch Zeugniß erhalten von den Thaten und Gedanken der Väter und sich Rath holen bei ihnen.

Schöpfet aus dieser Quelle, daß euer Geist sich er= helle und kräftige, wenn Zeiten kommen, in denen das Licht der Wahrheit und Erkenntniß zu verlöschen droht.

Alles Licht aber kommt von Oben, von der Sonne in die Welt, von Gott in den Geist.

Ein Gott ist, ein einziger; er ist, war und wird sein von Ewigkeit zu Ewigkeit.

Die Erde ist nicht Gott, sie ist nur das Werk einer seiner Schöpfungs = Gedanken; die ganze Welt mit ihren Sonnen, Monden und Sternen ist nicht Gott, und Le= ben und Bewegung kommt nur durch Ihn.

Die Erde und alle Sonnen = Sterne sind sein Werk. Er hat sie gerufen und sie gingen hervor aus dem Nichts in Pracht und Herrlichkeit nach seinem Willen.

Das Werk ist nicht der Meister, und alle Werke, die der Meister schafft, sind nicht Er. Er trägt tausend und abermal tausend Werke in seinen Gedanken und er ruft sie und bildet sie nach seinem Willen.

Kein Werk schafft sich selbst, sondern es wird ge= schaffen, es vergeht, und Himmel und Erde vergehen, aber Gott nicht.

Gott schuf den Menschen aus Erde und sein Geist beseelte ihn.

Sein ist Alles. Sein Name ist Allvater, denn Er hat Alles erschaffen und erhält Alles.

Er ist der Vater aller Nationen, die da wohnen vom Aufgang zum Niedergang.

Kein Bild kann Ihn darstellen, denn er ist der Unendliche, Allmächtige. Machet euch deshalb kein Bild von Gott.

Es ist thöricht, Ihn zu bilden in Thiergestalt, wie einige Völker thun, und eitler Stolz, Ihn darzustellen als Menschen, in menschlicher Form und Gestalt.

Wer hat Ihn gesehen, um ihn zu bilden in seiner Majestät? Wessen Auge reicht an die Größe des Erhabenen, der da geschaffen hat Himmel und Erde, der sie umfängt und über ihnen thront?

Keines Menschen Geist kann es fassen und sagen, viel weniger aber in einem Bilde darstellen, wie groß und erhaben Er ist.

Wo ist Er denn und wo weilt Er, daß Jemand sein Bild nur auf einen Augenblick festhalten und anstaunen könnte? Wer Ihn sähe, müßte erblinden und erlahmen von dem Schimmer seiner Hoheit. Wer Ihn sähe, der würde verzehrt vom Blitze seiner Majestät.

Er ist nicht in der Erde, sie könnte Ihn nicht fassen, Er ist über der Erde und den Sonnen allen, wie der Geist des Meisters über allen seinen Werken. Von Ihm ging Alles aus. Aber Gott ist ein Gott des Lebens, und Er schafft fort und fort.

Kein Tempel kann Ihn fassen, darum bauet Ihm keine Tempel, als könntet ihr Ihn einschließen. Denn Er ist überall.

Euer Tempel sei der Wald und der Hain; euer Tempel sei die Natur. Da betet zu Gott dem Allvater, und im Säuseln oder Rauschen der Blätter und im Murmeln des Baches wie im Brausen des Stromes vernehmet seine Macht und Herrlichkeit und Liebe.

Betet im Hain und blicket auf zum Himmel, und jeder Strahl der Sonne oder des Mondes, der durch die dichten Zweige fällt, ist ein Blick seiner Vaterliebe, ein Strahl und Zeuge seiner Herrlichkeit; Sonne und Mond, wie sie wandeln ihre Bahn, sind die beschwingten Boten seiner Macht und Herrlichkeit.

Die ganze Welt ist der Tempel Gottes, den Er sich selbst erbaut hat, und Er ist doch höher und größer, als die ganze Welt und überragt sie weit.

Der Blinde sagt, es gibt kein Licht und keine Farben; der Taube sagt, es gibt keinen Schall.

Die aber Gott läugnen, sind taub und blind in ihrer eigenen Thorheit, und Gott hat ihnen doch das Gefühl und das Gehör gegeben!

Aber der Gottesläugner macht sich selber zum Gott und spricht in seinem Hochmuth: Ich bin Ich! Ich allein genüge mir, Alles um mich her ist nur Erscheinung.

Du armer Thor! Hast du dich selbst in's Dasein gerufen? Kannst du dein Dasein verlängern nach beinem Willen? Kannst du dich selbst wieder in's Leben zurückrufen, wenn du gestorben bist?

Dein Geist denkt, und daß er denkt, ist schon Se=
ligkeit für dich, für ihn.

Dein Geist denkt und fühlt sich, und denkt zugleich
Gott seinen Schöpfer.

Du bist, weil Gott vor dir war, und du wirst sein,
weil Gott es wollte; weil sein Hauch, sein Geist nicht
vergehen kann.

Darum ist die Seele des Menschen unsterblich. Sie
fliegt in Sehnsucht nach der Wiedervereinigung mit Gott,
von dem sie ausging, von Erde zu Erde, von Sonne zu
Sonnen, und ist beseeligt in dieser Sehnsucht, in diesem
Aufschwunge. nach Ihm, zu Ihm!

Mit dem Ersterben dieser Sehnsucht, sobald die
Seele nicht mehr zu Gott aufblickt, nicht mehr zu Ihm
emporstrebt, sinkt sie in die Tiefe der Finsterniß.

Und doch hängt sie mit unsichtbaren Demantban=
den noch immer und fort und fort mit Gott zusammen,
wie die Erde mit unsichtbarer Kraft an der Sonne hängt
und sich nicht losreissen kann.

Mit deinem Willen sinkst du in die Tiefe, entfernst
dich von Gott, der Urquelle des Lichtes und aller Selig=
keit. Er läßt dich sinken, weil du willst; aber er hält
dich noch immer und du kannst dich mit deinem Willen
wieder emporschwingen, und er reicht dir seine Vater=
hand.

Je weiter von Ihm entfernt, desto trauriger für dich.
Vom Lichte entfernt ist Finsterniß und kalter Schmerz,
der deine Seele starren macht.

Wende dich zu Ihm, zum Lichte und zur Quelle aller Freuden, und du bist selig. Es gibt keinen Gott, sagt der Thor. Armer Bedauerungswürdiger! Zweifelst du an deinem eigenen Dasein?

Armer! Du betrügst dich selbst um deine Seligkeit, welche der Ewige, der Allliebende dir zugedacht hat. Seligkeit ist es, Ihm danken, Seligkeit, seine Werke schauen. Du hast dir selbst das Auge deines Leibes und deiner Seele geblendet!

Armer du! Die Leuchte, das Licht, welches Gott in seiner Barmherzigkeit dir gab, die Vernunft, durch welche du des Allmächtigen Walten vernehmen kannst: Die hast du selbst ausgelöscht und wandelst nun im Dunkeln und haschest nach Irrlichtern, welche jeder Windhauch verlöscht und eine eckle Masse bleibt von ihnen zurück.

Doch nein, du wagst es nicht, Ihn zu läugnen, du zweifelst nur. Dieser Zweifel aber ist deiner Seele Pein und wird dich wie Feuer brennen Tag und Nacht, bis du endlich erkennst und anbetend rufst: Gott! du bist!

Zweifeln an Gott ist mehr, als zweifeln am Dasein der Erde, der Sonne und der Sterne. Zweifler, zweifelst du an deinem eigenen Sein, an deinem Denken und Fühlen? An deinem Wirken und Gehen, Ruhen und Wünschen und Begehren?

Er ist! Das ist der Grund alles Sichtbaren. Er ist! Das ist der Born, aus dem alle Beseeligung fließt! Er thront erhaben über seinen Werken, über aller

Himmel = Himmeln und er säet aus neue Welten fort
und fort. Denn wie, wo und wann sollte und könnte
seine Kraft erlöschen, die ihren Anfang in sich selbst
hat?

Die Sonnen mögen vergehen nach seinem Willen,
aber er wird fortdauern: der Meister kann sein Werk
zerschlagen und Andere schaffen.

O Licht, das von Ihm ausgeht, erleuchte des Men=
schen Auge und Geist, daß er Ihn erkenne, und Bese=
ligung fühle!

* * *

Mein Volk, meine Kinder und Enkel! Ihr sollet
euch unterscheiden vor allen Völkern, die jetzt sind, da=
durch, daß ihr euere Frauen ehret und liebet, wie euch
selbst.

Jeder Mann soll nur Ein Weib haben zur Ge=
fährtin durch's Leben, zur Freude und Lust, zum Trost
und zur Hilfe einander.

Die Gattin werde bei euch nicht gekauft, sondern sie
folge freiwillig aus Liebe dem Manne ihrer Wahl nach
seiner Wahl.

So verbindet sich Gleiches mit Gleichem, und die
Liebe, die der Mann fordert, muß er selbst gewähren,
dann ist das Recht vollkommen.

Erst der Mann vermähle sich die Jungfrau, daß
aus ihrer Verbindung erblühe ein kräftiges Geschlecht,

und daß die Ehe werde eine fortwährende Quelle der Freuden, der gegenseitigen Beseeligung.

Der Mann zeige, daß er sein Weib und seine Familie ernähren und schützen kann. Deßhalb weise er den Aeltern seiner Braut seinen eigenen Herd, Rind und Pferd, Schild und Schwert.

Der Mann darf seine Gattin, die er gewählt hat, nicht mehr verlassen. Sie kommt in's Haus als Ehehälfte, um Theil zu nehmen an Freud und Leid, an Wun und Weib, an Glück und Unglück, Krieg und Frieden.

Beide sollen wissen und werden es erproben: Getheilte Freud ist doppelt Freude, getheilter Schmerz ist halber Schmerz.

Die Ehe ist ein heiliger Vertrag mit göttlichem Siegel versiegelt, das kein Mensch lösen soll.

Hast du, Mann, die Tage der Jugendblüte genossen mit deiner Gattin und dich erfreut an ihrem Thun und Wesen, und an ihrer Liebe: so lebe mit ihr auch die Tage des Alters. Ihr werdet alt mit einander. Werdet es in Liebe und Ehren.

Nur der Leib wird alt, die wahre Liebe bleibt ewig jung und strahlt immer schöner. Die Liebe ist eine Flamme zum Leuchten und zum Erwärmen.

Wähle keine Jungfrau zur Gattin, ehe sie tausend Wochen gesehen hat. Eine Mutter muß stark sein an Geist und Körper.

Nur Beide mit einander, Vater und Mutter, erziehen die Kinder gut: die Liebe der Mutter und der Ernst des Vaters.

Sonnenschein und Sturmes Nächte kräftigen den Baum und zeitigen die Frucht.

Den Menschen bildet und erzieht mehr das Un= glück, als das Glück. Je mehr Stürme den Baum um= tosen, desto kräftiger wurzelt er. Betrachte nur die sturm= umtobte, Jahrhunderte ausdauernde Eiche.

Traget mit einander und Jedes für sich das Unge= mach als eine Schickung des Himmels. An deiner Ge= duld, an deinem Gottesvertrauen bricht sich der Zahn des Unglückes und des Neides, an deiner fortdauernden Redlichkeit erstirbt endlich die Wuth der Verleumbung.

Vielweiberei ist der Grund und die Quelle aller Tyrannei und Sklaverei.

Dabei sind die Weiber nur zur Lust des Mannes, er kauft und verkauft sie, oder er verstößt sie und wählt bald diese, bald jene. Seine Liebe ist getheilt, und weil er seine Liebe nicht ganz gibt, wird ihm auch nicht die ganze Liebe des Weibes.

Vielweiberei erniedrigt den Mann und das Weib zu Thieren. Nur die Lust führt sie zusammen, ihr Herz bleibt kalt und öde.

Ehret die Frauen! In ihrem weichen Gemüthe sproßt weiser Rath, und aus ihren Augen spricht die Güte und Milde des Schöpfers. Schauet an die Rose und die Rebe: aus Jener kommt der köstlichste Wohl=

geruch, aus dieser Luft, Labung, Stärkung für Kranke und Gesunde.

Sind die Frauen nicht eueres Gleichen? Mann und Männin — Jedes für sich ist nur ein halber Theil der Menschengattung, Beide mit einander bilden erst ein Ganzes, und Jedes ist nur der ergänzende Theil des Andern.

Darum hat Gott dem Manne die Männin beige=sellt, und so ein Paar — ein Ganzes geschaffen, das sich in seinen Kindern und Enkeln verjünge und erneue.

Ein liebendes Menschen=Paar ist ein freudiger An=blick für die Engel, ein lebendiges Lob= und Danklied auf Gottes Schöpfung. In ihm freut sich Gott selbst seiner Schöpfung.

Liebe um Liebe, Leben um Leben! Aus Liebe ver=läßt die Jungfrau Vater und Mutter und Geschwister und folgt dem Manne nach. In Liebe besorgt sie das Haus, in Liebe pflegt sie den Mann und die Kinder, in Liebe für ihn und sie trägt sie des Lebens Mühen und Beschwerden, durchwacht sie die einsamen Nächte, hungert und durstet sie und verheimlicht selbst ihre Leiden, daß nur ihre Lieben nicht mit leiden; aus Liebe begleitet sie den Mann in die Schlacht, verbindet seine Wunde, stürzt sich zu seiner Rettung selbst dem Feinde entgegen und geht freudig in den Tod.

Der Liebe Bund dauert über das Grab hinüber, fort und fort. Nicht die Leiber haben den Bund ge=

schloſſen, ſondern die Seelen haben ſich mit Leibeshilfe vereinigt.

So ſtirbt denn auch die Liebe nicht. Die Leiber werden durch den Tod geſchieden, aber die Seelen nicht. Was iſt auch eine leibliche Trennung für wenige Monden oder Jahre? Ein Augenblick in Betracht auf die Ewigkeit!

Die wahre Ehe iſt ein Wiederfinden der Geiſter auf Erden. Die ſich früher ſchon kannten, begegnen ſich, erkennen ſich und wandeln vereint durch das kurze Leben zu ihrer Läuterung und Kräftigung im Feuerofen menſchlicher Leiden, um ſich dann für immer wieder zu vereinigen.

Die Ehe iſt ein Wiederfinden und Zuſammenleben der Geiſter in Menſchengeſtalt.

Liebe iſt der Prüfſtein, das Band und das Licht der glücklichen Ehe.

Die Keuſchheit iſt der köſtlichſte Brautſchatz, die Nahrung der Liebe, und die Liebe hebt mit Adlers = Fittigen empor über die Leiden des Lebens, Liebe bricht dem Unglücke die Spitze ab.

Wer ſein Weib ehrt, der ehrt ſich ſelbſt und gibt auch Gott die Ehre, der ihm die Gattin geſchaffen, und durch ſeinen Engel zugeführt hat.

Das Weib hat nur einen Mann, wie nur einen Leib und nur ein Leben. Darüber hinaus hägt ſie keinen Gedanken. Mit des Mannes Tode löst ſich die Ehe, aber nicht die Treue.

. Und der Mann bedenke sich wohl, der nach dem Tode seines Weibes sich wieder vermählen will. Das Bild der Abgeschiedenen wird ihn beständig umschweben, ihre Stimme stets in seinen Ohren klingen.

Den besten Rath ertheilt ein treuliebendes Weib. In ihrer Seele zeigt sich wie in einem Spiegel, was dem Manne und ihren Kindern frommt.

Der göttliche Funke leuchtet oft am Hellsten im Gemüthe eines Weibes.

Ihr ahnet, was die Zukunft bringt, denn ihre Seele gleicht den Saiten der Zither, welche jede Veränderung der Luft andeuten, ehe sie noch der Mensch sonst wahrnimmt.

Freuet euch euerer Kinder: sie sind eine Gabe des Himmels. Mit ihnen sendet er euch zugleich Leiden zu euerer Vervollkommnung, und zur Prüfung; mit den Kindern gewährt euch der Himmel Freuden, welche der Ehelose nicht kennt.

Wer seine Kinder gedeihen sieht, lebt den schönsten Theil seines Lebens noch einmal.

Die Ehe verknüpft den Menschen mit Gott und der Welt durch die Kinder.

Eine Ehe ohne Kinder ist ein Frühling voll Blüten ohne Früchte im Herbst. Aber ein schöner Frühling ist doch besser und angenehmer, als ein beständiger einsamer, trüber Wintertag.

Wo Kinder lachen und weinen, da reichen sich Freud und Leid einander die Hand.

Vater! Mutter! Das klingt süßer als Musik.

Kindersorgen — süße Sorgen.

Wählet euch keine Fremden zu Frauen. Mit den Fremden kommen fremde Sitten und Gebräuche, und die alte, einfache Sitte der Väter weicht trauernd aus dem Hause.

Mit den Fremden kommt eine fremde Sprache. Euere klangvolle, herzliche Sprache wird verachtet, verhöhnt und verderbt. Die Kinder sprechen ja die Sprache der Mutter.

Durch die Verbindung mit den Fremden wird euere Selbstständigkeit begraben. Wenn ihr nicht mehr euch selbst vertraut, sondern fremder Hilfe bedürft, dann werdet ihr bald die Sklaven der Helfer. Ein Mischvolk ist ein Zwittervolk, nicht Mann nicht Weib, ohne Halt und Kraft, und es weiß nicht, wohin es sich neigen soll.

Im Mischvolke ist beständiger Unfriede, Entzweiung und ein maßloses Hin= und Herzerren und Schwanken. Was ein Tag baut, reißt der andere ein.

Bleibt ein reines unvermischtes Volk, treu den Sitten eurer Ahnen; nehmt zu Weibern die Töchter eueres Stammes, selbst wenn ihr einst ein fremdes Land erobert und zu euerer neuen Heimat gemacht habt.

Denn nehmt ihr im fremden Lande, das ihr euch mit dem Schwerte errungen habt, die Töchter der Eingebornen zu Weibern, so werden euere Kinder ihr väterliches Erbe mit der väterlichen Sitte und Sprache verlieren, und selbst ihr Name wird vergehen.

Aber den Frembling, der euerer Hütte naht, nehmt gaſtfreundlich auf, und theilet mit ihm, was ihr habt.

Iſt des Einen Hauſes Vorrath erſchöpft, ſo geht mit einander zu dem Nachbarn, daß er euch mit einander als Gäſte bewirthe.

Doch bedenkt: ein lang gehägter Gaſt und ein lang-bewahrter Fiſch werden ſtinkend und verunreinigen die friſche Luft des Hauſes.

Gebt dem Fremden, aber nehmt nichts von ihm, und ſorget, daß er bald in Sicherheit euer Haus und Land verlaſſen kann.

Will er der Euere werden, ſo zeige er es, indem er euere Sitte und Sprache ehrt und annimmt.

*   *   *

Das Haus eines jeden Mannes iſt ein unverletz-bares Heiligthum. Was darin geſchieht, wiſſe nur All-vader, und er weiß es. Darum ſcheue dich, Böſes zu thun, denn ſein Auge ſieht dich.

Mit dem Geſinde, das du von deinen Eltern er-halten haſt, oder das mit deiner Gattin in dein Haus gekommen iſt, lebe väterlich mild.

Sie ſind an Menſchenwürde dir gleich, aus dem-ſelben Stoffe wie du, ſie rufen zu Allvader wie du, und er hört ihr Gebet, ſieht ihre Freuden, und vernimmt ihre Klagen. Um ihretwillen wird er dein Haus ſegnen.

Nur mit ihrer Hilfe bauſt du den Acker, rodeſt du

ben Wald aus, ärntest und freuest du dich des Wachs=
thumes deines Gutes, mit ihrer Hilfe besorgst du dein
Hauswesen und sie heissen deshalb mit Recht Ehehalten.

Wie du mit ihnen sprichst, so antworten sie; wie du
sie ziehst, so hast du sie.

Ein Hund, wenn er gereizt und ohne Ursache miß=
handelt wird, zeigt sich bellend und bissig. Ein mißhan=
delter Mensch handelt auch nicht. mehr wie ein Mensch.

Hast du ihm sein menschliches Recht entrissen und
behandelst du ihn wie ein Thier, so erwarte nur auch,
daß er wie ein Thier handelt. Dem Schlag folgt der
Gegenschlag und die Gewalt wird oft durch die List be=
zwungen.

Laß dein Gesinde Theil nehmen an deinem Tische
und an beinen Freuden, dann werden sie auch mit dir
theilen beine Leiden, und sich in den Zeiten der Noth an=
strengen für dich. Ihr Bestes und bein Bestes werden
miteinander gefördert.

Dein Haus ist ihre Heimat. Mache, daß sie gerne
barin weilen und schaffen. Sie arbeiten für dich und
die Deinen und für sich.

Nähre und kleide sie gut, daß ihre Blöße und ihre
hohlen Wangen nicht klagen wider dich bei Gott, dem
Allvater.

Schon vom Vieh schließt man auf den Herrn, um
wie viel mehr vom Gesinde.

Ein gutes Gesinde füllt Ställe, Scheune und Kel=
ler; bei einem schlechten fliegt dein erworbener Schatz

durch den Rauchfang hinaus wie Rauch, und du weißt nicht, wohin er gekommen ist.

Ein gutes Gesinde bewahrt deinen Schatz besser, als Riegel und Wächter.

Das Gesinde steht in der Gewalt wie in dem Schutze des Hausvaters, nicht der Gemeinde oder des Stammes.

*   *   *

Du mein Volk, das Volk Deut's, sollst dich unterscheiden vor allen übrigen Völkern dadurch, daß du keine Herrscher oder Tyrannen hast, sondern Herzoge und Könige.

Der Herrscher und der Tyrann sagt: Mein ist alles Land und Alles, was über der Erde und unter der Erde ist. Mein sind Baum, Feld und Wiese und alles Vieh, mein ist der Mensch jeden Alters und jeden Geschlechtes.

Der Tyrann spricht: Ich allein bin der Herr, ihr Alle seid meine Sklaven. Und wie er spricht und denkt, danach handelt er. Sein Wille, seine Laune und Lust sind das höchste Gesetz für seine Sklaven.

Wer hat ihn zum Herrn gemacht? Er sich selbst mit Hilfe einiger Weniger durch List und Gewalt, und durch diese Wenige wird das ganze Volk geknechtet.

Aber betrachtet sie recht: der Tyrann gegen sein Volk ist sein eigener Tyrann, und wie er wird gefürchtet, so fürchtet er sich beständig und er wird beherrscht und gegängelt von seiner Lust und Begierde und von den Wenigen, die er gerufen zur Unterdrückung der Uebrigen. Und Keiner traut dem Andern, sie alle zehren an ihrem eigenen Fleische.

Gott ist kein Gott der Ungerechtigkeit, sondern ein Vater aller Menschen, und wir heißen ihn deßwegen Allvater.

Und er hat das erste Menschen-Paar geschaffen und von Diesem stammen alle übrigen Menschen ab, darum sind alle zu einander Brüder und Schwestern.

Glaubt nicht, daß Gott zu verschiedenen Zeiten Menschen mit verschiedenen Rechten geschaffen habe, wie die indischen Priester lehren und die in Aegypten.

Das sagen sie bloß um ihrer Herrschaft willen, und die es glauben, sind betrogene Thoren.

Sie selbst, die Priester sollen aus Gottes Munde hervorgegangen sein, deßhalb seien sie die Edlen und die Herrscher; darauf habe Gott die Krieger aus seinen Armen geschaffen, die Ackerbauer und Handwerker aus seinen Schenkeln, die Paria aber — die unglücklichen, dem Elende preisgegebenen Menschen — habe er aus seinen Füßen geschleudert!

Heuchler und Tyrannen lehren so und lästern Gott. Aber sie fallen seinem Gerichte anheim.

In menschlicher Würde hat Gott Alle aneinander gleich erschaffen und darin bleiben sie einander gleich vor Gott; aber die Gaben und der Grad der Fähigkeiten ist so sehr verschieden, wie das Alter der Menschen.

Wo die Tyrannei herrscht, da ist kein Volk, da sind nur Herren und Knechte, und sie werden mit einander die Beute eines größeren Tyrannen.

Der Grund und die Quelle aller Tyrannei aber stammt aus dem Wohnhause. Ist hier Despotie, Will-kürherrschaft und entgegen willenloses Gehorchen und eine thierische Knechtschaft: so streckt die Tyrannei ihre furcht-baren Arme bald weiter hinaus und hascht, wen sie erreichen und zwingen kann.

Die Tyrannei ist ein unersättlicher Riese: je mehr dieselbe verschlingt, um so hungriger wird sie.

Wer seines eigenen Leibes Glieder in Knechtschaft schlägt, wer Weib und Kinder als sich unebenbürtige Wesen den Thieren gleich achtet und behandelt: sollte der nicht auch andere Menschen in die Bande der Knecht-schaft schlagen, wenn er Macht dazu hat?

Da herrscht dann die Gewalt und nicht das Recht. Da ist Herrschaft und keine Regierung.

Die Herrschaft beugt nach Willkür Alles zu ihrem Zwecke; die Regierung leitet in Liebe Alles zum Besten Aller.

Ich bin kein Tyrann gewesen, und habe das Ver-trauen meines Volkes nicht mißbraucht; ich war der Her-zog und König der Meinen; ich habe nicht gestrebt nach Herrschaft, sondern ich regierte.

Die Regierung eines Königs ist das Walten eines Vaters unter seinen Kindern. Er leitet Alles zum Be-sten der Seinen, er betrachtet sich nur als einen Theil des Ganzen; ihr Wohl und Wehe schlägt an sein Herz. Ihr Glück ist sein Glück, ihre Freude beseligt ihn, ihr Schmerz nagt an seinem Herzen.

Mein Volk! Gott möge dich behüten vor Tyrannen und dir immer Könige geben, Väter und Regenten. Ihr Ruhm wird dauern Jahrtausende, der Himmel wird seinen Segen herabthauen auf ihr Geschlecht, und es wird blühen und die Freude und der Stolz der Völker sein.

Gott segnet das Volk durch gute Könige und straft die Missethaten desselben durch Tyrannen.

Die Tyrannen fahren einher, wie der Sturmwind, auf ihren Schwingen ist Tod und Verderben. Aber sie rauschen dahin und sind nicht mehr, doch die Saat blüht wieder empor.

Das Geschlecht der Tyrannen verdorrt, die Söhne der Könige wandeln im Frieden auf blumigen Auen.

Euere Treue gegen den König glänze hell, wie das Licht der Sonne.

Werdet keinem Fremden unterthan. Er kennt euch nicht, ihr seid nicht seine Kinder, er will nicht euer Vater sein, sondern euer Herr. Er wird euch in eherne Ketten schlagen und zehren von eueren Heerden und Früchten; er wird euere Söhne und Töchter entführen und sie zwingen zu seinem Dienste.

Seid ihr aber durch List oder unversehene Gewalt in Knechtschaft gefallen, ihr mit eueren Königen: so erhebet euch mit ihnen, wenn sie euch rufen zum Kampfe und nehmt Gott zu euerem Bundesgenossen. Seine Hand ist lang und mächtig genug und er wird euch beistehen, die Ketten zu brechen, das Joch abzuschütteln und wieder zu sein ein freies selbstständiges Volk unter eueren angestammten Königen.

Ehret und liebet euere Könige wie Kinder lieben ihre Väter.

Der König ist das Haupt des Stammes. Im Haupte sind die Augen, die von der hohen Warte aus umherspähen nach dem, was ihnen und dem ganzen Leibe frommt.

Das Haupt wird vom ganzen Leibe getragen; aber vom Haupte kommt Licht und Leben in den Leib.

Ein Volk ohne König ist eine Familie ohne Vater. Da walten Zank und Eifersucht, und Jeder will sein über den Anderen.

So wenig ein Vormund den Vater ersetzt, so wenig kann eine Regierung, heiße sie, wie sie wolle, den König ersetzen.

Der König allein hält die Waagschale gerecht in seiner Hand und theilt Jedem zu nach dem Rechte, wie ein Vater allen seinen Kindern gibt, was ihnen ziemt und frommt, und sie alle mit gleicher Liebe liebt.

Denn wo ein Vorrecht in einem Hause oder Staat, da ist ein Unrecht. Wie viel Rechtes Jemand vor dem Anderen voraus hat, um so viel weniger hat Dieser.

Der wahre König ist Gottes Ebenbild auf Erden, dessen Liebe und Gerechtigkeit waltet über Alle.

Darum ist die königliche Macht und Regierung ein köstliches Gut für die Menschen, ein Geschenk des Himmels.

Und des Königs Recht und Pflicht ist: Vater seines Volkes zu sein und es weise und milde zu regieren.

Der König ist der oberste Richter, denn er ist der natürliche, gemeinsame Vater seines Volkes. Er setzt die Herzoge und Grafen über Länder und Gauen, daß sie mit ihm und durch ihn in seinem Namen Recht und Gerechtigkeit handhaben.

Die Gerechtigkeit ist der Grundstein, auf dem alle Vereine beruhen. Ohne sie ist der Verein auf Sand gebaut und die Winde verwehen ihn, wie den Sand.

Alles Gericht sei öffentlich, und Jeder wisse, von wem und nach welchen Gesetzen er gerichtet werde.

Allmonatlich haltet das Gericht — das Ding — unter freiem Himmel: denn Gottes Auge ist über Alle und er soll Zeuge sein euerer Gerechtigkeit.

Taget auf einem Hügel, unter einer Eiche oder Linde, oder auf ebenem Felde.

Da sollen sich versammeln die freien Männer, insbesondere die Aeltesten.

Der Graf eröffne das Ding und rufe zwölf Männer aus den Umstehenden, daß sie vor allen Anderen achten auf Alles, was vorgeht. Und vor den Grafen trete dann der Kläger mit den Zeugen und bringe seine Klage vor, daß Alle es hören — der Beklagte und die Versammelten.

Und der Beklagte antworte für sich oder nehme einen Sprecher für sich und rufe die Zeugen, wenn er sie findet.

Und wenn Kläger und Beklagter zweimal gesprochen haben in ihrer Sache, dann heiße der Graf die Zwölf das Urtheil finden, ob der Beklagte schuldig sei oder nicht.

Der Verurtheilte büsse, was er gefehlt hat, mit einer bestimmten Summe. Das ist dann die Sühne, und wenn diese erlegt ist, so ist die Schuld abgethan.

Gesühnt aber darf und soll Alles werden, was gefehlt wurde. Und hat Jemand einen Todtschlag begangen, und er kommt zu den Verwandten des Erschlagenen und spricht: Ich habe Unrecht gethan, ich erkenne und bereue es, und will es büssen mit der Summe, die darauf gesetzt ist, und wenn mein Vermögen nicht so viel beträgt, so will ich meine Freiheit dahin geben und werden dein eigener Mann.

Wenn der Missethäter so spricht, so soll er thun nach seinen Worten, bis die Sühnung vollkommen ist, und dann ist auch alle Rache getilgt, ausgelöscht und todt.

Wer sich aber eines Mordes oder Todtschlages rühmt und die Sühne verweigert, den treffe das Schwert und er tilge die That mit seinem Blute, damit er nicht ferner tödte, und damit der Gerechtigkeit Genüge geschehe.

Ich weiß kein anderes Mittel, dem Todtschlage zu

wehren, als dieses, es ist die einzige Schranke, sein eige=
nes Leben zu sichern gegen den Frevler.

Den Selbstmord kann Niemand verhindern. Jeder
Mörder aber begeht einen Mord an einem Anderen und
zugleich an sich. Das ist der Unterschied zwischen einem
bloßen Selbstmörder und einem Todtschläger.

Wer sich häuptlings über einen Felsen hinabstürzt,
geht zu Grunde. Er weiß es, und thut er es doch, so
hat nur er allein die Schuld. In seiner Wahl lag es,
die That des Verderbens zu thun und zu lassen.

Das Leben eines Menschen gegen ungerechten muth=
willigen Angriff zu schützen, gibt es nur ein Mittel, und
wer wird noch fragen, ob man es anwenden dürfe?

Morde nicht, sonst verlierst du dein eigenes Leben;
überschreite nicht die Linie des Verderbens, sonst zer=
schmetterst du dich im Abgrund.

Das Gesetz „tödte nicht" ist diese Linie. Darüber
hinaus stürzest du zuerst Andere, dann dich in den Tod.

Für Alles magst du Sühnung geben und nehmen,
für den Verrath allein gibt es keine Sühnung.

Wer sein ganzes Volk verräth und dessen Freiheit
und Selbstständigkeit vernichten und dafür die Sklaverei
unter Fremden einführen will: der ist des Todes schul=
dig, ja er verschuldete tausend Tode. Für ihn gibt es
keine Sühnung, er werde hoch an einen Baum gehängt,
daß die Raben von seinem Aase fressen.

Wer aber feige sich dem Kampfe und der Schlacht
entzieht, wenn es gilt, den Kampf um Freiheit und Selbst=

ständigkeit, der werde in einen Sumpf versenkt, daß die Erde über seiner Feigheit zusammenschlage und ihn begrabe.

Wer gegen den König oder Herzog eines Volkes seine Hand nur erhebt, den treffe der Tod, weil er frevelt am Haupte des ganzen Volkes, weil er Verrath übt am gemeinsamen Vater.

Ihr sollt keine Gefängnisse bauen und pflegen. Die Liebe zum Vaterlande und zum Genossen=Stamm, zu Haus und Hof wird den Schuldigen fester halten, als Mauern und Thürme, er wird sich dem Gerichte stellen und Buße thun.

Wer aber dem Gerichte entflieht, den laßt fliehen. Doch nie betrete sein Fuß seine Heimat wieder. Mag er in der Fremde unter Fremden seufzen und verdorren am Feuer seines Gewissens.

Von seiner Habe wird seine Frevelthat gesühnt, was übrig bleibt, mögen seine Erben nehmen.

Die Liebe zur Heimat erleuchte wie eine helle Flamme euer Herz und halte jeden schlechten Gedanken fern; die Reue durchglühe und reinige es, wenn ihr übel gethan habt und die Sühnung tilge jeden Makel.

Des Vaters Gut erben die Söhne, und theilen es zu gleichen Theilen und Jeder gründe dann sein eigenes Haus.

Das Land wurde mit dem Schwerte errungen, darum geht es auch allein auf den männlichen Stamm über; die Töchter bringen dem Manne ihre Liebe und

Unschuld als köstliche Gabe, oder sie bleiben im Hause
des Vaters bei dem Bruder als heiliger, unverletzlicher
Gast und als ein Vermächtniß des Vaters.

Ist aber einmal Gefahr, daß die Theilung des Gutes für Mehrere zur Gründung eines eigenen Herdes
nicht mehr ausreiche: dann nehme nach des Vaters frü-
hem Tode der älteste Sohn das ganze Erbe und seine
Geschwister bleiben bei ihm, so lang sie wollen, und erhalten mit ihm das Haus. Lebt aber der Vater noch,
wenn die älteren Söhne schon herangewachsen sind und
das Erbe ist zur Theilung zu klein, so sollen die älteren Söhne ausziehen und sich eine neue Heimat er-
kämpfen, und der Jüngste erbt dann das väterliche Gut.

Wenn ihr aber einmal herangewachsen seid zu einer
großen Nation, und das Land in viele Theile getheilt ist,
dann soll alle zwanzig oder dreißig Jahre der rüstigsten
erblosen Männer Einer Boten senden von Gemeinde zu
Gemeinde und von Gau zu Gau und verkünden: Wer
will ausziehen und sich eine neue Heimat gründen?
Und der den Plan der Auswanderung macht und sich
an die Spitze stellt, der ist der Herzog, und die dem
Rufe folgen sind sein Volk, aber nicht seine Sklaven.
Sie folgen ihm freiwillig frei und gehorchen ihm nur zu
ihrem und zu seinem Besten.

Mit einander ziehen sie fort dahin, wo noch Land
im Ueberflusse ist, und sie sollen das neue Land durch
Vertrag von den Einheimischen erwerben. Geben aber
diese nicht gutwillig zu Kauf von ihrem Ueberflusse, was

sie doch mit ihren Heerden nicht abweiden, und mit dem Pfluge nicht umackern können: dann mögen sie mit dem Schwerte darum kämpfen und es nehmen mit Gewalt. Denn Land und Wasser, Luft und Feuer bedarf der Mensch zum Leben und um dies streiten die Menschen mit einander zu ihrer eigenen Erhaltung.

Das eroberte Land wird getheilt, den größeren Theil nehme der Herzog, dann nehmen, die unter ihm an der Spitze der einzelnen Schaaren standen, und dann das übrige Volk. Das ist die Belohnung für die Anführer. So habe ich es gemacht und Alle haben es gebilligt, und so soll es fortdauern bei euern Kindern und Kindeskindern.

So wohnt ihr dann Freie bei Freien, frei auf euerem Gute und zinset Niemanden; Jeder lebt vom Ertrage seines Gutes, seines Geistes und Fleißes.

Was ihr mit den Waffen erworben habt, müßt ihr mit den Waffen schützen. Deßhalb müßt ihr euch beständig üben in den Waffen. Die Waffen sind des Mannes Schutz und Schmuck. Waffenlos wird er eine Beute der List oder der Gewalt.

Habt ihr euch eingerichtet in euerer neuen Heimat, dann mag der Herzog senden in die alte Heimat und melden: Wir haben Land gefunden und haben daran noch Ueberfluß. Kommt und schaut, und siedelt euch an bei uns.

Und die dann kommen, sollen Land nehmen vom Herzoge und den übrigen Führern — die von ihrem

größeren Gute und von ihrer Stellung Adelige heiſſen —
oder ſie mögen es nehmen auch von dem übrigen Volke.
Wer Land nimmt von einem Anderen, wird deſſen Lehensmann, der Geber aber iſt der Lehensherr, und der
Lehensmann dient dem Lehensherrn mit dem Schwerte
oder mit dem Geſpann oder gibt ihm vom Ertrag der
Früchte. Aber die Freiheit bleibt einem Jeden, dem Geber, daß er das Land wieder an ſich ziehe; dem Empfän-
ger, daß er es wieder heimgebe und dann frei hingehe,
wohin es ihm beliebt.

Damit aber Gerechtigkeit und Milde walte fort und
fort, damit die Macht nicht werde zur Willkür und Ungerechtigkeit: mag der Lehensmann ſein Lehen heimgeben
zu jeder Zeit und frei hinwandern, wohin es ihm gefällt; der Lehensherr aber darf ihm das Lehen nur auf-
künden, wenn der Lehensmann der übernommenen Pflicht
nicht mehr nachkommt, wie er mit Wort und Handſchlag
gelobt hat.

Aber das ſei ferne, daß Jemand ſein Wort breche.
Fühlt ſich der Lehensmann beſchwert, ſo rede er mit dem
Lehensherrn, und ſtelle ihm die Sache vor, daß dann die
Billigkeit entſcheide. Ein gutes Wort fällt auf einen
guten Ort.

Damit ſich Keiner ſchäme, Lehensmann zu werden,
ſo wiſſet: Einer iſt der Lehensmann des Anderen.

Alle, die miteinander auszogen, haben ſich den Einen
zum Führer erkoren und er iſt Herzog geworden durch
ſie und dieſe Würde iſt das ihm übertragene aber unauf-

kündbare Lehen, das er von ihnen nahm. Mit ihm und durch ihn gründeten sie die neue Heimat, und nahmen das Land zu Lehen von einander.

So ist Einer der Lehensmann des Anderen — denn das Land ist gemeinsam erworbenes Gut, und nur indem ihr dies Verhältniß festhaltet, seid ihr Einer des Anderen mächtig in Gerechtigkeit und Liebe, seid ihr stark gegen alle Anfälle von Außen.

Die Stärke aber beruht auf der Weisheit des Führers. Ein guter Anführer macht das Heer stark, ein schlechter verdirbt auch das Beste. Wie der Führer so das Heer, wie der Fürst so das Volk.

Der Führer ist der Fürst im Krieg und im Frieden. Nicht er folgte, sondern ihr folgtet ihm und er förderte euer Bestes. Und seid ihr ihm willig und gehorsam gewesen im Kriege, so seid es auch im Frieden.

Die Würde des Herzogs oder Königs soll erblich bleiben in seinem Geschlechte zum Besten des Volkes: denn nur dadurch wird es entgehen den inneren Kämpfen und Parteiungen.

Das Wahlreich ist die schlechteste Regierung, sie entzweit und weckt den inneren Krieg mit allen seinen Gräueln, und Einer sucht den Anderen zu verdrängen.

An der Erblichkeit der höchsten Würde zerschelle wie an einem Felsen der frevle Ehrgeiz, der Aufruhr und die Empörung; die Erblichkeit der königlichen Würde ist ein Schild und ein Schwert, euren Bund und dessen Einigkeit gegen innere und äußere Feinde zu schirmen.

Folget dem Führer und Fürsten, der euch im Kriege geführt und eine neue Heimat gegeben hat, auch im Frieden zu euerem Besten aus Dankbarkeit und aus Ueberlegung wegen der guten Früchte, die ihr davon ernten werdet. Folget ihm, und nach ihm seinem Sohne und dessen Geschlecht, nnd ihr werdet miteinander eueres Bundes froh.

Aber auch er rühme sich nicht im Stolze; denn Kraft und Einsicht kam ihm von Gott, dessen Lehens= mann er ist. Der wird ihm Erbe und Ehre bewahren, so lange er ihm treu dient.

Ja, Einer ist der Lehensmann des Anderen, ver= gesset es nicht, und ihr Alle seid Lehensmänner All= vaters.

Er allein, der über Alle ist und hoch über den Himmeln thront, ist euer Lehensherr, euer Vater und König der Könige.

Was habt ihr denn, das ihr nicht von ihm habt? Er hat euch gegeben eueren Leib und euere Seele ist sein Hauch. Er hat euch gegeben Kraft und Stärke, und das Land, welches ihr bebaut, und die Heerden, die euch wuchern.

Lehen ist Alles. Was willst du dein nennen? Seele und Leib hast du von Ihm. Alle Güter, welche du besitzest, besaßen Andere vor dir, und werden An= dere besitzen nach dir. Er nimmt und gibt sie nach Wohlgefallen.

Ein Jeder ist durch die Gnade Allvaters nur der

Nutznießer der Güter für eine Zeitlang; du bist der Lehensmann, Er der Lehensherr. Er nimmt dir dein Lehen, wann es ihm gefällt.

Dienet dem Herrn, Ihm dem Hohen, und zeiget euch würdig seiner Liebe.

Einer sei abhängig vom Andern, Jeder der Diener des Andern, ihr Alle seid des Herrn, der da waltet über der Erde und den Sonnen.

Und damit ihr Dieses nie und nimmer vergesset, so bewahret bei der Vertheilung des Landes einen Theil desselben zur gemeinsamen Benutzung: Weide und Wald behaltet zurück als allgemeines — als Gemeindegut — als Allmende. Dieses scheidet aus, ehe ihr zur Vertheilung schreitet.

Aus dem gemeinsamen Walde nehme Jeder Holz nach seinem Bedarfe nach der Anweisung des Aufsehers; der Arme nehme es umsonst, der Reiche gegen eine geringe Abgabe.

Auf die gemeinsame Weide treibe der Arme seine Kuh oder seine Geiß und der Reiche seine Rinder unter der Obhut des gemeinsamen Hirten.

So bleibt ihr einander ein brüderlich gesinntes Volk, und wenn es gilt, gegen Uebermuth und Ungerechtigkeit der Fremden zu streiten, so werden sich Alle erheben, um das gemeinsame Eigenthum zu retten, denn es gehört Allen miteinander. Jeder rettet, indem er das gemeinsame Gut schützt, zugleich das Seine

Wo in einem Lande sind bloß Besitzende, die stolz

auf ihren Gütern hausen, und die Masse der übrigen
Bewohner ohne allen Antheil am Land: Da ist kein
Volk, da sind nur Herren und Knechte und sie gehen
miteinander zu Grunde. Die Herren, weil sie allein zu
schwach sind, dem Feinde zu widerstehen und weil ihnen
die Knechte nicht beistehen tapfer und treu. Sollen diese
für die Fortdauer ihrer Sklaverei kämpfen? Ihr Loos
kann nicht verschlimmert werden, sie erwarten vielmehr
Besserung desselben vom Sieger.

Darum vergesset nicht, das Land so zu theilen
und einzurichten, und zu bewahren, daß Jeder einen
Antheil habe, und daß er als Gemeindeglied das Gemeindegut achte und schätze.

Wo ihr euch ansiedelt, ihr und euere Kinder, da
pflanzet Eichen. Die Eiche wächst langsam, aber sie
überdauert Jahrtausende. Sie sei das Sinnbild eueres
Wachsens und Gedeihens.

Bauet euere Häuser, wenn möglich von Eichenholz.
An das Haus pflanzet Hollunderbäume, und auf dem
Gefilde pfleget die Schafgarbe, sie reinigen und erwär-
men den Leib.

Zumeist und zuerst pfleget die Viehzucht. Die Thiere
sind dem Menschen gegeben zur Nahrung und zur Kleidung und zur Dienstbarkeit.

Dann bauet das Feld mit Hilfe des Viehes. Die
Erde muß euch gehorchen, und habt ihr zuerst das Roß
und Rind bezwungen und bezähmt, dann wird euch die

harte Erde ihren Schooß öffnen und die Saat euch reichlich wuchern.

Viehzucht und Ackerbau sind die sicheren Quellen des Lebens, der Zufriedenheit und des Reichthumes; sie sind die Grundvesten eines jeden Staates.

Ein Staat ohne sie ist auf Sand gebaut. Wind und Wogen führen ihn dahin über Nacht.

Was euch Ackerbau und Viehzucht geben, davon lebet: von Fleisch und Brot, von Milch und Wein.

Habt ihr euch angesiedelt in Gegenden, wo das Blut in der Rebe erstarrt, da brauet euch ein erwärmendes und nährendes Getränk aus Gerstensaft mit Hopfenblüte und Wasser.

Bauet euch keine Städte, schliesset euch nicht in Mauern ein, sondern lebt in freien, offenen Gemeinden durch das Land umher.

Ich habe die Städte gesehen und erstaunte ob ihrer Pracht; aber die Pracht war oft nur wie eine grüne, üppige Decke, darunter der Moderfraß.

Die Städte sind der Sitz der Kunst und Wissenschaft, des lebendigen Schaffens in allen Zweigen der Gewerbe; sie sind aber auch der Sitz der Wollust, des Verrathes, der Herd der Empörung und des Aufruhrs.

Da, wo viele Menschen nahe beieinander wohnen, da reiben sich die Kräfte und die Funken der Erfindungen sprühen umher; aber der Starke sucht gern den Schwachen zu unterdrücken, und dieser soll nur als Mittel dem Starken dienen; der Neid bellt gegen das

Verdienst, die Verleumbung speit ihr Gift gegen den
Edlen, und die Stadt wird zum eckelhaften Kampfplatz
aller Leidenschaften.

Nur gegen die Wogen einer Völkerüberschwemmung
schützet euch innerhalb der Wälle und Mauern, und die
Städte sollen Felsen gleichen, an welchen die Wogen zer=
schellen. Sie werden euere Rinder schirmen, und aus
dem gemeinsamen Zusammenleben werden die Künste
und Wissenschaften emporsprossen und euer Leben erhel=
len und versüssen.

Damit aber euere Städte nicht werden Lasterhöhlen,
sorget dafür, daß sie nicht übermässig anwachsen, und
duldet Niemanden darin, der nicht die rechtlichen Mittel
nachweist, von welchen er lebt. Duldet Niemanden da=
rin, der bloß zehrt. Nur wenn ihr dieses beobachtet,
kann Sitte und Recht erhalten werden.

Mit dem Müssiggänger zieht ein die Schwelgerei,
die Wollust, der Wucher, der Geiz und der Neid, und
bald kommen alle Laster nachgeschlichen und suchen ihre
Schlupfwinkel und sind nicht mehr auszutreiben.

Der Müssiggänger frißt am Marke der Stadt und
was er zum Lohne für seinen Aufenthalt reicht, ist eitel
Gift.

Wer bloß verzehrt, der verheert, mehr als die Pest.
Diese verdirbt den Leib, der Müssiggänger aber Leib und
Seele.

*   *   *

Hundert Familien bilden eine Gemeinde — eine Hunderte.

Diese besorgen ihre gemeinsamen Angelegenheiten durch zehn aus ihrer Mitte gewählte Männer mit dem Gemeinde = Vorstand.

Sie sind die Räthe der Gemeinde und tragen dieser vor, was sie für heilsam erachten. Die Familienväter beschließen und Alle miteinander wirken zur Ausführung des Beschlusses.

Hundert Gemeinden bilden einen Gau.

Alle Gaugemeinden berathen durch ihre Abgeordne= ten die Angelegenheiten des Gaues.

Berathet beim Trunk, da liegt die Seele und jeder Gedanke offen auf der Zunge.

Beschließet aber erst am folgenden Tag. Zwischen der Berathung und dem Beschlusse liege wenigstens eine Nacht.

So wird die Berathung ohne Hehl, der Beschluß ohne Fehl.

Was berathen und beschlossen ist, bleibe geheim vor Allen, die nicht mit im Rathe waren, damit nicht der Feind Unkraut säe zwischen Rath und That, und diese nur wie ein Zwerg emporsprosse, statt wie ein Riese.

Die Berathung der Gaue leite ein Graf. Alle Grafen und Gaue eines Landes stehen unter dem Her= zog. Der berufe zur Berathung nur die Grafen und einzelne Gemeindevorsteher, damit nicht viele Meinungen die Berathung verwirren. Jeder Graf kann und soll nur die Angelegenheiten seines Gaues zur Berathung bringen vor den Gemeindevorstehern des Gaues.

Ueber die Angelegenheiten des ganzen Volkes berathe nur der König mit den Herzogen, und wenigen Abgeordneten des Volkes. Er wähle nie das ganze Volk zum Rath, sondern nur zur That.

Der König mit den Herzogen und Grafen überschaut wie von einem Berge herab alle Gemeinden und erkennt mit hellem Blicke, was Allen miteinander frommt.

Führet keine Kriege, als zur Erhaltung euerer Freiheit und Selbstständigkeit.

Ein Mann wehrt sich um sein Leben, ein Stamm und eine Nation um die Freiheit, denn sie ist das Leben der Nation.

Darum pfleget der Waffen auch im Frieden, damit ihr stets gerüstet seid zur Abwehr.

Euere Stärke sei im Fußvolk. Seid bewehrt mit Lanze und Schwert. Euer Schwert sei kurz und schwer, euer Arm lang und stark.

Schauet dem Feinde kühn in die Augen, und er wird vor dem Feuer eueres Muthes erschrecken und fliehen.

Auch der Reiter bedürft ihr. Neben dem Reiter schreite der Fußgänger. Wenn Einer den Anderen unterstützt, werdet ihr den Sieg euch fesseln.

Zählet nach Nächten. Auf die Nacht folgt der Tag, sie ist die Mutter, der Tag ihr glänzender Sohn.

Pfleget Lied und Gesang. Ein Volk das singt, ist ein zufriedenes Volk.

Ein Volk ohne Gesang ist dem Tode verfallen; denn nur wo Tyrannei herrscht, und ihr gegenüber die List, Verrath und Rache brütet, da erschallt kein Lied.

Betet daheim zu Allvater. Jeder Hausvater bete zu Ihm allmorgens, Mittags und Abends im Kreise der Seinen.

Da danket Ihm für jede Gabe, die aus seiner Hand kommt.

Das gemeinsame Gebet und die Gottesfurcht halten die Balken des Hauses und die Eintracht mit ehernen Klammern zusammen.

Religion und Liebe sind die Felsen, auf welchen das Haus sicher ruht.

Das Gebet steigt wie eine Rauchsäule empor zum Himmel und zieht den Segen nieder.

Betrachtet das Feuer als eine Segensquelle vom Himmel, und die Sonne als ein Bild der unendlichen Liebe Allvaters, welche immer neu sich erhebt, und nie aufhört, Segen zu spenden.

Sammelt euch um die Flamme des Herdes, wie um ein Heiligthum.

Die Quellen und Gesundbrunnen haltet in Ehren, sie quellen aus der Brust der mütterlichen Erde und heilen und stärken.

Die erste Schwalbe, den ersten Storchen, die da

kommen, begrüsset als Boten des nahenden Lenzes und seines Freudengefolges. Allvater sendet sie.

Alljährlich an Sonnenwenden feiert ein großes ge= meinsames Fest. Da danket Gott dem Allvater, daß er seine Sonne aufgehen ließ über euch und euere Felder, und daß er das Gedeihen hernieder sandte.

Danket ihm, daß er das Licht der Erkenntniß an= zündete in euerer Seele, auf daß ihr Ihn erkennet und durch Ihn, was euch frommt.

Danket, und preiset seine Werke, denn Er hat Alles wohl gemacht. Schauet umher und erkennet seine Va= terliebe.

An diesem allgemeinen Feste erscheine der König als der gemeinsame Priester, als der Oberpriester von euch Allen.   -

Und der König spreche laut aus, was in Aller Herzen lebendig glüht: Anbetung, Preis und Dank, Liebe und Ehrfurcht und die Bitte, daß Gottes Gnade und Liebe fortdauernd walten möge über seinem Volke.

Da neige sich der König als oberster Lehensmann vor dem Allmächtigen und gelobe, zu walten als Got= tes Stellvertreter, und alles Volk erneue den Eid seinem Könige und schwöre ihm Treue und empfange die Lehen wieder im Namen Gottes.

Was kann sich der Mensch Ehrwürdigeres denken, als einen König, der in Mitten seines Volkes die Hände erhebt und seinen und seines Volkes gemeinschaftlichen Herrn anbetet?

Und an jenem Tage, an dem der König Gott dem Allvater mit seinem Volke huldigt, sollen Alle, die nicht bei der Feier anwesend sein können, die Feier daheim begehen mit Gebet und stiller Freude.

Und ist mein Volk einst so groß geworden, daß es in viele Stämme zerfällt, so sollen alle Könige der verschiedenen Stämme und Gau an Gau diesen einen Tag feiern. So werdet ihr euch erinnern der gemeinsamen Abstammung, und das Band der Liebe und Freundschaft wird erneuet, und Gott euer Vater wird euch segnen mit den Gaben des Friedens.

Einst, wenn mein Volk geworden ist eine große Nation weithin verzweigt über die Gebirge, Ströme und Meere, so daß in den einzelnen Ländern über den einzelnen Stämmen walten einzelne Könige: da mögen und sollen diese miteinander bilden einen dauernden Bund, daß er wie ein Baum seine Zweige und Aeste ausstrecke und doch nur ein einziger Baum ist, an dem sie alle festhalten. So werden die Stämme durch ihre Könige Einen Bund bilden, ein großes Brudervolk sein, eine einzige Nation!

Ja, die Liebe und Erkenntniß soll euch zusammenhalten, nicht der eiserne Scepter eines Gewaltherrn.

Vermögen Liebe und Erkenntniß nicht, das Band zu schlingen, so sollt ihr gehorchen dem Gesetze der Nothwendigkeit.

Ein Stamm bedarf des anderen zur Erhaltung seiner Freiheit und Selbstständigkeit.

Mit einander seid ihr stark, einzeln werdet ihr die Beute der Fremden.

Wenn ihr vereinigt bleibt, so wird euch keine Macht auf Erden überwältigen.

Wenn ihr stehet, gelehnt Rücken an Rücken, das Aug und die Brust dem Feinde zugewendet, so könnt ihr jedem Sturme trotzen. Wer sich auf seinen Freund verlassen kann, der hat einen stärkeren Halt, als einen Felsen.

Mit einander verbinde euch aber in Frieden und Freundschaft die gleiche Sprache und Sitte.

Zwar klingt die Sprache anders im Munde des Mannes und des Weibes, anders im Munde des Kindes, anders auf den Höhen und anders in den Thälern; aber es ist doch nur eine und dieselbe Sprache, dieselbe Bezeichnung für euere Gedanken.

Wo ihr immer diese Laute erklingen höret, da ist euer Vaterland, da wohnen euere Stammbrüder.

Zeiget der Welt, daß ihr als eine große Nation, ja als die größte auf Erden bestehen könnet, Stamm bei Stamm durch das bloße Band der Einigung und Freundschaft.

Seid einig und ihr werdet Eins sein.

Einig seid ihr unüberwindlich.

Zerfallen die Stämme unter sich, und löset sich das Band der Eintracht, dann naht die Zeit furchtbarer Heimsuchung. Aber Allvater wird eueren Namen nicht vertilgen von der Erde. Nach Jahren unendlicher Lei=

ben werbet ihr euch erheben, Stamm an Stamm, und die Herrschaft der Fremden niederschmettern, und die ab= gefallenen Stämme wieder mit euch vereinigen.

Wirket und trachtet, daß die abgerissenen und abge= fallenen Gemeinden wie verlorne Söhne wieder zurück= kehren in's Vaterhaus.

Macht, daß sie freiwillig kommen und sagen: Nehmt uns wieder auf in den alten Bund, wir kehren zurück als reuige Söhne und Brüder.

Einst, wenn die alten, einfachen Sitten zu ersterben drohen, dann erweckt sie wieder, und mit ihnen wird euere Kraft und Einheit erwachen und erstarken.

Sitte und Gewohnheit ist mehr als Gesetz; jedes wahrhafte Gesetz kann nur aus der Sitte hervorgehen.

Du mein Volk bist berufen, wenn du dich dessen fort und fort würdig erweisest, alle Nationen der Erde zu bezwingen.

Nicht durch Gewalt werdet ihr sie zwingen, sie wer= den freiwillig kommen und von euerem reichen Schatze nehmen, und werden ihr Leben daran erfreuen. Ihr werdet sein die Lehrer der Völker.

Wie die Sonne die ganze Erde erleuchtet, so wird deutsche Kunst und Wissenschaft, und mehr noch als sie, wird deutsche Sitte und Redlichkeit die Menschen auf Erden erleuchten und erwärmen.

Lehrer der Nationen zu sein, das sei euer Ruhm und euere Ehre, euere Arbeit und zugleich euer Lohn.

Von dem Lichte eueres Geistes wird die Erde wider=

strahlen und ein Jahrhundert wird es dem anderen er=
zählen, was Deutsche erfunden und geleistet haben.

Von eueren Erfindungen werden alle Nationen der
Erde nehmen und sich nähren, und dann sich rühmen,
wenn sie an das fertige Faß noch einen Reif schlagen.

Gönnt ihnen diesen Ruhm und zürnet darüber
nicht. Wer die Brücke gebaut, hat Anderen einen leich=
ten Weg gebahnt. Aber ihr fahret fort zu forschen, zu
denken und zu dichten, und Gott und seine Werke zu
verherrlichen.

Dabei sei euere Rede kurz und kräftig. Was ihr
sprechet, komme aus dem Herzen; was ihr versprechet,
sei euch heilig.

Ein Mann — ein Mann, ein Wort — ein Wort!
So heiße es fort und fort bei meinem Volke.

Deutsch soll man heissen, was immer zeugt von
unverdrossenem Fleiße, von ausdauerndem Muthe, von
treuer aufopfernder Hingebung, von tiefinniger Empfin=
dung des Gemüthes, von männlicher Tapferkeit und bie=
derem Freimuth, von Tiefe und Glut des Geistes.

Deutsch sei der Wahlspruch, der Probstein eueres
Denkens und Handelns. Freuet euch eueres Stammes
und Namens, er wird herrlich sein vor allen Völkern.

———————

Dies ist die Sage von Deut, Dies das Vermächt=
niß an sein Volk, wie ich das Alles in alten Schriften

gefunden und zusammengeschrieben habe im Jahre des Heils Fünfzehnhundert. Und ich meine mit meinem einfältigen Verstande, die meisten dieser Mahnungen sind Satzungen, welche tief in der menschlichen Natur selbst liegen und deshalb feststehen werden durch alle Zeiten. Deshalb überragen dieselben an Festigkeit und Wahrheit die Gesetze der meisten Gesetzgeber früherer Zeit, deshalb überragt das deutsche Volk alle übrigen Völker und wird sie überdauern, so lang es den Gesetzen seines Stammvaters treu bleibt und dieselben, wenn sie in die Nacht der Vergessenheit zu sinken drohen, wieder in's Leben zurückruft. Zwar hat die Zeit Manches geändert und der Sturm manchen Zweig von der Eiche gerissen, dagegen hat sie neue Zweige getrieben, und so wird denn die Zeit diese allgemeine Lehrerin noch Manches ändern; aber der Stamm der Eiche mit ihrer Wurzel, die Grundgesetze dauern fort und werden noch Jahrtausende überleben, wenn der Geist des Christenthums sie durchweht. Und so wird die deutsche Nation, eine erhabene Eiche in Felsen wurzelnd, frei und herrlich sich erheben über alle Nationen der Erde fort und fort. Mit diesen Worten schloß das Buch.

Kaum wurde je ein Buch mit größerer Theilnahme begehrt und gelesen, als dieses jetzt von Walafried geschah. Er las, dachte, las wieder, und die Zeit ging hin, er wußte nicht wie. Die meisten Stellen glaubte er wirklich bei römischen Geschichtschreibern schon getroffen zu haben, nur zerstreut in einzelnen Andeutungen.

Anderes war ihm unklar, wieder Anderes für die Ge=
genwart nicht mehr passend. Freilich waren seit der
ursprünglichen Abfassung beinahe zwei Jahrtausende über
der deutschen Nation hinweggezogen. Welche Stürme
hatte sie überbauert! Walafried dachte es mit Stolz,
und er freute sich, ein Deutscher zu sein. Aber all=
mählich senkte sich der Flug seiner Gedanken auf die
Gegenwart, und die Wehmuth umspielte sein Herz
mit süßem Kosen, dann kamen der Unmuth und die
Trauer nachgeschlichen und Eisesschauer durchzuckte seine
Brust.

Indem er so dachte und sich den bangen Gefühlen
überließ, war der Felsenbauer eingetreten. Lange stand
er vor dem Jünglinge, und betrachtete ihn mit väter=
licher Theilnahme, als lese er auf dem Antlitze dessel=
ben alle Bewegungen der Seele, und als düsterer Un=
muth sich auf der Stirne lagerte, rief er ihn wach aus
seinen Träumen.

Nun, habt ihr die Sage von Deut, und das Ver=
mächtniß an sein Volk gelesen?

Walafried fuhr empor, sammelte sich schnell und
begrüßte mit herzlichem Willkommen seinen Wirth und
sagte: Ich habe gelesen und habe in Gedanken den
Gang der deutschen Geschichte verfolgt bis hieher. —

Und freuet euch des Ganges und der Entwicke=
lung? sagte der Greis, indem er dem Jünglinge for=
schend in's Auge sah, und fuhr dann fort, als dieser

schwieg: Ihr werdet doch nicht, wie so manche undankbare Söhne der deutschen Mutter jetzt thun, den Le-
bensgang bekritteln, den sie zurücklegte? Steht dieses
ja weder in der Gewalt eines Einzelnen, noch eines
ganzen Volkes. Er geht, wie er nach seinem Willen
und dem Drang der Umstände, die auf ihn einstürmen,
kann und muß. Und schauet umher! Unter welchem
anderen Volke möchtet ihr lieber geboren sein und leben,
als unter dem deutschen?

Mißversteht mich nicht, sagte Walafried. Ich habe
mich nie zu Jenen gehalten, welche ihren kleinen Welt-
schmerz in hohlen Worten offen zur Schau trugen, und
Europa müde nicht den Muth hatten, Europa zu verlassen. —

Aber die es für ein lustiges Spiel achteten, an
Europa, und insbesondere an unserem schönen Deutschland mit muthwilligen Händen zu rütteln und Alles zu
verwirren, fiel lächelnd der Greis ein.

Das sei ferne von mir und jedem wahren Deutschen! Aber das allgemeine Verlangen nach innerer
Verbesserung, nach Einheit der deutschen Völkerstämme,
welche seit dreißig und mehr Jahren auseinander gehalten wurden, nachdem sie im heldenmüthigen Kampfe
um die Wiederherstellung der deutschen Selbstständigkeit
sich als ein Mannvolk in Wort und That, mit Herz
und Mund erprobt hatten; diese allgemeine Sehnsucht
und Uebereinstimmung stammt doch gewiß aus dem tief-

innerſten Gefühle, aus dem deutſchen Bewußtſein, und
dieſes ſoll nach eueren eigenen Worten wieder in ſich
erlöſchen, und die allgemeine Zerſplitterung ſoll fort=
dauern.

Hab ich Dies geſagt?

Ja, das habt ihr, ſagte Walafried. Denn ihr habt
offen ausgeſprochen, es werde kein allgemeines Oberhaupt
über Deutſchland walten, jetzt wenigſtens nicht, ſo bald
nicht; alſo in Deutſchland ſoll keine Einheit werden.

So muß ich denn auch an euch, entgegnete der
Felſenbauer mit wehmüthigem Ernſte, den Spruch des
Dichters beſtätigt finden: Schnell fertig iſt die Jugend
mit dem Wort. Gibt es denn keine andere Einheit, als
dieſe? Der Geiſt hält zuſammen, der Geiſt, die Er=
kenntniß und die Liebe. Betrachtet doch einmal das
große Reich, welches jetzt Rieſen gleich ſich auf Europa
hereinlehnt und die alte Welt aus ihren Angeln zu he=
ben droht. Dort iſt Einheit, ein ungeheueres Ganzes,
und ſo ſollte wohl auch die vielverlangte und geprieſene
Einheit in Deutſchland werden? Statt der Erbfürſten,
die ſeit vielen Jahrhunderten mit dem Volke innig ver=
wachſen ſind, will man bloße Beamte, und wie ſie in
jenem Reiche walten, das iſt allbekannt. Man will die
ganze Nation, alle die verſchiedenen Stämme in das
gleiche Kleid zwängen? Man will den Uebermuth und
die Willkür der Großen und dazu die Sklaverei des
Volkes? Das Schwert und das Machtwort eines Ein=

zigen sollen gebieten, und alle freie selbstständige Entwickelung niederhalten?

Nicht? Also ein Schattenkaiser, dem die Volks-
nein — die Partei = Führer die Gewalt leihen, damit er
ihren Willen vollziehe? Damit sie sich selbst um die
höchste Macht offen und geheim bekämpfen, und damit
Deutschland werde der Tummelplatz von hundert und
aber hundert ehrgeizigen, selbstsüchtigen kleinen Tyrannen, statt daß Stammesfürsten in den einzelnen Ländern walten, deren Ahnen eine unvergängliche Saat von
Ruhmesthaten, frommen und wohlthätigen Stiftungen
über das Land, und in die Herzen des Volkes gesäet
haben?

Aus dem Gange der deutschen Geschichte seit Jahrtausenden ist klar, daß die deutschen Völker nur durch
ein inneres, und nur zuweilen durch ein äußeres Band
zusammen gehalten wurden. Das Band erscheint bald
locker, bald fest, scheint sich zuweilen ganz zu lösen, bis
Ereignisse eintreten, welche den alten Bund erneuen.
Solch ein wichtiger Augenblick ist der gegenwärtige, die
Einigung der Völkerstämme liegt offen zu Tage und
wird fortdauern, obgleich die Selbstsucht Einiger die
schöne Vereinigung gerade dadurch zu zerreissen droht,
indem sie aus der vielgliederigen Kette eine einzige Masse
schlagen wollen.

Vor mehr als dreißig Jahren war auch solch ein
wichtiger Augenblick, und die Vorsehung selbst hatte einen

Fingerzeig gegeben, wie das bereits einige Deutschland frei und groß nach Außen und unter brüderlichen Stammesverhältnissen nach Innen zu einem Ganzen konnte gestaltet werden. Das haben, sagt man, damals die Fürsten gehindert; es waren aber nur einige, argwöhnische und arglistige Rathgeber, welche die Fürsten und Völker wieder entzweiten und auseinander hielten. Gottes Finger wurde damals nicht geachtet, und Gott hatte doch den Sturm gesandt, um das alte, morsche Gebäude zu zertrümmern, und man wußte kein neues zu bauen, in welchem alle Stämme nebeneinander in brüderlicher Eintracht und jeder Einzelne mit dem Rechte der freien gesetzmässigen Entwickelung leben konnten. Und jetzt fürchte ich, sogenannte Volksfreunde werden dasselbe bewirken; hört man doch schon die verhängnißvollen Worte: Großdeutschland! Kleindeutschland!

Aber Gott wacht über den Deutschen Sie werden nicht wieder unter sich zerfallen, sondern bilden einen großen freien Bund, die Könige und Fürsten mit ihren Völkern. Diese Einheit fest zu halten, liegt in der Macht eines jeden Einzelnen. Möge nur Jeder streben, seinen Baustein zu bringen zu dem neuen Gebäude; möge der Geist des Christenthums dasselbe mit seinem Lebens=Odem fort und fort durchwehen und die alten einfachen Sitten zurückrufen.

So sprach der Felsenbauer. Walafried aber reichte ihm die Hand und sagte mit tiefbewegter Stimme:

Dazu gebe der Himmel seinen Segen! Und möge er mir gnädig gönnen, dies Gebäude zu schauen, wenn auch nicht vollendet, doch im Werden und Wachsen.

Dies hat er bereits gewährt, entgegnete der Greis. Schauet und erkennet es. Wer sehen will, der wird es wahrnehmen.

www.ingramcontent.com/pod-product-compliance
Lightning Source LLC
Chambersburg PA
CBHW021338110726
47900CB00005B/1522